# 十二宫

## 幻灭

【美】罗伯特·格雷史密斯 Robert Graysmith 著
黄贵燕 译

天津出版传媒集团
天津人民出版社

## 图书在版编目（CIP）数据

十二宫.幻灭/(美)罗伯特·格雷史密斯著;黄贵燕译.--天津:天津人民出版社,2019.2

书名原文:Zodiac Unmasked

ISBN 978-7-201-12144-4

Ⅰ.①十… Ⅱ.①罗… ②黄… Ⅲ.①推理小说-美国-现代 Ⅳ.① I712.45

中国版本图书馆 CIP 数据核字 (2018) 第 293200 号





著作权合同登记号：图字 02-2018-340

**十二宫:幻灭**

SHI ER GONG : HUAN MIE

［美］罗伯特·格雷史密斯 著

黄贵燕 译

---

出　　版　天津人民出版社
出 版 人　刘　庆
地　　址　天津市和平区西康路 35 号康岳大厦
邮政编码　300051
邮购电话　（022）2332469
网　　址　http://www.tjrmcbs.com
电子信箱　tjrmcbs@123.com

责任编辑　章　赪
封面设计　易珂琳

制版印刷　北京联兴盛业印刷股份有限公司
经　　销　新华书店
开　　本　620×899 毫米　1/16
印　　张　18
字　　数　195 字
版次印次　2019 年 2 月第 1 版　2019 年 2 月第 1 次印刷
定　　价　59.00 元

---

十二宫幻灭

ZODIAC UNMASKED 目录

# 致　谢

本书所涉资料均来自官方记录或本人在追踪十二宫的三十年里进行的采访。在此，我衷心地感谢警探戴夫·托奇和乔治·巴沃特以及参与本书编辑、法务和出版的工作人员——格里·梅尔曼、利兹·珀尔、希拉里·夏普夫、希斯·康纳、吉尔·波尔丁、波林·纽沃斯和希瑟·斯特劳斯。此外，我要特别感谢本书的编辑娜塔莉·罗森斯坦。

# 前言：一块手表

在一个炽热的夏日，十二宫的真实相貌第一次变得清晰起来。警探们在狭窄的办公室里研究了这位头号嫌疑犯手腕上戴着的昂贵大手表，不禁心生恐惧。照理说如此普通的物品应该不致让人害怕不安，然而事实的确如此。他们花了近三年的时间从2500名嫌疑犯中筛选出了少数几名重要对象，其中一个名叫斯达尔。杀手将这块表的商标用作自己的标志，即一个画十字的圆圈，仿若一个射击瞄准器，并为自己取了个名字——十二宫。

不管十二宫是谁，我们知道他是一个具有多重身份的人——密码学家、犯罪学家、化学家、艺术家、工程师、制弹专家、诗人、武器大师，尤其是一个善用绳子、枪和刀的高手。十二宫内心充满无法遏制的杀戮欲。在他暗示之前未透露的谋杀案是他所为后，人们更加紧张不安。

虽然十二宫聪慧过人，但他缺乏原创力。他盗用手表商标作为自己的标志，谋杀手段也是从电影、连环漫画和短篇故事中偷学来的。除此之外，他的作案惯技早就在他最喜欢的冒险故事书中有详尽描述。十二宫深深地沉迷于猎杀人类的想法，他偷偷地跟踪年轻情侣：“因为人类是需要猎杀的最危险的动物。”每逢周末，当夜暮降临，新月初升或满月普照时，他的暴行便开始登场。他披着占星学的外衣（不过那也许只是假象），用占星术预测自己的星象，以此来决定作案时间。有没有这种可能——十二宫是“随着月相发狂”，像潮汐一样受月亮影响呢？

以十二宫为嫌疑人的凶杀案几乎全部涉及在车内或车旁遇害的学生，案发地点不是靠近水域，就是在以水命名的地方。水在他犯下的罪行中总是惹人注目。十二宫可能是一名游泳运动员、船员或者水手。不管他从事何种行业，可以肯定的是，他十分熟悉瓦列霍——这个北加州谋杀案拉开帷幕的海军基地。我深信十二宫长期居住在瓦列霍，他认识受害人，悄悄跟踪过两个受害人一段时间，特别是其中的一个。

十二宫从20世纪60年代至90年代一直逍遥法外。他没有在别的地方工作，否则他强大的自我表现欲和容易辨识的手法早让人即刻认出他来。十二宫企图在家乡将这场“户外国际象棋”游戏玩到底。幸存者们和心惊胆战的目击者们都躲了起来，调查员们自己也战战兢兢。在内心深处，他们清楚，面对这个欲罢不能、滥杀无辜的凶手，他们防不胜防。警察无法询问某些目击者，也无法重新联系他们来指认嫌疑人的照片。我都是在数十年之后才找到他们。其中一个目击者见过十二宫不戴头罩的样子，能够认出他来。其他人不是见他隐在暗处，就是见他戴着头罩，或者间隔一段距离。所有目击者都掌握着有待挖掘的重要信息。这名头号嫌疑犯有种不自觉的独特肢体语言，目击者们均表示十二宫“走起来像熊一样缓慢笨重”“笨手笨脚”“不是很灵活”。

本书深入分析了两部电影和一个令十二宫着迷的短篇故事。他设计作案服的灵感和惯用的犯罪伎俩均受电影启发。流行文化和手表表盘可能也给了他灵感，而十二宫自身则激发了三个效仿者——分别住在纽约、瓦列霍和日本。从1986年起，我开始努力向人们讲述十二宫令人毛骨悚然的故事的结局——采用的材料有联邦调查局关于十二宫的完整卷宗、保密资料、警局档案、内部及部门间执法备忘录、心理治疗记录、假释官存卷、精神病医生与头号嫌疑犯的会面记录、测谎仪检测结果、从未发表的新闻故事、未使用过的记者笔记及电视访谈删除片段。我已竭尽全力，用长达三十年的调查研究来确保书中内容的准确性。

最重要的是，这本书第一次把所有此前未被翻印过的十二宫信件和信封公之于众。引用部分采用的是信件复印件和匿名人士寄给我的疑为十二宫写的信。斯达尔的弟媳在催眠状态下无意识书写的内容表明，她在媒体公布前见过十二宫手里的密码。早在十二宫这个恶魔出现之前，斯达尔就曾向朋友欷嘘说：他要用一支投射光束的枪猎杀情侣，写信嘲弄警察，还给自己命名十二宫。正如一名警探所说：“如果这是真事，那他八成就是十二宫。”在整合数百件从未以文字公开的事实真相时，那些近三十年间我采访警探和目击者的实录凸显出新的意义。

对案件的长期追踪、案件的诱惑力和神秘色彩及其造成的悲剧和损失，毁掉了数段婚姻，扰乱了数份事业，一名才华横溢的记者也因此身体崩溃。十二宫故事的开端让人着魔，结局却令人灰心丧气。警察一次又一次铩羽而归。这个历史上最难以捉摸的杀手，一位高智商的现实版开膛手杰克，会不会逃之夭夭呢？全世界勤恳敬业的专职或业余侦探们是否能发掘出十二宫的终极秘密呢？警察最后能否证明斯达尔这个才智过人、身强体壮的主要嫌疑犯就是他们要找的人，这一点尚难定论。十二宫的谋杀案发生在不同的郡，由于各部门间相互猜忌（十二宫是最大的案子），每个警察局对重要信息都藏着、掖着。不仅如此，像十二宫一样的性虐待狂（他们通过对他人施加痛苦获得快感）都变成了隐藏真实身份的高手。

在一个闷热难当的国庆日，我们开启了揭秘十二宫的征程；在另一个更令人窒息的国庆日，我们的征程画上了句号。在此期间，我们发现了曾无人知晓的谋杀案，了解到一个长居地下室的孤独的人和一个有可能是十二宫帮凶的神秘人物。而这一切都源于一块手表。就在那个夏日，在那间又闷又热的房间里，警察们不停地提醒自己：“这只不过是一块手表而已。”然而他们仍然惴惴不安。一场场噩梦就从那块手表开始了。

——罗伯特·格雷史密斯

旧金山

2001年7月

## 两个举报人

在从洛杉矶国际机场向南延伸至帕洛斯弗迪斯半岛的一连串具有典型美国特点的海滨城市中，曼哈顿比奇是位置最北端的一个。它位于洛杉矶市中心西南 20 英里处。沿海一排排舒适淡雅的小别墅里住着许多富裕的洛杉矶白人。海兰德大道是这座城镇的主干道。下午 2 点 50 分时，古铜色皮肤的冲浪者们还在追逐一天中最刺激的浪花，一辆无标志的警车正沿着这条宽阔的大道往南急速行驶。警探理查德 · 阿莫斯和他的搭档阿特 · 兰斯塔夫在着手跟进源自波莫纳市的消息。两个托伦斯市人声称他们掌握着有关十二宫的信息。

天空雾蒙蒙的，空气闷热潮湿，好在道路畅通无阻。阿莫斯在阿蒂西亚大道加快车速往东行驶，然后掉头驶入悠长的霍桑大道。红灯使他们停了下来。阿莫斯不耐烦地敲着方向盘。汽车发动机空转着，朝微微发亮的沥青上喷出尾气。他满脑子想着十二宫——依然逍遥法外、像蒸汽般虚无缥缈。虽经长年累月、竭尽全力的追捕，但是似乎仍然无人能伤及他一根汗毛。

阿莫斯停好车子时，两个举报人早就等候在名叫“科学动力”的账目管理公司门口了。桑托 · 保罗 · 潘查里拉（朋友们都叫他“桑迪”）家住在朗代尔，是公司的所有者。唐纳德 · 李 · 切尼是他的员工和大学室友，此刻他显得比自己的老板更焦躁不安。这两名来自南湾的调查员刚从车里钻出来，潘查里拉和切尼便直奔主题地表示他们知道十二宫的真实身份。

在令人窒息的酷暑中，他们说出了那个人的名字——鲍伯 · 豪尔 · 斯达尔。自 1962 年起至今，他们认识斯达尔快 10 年了，那时斯达尔的弟弟罗恩[1]和他们一起在加州州立理工大学波莫纳分校上学。切尼最后一次看见斯达尔是在一个异常寒冷的冬日。虽然是潘查里拉打电话叫他们来的，但故事的讲述者是切尼。

“那是一个新年的下午。”切尼说道，“我当时住在湾区——我开车去瓦列霍弗雷斯诺街斯达尔的家。我敢肯定那次拜访的时间不是在 1969 年 1 月 1 日之后，因为就在那天我搬到了南加州。我明确记得是个新年，那时候斯达尔已被莫凯勒米河上游附近的谷泉小学解雇。那是夏初发生的事情。至于斯达尔离开该校的真正原因，他并没有透露什么，每次都哼哼哈哈地随便找个蹩脚的理由搪塞过去。我从来没有听到过事情真相。我帮他搬回了弗雷斯诺街。新年那天，我去他家拜访，因为那段时间我和妻子吵架，我不想待在家里。

“我们去了他的房间——其实那只是一个能容一辆车的车库，被改装成了卧室。地下室就在后面，没有楼梯，你可以直接从地面走下去。它有三面外墙——前面一个窗，侧面一个窗，后墙的窗很小。地下室后面有一个浴室，上面安了一扇窗，可以进点儿光线。房屋的其他部分和斯达尔的房间完全隔开。除了他母亲煮饭的声音，我不记得听到过什么动静。那会儿刚到下午时间。”

“斯达尔读过很多科幻作品。那天在桌子上放着一本 1967 年 8 月出的《现实与奇幻》，刚好翻到杰克·万斯写的 1.5 万字的短篇故事《来自十二宫的人》。”在两人最后一次打猎时，斯达尔跟切尼谈论过科幻小说。有几次他还和切尼去洛杉矶东北的树林里远足和狩猎。在暮色中，来复枪放在一旁，斯达尔和切尼说了一些令人不安的话——内容跟死亡有关。黑暗中他的轮廓格外高大，他滔滔不绝地述说着怪诞的理论，双眼在火光中闪闪发亮。“和他在一起，”切尼继续说道，“他总会引你讨论‘这样会怎样？’或‘那样又如何？’他跟常人很不一样。”

在最后那次打猎时，斯达尔的话题突然从科幻故事转到了毫不相干的

[1] 后文中“罗纳德”的简称。——译者注（本书脚注均为译者注）

内容。他首先提到捕猎，然后把话题引向他十一年级时读过的一个冒险故事——《最危险的猎物》，这是理查德·康内尔情节紧凑的经典短篇，讲的是在森林里用弓箭和枪猎杀人类。

“你有没有想过猎杀人类？”斯达尔问道。

“什么？”切尼反问道。回想起和这位朋友曾经有过的奇谈怪论，因此对于这个问题他显得波澜不惊。切尼太理解了，斯达尔就是以这种方式把别人拉入他的幻想世界。

“猎杀人类会是一项了不起的运动。”斯达尔在夜色中喋喋不休，时不时冒出独具特色的表达，比如“如果我这样做了的话”抑或“如果我那样做了呢……”他有时说起话来像写小说一样，他确实打算以后写一本。他身强体壮，在黑夜里边说边用手势比画。

“那身肥肉下面藏着的，”切尼补充道，“是铁石心肠。”

那天斯达尔的目光无意间移到了那块独一无二的手表上，那是他就在前些天生日时收到的礼物。“他主动给我看了手表。”切尼告诉警探们，“我还记得就在表盘的小齿钮上方有个不同寻常的商标。他把手表展示给我看，似乎很希望我对手表的质量发表看法。他自己说：‘我觉得这块手表不怎么样。’‘嗯，这是一块制作精良的瑞士表。’我告诉他，‘一块品质上乘的手表。’”

斯达尔接着开始聊起了事业。“该找份新工作了。”他说：“我正在考虑做一名私家侦探，一个像‘迈克·海默’那样的私家侦探。那肯定非常有趣。我在寻找不用受雇用、自己就能做的事情。”

切尼认为这是因为他在寻找雇主方面遇到了麻烦。“你又没有受过相关培训，”切尼表示怀疑，“而且你压根儿没有和你相熟、能给你介绍业务的人脉圈。”切尼不是很赞同斯达尔的想法，他确实担心对于这样的工作而言，自己的朋友资质不够。斯达尔似乎明白他的疑虑。

“好吧，也许我可以自立门户，做一个职业罪犯。”斯达尔说道，“如果是那样的话，我会这么做。”

斯达尔表示他会在晚上去情侣约会的地方寻找袭击目标——在枪管上

绑一支手电筒，然后朝他们开枪。“我会用手电筒作为瞄准器，”他说，“借着光走过去，然后在伸手不见五指的黑暗中枪杀人们。这样的射杀根本没有具体动机，你可以想象这些谋杀案对警察来说有多难侦破。他们永远抓不到你。你还可以在事后寄些让人摸不着头脑的信给警察。”他当时可能用的是“权威部门”这个词，切尼小声地对阿莫斯和兰斯塔夫修正道。“用这些信困扰迷惑他们。”

“而且我会在信上署名‘十二宫’。”

“‘十二宫’，”切尼回应道，“为什么叫这个名字？干吗不叫点儿别的？听起来很傻气。”切尼稍作停顿后，继续对两名调查员说道：“也许我说的是‘孩子气’，记不太清了。不管我说了哪个词，显然他受到了强烈的刺激。他的情绪变得激动起来，异常激动，让我觉得自己不该说那些话。”

“我才不在乎你怎么想。”斯达尔厉声说，“这个名字我想了很久。我很喜欢‘十二宫’，这就是我要使用的名字。没错，我要把自己叫作‘十二宫’。”

在斯达尔询问有关如何掩饰笔迹以及如何乔装打扮时，切尼在斯达尔的房间里环视了一圈，他看到各种文件和地图堆得乱七八糟，有关飞行和航海的书籍排在墙边，《疯狂》杂志摞成了好几堆。在这个昏暗的房间里，在凌乱不堪的杂物中，他注意到斯达尔的鲁格六发单动左轮手枪和哈林顿·理查兹长管枪。“哈林顿·理查兹看起来有点儿老旧磨损，弹膛能装 9 发子弹。”他回忆道，“据我所知，那是他所有的武器装备，不过有一次猎鹿时他确实不知从哪里弄来一支来复枪，还有两把 0.22 英寸口径左轮手枪。”

十二天前，也就是 1968 年 12 月 20 日，十二宫使用 0.22 英寸口径 J.C. 希金斯 80 式半自动手枪在瓦列霍偏僻的赫曼湖路杀死了两名青少年。这是他已为人知的第一次北加州谋杀。杀手使用了温彻斯特—韦斯顿生产的 0.22 英寸口径 Super X 型铜被甲长管来复枪子弹，这和 1963 年发生在隆波克南部的双重谋杀案使用的子弹属于同一牌子。“那天清晨，”切尼继续说道，“他带我去了赫曼湖路，还指了指路旁一条岔道。他并没有说明这条岔道有什么重要性，但我认为这就是最近那两个孩子遇害的地方。”

斯达尔还说过要用枪打破某辆校车的轮胎，然后把那些“毛孩儿们”

逐个射死。他会在孩子们从车里蹦出来时扣动扳机。切尼不相信他的朋友真会做出这样的事情。“我们就像在为一本书或其他类似的东西讨论如何安排情节，”他告诉警探们，“感觉我们不是在讨论真实的事情。他时而脱离现实，时而回到现实。我们就这样进行着奇怪的对话。当时我心里就有点儿不寒而栗。那是我最后一次见到他。我知道在内心深处，自己再也不想见到他。”

那天晚上，切尼回家后告诉妻子安，他的朋友“言行怪异”。“没过多久我就搬家了。”切尼最后说道，“我得到了一个在洛杉矶工作的机会。搬家跟他无关，只是工作原因。”

接下来是一段时间的沉默。警探们感觉他的话足够合理，的确像是一个诚实人会说的话。下午渐渐过去，警探们已和两人谈了一个多小时。离开时，切尼和潘查里拉都提醒他们注意安全。“他是一个智商很高的人，但是非常急躁。我们猜想他随时都会携带武器。”

回到位于第十五街的总部后，警探们要求萨克拉门托刑事鉴定与调查中心立即用电传打字机向他们提供斯达尔的“黄页”，也就是他以前的逮捕记录。在资料发来前，他们有一段时间可以好好思考。斯达尔跟切尼说这番话的时间非常关键。据阿莫斯推算，斯达尔此番言论应该发生在十二宫制造第一起已知的北加州谋杀案之后不久。此外，杀手自称十二宫的所有信件都是在斯达尔和切尼的新年谈话后寄出的。直到 1969 年 8 月 4 日（托奇和阿姆斯特朗的记录是 8 月 7 日）十二宫才在寄给湾区各报纸的长达三页的信中给自己命名。在此之前，除了三封信末尾一个潦草的“十字圈”符号和七月底寄来的密码，这个幽灵可谓无形无名，无人知晓。潘查里拉证实了切尼所讲的故事，两人看起来正直诚实、精明可靠。他们的话就像福音书一样不容置疑。如果事实真如他们所言，那么鲍伯·豪尔·斯达尔必定是臭名昭著的十二宫。

阿莫斯和兰斯塔夫仔细分析了这两个当地举报人可能的撒谎动机。但是为何过了这么久两人才挺身而出？他们疑惑不解。十二宫成为危险人物至今已有许多年了。1970 年 11 月 16 日发行的《洛杉矶时报》用横跨头版

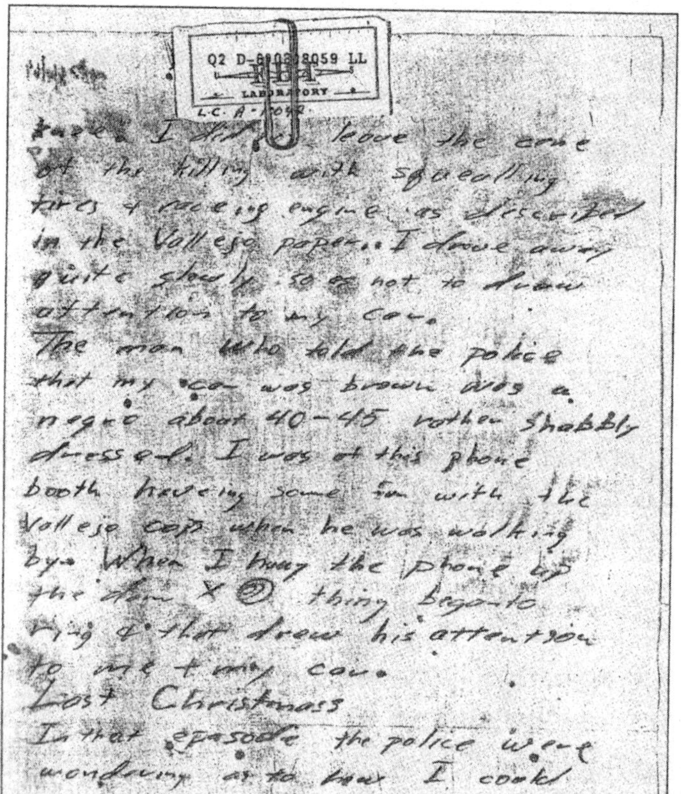
Q2 D-690808059 LL
LABORATORY

I did not leave the cene
of the killing with squealling
tires + raceing engine as described
in the Vallejo papers. I drove away
quite slowly so as not to draw
attention to my car.
The man who told the police
that my car was brown was a
negro about 40-45 rather shabbly
dressed. I was at this phone
booth haveing some fun with the
Vallejo cops when he was walking
by. When I hung the phone up
the dam X@ thing began to
ring & that drew his attention
to me + my car.
Last Christmass
In that epasode the police were
wondering as to how I could
shoot + hit my victoms in the
dark. They did not openly state
this, but implied this by saying
it was a well lit night + I could
see the silowets on the horizon.
Bull Shit that area is srounded

图 1

图 1：十二宫 1969 年 8 月寄给《瓦列霍先驱报》的信的第二页。
（第一页的内容请参见之前出版的《十二宫：挑衅》。）
*（源自作者收藏图集）*

的大字标题醒目地写着：十二宫涉嫌河滨市谋杀。这都没能让他们站出来。出于某种原因，最近的一封信却促使他们采取了行动。

四个月前（1971 年 3 月 13 日），在与旧金山隔湾相望的阿拉米达市的一个名叫普莱森特的宁静小镇里，这位“密码凶手”给《洛杉矶时报》寄了封信。像往常一样，十二宫多付了邮资——两张倒贴的六分钱罗斯福头像邮票。按照惯例，为了催促邮差，他用印刷体在信封上写下：“火速交给编辑。”“航空邮件”几个字几乎覆盖了信封的三分之一。毫无疑问，十二宫是一个十足的躁狂者。他的信占据了《洛杉矶时报》头版的绝大部分——又粗又黑的大字，就像宣战书一样醒目。

我是十二宫。就像我一直说的，你们是破不了案的。如果那帮蓝色小气鬼想抓住我，他们最好挪开肥屁股，行动起来。他们越是在那儿瞎转悠，我就能为自己的来生收集更多的奴隶。不过我确实得表扬一下他们，无意间发现了我在河滨市的谋杀，但他们也只能发现容易的案子，实际上远远不止这些。我之所以写信给《洛杉矶时报》，是因为他们不会像其他报纸一样把我放在末版。

洛杉矶警察局 -0，（十二宫的十字圈标志）-17+

这封信中的某样东西，也许是某个能显露秘密的词语，让切尼和潘查里拉觉得听起来非常耳熟。据阿莫斯猜测，十二宫使用的词语“蓝色小气鬼”应该意指警察。在 1968 年推出的一部名为《黄色潜水艇》的动画电影中，憎恶音乐的“蓝色小气鬼”们对披头士乐队进行恐吓威胁。斯达尔曾一度想成为潜水艇水手，这一点倒也说得过去。“瞎转悠”这个奇怪而粗鲁的表达只在密苏里州、宾夕法尼亚州和得克萨斯州的拉伯克地区使用，海军或水手才会这样说。或许斯达尔这个退役海军士兵也用这个短语。不过切尼否认了这一点。据他回忆，他朋友经常挂在嘴边的口头禅是“干我那活儿”，而十二宫曾在一封信中多次使用了这个表达。一开始，十二宫成功地隐藏了他和南加州谋杀案之间的关联（以便继续在这里作案）。但是现在，他的活动变得可以预测——他想让警察相信他每天通过自己占星来决定是否行动，然后选择跟水相关的地点作案。再后来，他不停地写信给《旧金山纪事报》炫耀自己的暴行，嘲弄、挑衅警察。但他随后一改常规，转而写信给《洛杉矶时报》。这是为什么呢？可能他在南加州出了什么差错。或许他想借这封信警告那里仍记得他的人。果真如此的话，这封信的结果恰恰适得其反。

它勾起了切尼的回忆，引他第一次关注十二宫的合成画像和外貌文字描述。当然，所有的这些都只是猜测。某些因素使得切尼迟迟没有站出来表达自己的疑虑。切尼告发斯达尔是否出于某种动机或者两人之间存在私人恩怨呢？潘查里拉的情况有所不同，他很清楚是什么警醒了他。“突然之间，”潘查里拉说道，“十二宫开始写信给离我们居住地很近的《洛杉矶时报》。我并没有为此烦扰，虽然我怀疑斯达尔就是幕后作者。但切尼深感不安。斯达尔完全符合我对十二宫的所有想象。他非常聪明，和任何类型的权威人物都有矛盾。”潘查里拉曾告诉警探们：斯达尔“智商很高，但也十分情绪化”。在他看来，斯达尔各方面都和十二宫的外貌描述相吻合。在给《洛杉矶时报》写信 10 天后，十二宫恢复了惯常做法。他给《旧金山纪事报》寄了一张四分钱的明信片，邮票上林肯在低头默哀。明信片背面画了一个人，正在一片白雪覆盖的林中营地上挖土。旁边写着“不要埋我”，暗指十二宫生活中有人去世了。更具讽刺意味的是，在 5 月份，这个疯子在电话里恳求帮助——请求大家阻止他，以免他杀害更多的人。

电传打字机断断续续的“咔嗒”声和连绵不断的电话铃响扰乱了警探们的思绪。阿莫斯把刑事鉴定与调查中心传来的报告放在黑色的旧电话旁，短短的几小时前就是这个电话让他们驱车寻找线索。报告提供了基本信息：文件号 131151/ 社会保险号码 576-44-8882；出生日期：1933 年 12 月 18 日；未婚；与母亲共同居住在加利福尼亚州北部。兰斯塔夫注意到从 1958 年至 1964 年斯达尔都有工作申请记录，其中一条显示：无证职员，沃森维尔公立学校。他们还发现一条逮捕记录：1958 年 6 月 15 日，瓦列霍警察局；编号 60278，D.P.（扰乱治安）；1958 年 7 月 8 日释放。没有通缉令。

阿莫斯又打电话逐渐补充了相关信息。他获悉嫌疑人的家庭经济条件不错，其父亲曾是一名小有名气的海军飞行员，已于3月份离世——就在那时，十二宫时隔五个月之后又开始给媒体写信。

斯达尔应该是为了作案而南下，找了个地方安置下来，然后在波莫纳东边的河滨市杀害一名女大学生。在波莫纳他去见了在大学读书的弟弟罗纳德、切尼和潘查里拉。鲍伯·豪尔·斯达尔在20世纪50年代晚期至60年代早期曾就读于加州州立理工大学圣路易斯奥比斯波分校，学习小学教育。他甚至在学校北边专门关押精神病罪犯的阿塔斯卡迪罗州立医院当过培训师。兰斯塔夫收集、整理好一些新信息后，起草了一封信，然后用航空快递寄往旧金山湾区——斯达尔生活、工作和狩猎的地方。

兰斯塔夫那封包含着潘查里拉和切尼举报信息的信抵达了阿姆斯特朗和托奇所在的、位于布莱恩特街的警察局总部。和外面的夏日相比，司法中心显得格外阴冷。司法中心面积很大——75万平方英尺，885个办公室。朝阳照耀着大楼正面刻的一行金色大字——“公平、正义属于每一个人”。投递员拿着信经过金属探测器和武装警卫，然后乘坐电梯来到四楼——命案与性犯罪科。他在一扇磨砂玻璃门口停住了脚步，门上手工漆的黑字显示：454号办公室。门上方还有一个手制标牌，写着“城市动物园”。办公室很宽敞，地板擦得发亮，里面摆着灰色文件柜和木制办公桌。最后，这封信在旧金山命案科警探约翰·麦肯纳的办公桌上安全着陆。

麦肯纳精明强干、博学多才，曾是一名银行家。他此前就接到了警探阿莫斯的电话。他热切地把信从头到尾浏览了一遍，然后拨通了切尼的电话。“我们需要你想办法获取斯达尔的笔迹样本。”他说道，“所有样本和新线索都要直接送给托奇警探。”第二天，托奇的搭档比尔·阿姆斯特朗打开了曼哈顿比奇警方寄来的信。信中提供了更多细节——令人兴奋的细节。大家的脉搏加速跳动，墙上黑色的老式时钟“滴答、滴答”，走得更快了。

旧金山的警探试图让切尼获取斯达尔的笔迹样本，结果未能如愿以偿。“我确实没有任何途径搞到样本。”事情过了很久以后切尼告诉我，“阿姆斯特朗曾有意无意地暗示我是不是可以写封信给斯达尔，试试看是否能

图 2

图 2：戴夫·托奇警探和他那支赫赫有名的枪（在电影《警网铁金刚》中，主演史蒂夫·麦奎因佩戴的正是这把枪）。
*（源自作者收藏图集；警方照片）*

图 3

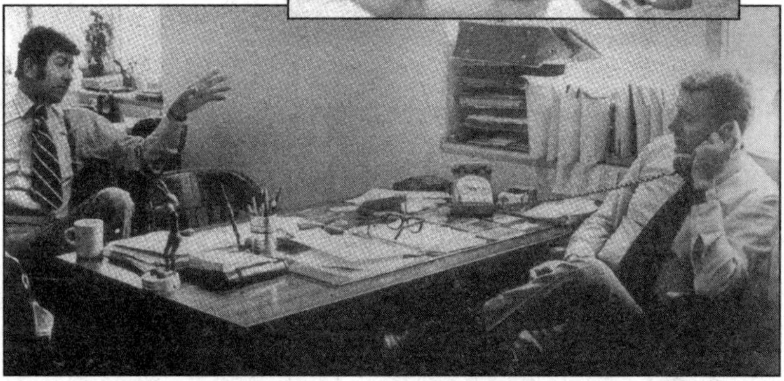

图 3：旧金山警察局命案科警探戴夫·托奇和比尔·阿姆斯特朗，拍摄于 1974 年 4 月 3 日。
*（源自作者收藏图集；警方照片）*

收到他的回复。如果那时我还是个单身汉，他们要我做什么我都会配合，但是现在我有妻子和两个孩子，我不想引狼入室。他只要查看电话簿就能找到我。”

随后，司法部要求谷泉小学的学区督导弗兰克·英格利斯博士提供斯达尔的笔迹样本，斯达尔曾在该小学教过书。英格利斯博士立刻照办，接着斯达尔的笔迹样本被快马加鞭地火速送往旧金山警察局。托奇驾车把斯达尔用印刷体写的工作申请亲手交给了萨克拉门托刑事鉴定与调查中心的麦尔·尼古莱。尼古莱迅即将其提交给州立机构最高明的文件检验官舍尔伍德·毛利尔。这位博学多识的分析专家将样本和十二宫的信件进行了对比，并于第二周的周四向尼古莱做了汇报。尼古莱的上司 A.L. 科菲局长当天就给旧金山警察局进行了书面回复。

“鲍伯·豪尔·斯达尔的笔迹样本详见附件。”科菲写道，“舍尔伍德·毛利尔先生将提交上来的笔迹与十二宫信件里的笔迹进行了比较，他认为两者并非出自同一人。”警察归还了斯达尔的工作申请原件，它们又被神不知鬼不觉地重新放回了他的就业档案。尽管遭遇了挫折，旧金山的警探们并未因此望而却步。十二宫是他们遇到过的最聪明狡猾的罪犯。他肯定知道如何对付毛利尔以及如何伪造笔迹。这一定就是问题的答案。他们只

图 4：刑事鉴定与调查中心文件鉴辨组组长舍尔伍德·毛利尔

*（源自作者收藏图集）*

图 4

图 5

图 5：威廉·贝克警探，拍摄于 2001 年。

*（源自作者收藏图集）*

顾着匆忙行事，兴奋之余忽略了这一点。

1970 年，警探威廉·贝克加入了圣巴巴拉郡治安官办公室重案组，接手几起悬而未决的案子。其中之一就是一个发生在偏僻海滩的双重谋杀悲剧，死者是隆波克高中毕业班学生罗伯特·乔治·多明戈斯和琳达·法耶·爱德华兹。“我接手时案子已经有七年历史了。”贝克告诉我，“该案的几位调查员仍在负责此事，所以一有机会我就去请教他们。”一天早上，贝克无意间发现了十二宫在 1970 年 10 月 27 日写给《旧金山纪事报》记者艾弗利的万圣节卡片。杀手在上面画了一个神秘难懂的“裁缝十字”——就是把两个单词交叉成十字——“Slaves”（奴隶）和“Paradice”（Paradise 意为天堂，此处为故意拼错）。十二宫在卡片正反两面都写了字。这引起了贝克的注意。杀手整齐地写道：“用绳、用枪、用刀、用火”。绳、枪、刀和火都是贝克未解悬案中涉及的元素。

图 6

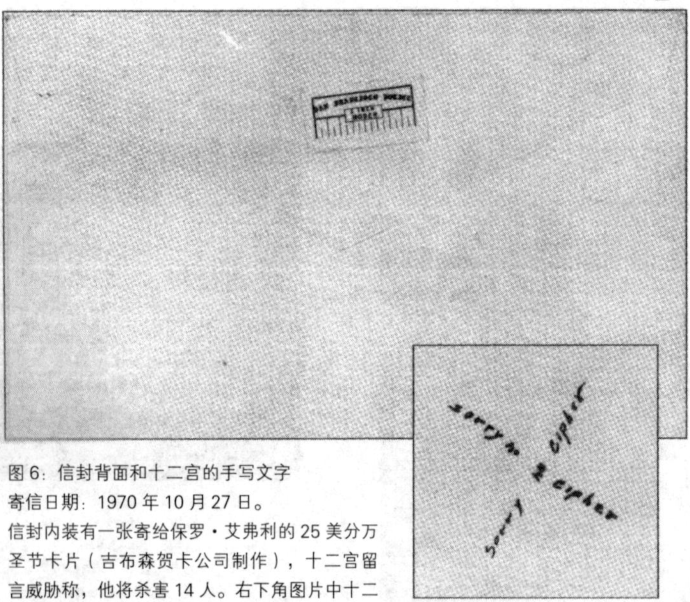


图 6：信封背面和十二宫的手写文字
寄信日期：1970 年 10 月 27 日。
信封内装有一张寄给保罗·艾弗利的 25 美分万圣节卡片（吉布森贺卡公司制作），十二宫留言威胁称，他将杀害 14 人。右下角图片中十二宫写道：“抱歉，没有密码。”
*（源自作者收藏图集）*

“我立刻发送了一份遍及全州的电传，询问相似案件。”他说道，“很快就有人接连给我打了电话，先是比尔·阿姆斯特朗，然后是麦尔·尼古莱。长话短说，总之，他们两个都告诉我，基于我的描述，很有可能悬案就是十二宫所为，而且我们的案子之间或许存在关联。”但是与其他疑为十二宫制造的谋杀案有所不同，本案的受害者是在星期一遇害的。谋杀是否发生在黄昏或者更晚无人知晓，不过可能性不大，因为受害者都穿着泳衣。”贝克利用一切机会力图侦破多明戈斯和爱德华兹的案子。然而前路漫漫。他开始四处奔走，前往疑为十二宫所犯案件案发点的管辖区，和大部分警探进行交流。

四处奔走的还有警探阿姆斯特朗。这位英俊帅气、头发银白的调查员有着棱角分明的脸庞和坚毅的下巴。他来到托伦斯，在科学动力公司见到了切尼和潘查里拉。“这个家伙风度翩翩地走了过来，”潘查里拉回忆道，“当联邦调查局的海报模特儿绰绰有余，做警察嘛，就是太敏感了些。”阿姆斯特朗听到的故事与之前阿莫斯和兰斯塔夫听到的版本几乎一模一样。切尼一五一十地还原了和朋友之间的谈话。但是阿姆斯特朗并未就此满足，他开始查问起来。“切尼先生，”他问道，“你会不会在读过一些关于十二宫系列谋杀的新闻报道之后，把你跟斯达尔之间的谈话与那些文章混为一谈了？”

“才不是这样呢。”他回答，“我能记起谈话内容和日期。我还记得自己怎样回复他说的话。我可以为此出庭宣誓做证。”阿姆斯特朗那天的质疑并没有让切尼对自己产生怀疑。背景调查显示，切尼于1934年4月25日出生在贝克尔斯菲市，从1959年秋至1964年冬就读于加州州立理工大学波莫纳分校，学习机械工程。现阶段他和妻子、孩子们一同居住在波莫纳。无犯罪记录。

阿姆斯特朗接着又询问了桑迪·潘查里拉——切尼的老板及多年的好友。他也在同一所大学学习过，从1961年秋季入学一直到1964年春季毕业，获得电子工程学学位。潘查里拉是这样描述切尼的：“一个非常可靠的人，不会夸夸其谈，也不会胡说八道。思考问题有条理、有逻辑。”后来，斯达尔的弟媳和弟弟证实了切尼的可靠性。“如果唐·切尼跟你说了那些事，”斯达尔的弟弟罗恩表示，“我会相信他所说的是真的。”阿姆斯特朗迅速返回旧金山，把最新情况告诉了托奇。

他和托奇煞费苦心地搜索切尼言行背后隐藏的动机。“如果不是真的，他又为何跟警察说那番话呢？”托奇问道。斯达尔称自己十二宫，制定作案手段，确定谋杀惯技，这些都远早于杀手自名十二宫，明显表明斯达尔有重大嫌疑。十二宫和开膛手杰克有所不同，后者的名字多半拜伦敦一名记者的奇思妙想所赐，而十二宫则是自己选择了这样一个广为人知的绰号。负责凶杀案的警探们认为，如果切尼和斯达尔之间的谈话属实，那么斯达尔必定就是十二宫。可切尼拖了那么久才向警察举报，这又该作何解释呢？后来有一天，切尼对此给出了解释：他是如何回想起 1969 年那个决定性的新年他和斯达尔之间的谈话。

“从大学毕业后，”切尼告诉我，“我在旧金山一个叫 G.J. 雅玛斯的公司找了份工作。在那里待了几年。后来，住在康科德的时候，我卖过一段时间人寿保险，但不是很成功。之后我搬回了波莫纳，开始在福陆公司工作。福陆是一家工程公司，但他们主要的工厂是提炼厂和化工厂。曾经有一段时间，贝克特尔、福陆和帕森斯设计学院结成合作伙伴，一起建设海湾大桥。

“一天傍晚，斯达尔的弟弟罗恩和弟媳凯伦来我位于南加州的家里吃饭。我们围坐在厨房餐桌旁聊天儿。凯伦告诉我们斯达尔有一次穿着西装去参加油画派对。她举这个例子来说明他不懂得适应不同的社交场合。她拿这件事来取笑他。其实凯伦有点儿怕丈夫的哥哥。因为她察觉斯达尔和这个社会根本不搭调。她是学社会工作的，接触过类似的案例。”

“一天早上，我正在福陆公司被大家称作‘特别小组中心’的新餐厅吃早餐。那时我已经来公司三四个月了。我的小舅子罗恩·埃伯索尔手里拿着一张报纸，他指着上面一幅合成画像说：‘这个看起来很像你的兄弟。’我瞧了一眼，那简直就是斯达尔的画像——除了头发不一样，没有戴眼镜以外。罗恩以前见过斯达尔一次，是福陆公司唯一会认出他的人。我回答，

'没错，是挺像他。'但我当时并没有太当回事。"

这幅素描的特别之处就是它和之前的画像有所不同。此前贝利桑湖和旧金山凶杀案发生后，十二宫的合成画像是一张圆脸。"我的小舅子把报纸递给我，然后我读了那篇文章。"切尼继续说道，"在此之前，我忘记了和斯达尔谈话的重要细节——他要给自己取名十二宫。甚至在偶尔读到有关十二宫的报道时，我都没有想起来。我认为这幅素描纯属巧合，但是几个月以后（1970 年 11 月 16 日），我看见《洛杉矶时报》上十二宫威胁说要用枪击破某辆校车的轮胎，然后在毛孩儿们蹦下车时逐个儿瞄准射击。斯达尔曾经对我说过同样的话。我意识到这绝不可能只是巧合。我再也无法否定这一点。就是在这一刻，我恍然大悟。接着我就回想起了他说过的一切。

"又过了一年我才给警察打电话。我在福陆公司待了两年，1969 年和 1970 年。我们完成一个重大合同后，公司大规模裁员。因此我去拉维恩一家大型造纸厂工作了将近一年，单位距我家往北只有几英里。我并没有马上把这件事告诉旧金山的警察。我拖延了一段时间，心里不停地琢磨。我真的无法回避这不可能是巧合的事实。这完全是引用斯达尔的措辞。1971 年格拉斯山谷镇附近发生的谋杀案加深了我的怀疑。"

"我去的是波莫纳警察局，因为当时我住在那儿。我和一位警官见了面。在那里待了一个小时。我认为这样就等于我已经履行了对此事的义务，可是结果什么也没有发生。很明显，他并没有把我反映的情况上报。因为他们已经收到了数百条举报信息。到 1971 年，桑迪·潘查里拉邀请我到他的科学动力公司工作。我们一直是非常要好的朋友。我在科学动力公司担任营运经理一职。有一天斯达尔的事情又在我脑海浮现，终于，我把内心的怀疑告诉了桑迪。"

"后来，罗恩来到托伦斯，我们认真地交流了各自的看法。讨论刚一开始，我们就决定要对此事有所作为。'看得出来警察基本上把你忽略了。'桑迪表示。他是一个能真正掌控大局的人。我从来没有跟曼哈顿比奇的警察谈过此事，但是出于某种原因，正是他们对举报消息做出了回应，那天下

图 7

图 7：杰克·姆拉纳克斯警探
*（源自作者收藏图集）*

午来到托伦斯科学动力公司了解情况。"

"唐多次跟我说起他的故事。"潘查里拉后来告诉我，"他说'没有警察会接我的电话'。我骂他'瞎扯！我们这就打电话'。事情就是这样开始的。唐一直在努力，但是没有人认真对待他。他不是一个强硬的人。有一个来自托伦斯的警察名叫阿莫斯，我了解到如果打电话给他，事情就会有进展。'我知道你们每天都接到很多自称知道十二宫身份的骚扰电话。'我跟他说。阿莫斯随后致电旧金山警察局询问谁在负责十二宫的案件，警局把电话转给了警探比尔·阿姆斯特朗。阿姆斯特朗提议：'让当地警察局给我们发个报告。'然后阿莫斯给我回了电话。'过来和我们当面谈。'我说。"

旧金山警察局命案科警探埃利斯把阿姆斯特朗和托奇的调查结果传给了瓦列霍警察局的警探杰克·姆拉纳克斯，并通知他这两个警探很快就会来访，那时姆拉纳克斯已经接手了蓝岩泉谋杀案（以及对十二宫的调查）。他快速浏览了洛杉矶警察局最新的调查结果后，立刻血脉贲张。当务之急就是要竭尽全力去了解十二宫的真实外貌，然后把他和新嫌疑人进行比较。

"十二宫的外貌描述放在哪儿了呢？"他思忖着。两年前的通告（编号 90-69，案件号：696134）仍钉在公告板上，上面层层覆盖着较新的通缉令。这张通缉令上展示的不是一幅，而是两幅十二宫合成画像。一些新信息促使警察更改了画像。三名青少年目击了在旧金山普西迪附近杀害一名学生兼黄色计程车司机保罗·李·史坦恩的凶手，他们最初将十二宫描述为"白人，微红或金色平头，年龄大约 25~30 岁，戴眼镜"。

"补充 1969 年 10 月 13 日 87-69 号公告："第二张传单写着，"已根据新增信息修改凶案嫌疑人'十二宫'画像，图见上页。"经过调整的文字描述现在将十二宫的年龄定位在 35~45 岁。他"体形粗壮，身高大约 5

英尺 8 英寸。红棕色头发, 海员式发型”。姆拉纳克斯查看了斯达尔的外貌数据。他是一名白色成人男性，浅棕色头发，明显棕色的眼睛，37 岁，体重在 230~240 磅。姆拉纳克斯注意到斯达尔的身高是 5 英尺 11.75 英寸，差不多有 6 英尺，比通告上十二宫的估计身高多 4 英寸。姆拉纳克斯考虑到孩子们是从二楼窗户往下看，嫌疑人会显得比实际上矮些。孩子们还观察到十二宫不惜浪费宝贵的逃跑时间从司机的衬衫上撕下一块布，然后花耗更多的时间绕着计程车走了一圈，同时不慌不忙地擦拭车子，显然他想将撕下的布条浸满血液。

十二宫自己身上一定沾满了血迹。“枪打到头部的话，”托奇解释道，“受害者有可能大出血，也有可能不会。如果出血不多，是因为肿胀的大脑堵塞了弹孔。至于保罗·史坦恩，子弹穿过的地方血管严重撕裂，头顶一条主要血管被破坏。他死于右耳前的接触式枪创（枪管顶着皮肤）。这种类型的枪创通常会破坏头部和大脑的许多血管，导致大面积出血。据目击者观察，十二宫在史坦恩身上搜找东西时，史坦恩的头就搭在他的大腿上。所以十二宫逃跑时他身上肯定沾满了血。”

两个里士满地区巡警，即来自里士满警局的唐纳德·福柯和埃里克·泽尔姆斯在那个疯狂的夜晚更清楚地看到了十二宫。那天是 1969 年 10 月 11 日，哥伦布纪念日。十二宫总是用极端恶毒残忍的行为为假日打上烙印。

福柯和泽尔姆斯在黑暗的地方偶遇了十二宫，当时他正“缓慢而笨重地”往北走向树林茂密的普西迪。后来十二宫声称当时他撒了个谎成功地骗过了警察，警车朝另一个方向呼啸而去，于是他飞奔着穿过朱利尤斯·卡恩运动场，消失在雷特曼总医院附近。十二宫这次侥幸逃脱点燃了他对洛杉矶警察局持久的熊熊怒火——这种狂怒不亚于被断然拒绝的求婚者。数天后，两名警官意识到他们曾与十二宫擦肩而过。“我真为福柯警官感到难过。”托奇说道，“他担心自己会被斥责，所以等了很久才说出来。‘他们何必斥责你呢？’我安慰他，‘不会的。你报告这件事是对的。’其实这个秘密最终会浮出水面，因为我们听了通讯录音带。我们想查明当天里士满警局是哪个小分队负责案发地区的巡逻。我们想找他们谈谈，弄清楚他们是

图8

图8：1969年10月11日，戴夫·托奇警探（右一，穿灰色大衣）在史坦恩谋杀案现场进行调查。遇害的出租车司机躺倒在前座上，四肢伸开，头部枕在驾驶室底板上，左臂从副驾座向车外垂悬。杀手未取走其腕上的手表。
*（源自作者收藏图集；警方照片）*

否动过那辆计程车。我们必须弄明白谁在那个区域。最后，过了好一段时间，他们才站出来。确实有点儿令人失望。

“那天晚上无线电通讯警车接收的信号传输时断时续。中间还有很多停顿。负责巡逻的小分队不停地问：‘有几个嫌疑人？有几个嫌疑人？’通讯室没有直接回应。他们跟巡警说：‘稍等——我们在安抚几个小少年——稍等！’这些孩子们都被吓坏了，他们都抢着接电话，通讯室试图询问嫌疑人的外貌或数量。‘他们转告了案发地址……受害者好像已经死亡……救护车出发了……我们在努力获取嫌疑人的外貌特征……’这句话重复了好几遍。‘我们在安抚几个小少年。’巡警驾驶着警务车，试图去抓捕凶手，他们问道：‘嫌疑人是什么特征……我们正在行动……我们快到现场了……我们现在开到阿圭罗大街了……嫌疑人是什么特征？’”

“结果，通讯室有人将凶手误听成了美国黑人，致使福柯和他的搭档做出了错误的行动。后面就只听到持续不断的沙沙声，没有人说话。因为大家都认为这是一起不慎闹出人命的计程车抢劫案。杀手应该是步行离开现场的。遗憾的是，因为几个模糊不清的单词，白人成年男子（WMA）被不假思索地脱口说成了黑人成年男子（BMA）。这会儿他们都认为嫌疑人是个黑人。随后说话声再次响起‘更正更正……我们收到进一步消息……是一个白人……短发，戴眼镜，身材魁梧，有大肚腩，身穿防风夹克……宽松裤子……带着手枪……务必谨慎，非常危险，接近凶手务必谨慎’。但与此同时，我们也错过了关键的几分钟。整个过程惊心动魄。一切都还历历在目，好像上周末才发生似的。”

“事后，我决定找当时接电话的警察了解情况。他说：‘去他妈的！戴夫，当时电话里有两三个听起来像青少年的小孩儿，他们在那里一个劲儿地尖叫。一开始我以为他们受伤了。我努力用平缓的语气安抚他们。他们一直说：‘我们的父母就要回来了……司机看起来已经死在车里了，里面开着灯，刚才他们还在搏斗。噢，你们快过来啊，你们快过来啊！’我不停地告诉他们：‘你们待在房子里。’他们就在家里待着。你也知道那些巡警一直在焦急地等我们回复。我们尽力了，但当你面对的是一帮小孩子……我自己也有孩子，所以我知道……他们吓得要命，知道出大事了。他们能看见那位司机的身体侧躺着，车门开着。’”

“当时参与追捕行动的是里士满警局和帕克警局的小分队。他们都知道朱利尤斯·卡恩运动场就在那里，是普西迪的一部分。如果他进了运动场，我们就极有可能抓不到他了。从阿圭罗大街，福柯和泽尔姆斯需要向右转往北开，然后才到华盛顿街。他们很可能是那里唯一的小分队，我相信他们确实看到了十二宫。福柯比泽尔姆斯经验丰富得多。作为资深警官，福柯开着警务车，能更清楚地看到那个陌生人。不过显然泽尔姆斯没有发现什么不对劲儿的。而福柯当时应该在和通讯室通话。一切都发生得太快。你根本想不到，三天后你才意识到当时你面对的是全国最凶险的连环杀手。

“早在消防队抵达之前，计程车就被挪走了。我们需要的只是他们特殊的烟尘处理设备上的探照灯。结果一支部队驾着几辆大型探照灯卡车从阿圭罗大街开上了小山坡。我们仔细查看了案发现场所有东西后，附近居民渐渐围了过来。我只好请两三个穿制服的小伙子帮忙：‘不要让任何人靠近计程车，伙计们，帮看着点儿。’我让达吉斯跟着拖车回了司法中心。他们把计程车停放在扣押物品室，第二天早上开始着手处理。”

警官们修改了最初的画像，在第二幅素描中把十二宫的脸画得更圆，显得年纪更大些。但是一份修正过的文字描述从未被添加到通缉令上。福柯在 1969 年 11 月 12 日，即枪案发生后一个月，提交了一份重要的部门间备忘录，这份修正版文字描述就包含了备忘录中提到的细节。福柯更精准的描述只能被可怜巴巴地淹没在洛杉矶警察局八大抽屉的关于十二宫的文件中。这份备忘录非常重要，因此全文引用如下：

尊敬的长官：本人怀着敬意，特做以下报告。在彻立街和华盛顿街交叉口开展追捕行动时，福柯警官注意到一个符合十二宫杀手特征的嫌疑人。他先是在杰克逊街往东走，然后到了枫叶街又往北走。当时没有拦下他，是因为通讯室说嫌疑人是名黑人男性。后来更正了嫌疑人的外貌描述后，报告现场情况的警官通知通讯室，有人看见一个可能的嫌疑人在枫叶街向北进了普西迪的朱利尤斯·卡恩运动场，于是我们开始全力搜查，但一无所获。福柯警官观察到的那名嫌疑人是位白人成年男性，35~45 岁，身高大约 5 英尺 10 英寸，体重 180~200 磅。身材中等、粗壮，胸围宽阔，肤色中等，浅色头发，可能后边有点儿灰白（也许是灯光效果）。身穿深蓝色齐腰拉链式夹克（海军蓝或皇室蓝），松紧袖口，裤头拉链部分拉上。褶式棕色羊毛裤后面宽松肥大（铁锈色），可能穿着低帮鞋。此人看起来不慌不忙，笨拙地迈着大步，身体微微前倾。总体外貌特征：威尔士人血统。巡逻当夜我的搭档是里士满警局的 E. 泽尔姆斯（编号 1348）。我不清楚他是否注意到这名嫌疑人。

敬呈。

唐纳德·福柯（巡警，编号 847）

“我记得福柯警官告诉我们，之前根据孩子们描述得出的合成画像其实并不像我们最初认为的那样精确。”托奇跟我说。在命案科，通缉令上面的身高被改成了“5 英尺 11 英寸”。“那个版本的十二宫脸画得更圆、更大。福柯曾经在口头描述中用了‘缓慢而笨重’这个词，听起来感觉十二宫就像只大猩猩，天哪！”多年后，福柯把十二宫的估计体重改成了 230~240 磅，身高也增加到 6 英尺或 6 英尺 1 英寸。他最终回想起那双低帮鞋是工程用靴，那件夹克“脏兮兮的”。“十二宫杀手，”他对一名电视节目制作人说，“以平常的步速朝我们的方向走过来。看见我们后，他转身进了杰克逊街的一家私人住宅。”托奇不赞同这一说法。“十二宫消失了，”他说，“‘跑进了公园里某个地方的灌木丛。’这是福柯自己说的，不是私人住宅，根本不是。福柯称和十二宫的偶遇不超过 5~10 秒钟。我们认为实际上泽尔姆斯和福柯曾拦下了十二宫，然后想方设法保守秘密，以免受到警察委员会的惩罚，或觉得难堪。我记得私下和福柯聊过。他双眼噙满泪水。‘天哪！戴夫，我的天哪！就是那个家伙。’他说道。”我回答：“是啊，就是他，唐，但是你想过吗，他本可以轻而易举地杀了你。如果你当时下了车，毫无戒备，他就会开枪把你和埃里克·泽尔姆斯打死。你必须得考虑这一点。’我们让他们两个画了幅素描，还派了名素描专家，一起得出了合成画像。”

“20 世纪 90 年代的时候，我曾和两人中仍在世的那位面谈过。”警探乔治·巴沃特后来告诉我，“一个已经去世，另一个还在洛杉矶警察局工作。他在青少年犯罪科或别的什么科室。对于那次面谈，他不是很乐意。这不是他职业生涯的闪光点，他不想谈起那件事。谁又能责怪他呢。”

图 9

图 9：乔治·巴沃特警探

*（源自作者收藏图集）*

抓捕十二宫曾触手可及，结果却坐失良机。这也让瓦列霍警探约翰·林奇一直耿耿于怀。“我听到的版本是，”他告诉我，“当他们盘问他时，无线通讯机里传出声音说要查找的是一个黑人，然后（他们）就让这个家伙走了，他在普西迪消失得无影无踪。我不相信他身上全是血。你知道，在计程车司机谋杀案中，几乎可以肯定，警察手里拿着枪从巡逻车上下来过。你必须得这么做。他们之所以等了那么久才告诉局长，很有可能他们心有余悸。”

姆拉纳克斯绝不会发现福柯提交给旧金山警察局的内部信函以及他描述的十二宫更高、更重。实际上也没有人会发现这份被淹没的报告。带着对杀手外貌的错误概念，姆拉纳克斯心里很不舒服地感觉斯达尔这名新嫌疑人和十二宫并不完全吻合，他把通缉令放回原处。这位瓦列霍的警探也从不知道斯达尔大步走路时动作有点儿奇怪。“他走起路来缓慢而笨拙。”斯达尔的朋友后来跟我说，“他的臀部很滑稽（他一条大腿在 1965 年 8 月被严重割伤，不得不施行整形手术）。”和斯达尔的一个共同点就是，十二宫的脸圆得不同寻常。“十二宫圆而浮肿的脸会不会表明他不断发展的健康问题引起了水肿？”我问一名护士，“比如日渐衰竭的肾脏？”她答道：“是的，极有可能。”

姆拉纳克斯随后发现这名嫌疑人曾在 1958 年 6 月 15 日被逮捕，原因是触犯了《刑法》第 415 条——扰乱治安。在他的档案中这只是一个微小的污点，后来却造成了灾难性的后果。正当姆拉纳克斯打算把文件夹放好时，他看到上面记录着斯达尔曾是其他几起事件的受害者或目击者。此外，他还存在与小孩儿有不正当关系的嫌疑。

这位警探想事先做好准备以迎接即将来访的“十二宫双子”——报纸给阿姆斯特朗和托奇取的绰号。他致电刑事鉴定与调查中心要了一份更详细的犯罪记录，接着又打电话给机动车管理局要求提供一张照片。“苏珊，我要找的是编号 B672352 的加州驾驶证。”在苏珊处理他的请求时，姆拉纳克斯起身离开了办公室，他要去查看一下斯达尔和寡母共同居住的房子。那天天气较凉爽。从金门海峡吹来的盛行风使得这座城镇与湾区其他城市相比冬天更温暖，而夏天又更凉快。姆拉纳克斯开车驶离田纳西大街，然后开上了弗雷斯诺街。

斯达尔的房子像是弓身伏在街道的东侧，因太阳暴晒墙体褪成了棕色，阳光斜照的地方发着灰红的光。贴在房屋正面金属框里的纯黑色数字“32”

图 10

图 10：亚瑟 · 利 · 艾伦于 1967 年办理的驾驶证。
*（源自作者收藏图集）*

图 11

图 11：亚瑟 · 利 · 艾伦于 1990 年办理的驾驶证。
*（源自作者收藏图集）*

在白地儿的衬托下格外引人注目。一辆 1957 年产的蓝白色福特轿车停在房前，钩在船拖车上，这引起了姆拉纳克斯的注意。他放慢速度，匆匆记下了车牌号——LDH 974。经机动车管理局核实，这辆车登记在斯达尔名下。此外，他还有一辆两座的奥斯汀希雷、一辆大众和一辆白色别克。车道往后通向一个独立的双门车库，那里停着一辆 1965 年产的白色 220SB 系奔驰。姆拉纳克斯此前已经了解到这名嫌疑人以前是“哈里 · 沃根汽车服务站”的员工。得益于这样一份修理汽车的工作，斯达尔可以使用许多因维修而留在那儿过夜的车。

这位警探把车开到街区尽头后，在伊利诺伊街掉头，接着慢慢地驶过斯达尔的房子。他认真细致地看了最后一眼，然后向汽车服务站的所有者沃根询问情况。沃根告诉姆拉纳克斯，斯达尔在 1970 年辞职了。“他说他正考虑回校园读书，去可塔提的索诺马州州立大学。”沃根回复说。事实的确如此。在1970年秋季，斯达尔开始攻读生物学学位。据这位前老板称，虽然斯达尔工作能力强、效率高，但他对小孩子们表现出过多的兴趣。沃根自己有三个孩子，他们有时候也会来服务站。“这让我很担心。”他说，“他走了，我一点儿也不遗憾。”斯达尔许多雇主似乎都有同感。“有人请他在一所学校做什么管理员之类的。”姆拉纳克斯后来跟我说，“我非常气愤，因为我觉得像他这种人就该抓起来。”

夏初，斯达尔顺路经过沃根家，然后接走了他13岁的女儿。“你想不想和我去乘船兜兜风？”出发前他问孩子。小女孩儿未经父母同意就答应了。小女孩儿回家后称斯达尔“过分接近”她。自那以后，沃根再也没见过这名员工，也不想再看到他。

为了搜集更多斯达尔的笔迹模本，姆拉纳克斯驱车来到田纳西大街1660号的克劳克尔市民银行，斯达尔在这里开有一个支票活期存款账户。他让工作人员直接影印了号码为546-1685-48的账户下最近注销的支票。他本打算直接借用原件（因为斯达尔告诉银行不用退回原件），最后想想还是算了。他看见其中一张支票上面的收款人是菲尔·塔克。另一张的日期是1971年7月20日，这是支付给R.G.布莱克伍德用于购买冷却箱的9美元支票。第三张是支票6月4日写给“高树拖车场”的。注释处写着：“贮藏室租金。”姆拉纳克斯马不停蹄地把三张样本全都发送给毛利尔进行笔迹分析，至于斯达尔会在拖车停车场存放什么东西，他并没有过多考虑。事实上，斯达尔有很多辆拖车。

下午1点30分，警探阿姆斯特朗和托奇像出国旅行一样千里迢迢来到索拉诺郡，他们和姆拉纳克斯约好了会面。从1969年开始，他们调查了数百名嫌疑犯，老实说，他们已经感到疲劳和厌倦了。不过这次对斯达尔的怀疑逐渐变得严肃起来，案情开始出现转机。满头浓密黑卷发的托奇脖子上戴着他那标志性的蝶形领结。他极富表现力的脸上荡漾着微笑。随行的还有麦尔·尼古莱。托奇因有这样一个好旅伴而喜形于色。他对尼古莱评价甚高。“十分专业。”他后来告诉我，“麦尔·尼古莱总是开怀大笑，是一名非常好的执法官。他理着平头，戴着眼镜，看起来像一个教授。尼古莱是加州司法部刑事鉴定与调查中心的执法官。当案子涉及多个郡时，他会把这些案子全部揉到一起。他是个中间人。我们可以联系他，让他从萨克拉门托帮我们弄到信息。”

姆拉纳克斯是一个真正的男子汉，粗犷壮实，喜欢野外活动，像十二宫一样是个猎人。“在我亲眼见了斯达尔后，我会联系你们再过来一趟。”在会谈结束时，他向大家保证。姆拉纳克斯是个值得信任的人。托奇知道他是不会空手而归的。

姆拉纳克斯继续认真细致地调查斯达尔的过去，他想在亲自接触这名嫌疑人之前尽可能多地收集背景资料。和其他人一样，他注意到斯达尔的生日是 12 月 18 日——比 12 月 20 日发生的赫曼湖路双重谋杀早两天。姆拉纳克斯知道有些连环杀手会在对他们有重要意义的日期发动袭击。截至目前，十二宫枪杀或刺杀情侣的日期包括美国独立纪念日、万圣节前夕、哥伦布纪念日和圣诞节前几天。然而，几个瓦列霍警察局的调查员认为十二宫只表示过对赫曼湖路惨案负责，这是为了扬名并进一步迷惑警方。

有一天斯达尔不在家，他去了斯达尔的房子，斯达尔的母亲在那里。姆拉纳克斯只是四处走了一圈，简单搜查了一下。

姆拉纳克斯看见斯达尔的地下室未锁的门正朝他张着阴森的大口，上面的油漆是偏中度的绿色，和厨房一样，不过稍微淡一点儿。斯达尔会不会正在下面偷偷地盯着自己呢？伯尼斯注意到他在观察地下室，于是说：“这是我两个儿子的卧室，他们住了很多年了。”一个在地下室角落里的狭槽被用来做邮箱。“所有的信件想必都扔进了那个隐蔽的地方吧。”姆拉纳克斯思索着，他想起了对写信痴迷的杀手。十二宫曾在一封信里说过他有一个地下室，里面存放着炸弹。为了有更多的私人空间，斯达尔从楼上的房间搬到了地下室。姆拉纳克斯很想一探究竟，但是小心起见，他没有再往前走。他离开了斯达尔家，但一直思考着这次走访的所见所闻，琢磨着伯尼斯那些含糊其辞的话。周末结束了，新的一周即将开始，他准备再次和旧金山的警探们切磋意见。

很多住在弗雷斯诺街的居民都是看着斯达尔长大的，知道他对母亲尽心尽力。但是这份母子情只是遮人耳目的烟幕弹和假象而已，邻居们经常在无意间听到两人吵起来一个比一个吼得更大声。“他的母亲有点儿严厉。”切尼评价道，“是的，她很强硬。她个子高挑，几乎和斯达尔一样高。父母两个都和罗恩一样身材修长。和哥哥不同的是，罗恩人际关系很好。”他们争论的主要起因是伯尼斯更器重他的弟弟罗恩。

“罗恩和他哥哥之间一直在明争暗斗。”潘查里拉后来告诉我，“罗恩更受女孩子青睐，他比哥哥更有魅力，母亲总是偏爱他。斯达尔对此极为不满。母亲非常宠爱长相帅气的弟弟，而那时候斯达尔的身体已经发胖。我曾去罗恩家度周末，他父母在家。斯达尔也过来了。他那会儿住在拖车里，他的父亲伊桑一点儿架子都没有。20 世纪 50 年代末或 60 年代早期，他在俄克拉荷马州发生的一次飞机失事中受伤，自那以后，他就跟换了个人似的。他现在是一名绘图员，我们开车送他上下班。他人挺和善，但是很懦弱。以前他不是这样的。那次事故后，伊桑就再也管束不了他儿子了。他变得——怎么说呢——沉默寡言了。斯达尔的母亲个性专横、控制欲强。斯达尔与她总是争吵不休，相互辱骂。他会直截了当地用脏话破口大骂，朝她大吼大叫。如果我也那样跟我父母说话，他们早就把我宰了。斯达尔骂她是个‘娼妇’[1]和诸如此类难听的话。真的太过分了，而且那还是在用餐的时候。”

切尼详细地介绍斯达尔的父亲。他告诉我：“斯达尔的父亲伊桑以前是一名飞行员，还荣获过勋章。我不知道他的飞机是被击落还是失事掉落。总之，他出了事故，严重受伤，后因病退伍。我认识他的时候，他已经不在海军服役了。他仍然积极活跃，但显然少了几分精气神。他不再是曾经那个红极一时的喷气飞机驾驶员了。他仍旧去工作，依然是马雷岛的绘图员。他没有因此就吃闲饭。他还能自如行走，所有的身体机能都正常。他是一个很友善的人。斯达尔家有军资供应的特权和身份证明，所以他们可以去军事基地购物。他穿的‘翼行者’靴子很有可能就是在马雷岛买的。这种鞋子是专为飞行员和机组成员制作的。”

[1] 此处应指粗俗语 cunt，表示“贱婆娘、娼妇”。

姆拉纳克斯心想，到目前为止，1971 年的暑假没有那么动乱不安。瓦列霍现在有一支高效的执法队伍，而斯达尔也忙于在加州联合石油公司的工作。姆拉纳克斯在午饭前回到了总部，他致电联合石油公司在皮诺尔的炼油厂，和管人事的麦克纳马拉通了话。麦克纳马拉证实斯达尔从 1970 年 9 月 8 日受雇为公司实验室的初级化学师。不过斯达尔在皮诺尔待得并不开心。去年 4 月 20 日，认为自己大材小用的斯达尔向位于罗德奥的联合 76 汽车修理厂提出了工作申请。“他在炼油厂的夏季工作时间是从早上 8 点到下午 4 点至 4 点 30 分。”麦克纳马拉继续说道，“每个工作日都是如此。”

“我想在工作时间跟他谈谈。”姆拉纳克斯解释道。

“这有点儿不同寻常，”这位人事部门的主管回答，“肯定会造成一些干扰。”干扰正是姆拉纳克斯心里所想的。“好吧，你们可以到我的办公室来。”麦克纳马拉妥协道。

“很好。”这位警探回答道，“在带他来办公室之前，千万不要透露说我们想找他谈话。”毫无疑问，姆拉纳克斯想让斯达尔大吃一惊，手足无措。他挂了电话，在笔记本上记下面谈日期，然后拨通了托奇和阿姆斯特朗的电话，通知他们要和斯达尔见面的事。忙碌了一个早上，他已饥肠辘辘，于是出门吃午饭去了。

阿姆斯特朗和托奇也忙得不可开交。托奇研究了满满两页字迹潦草的笔迹，他大声嚼着动物饼干，吃之前还要在一杯福杰仕速溶咖啡里蘸一蘸。他刚刚了解到斯达尔虽然天生左撇子，但小时候被强迫用右手写字——也许正是因为这个才导致了他严重的心理问题。

午饭后，毛利尔针对斯达尔注销的支票回复了瓦列霍的姆拉纳克斯。“我把它们和十二宫的信认真对比过了，”毛利尔说道，“结论是两者不相符。”他们遗漏了什么呢？姆拉纳克斯深感疑惑。如果斯达尔就是十二宫，他是不是发明了某种掩饰笔迹的方法？这些信是不是他的同伙写的？直到最后，那个神秘的影子副手都会是在追捕十二宫的过程中令人烦恼担忧的因素。

托奇、阿姆斯特朗和姆拉纳克斯从瓦列霍出发，他们沿着 80 号州际公路一路向南疾驰，“咣当、咣当”地穿过卡齐尼兹大桥后，进入康特拉科斯塔郡。沿着圣巴勃罗湾的海岸线，他们快速经过了塞尔比、托尔米、罗德奥和赫拉克勒斯。透过烟雾笼罩的绿色水面依稀可见西边的汉密尔顿空军基地。去年 1 月，两架标准石油公司的油轮就在金门海峡外围相撞，近 200 万加仑黏稠的黑色原油泄漏到湾区。

接近早上 10 点 25 分时，警探们在一个大型炼油厂的钢丝网门前停下了车。厂里面先进的设备令人印象深刻。到了晚上，当无数光彩夺目的灯闪闪发亮时，一团团巨大的云状水蒸气瞬间把这里化成美丽的仙界；白天，仿佛如手指一般的座座黑塔像枪管一样喷射出数百英尺高的浓烟。

大门往后滑开了，经过三四个街区的距离后，警探们从车里钻了出来。托奇伸长脖子仰头张望，正在运转的高塔把原油加热到 750 摄氏度。裂解过程使分子分离，转变成丙烷、汽油、丁烷、煤油、柴油、润滑油，甚至还有筑路沥青和蜡。斯达尔是一位化学师，而炼油厂本身就好比一个巨大的化学实验室。错综复杂的管道弯弯曲曲地伸进交错重叠的隧道，把原油输送到庞然大物般的储油罐、催化装置和真空蒸馏装置里。

尖锐刺耳的口哨声突如其来，吓了托奇一跳。在高空中，工作人员在台架和高塔上攀爬。油腻的煤灰像雾气般纷纷扬扬地撒落下来，托奇感到一阵恶心。那天早晨以及此前的好几个早上，他的早餐都只不过是用冷咖啡冲服的几颗阿司匹林。他们走进了麦克纳马拉的办公室，看着他给实验室打电话召唤那位毫无疑心的初级化学师。“他很快就会过来。”他说道。斯达尔的档案在麦克纳马拉的办公桌上呈扇状铺开。比尔 · 阿姆斯特朗趁机快速翻阅了一下，这次质问将由他来负责。

调查员们没有听到嫌疑人在走廊里的脚步声——只听到电梯门打开时的“咻咻”声。斯达尔这样的彪形大汉，走起路来竟悄无声息，他的脚上穿着某种特殊类型的带软垫的鞋子。终于，他们要面对面地见到他了。托奇直直地坐在位子上。他欠了欠身。在历经了这么多嫌疑人之后，在尝尽多年的失望之后，十二宫真的就在这里吗？真的触手可及？托奇屏住呼吸。门开了。斯达尔的面容正是托奇想象的样子，也是他所认为的十二宫的样子。

## 询问斯达尔

斯达尔的身体占满了整个门框。当三名警探依次亮明身份时，他转动着轮廓清晰、几乎光秃的脑袋挨个看了三人一遍。斯达尔似乎非常吃惊，得知他们是警察时显得有点儿紧张。“我认为他是担心自己会被解雇，”托奇后来告诉我，“也只有这一点也许能解释他的忧虑。”这些年来，一共有 2500 名十二宫嫌疑人浮出水面，警察费尽苦心地逐一进行调查。因为涉及的郡、管辖区和未建制地区为数众多，警察们并不总是一一比对笔迹甚至名字。斯达尔并不是他们遇到的首个有重要嫌疑的人，也不会是最后一个。照理说，这次会面应该给调查员们敲响警钟，但实际上并没有。只是在面谈结束后，当他们的头脑冷静下来，有时间仔细思考斯达尔说的话时（而且有很多都是他主动说出来的），他们的脉搏才开始加速跳动。在命案科，那只漆黑的钟“滴答、滴答”作响，似乎走得更快了。

和姆拉纳克斯一样，托奇马上注意到这名嫌疑人的外貌特征——棕蓝色的眼睛，浅棕色短发，后边有点儿灰白。福柯警官提到过十二宫的长相，说他有着“浅色头发，后面可能带点儿灰白”。托奇回想到：“在十二宫枪杀计程车司机当晚，他的头顶透过稀疏的头发显得特别亮。”20 世纪 60 年代晚期是反叛的时期，人们都留着长发对抗 50 年代的短发。在 1969 年，十二宫留的是短发——像一个军人。然而在前一次贝利桑湖案案发时，据推测，十二宫可能故意显露过头罩下健康的棕色长直发。

“我记得他那有点儿油亮的前额……”贝利桑湖谋杀案的幸存者后来告诉我。他认为行凶者的头发是深棕色的——一绺头发从遮住窄边金属框的黑色眼镜下露出来。这位受伤的男孩儿猜想，在那副眼镜下面还有另一副眼镜。杀手乔装打扮，戴着一个刽子手头罩，胸前饰有一个画十字的圆圈。在 1969 年 9 月 27 日黄昏时分，十二宫往北行至纳巴郡，选定一名学生和他年轻的女朋友为目标，用木柄缠了胶带的一英尺长、一英寸宽的刺刀刺杀他们。他还装饰了刀柄，装在镶有铜铆钉的自制刀鞘里，挂在腰带上。“我不知道十二宫有多高，可能有 5 英尺 8 英寸或者 6 英尺，差不多是这个高度。因为我自己很高，所以对于别人的身高我很难判断得准。”这位又高又瘦的学生说道。

斯达尔的额头宽得足以容下另一张苹果脸，他的脖子粗大，高高竖立的招风耳仿佛一对犄角。他肩膀宽大，身高 6 英尺，壮硕的块头让人望而生畏。“我接触过的那些亲眼见过斯达尔的人都低估了他的身高。”切尼后来解释道，“斯达尔双眼露出凶神恶煞的光。他大腿粗壮、屁股肥大、肚腩凸出，肩膀和胸脯坚实有力。”是的，斯达尔身材粗重，而十二宫也一样。据贝利桑湖案的幸存者估计，十二宫的体重在 225~250 磅。“我曾说过这个家伙确实很胖。”他说，“其实我也不敢确定，也许他并没有那么粗壮，只是穿了肥厚的防风夹克而已。”不过还有一个办法可以判断。

纳巴郡治安官办公室的肯尼斯·纳罗警探对十二宫独特的脚印做了压实测试。他让一名体重 210 磅的副治安官在脚印旁边行走。“结果他的脚印比十二宫的浅。”纳罗告诉我，“要想脚印陷得那么深，我们估计十二宫的体重至少得有 220 磅。脚后跟清晰的印子表明十二宫不是跑着离开现场的。”笔迹鉴定专家毛利尔对压实测试和对笔迹一样持保守态度，他告诉我：“这还取决于沙子当时的状态，还有他是迈着大步慢走还是碎步走。而他们只是通过十二宫的脚步压痕来判断体形。假如前一天的沙子有所不同呢？如果当时里面含有水分呢？”

但是泥土是干的，而且十二宫是迈着悠闲的步子离开的。他的脚印压得很实，脚后跟印特别清晰。纳巴郡的警察几乎在案发之后就立即赶到现场，因为十二宫在离他们总部仅四个半街区的电话亭厚颜无耻地给他们打了电话。“他身上一定沾了些血迹。”纳罗告诉我，“从贝利桑湖一路过来，然后找到这部电话，我认为他得经过20~21个电话亭。他来到离总部如此近的地方，都能听见警车火速出城的警报声。他可以从湖边打来电话，但那样的话就会把自己困在那儿。从湖边开车过来需要25分钟。电话亭离案发现场27英里。如果我们发现他在湖边打电话，我们就可以把整个区域封锁起来。”

在湖边新发现的证据表明，说十二宫的体重吓人并非夸大其词。他在地上深深地压印出特殊的痕迹。鞋底一个圆圈标记写着“SUPERWEAR”字样，清晰地显示在纳罗的石膏印模上。十二宫的军人色彩还体现在腰间的黑色皮套里装着的那支烤蓝钢制半自动0.45英寸口径军用手枪。鞋子上这个独具特色的商标进一步表明了这点，那是一双主要供海军使用的黑色靴子。“翼行者”靴子几乎只有飞机维修员才穿，用于在机翼上行走。警员们在多达150家鞋店中仔细甄别后，纳罗才得出这一重大发现。那些鞋店的名字五花八门，比如“转轮”“柳树”等。

在1969年，一共有10.37万双“翼行者”靴子被运送到犹他州的奥格登市，生产者是威斯康星州梅里尔郡温布瑞纳制鞋公司，该公司1966年和政府签订了合同，一共要生产100万双“翼行者”靴子。最后一批鞋子配送给了西海岸的空军和海军基地。只有现役军人、退役军人或家属才有权利购买这种鞋子。他们需要出示一份带有拇指纹和照片的身份证明方可进入基地福利店购买东西。瓦列霍的经济与军工企业有着直接的联系，许多与海军或空军有关联的熟练工人都在这里安家落户。他们在各基地辛勤劳作，包括瓦列霍北部靠近费尔菲尔德的特拉维斯、汉密尔顿、马瑟及麦克莱伦空军基地，或者附近的马雷岛、阿拉米达海军基地和金银岛。联邦调查局也认为十二宫和军队有关联。

“UNSUB（调查中的未知主体）可能具有军队背景。”联邦调查局的档案如是记录，“鉴于UNSUB使用的是刺刀和两把不同的9毫米口径手枪，此外，幸存者之一观察到UNSUB穿的是一双军用靴子。”不仅这双外观奇特的类似棒球投手穿的靴子只能通过有限途径购买，而且警察还掌握了具体尺码。十二宫穿的是标准10.5码，和他的大步子一样，这意味着他是

图 12

图 12：肯尼斯·纳罗警监

*（由肯尼斯·纳罗本人供图）*

图 13

图 13：纳巴警察局技术侦查员在贝利桑湖旁认真研究十二宫杀手走向布莱恩·哈特奈尔的汽车时留下的脚印。

*（源自作者收藏图集；警方照片）*

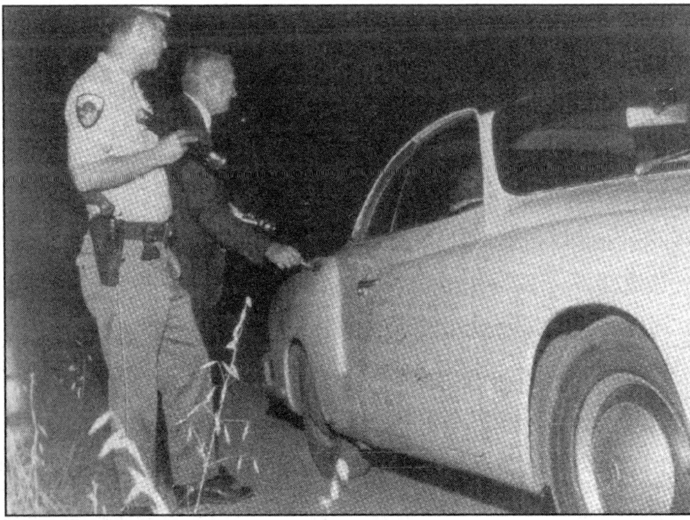

图 14

图 14：纳巴郡警探在受害者停放于贝利桑湖旁的汽车门上，
发现了十二宫杀手写下的潦草字迹。
*（源自作者收藏图集；警方照片）*

一个高个子。

托奇回想起十二宫非同寻常的自制服装。他后来跟我说："我们专门派了一名艺术家去纳巴郡（1969 年 10 月 24 日）。据幸存者布莱恩·哈特奈尔描述，十二宫戴的是黑色无袖头罩，胸前饰有一个白色十字圈。头罩做工精良，缝纫技术高（四个角都缝得很好，平顶四周的针脚整齐细密，眼镜框上还夹了一副墨镜。"斯达尔就很擅长缝纫（他曾做过制帆工人）。不过在那间拥挤闷热的炼油厂办公室，警察们根本没有想起他的缝纫技术，也没有太注意他的鞋子——他们非常专注地研究着斯达尔那张脸。除了健壮的体格和曾经潜在的金牌游泳选手现在已经日渐走样的身材，斯达尔还有着聪明机智的头脑。据说他的智商高达 136。

"我们在调查旧金山和瓦列霍的十二宫谋杀案，"阿姆斯特朗说道，"我们有些问题想问问你。"他给这位初级化学师拉了一把椅子。托奇注意到斯达尔宽阔的额头上渗出不易被察觉的汗珠。"有人告诉我们，在第一起十二宫谋杀案发生前大约11个月，你发表过某些言论，”阿姆斯特朗继续道，“如果情况属实，表明你是可疑的。”阿姆斯特朗提到切尼所回忆的和嫌疑人之间的对话，但是他没有透露切尼的名字。

“你还记得和别人说过这样的话吗？”

“我不记得了。”斯达尔轻声说道。奇怪的是，他并没有询问警察自己被曝和谁说过这样的话，好像他已经心知肚明似的。“别人能对你的言行做出快速反应。”那天早晨的《旧金山纪事报》对他的星座运势这样分析道——“务必谨言慎行。”

“你有没有读过或听说过有关十二宫的报道？”

“十二宫第一次出现在报纸上时我读过一些。”斯达尔回答道，“后来就没有继续关注了。”

“为什么？”

“因为太变态了。”

在后来的问话中，斯达尔的回答与此前后矛盾。不过一开始他主动透露说：“在十二宫制造了贝利桑湖谋杀案后，一名瓦列霍警察找我问过话。”

三名调查员惊得目瞪口呆。

“我们不知道你以前被警察查问过。”阿姆斯特朗说道。

“我告诉他，”斯达尔说道，“那个周末（1969年9月27日，周六）我去了罗斯堡附近的盐点农场潜泳。（盐点农场在贝利桑湖相反方向。）我是一个人去的，但是在那里遇到了一名军人和他的妻子，他们居住

图15

图15：《旧金山纪事报》记者保罗·艾弗利在汉密尔顿空军基地，他脚上穿着一双“翼行者”靴子。（*源自作者收藏图集*）

在金银岛。我忘了他的名字，不过我把名字写在纸上，放在家里某个角落了。下午 4 点左右，我回到了瓦列霍。”

阿姆斯特朗、托奇和姆拉纳克斯全神贯注地听着。办公室外，汽笛声骤然响起，一位领班大吼着发号施令。在闷热的室内，斯达尔的声音单调而低沉。他们几乎能听到他脑筋转动的声音。狭小的办公室充满了明显的紧张气氛。“我记得刚开进车道后，我和一位邻居说过话。”斯达尔继续道，“在瓦列霍警察盘问我的时候，我可能忘了跟他说邻居曾看到过我。”

“那位邻居叫什么名字？”阿姆斯特朗问道。

“威廉·怀特。不过在我被盘问一个星期后，他去世了。所以我就觉得没有必要告诉警察了。”这倒是一个挺好的借口。突然间，斯达尔出人意料地跳到了另一个主题——如此匪夷所思，以致托奇的眉毛惊疑地一挑，引起了阿姆斯特朗的注意。在没有问及贝利桑湖案中十二宫所使用的刀具的情况下，这名嫌疑人竟然说出了令人大吃一惊的话。

“我车里有两把沾了血迹的刀，”他说，“那是我之前杀鸡时留下的血。”

十二宫在贝利桑湖刺杀两名大学生那天，斯达尔是打算去那里捕猎地松鼠的。他也是这样跟弟媳说的。而现在他的新故事是他在别的地方轻装潜水。斯达尔既戴水肺潜水又浮潜。十二宫之所以选择靠近湖泊的地点，一种广为流传的说法是：十二宫是个潜水员，他把武器和战利品藏在水下的防水箱里。因此这位杀手腹部鼓鼓的，那是腰间一条携了重物的潜水腰带。在托奇看来，这一假设现在确实不那么牵强附会了。斯达尔不仅是一名水手，还是一个热衷于浮潜和用鱼叉捕鱼的渔夫。

“斯达尔以为我们掌握了有关刀的信息。”阿姆斯特朗心想，“他以为我们比实际了解的要多。但对于带血的刀，其实我们并不知情。”三位警探猜想有人瞥见了他车座上沾有血迹的刀，而斯达尔也知道被他们发现了。或者他会不会认为邻居威廉·怀特在他那天回家时注意到那把血迹斑斑的刀，然后告诉了别人？托奇心想，很有可能的是，斯达尔的弟弟罗恩或者弟媳凯伦才是发现血刀的那个人？斯达尔为了保险起见，防患于未然，于是对警察可能已经掌握的任何信息提前解释清楚以消除怀疑。

“1966 年你在南加州吗？”阿姆斯特朗问道。

再一次，斯达尔未经询问就主动提供了令人震惊的细节。

“你指的是河滨市的谋杀案？”他回答道，“是的，大约就在十二宫涉嫌制造这起案子的那段时间，我在南加州。”

关于河滨市十二宫谋杀案的信息在十个月前才公之于众。住在南加州的菲尔·辛斯发现当地一起谋杀案和十二宫在北加州的犯罪活动有众多相似之处。《旧金山纪事报》刊登了这则消息。可是斯达尔刚才不是说过他早就不再关注有关十二宫的文章了吗？据这篇头版新闻报道，十二宫杀害了在河滨市念大学的女生彻利·乔·贝茨，案发时间就在 1966 年万圣节前夜即将到来的时候。河滨市收到的手写信的作者也喜欢给报社写挑衅嘲讽的信（贝茨必须死，杀害不会止），同样会多付邮资。三封信上的签名潦草难辨，像是“2”或者“Z”。最重要的是，笔迹鉴定专家毛利尔确认南加州的便条就是十二宫写的。

“我承认对枪支感兴趣。”斯达尔继续说道，“我只有 0.22 英寸口径的手枪。我没有，也从未持有过自动手枪。”

“你是否拥有过一辆 1965~1966 年产的棕色考威尔？”阿姆斯特朗问道。十二宫在美国独立纪念日当晚作案时驾驶的正是这样一辆车。

“没有。”斯达尔双臂交叉置于胸前。他身穿白色短袖衬衣，两条前臂像大力水手的一样粗壮结实。

托奇注意到斯达尔手腕上戴着一块大手表。“这是卡尔斯达特喜欢戴的类型。”他后来告诉我，“他们买这种手表就是想让别人看见——‘看我手上戴着什么来着。’我瞬间就发现了它，还有上面的文字‘十二宫’。我特意让他给我看了一下。‘你这块手表非常精美。’我说道。‘噢，我戴了好一段时间了。’他回答。‘你喜欢吗？’我问他。‘噢，当然了。’斯达尔答道。Z-o-d-i-a-c（十二宫）这几个字母清晰在目。我依然记得看见手表那刻惊异的感觉。而他就是希望别人能看到手臂上的宝贝。他戴着这块表，显出一副心高气傲、藐视一切的神气。我目不转睛地盯着它。看见手表的一刹那，我们都惊愕不已——后来他弟弟、弟媳跟我和阿姆斯特朗提到手表时叹道：‘他竟然戴着一块十二宫手表。’”

“可以拿给我看一下吗？”阿姆斯特朗问道。他指着斯达尔的手腕示意他。他还注意到嫌疑人的这块手表外观非同寻常。从百叶窗透进来的一道光线照得水晶表盘闪闪发光。在制表商的名字上方，表盘的中心位置，装饰着一个醒目的图案。尽管室内暑气蒸人，但警官们顿时感到背脊发凉，惊得目瞪口呆。就在那里，黑地儿上鲜明的白线，绘成一个画十字的圆圈——十二宫的标志。

斯达尔手上这款价格昂贵的手表是由总部位于瑞士力洛克的十二宫天图自动机械表公司生产的，它在纽约设有分部，公司的历史可以追溯到19世纪。此刻姆拉纳克斯也看到了这个标志。表盘底部用大小写字母整齐地印着“Zodiac”（十二宫）。制表商的名字及商标和十二宫在信件里的签名简直一模一样。

“只有在十二宫的信里，‘十二宫’这个名字和杀手的“十字圈”标志才在同一个地方出现过。”托奇心里揣摩着。他对此非常了解。为了查明其真实寓意，他曾四处搜寻这个标志。在此之前，他认为这代表着射击用的瞄准镜。斯达尔转动着手表，像是在欣赏它似的。“这是我的生日礼物。”他告诉阿姆斯特朗，“两年前我妈妈送给我的。”

姆拉纳克斯在头脑里往回数了数日子。“让我想想——两年前的今天是1969年8月4日。就在那天，在给《旧金山观察报》写的三页信中，杀手第一次使用了‘十二宫’这个名字。”该报纸把他的信放置在晚报第四版的顶部。距此仅五天前，十二宫在报纸上启用了他的“十字圈”标志。”刑事鉴定与调查中心随后做的一份报告称，斯达尔是在1969年8月得到这块手表的。但是他的弟弟罗恩否定了这点。他说斯达尔的手表“是1968年12月妈妈送给他的圣诞礼物”。斯达尔35岁生日那天是1968年12月18日，就在两天后，十二宫制造了第一起已为人知的北加州谋杀案。

斯达尔后来拥有了第二块十二宫手表。这家“举世闻名的十二宫手表”制造商于1969年推出了十二宫“克利巴”水下潜泳记秒表：“这是一款秒表！专为飞行员和潜泳爱好者精心打造的手表。经检测，防水标准达20

个大气压（也就是说在水下 660 英尺都能有效防水）。”那时候斯达尔既是一名飞行员，又酷爱潜泳。和之前那款一样，手表右下角也有一个黑地儿衬托的“十字圈”商标，下方印着“Zodiac”（十二宫）。在办公室里，大家一时沉默不语。十二宫手表、带血的刀，还有斯达尔主动透露的信息，使警探们头晕目眩。接下来又有什么惊人之语呢？

“我非常乐意尽一切可能配合你们的调查。”嫌疑人舔了舔嘴唇，说道。他咳了一声，然后清了清嗓子。显然斯达尔想说一些表明积极姿态的话，带点儿幽默、和解、友好的口气。“我非常期待警察不再被骂作‘猪’的那天快快到来。”他一边说着，一边遗憾地摇摇头。那段时间一些反战抗议者和学生都骂警察是“猪”。十二宫也用过这个诨名来嘲笑警察。“我特别喜欢戏弄这些蓝猪。”他嘲讽道，“嗨，蓝猪，我在公园里呢。”

“你能不能想起跟谁谈论过有关十二宫的话题？”姆拉纳克斯突然插话道。

“我可能跟瓦列霍文娱部的泰德·基德尔和菲尔·塔克谈论过，当时我在那里工作，不过我不敢肯定。”斯达尔像之前一样，不待细问就主动给出了更多回答。也许这样他就可以消除警察手中掌握对他不利的证据所造成的严重影响。他无法知晓众多熟人中谁举报他是个杀手。他私底下确实说过一些奇怪的话。斯达尔喜欢大声说话，他的奇谈怪论使其成为大家关注的中心。突然间，斯达尔停了下来——他终于想起促使警察来找他的那个人！

“《最危险的猎物》。”他说道。

“什么？”托奇吃了一惊。

斯达尔莫名其妙地提到一个短篇故事的题目，那是他在十一年级时读过的一个故事。他坦言这个故事给他带来了深远的影响。托奇回想起兰斯塔夫的曼哈顿比奇警方的报告，他突然意识到这个“《最危险的猎物》”就是报告里斯达尔狂热追捧的故事，和切尼高谈阔论整整一年后，十二宫系列谋杀开始逐次登场。托奇心里暗喜——斯达尔终于弄明白是谁告发了他。

“故事叫《最危险的猎物》。”斯达尔细说道，“这是我高中读过的最精彩的故事。”在一份密码中十二宫透露他的作案动机就来源于《最危险的猎物》。这份诡谲的三段式密码起初几乎无法破解。但是萨利纳斯市的教师唐纳德·吉恩·哈登在1969年8月4日将其成功破译，也正是两年前的今天，不过哈登的答案直到8月12日才公布。这段将拼写和各种语法错误加密的怪诞密码经破解后的译文如下：

我喜欢杀人，因为杀人乐趣无穷，比在丛林里捕杀野生猎物有趣得多——人才是最危险的动物。杀人给了我最刺激的经历，比和女人在一起还爽。最让我开心的是，死后我会升入天堂获得重生，而被我杀死的那些人会成为我的奴隶。我是不会把我的名字告诉你们的，因为你们会减慢或加快我为自己的来生收集奴隶的进程。

EBEORIETEMETHHPITI

理查德·康内尔写的这个短篇故事的大致内容是，一个军官的儿子把在森林里用来复枪和弓箭猎杀人类当作一种娱乐。无独有偶，斯达尔同样是军人的儿子，也使用弓箭在林子里打猎。姆拉纳克斯后来如此概括这个故事：“这本书被拍成电影，讲述了一个遭遇海难的人流落到小岛上，结果‘像动物一样’被另一个人猎杀。”而此时此刻的他心里正琢磨着，眼下也许很重要的一点就是要深入研究这个简短的故事，从中寻找线索，看看它是否已经被改编成电影或电视剧，调查十二宫可能在何时何地偶然发现的这个故事。

“在质问过程中，斯达尔提到《最危险的猎物》。”托奇后来告诉我，“事后他弟弟罗恩确认，他觉得‘最危险的是人类这种猎物，而不是猎杀游戏本身’。”除切尼外的另一个证人证实，斯达尔说过的确切句子是：“我认为人类就是猎物。”这个冒险故事也许构成了犯罪的催化剂，正如斯达尔这个初级化学师每天在分子重组试验中使用的催化剂一样。

这次非正式的交叉询问结束了。

调查员们钻进了车子。他们一致同意要继续且更深入地调查斯达尔。“这毫无疑问。”托奇意味深长地说，“但是，我现在真正想知道的是，到底是谁在谋杀发生后马上盘问了他？”

姆拉纳克斯显然毫无头绪。“天哪，这事都已经两年多了。”他感叹道。他在心里默默记下，回去要彻底搜查瓦列霍有关斯达尔作为十二宫嫌疑人被询问的所有档案记录，以及以前关于车座上带血刀具的所有报告。

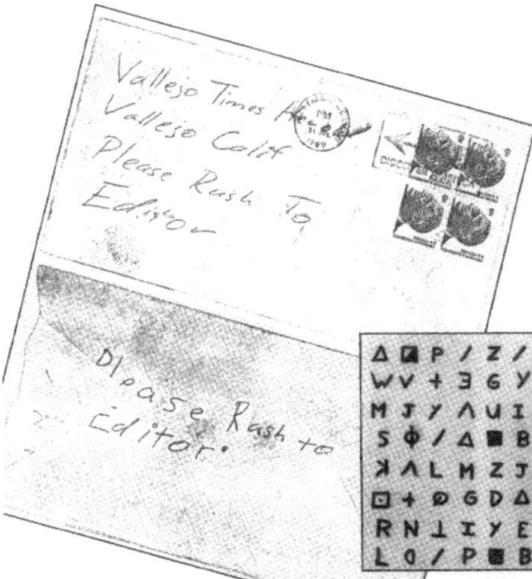


图 16、图 17

图 18

图 16 和图 17 分别为信封正面和背面，1969 年 7 月 31 日寄往《瓦列霍先驱报》。

图 18：信封里装着十二宫三段式密码的三分之一片段。（备注：三段式密码的第一、第二和第三部分分别刊登在《瓦列霍先驱报》《旧金山纪事报》和《旧金山观察报》上。）

*（源自作者收藏图集）*

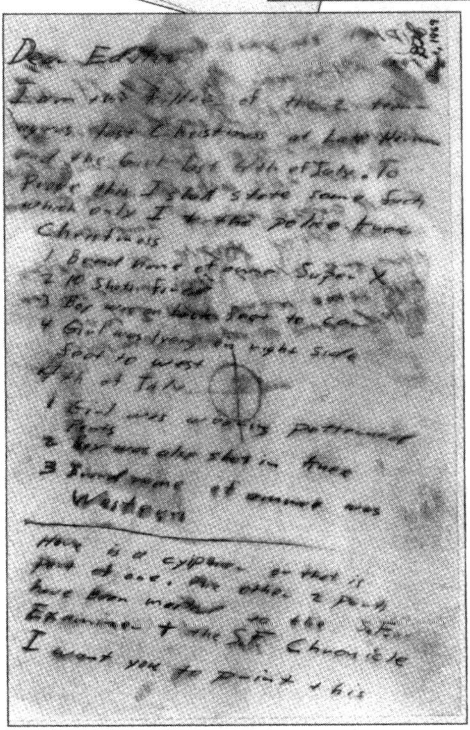

图 19

图 19：十二宫于 1969 年 7 月 31 日寄给《瓦列霍先驱报》的信。第二天，警方用水合茚三酮（一种可用于显示指纹的化学物品）将信熏过后，上面的字迹变得模糊难辨。

*（源自作者收藏图集）*

## 调查艾伦

有人千方百计地想让我们知道世界上存在十二宫手表。我认真研究着手上一封用铅笔工整书写的信。我是《旧金山纪事报》社论专栏插画家，在报社里，每一个人都对十二宫充满好奇。那些令人恐惧不安的信件不可避免地把他和报纸联系在一起。渐渐地，我下定决心要理清有关杀手的各种线索，从而揭开他的神秘面纱。如果事与愿违，我打算把手头所有证据都毫无保留地呈现出来，以确保有人可能借此认出十二宫，解开这个难解之谜。

我站在报社的窗前，凝视着宽阔的密仙大街上建筑物拉长的影子。第五大街上，在匹克威克酒店（哈米特的“匹克威客终点站”，马其顿猎鹰号就藏在这里）附近转悠的陌生人群，克罗尼克酒店前摩肩接踵的匆匆过客，站在坚不可摧的老造币厂的大理石台阶上那些西装革履、拎着公文包的人……他们中的任何一个都有可能是十二宫杀手。他是一个观察者。他自称“十二宫”的第一封信信纸上面的水印和前三封信有所不同（之前的信使用的是高级硬面信笺纸，印着“伊顿”水印），而后来这封的信纸水印变成了“第五大街”，还印着一个弗兰克·温菲尔德·伍尔沃斯连锁店的标志。伍尔沃斯连锁店离克罗尼克酒店仅一街区之遥，靠近第五大街、市场街和鲍尔街交汇处的缆车转车台。在商店地下层，挨着金鱼售卖区，有蓝色毡尖笔和纸出售，跟十二宫使用的纸笔一模一样。如果他就是在这个店里买的呢？如果在派送信件时他正躲在暗处偷偷窥视呢？

去年 3 月份十二宫接二连三地写信给媒体，广泛撒网，向南方散布他的消息。自从斯达尔在炼油厂接受讯问之后，信件突然间中断了。即便如此，《旧金山纪事报》的记者保罗·艾弗利乐观地叮嘱报社本地新闻部："我们随时都有可能收到十二宫的来信，和往常一样，要尽一切努力防止员工的指纹印在上面。"负责信件处理的员工有很多：卡罗尔·费希尔、布朗特·帕克……托奇已经采集了报社所有员工的指纹。

有时候十二宫会神不知鬼不觉地使用打印的信。编辑卡罗尔·费希尔为了避免遭人诽谤，保留了所有的读者来信，其中就存着这样一封 1970 年 11 月寄来的匿名信。

尊敬的先生，在阅读最近一期《花花公子》杂志时，我注意到一则'十二宫手表'的广告。表盘上的商标和那个臭名昭著的杀手使用的标志完全一样。报纸上总是说他的犯罪活动和占星术有关。一个手表的品牌标志就解读得玄乎其玄，这可真有意思。

幸灾乐祸的十二宫是不是在狡黠地提醒人们注意其名称和标志的灵感来源呢？在"一名瓦列霍警察"排除斯达尔的嫌疑后，他肯定觉得高枕无忧了。他一如既往地戴着十二宫手表，至少持续到托奇、阿姆斯特朗和姆拉纳克斯突如其来的盘问。我梳理出一份值得关注的事件顺序表——斯达尔自高中开始痴迷于《最危险的猎物》，在 1968 年 12 月 8 日收到母亲送的十二宫手表，接着开始戴另一个生日礼物：一个刻有字母"Z"的戒指。十三天后，他和切尼闲聊，内容和早前的谈话一样荒诞不经，以前他曾提到要在枪管上绑一支手电筒以便猎杀情侣。在这次聊天儿中他表示要给自己取名"十二宫"，还要开枪射破某辆校车的轮胎。这份顺序表明确了十二宫确定名字、标志和作案惯技的时间范围——介于 1968 年 12 月 8 日和 1969 年 1 月 1 日之间的某段时间。后来切尼搬家去了南加州，在一家新公司工作。斯达尔在新年那天透露了自己的惊天秘密。而巧的是，十二宫也总是选择在节假日从事最重大的犯罪活动或公开他的秘密。

切尼的拜访、手表的标志、异乎寻常的商标、戒指和他自青少年时期最喜爱的故事——所有这些都在斯达尔的头脑里翻腾。第一起双重谋杀案发生于 12 月 20 日，就在斯达尔生日两天后。1971 年 8 月 4 日，在杀手首次署名“十二宫”两年后，斯达尔告诉阿姆斯特朗他“恰好在两年前”收到十二宫手表，即 1969 年 8 月 4 日。两种情况都显示出引人注意的事发顺序，交代了杀手确定名称和标志的前因后果。

警方在追捕十二宫的过程中，非常注意保护这名头号嫌疑人的真实姓名。如果他的名字从未公开，就能确保后续举报线索的有效性。就我自己而言，我的惯常做法是从不写出斯达尔的真名，直到此时此刻。

他真实的姓名是亚瑟 · 利 · 艾伦。

炼油厂审问过了将近 10 年后，我终于找到那位案发早期就盘问过艾伦的“瓦列霍警察”。警探约翰 · 林奇在位于瓦列霍卡罗莱纳街的家里接受了我的采访。他是一位身材高挑、结实硬朗的老人，眼神很有穿透力。我们刚在餐桌前落座，他便开始说起来。餐厅里一片阴暗。我一提到艾伦，他就回应道：“噢，莱 · 艾伦。”他把“利（Leigh）”说成了“莱（Lay）”。我意识到因为两个单词拼写相异，林奇以为“利（Leigh）”和“李（Lee）”是案件中两个不同的嫌疑人。“李”不是案子中的新名字了——美国独立纪念日那天，十二宫在蓝岩泉枪杀了一对情侣，而就在此之前，某个叫“李”的不明身份的人已被列为怀疑对象。

“我和利长谈过几次。”林奇说道，“那时他在泊德加湾海岸一带（他在那儿有一辆拖车）……他是一个潜泳爱好者。在 1969 年的美国独立纪念日，他声称当时他和三四个伙伴在一起。”

“你是什么时候跟他谈话的——1971 年？”我问道，首先想到林奇一直在追踪潘查里拉和切尼向曼哈顿比奇警察局举报的线索。

“比那早得多了。”他回答道，“案发不到一两个月吧。那时候他是这里一所学校的看门人。我去学校找他——我都搞不清楚一开始是怎么获知他的名字的。你也了解当时的情况，需要去查问的人多得要命，我们收到的电话、信件和线索多如牛毛。几乎看见一个人，我就对自己说‘他不是十二宫’。我见到了利 · 艾伦，他头顶光秃，身材魁梧。你见过他吗？”

“见过。”我回答。蓝岩泉案受害者达琳·菲林的姐姐林达·黛尔·波诺给瓦列霍警察局提供了一幅合成画像。“他们把这幅画像和另一幅十二宫的合成画像进行了比对，然后告诉我：‘除了下巴，其他的都对得上。’林达的画像上应是一个叫‘李’的人，他在达琳的油画派对上无所事事地闲荡。妹妹在特里饭馆当服务员的时候，林达还看见这个人骚扰她。你有没有和这个叫‘李’的人谈过话？”

“是利·艾伦吗？”

“不清楚。林达就只知道他叫‘李’。”

“没有。”他回道，“不管怎样，我确定杀手不是艾伦。我见到他的那一刻心里就暗想：‘他不是十二宫。’瓦列霍警探吉姆·哈斯提德认为艾伦最可疑，而我认为他最不可疑。我在报告中只写了五六句话，就是为了把艾伦的名字包括进去。我查看过他的车，后备厢放着潜水装置。那辆车真的既脏又旧。”

林奇解释说，在1969年10月6日周一那天，他找到艾伦询问十天前发生的贝利桑湖谋杀案一事。那时艾伦35岁，偶尔当一下学生，是埃尔默凯夫小学的一名兼职管理员。下午4点05分，林奇从田纳西大街往南驶入维尔瓦伊斯街。不久后，他来到这所位于特里加斯基斯街770号的学校，一眼就看到了操场另一端的利·艾伦。为了做好工作报告，他在纸上潦草地记下艾伦的特征：“241磅，接近6英尺1英寸。”林奇在观察孩子们玩绳球的时候，内心突然闪过一种直觉：艾伦是一个猥亵儿童者。事实上，艾伦曾涉嫌这类犯罪行为。林奇以及后来的姆拉纳克斯都怀疑他们遗漏了某些明显的迹象。林奇将目光重新转移到这名嫌疑人身上——单身、无婚史、和父母同住。他受过良好教育，不仅是埃尔默凯夫小学的看管人，还在思达尔大道501号的本杰明·富兰克林初中做门卫，这里离十二宫的一名受害人的住所非常近。

他们开始谈话。据艾伦称，1969年9月26日那天，他去盐点农场潜泳，在那里住了一夜后，于第二天下午大约2点~4点回到瓦列霍。他说：“那天剩下的时间我一直待在家里。我不记得我父母当时是否在家。”

图 20

图 20：瓦列霍警察局警探吉姆·哈斯提德

（源自作者收藏图集）

“有人认为你可能是十二宫杀手，然后举报了你。”林奇实事求是地说道。“这是事实吗？”艾伦大笑着反问，似乎这样的指控对他来说是家常便饭。他将扫帚靠墙放好。林奇把他上下打量了一遍。“好吧，十二宫的头发是卷的。”林奇说道，心里琢磨着林达对嫌疑人的描述，“显然你的不是。就这样吧。”

在炼油厂和艾伦谈话后，为进一步追踪调查，托奇和姆拉纳克斯立刻决定去找泰德·基德尔和菲尔·塔克——艾伦提到有可能和这两个人谈论过十二宫。“我认为艾伦最先猜想的举报人是基德尔和塔克，”姆拉纳克斯说道，“所以他脱口就说出了他们的名字。”

“没错，”托奇赞同道，“我觉得你说得很对。用不了多久他就会意识到当时应该先想到切尼和潘查里拉。”但终归是得到点儿线索。只要是线索，他们绝不轻易放过。因此这几个警探马不停蹄地赶往瓦列霍大娱乐区，基德尔和塔克就在这里工作。如果艾伦向切尼预言过做一个叫十二宫的杀手，也许他和基德尔或塔克也说过相同的话。姆拉纳克斯悄声走进了位于阿马多尔街 395 号正前方的一处休闲场所，他们来到室内寻找基德尔。塔克是娱乐区的总监，但基德尔才是大老板。

“你们认识亚瑟·利·艾伦吗？”托奇问基德尔。利·艾伦分别于 1965 年 12 月 23 日及 1966 年 6 月 18 日向卡拉维拉斯联合学区申请教师职位，两次提交的申请表中都有基德尔的名字。

“当然了。”他回答。

“利·艾伦有没有谈过有关十二宫的案子？”

“据我所知，我从未和他谈论过这种案子。他曾经是娱乐区的正式雇员，在这里做救生员和蹦床教练。”切尼在不久之后证实了这一点。“艾伦总是在蹦床上四处走动，教孩子们弹跳。他喜欢那样。他是蹦床能手，游泳和跳水专家——跳水板冠军。任何不涉及走和跑的体育活动，他都十分擅长——但是艾伦跑步不行。他在谷泉小学教书时，已经三十出头，可是仍热衷于体育活动，至少很喜欢蹦床。他会在操场上支起蹦床，然后叫来一群小朋友，教他们蹦来蹦去。”

艾伦离开瓦列霍大娱乐区的理由和他离开沃根汽车服务站的原因如出一辙——对小孩子不恰当的举动。“我收到不计其数的投诉，他对孩子们的所作所为让家长们忧虑不安。”基德尔说道，“但从未有人针对艾伦的行为向警察提起正式投诉，总之从未有过正式投诉。就在三个星期前，我和菲尔·塔克还讨论说艾伦应该是十二宫谋杀案的嫌疑人。这样说主要因为艾伦可能是一个性变态。除此之外，他的外貌特征也很相符。我们都觉得艾伦是个独行侠。”

基德尔或塔克是不是最初给林奇和莱斯·伦德·布拉德提供线索的举报人呢？据说塔克和艾伦曾一起就读于加州州立理工大学圣路易斯奥比斯波分校。他应该了解得更多。托奇提出叫塔克来基德尔的办公室，以便询问同样的问题。塔克称他和艾伦认识约有 5 年了。瓦列霍警探哈斯提德后来给我补充了更多有关塔克的信息。“塔克和艾伦经常讨论有关死亡和有偿谋杀的话题。”他说道，“我有一份艾伦填写的工作申请书，他在 1971 年向罗德奥服务站申请当一名服务员，上面就有塔克的名字。塔克的名字出现在所有的申请书上。塔克是一个非常值得信任的人。”

塔克向托奇证实利·艾伦两只手写字都很熟练，成年后左右手通用。这样的技能也许能解释为什么艾伦的笔迹和十二宫的不相匹配。十二宫是一个天生的左撇子，却用右手写字。“他的字写得不太好看，”塔克说道，“所以他大部分资料都用机器打印。”

“这么说，艾伦两只手都可以写字和射击？”托奇问道。

“没错。”塔克确认道，接着他补充说，“在过去两年中，艾伦在聊天儿时谈到过十二宫谋杀案。我感觉他对案件感兴趣。”他往后靠在椅背上想了一会儿，“我记得有一次他告诉我，警察认为他是一名嫌疑人。”

“据你所知，艾伦对枪支是否感兴趣？”托奇继续问道。

“他说过他确实对枪感兴趣。他有两把手枪。一把是左轮手枪，另一把是某种类型的自动手枪。我不清楚枪的口径，因为我本人对枪不是很了解。我想他家里那些枪可能是0.22英寸口径的左轮手枪，我还看见过至少一把自动手枪。我想起他曾经说过要把一支特殊的手电筒绑在枪管上，这样能在夜晚精准射击。他不止在一个场合承认曾经借助特殊的瞄准器在黑暗中开枪。”

托奇揉了揉后颈。切尼的故事中又有一部分得到证实。这次的故事更加令人激动。

“还有一次，大概在18个月前，”塔克继续说道，“我和妻子去艾伦家拜访。他说想给我们看一样东西。‘这个特殊的东西我只给特定的人看。’他说道。或者原话不是这样，但大致是这个意思。随后他从卧室里捧出一个灰色金属盒子，把里面一份文件拿了出来。文件是手写的，包括几页法律术语和几页信函，里面满是各种符号、代码或密码。他介绍说这份文件的主人因猥亵一名儿童被监禁在阿塔斯卡迪罗州立医院。里面的内容主要是关于这个人如何被他的律师背叛的。我注意到文件里有很多符号都在十二宫的密码信里出现过。”

托奇点点头。对于塔克能够认出十二宫风格的标志，他一点儿也不觉得奇怪。因为这位杀手的三段式密码被广泛转载。1970年6月29日，大概就在塔克拜访的那段时间，《旧金山纪事报》刊登了十二宫只有两句话的新密码。“我对文件只表达了礼节性的兴趣，”塔克说道，“而我的妻子真的非常感兴趣。她觉得这些符号、代码或密码非同寻常。她问艾伦是否可以借文件来研究一下，但是遭到了拒绝。不过他确实答应复印一份给我妻子。”

“他复印了吗？”托奇急切地问道。

“没有，从来没有。”

“你知道艾伦是否拥有过一辆1965~1966年产的棕色考威尔？”

“据我所知，没有。”他回答。

“明白了。”托奇说道。

“不过我倒是有过一辆。”塔克说道。

“你有过一辆？”托奇惊问，他猛地扭过身来。“你有过一辆 1965 年产的棕色考威尔？”

“是的。”

“你把车借给艾伦开过吗？”

“不，没有。那时候我有两辆车，一辆考威尔和一辆庞蒂克。我偶尔会借庞蒂克给他。当时我住在伯克利。1969 年夏天，我的车在内布拉斯加街和百老汇街（瓦列霍）交汇处的 ARCO 服务站停放过两个星期。我打算把它卖掉。车钥匙就留在服务站。而那段时间艾伦就在那里当服务员。”

“具体在夏天的什么时间把车留那里的？”

“我不记得精确时间了，反正是 1969 年仲夏。”

塔克回想起三个星期前，利·艾伦的弟媳凯伦来找他，希望他能代她和艾伦沟通一下。“他们家又接到一次投诉，说是艾伦最近和一个孩子有不正当关系。”塔克说道，“我去了艾伦家，劝他恢复精神治疗。然而，他拒绝了。所以我不再插手他的事情。我告诉他：‘我希望你以后不要再来我家。我们的关系到此为止。’”

托奇认真看了下手上的天美时手表，他迫切地想要和阿姆斯特朗交换意见。他想象着这位搭档同样迫切地骑上摩托车，朝郊区满是泥土的乡间小道飞驰而去，一路上和煦的阳光洒在他的脸上。在崎岖不平的小路上车子“咔嗒、咔嗒”的声音可以让他的头脑变得清醒，整个人焕然一新。每逢周末，为了排解压力，阿姆斯特朗总是在后花园里全身心投入地拯救长期处于枯萎状态的花花草草。至于姆拉纳克斯，跟数天前一样，他激动不已，斗志昂扬。现在他只想尽快联系塔克夫人。他想知道关于那个灰色盒子里装的文件，她还记得哪些细节。他在基德尔的办公室给她打了电话，获悉她还在奥克兰一家医院值夜班。会面时间不得不推延。姆拉纳克斯转而决定和艾伦的弟媳凯伦·艾伦谈谈。二十六岁的凯伦曾经当过教师。姆拉纳克斯给还在上班的凯伦打了电话，约她到瓦列霍警察局见个面。下午 2 点整，

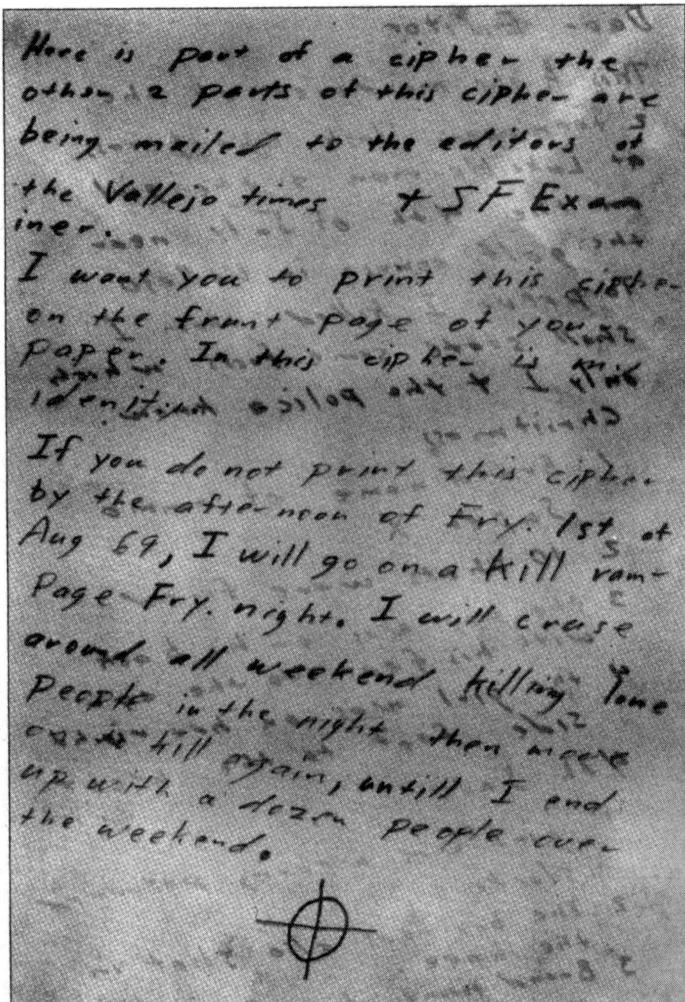

Here is part of a cipher the other 2 parts of this cipher are being mailed to the editors of the Vallejo times + SF Examiner.

I want you to print this cipher on the front page of your paper. In this cipher is my idenity.

If you do not print this cipher by the afternoon of Fry. 1st of Aug 69, I will go on a kill ram-page Fry. night. I will cruse around all weekend killing lone people in the night then move on to kill again, untill I end up with a dozen people over the weekend.

图21

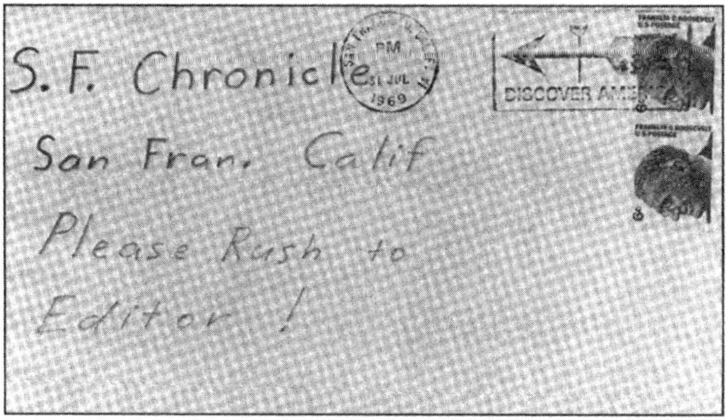


图 22

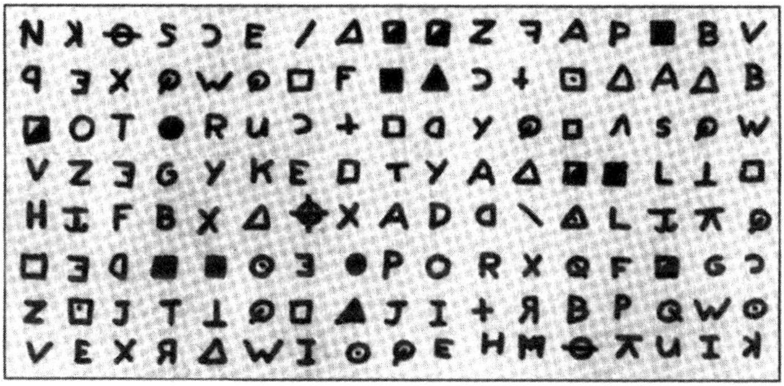

图 23

图 21、图 22 和图 23 分别为信封、信件内容和十二宫三段式密码的三分之一片段，收信方：《旧金山纪事报》；邮寄日期：1969 年 7 月 31 日。这与寄给《旧金山观察报》和《瓦列霍先驱报》的信纸尺寸不同，表明杀手使用的是残余纸片。

（源自作者收藏图集）

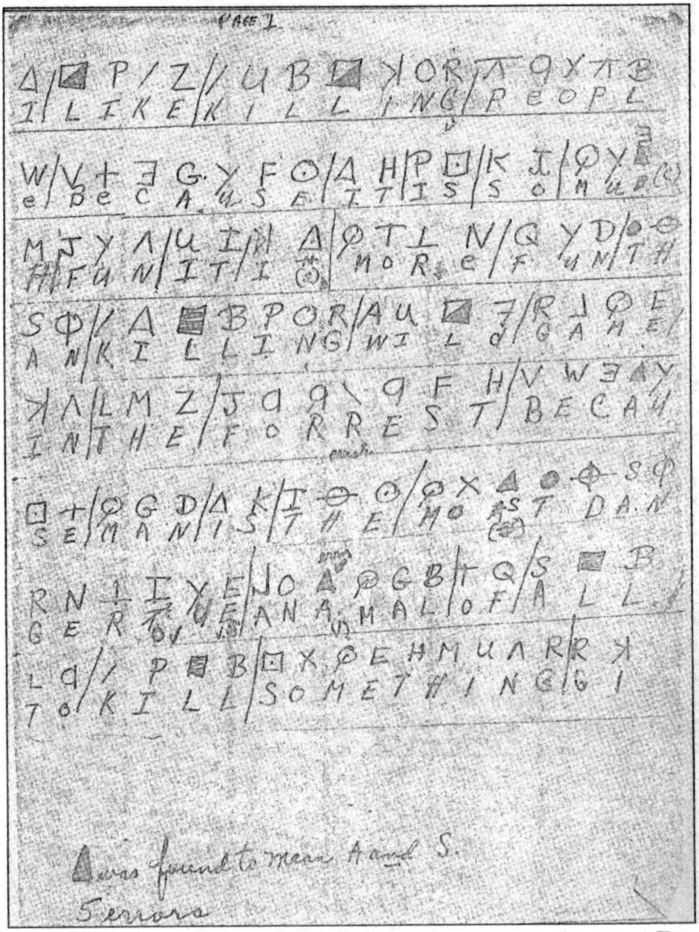

图24

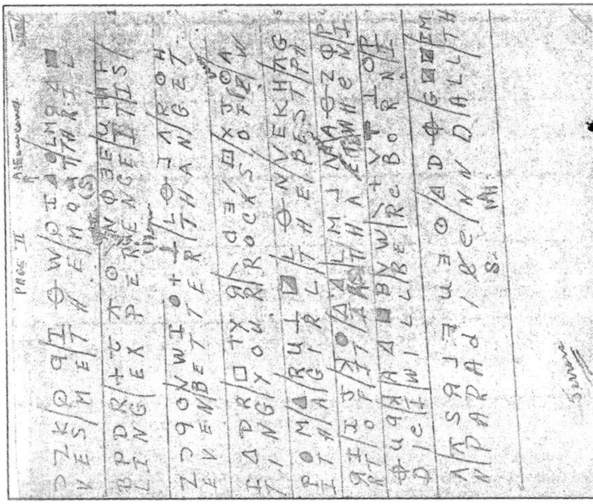

图 25

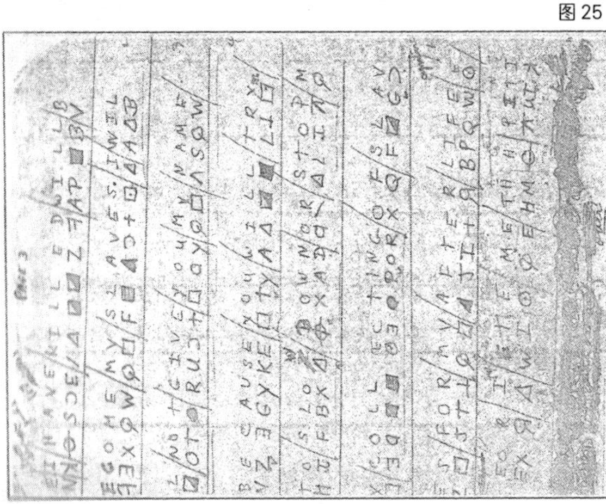

图 26

图 24、图 25 和图 26：萨利纳斯市教师唐纳德·吉恩·哈登的工作底稿，那是在破译十二宫杀手于 1969 年 7 月 31 日寄给湾区几家报社的三段式密码的第一部分时留下的。这次成绩斐然的破译是十二宫案调查工作中取得的重大突破。

*（源自作者收藏图集）*

凯伦准时到达，她在椅子上坐了下来。

“我先跟你说一下请你来的原因。”姆拉纳克斯开门见山地说道。表面上看，凯伦似乎对于大伯子被怀疑为警方长期追踪的十二宫杀手感到非常惊讶，不过她主动表示会尽己所能提供任何协助。姆拉纳克斯心想她会不会就是最初那个提供线索的人。他确认了凯伦知道艾伦对小孩子有过度的兴趣。她还非常肯定地陈述了另一件事情——她的大伯子憎恨女人。“他从未和同龄女性有过认真的关系。”她说道。桑迪·潘查里拉也曾说过相似的话。“艾伦只是假装对女性感兴趣，”他说，“最后连那一点点伪装都撕下来了。”曾经和艾伦交往过的多名女性后来也发表了同样的观点——她们和艾伦之间纯粹是柏拉图式的关系。大多数情况下，性变态狂几乎没有社会交际关系或性关系，可能也从未体验过正常的性生活。出于未知的原因，在童年早期，这些不同寻常的人内心的攻击性和性冲动相互交织。最后，这些令人困惑的情感通过恶毒的性侵犯和残酷的谋杀发泄出来。缺乏良知的十二宫对给别人造成的痛苦没有一丝悔意。别人的痛苦反而使他感到愉悦。

凯伦透露说她和罗恩结婚后，明显感觉艾伦把她看作一个入侵者。他认为凯伦嫁过来就是要把他和弟弟分开，事实上他还威胁过她。“他被他妈妈宠坏了。”她言语中流露出一丝怨恨，“他妈妈为他煮饭、洗衣服、收拾他乱扔的东西，还给他钱。甚至连他那两辆车和两艘船的钱都是她支付的。”奇怪的是，无论为儿子付出了多少，艾伦都极度讨厌他妈妈。更奇怪的是，他也十分讨厌凯伦——一个他眼中的闯入者。

至于伯尼斯，她从未忘记儿子白白浪费的奥运冠军潜质。遥想当年，艾伦可是一名极具天赋的跳水运动员。“她总是嘲笑我的体重。”他曾怒气冲冲地对切尼和潘查里拉抱怨道。瓦列霍当地一份报纸上登过一张艾伦参加比赛时的照片，上面那个英俊的小伙子身材修长，头发略带金黄色。从 20 世纪 60 年代起拍的那些照片显示他和洛杉矶警察局在修正之前画的更年轻的十二宫非常相似。如果艾伦的体重没有持续增长，他看起来绝对和素描画像一模一样。艾伦外貌的变化让姆拉纳克斯想起了十二宫写过的几句话：

“只有在作案时我看起来才像你们公布的外貌图，其他时候我完全是另外一个样子。我才不会告诉你们杀人时我是如何乔装打扮的。”

姆拉纳克斯递给凯伦几份复印件，那些都是十二宫写的古怪荒诞的信。她认真地研究了一番，然后表示她在 1969 年 11 月看见艾伦手里拿过一份笔迹相似的文件。“这是什么？”她问道。“这是一个疯子的杰作。”艾伦回答，“我以后再给你看。”和应对塔克夫妇一样，他从未再提及此事。虽然凯伦对十二宫信里的笔迹不像对艾伦的那样熟悉，但是对里面一些短语表达她并不陌生。艾伦使用“触发机构”这样的词来代替“触发机制”。最后，她翻到一张经过鉴定为真迹的圣诞卡片，那是十二宫寄给律师梅尔文·贝利的。在那段时期，这位犯罪大师曾一度想投案自首。

联邦调查局在 1969 年 12 月 31 日的一份报告中指出，十二宫卡片上的字“不像其他威胁信中写的那样自然流畅”。然而随卡附上的一片沾着血渍的受害人衬衣碎块证明卡片确实出自十二宫之手。他的笔迹有可能在几个月内发生变化。第二天下午 1 点 59 分，一个自称十二宫的人打电话给萨克拉门托的联邦调查局总部的总机接线员，他把刚谋杀的受害者的名字说出来后马上挂断了电话。“圣诞快乐！（‘圣诞’这个单词的正确拼写是 Christmas，而艾伦故意拼写成 Christmass。）”凯伦大声读着复印件上的祝福语。“我非常清楚地记得，圣诞节那天我收到一张艾伦送的卡片。”她肯定地说道，“‘圣诞’这个单词的拼写和这张卡片上的一模一样。”

和塔克一样，凯伦也确定艾伦是个左撇子。“他的小学老师都试图让他改用右手写字。”她说道，“他学会了使用右手，但是很快又恢复了左手写字的习惯。”虽然笔迹鉴定专家毛利尔认为十二宫的信都是用右手写的，可是他怀疑十二宫是个天生的左撇子。毡尖笔的朦胧效果加上左撇子用右手用力且不自然地书写，也许这正是难以将十二宫的笔迹和任何犯罪嫌疑人对上的原因。警探姆拉纳克斯迫不及待地想要获知更多的信息。

姆拉纳克斯与凯伦约好晚上去罗恩家拜访罗恩，并通知了阿姆斯特朗和托奇。原本就漫长的一天变得更长了。

姆拉纳克斯第一个到达罗恩家，房子旁边就是往北直通蓝岩泉的哥伦布林荫道。他怀疑十二宫在美国独立纪念日那天作案后就是从这条林荫道逃跑的。在风景优美、绿树林立的路旁，姆拉纳克斯在一片漆黑中独自站立着。一股凉爽的风从圣巴勃罗湾吹了过来。他扫了一眼房外的树篱和栅栏，总感觉有人在窥视。十五分钟后，托奇和阿姆斯特朗到达了罗恩和凯伦家，他们发现姆拉纳克斯已经进了屋子，室内灯火通明，他很高兴。

和凯伦一样，罗恩也主动表示会尽力为警方调查提供协助。姆拉纳克斯相信这是他的真心实意。“但是我简直不敢相信我哥哥是案件的重大嫌疑人。”他说道。起初，对于哥哥犯罪或清白这天平的两端，他均未透露多少信息。“我和你们的线索举报人非常熟悉。”听闻此言，托奇心想，这么看来，提供线索的切尼和潘查里拉在告诉曼哈顿比奇警方之前就将举报内容告知了罗恩。他并不知道切尼和罗恩是大学室友。“他们是负责任的人。”弟弟承认道，“如果情况不实，他们是不会这样说的。”他还解释称，其

图 27

图 27：辩护律师梅尔文・贝利
*（源自作者收藏图集）*

图 28

图 28：1969 年 12 月 27 日，梅尔文・贝利律师在阅读十二宫于 12 月 20 日寄出的信。
*（源自作者收藏图集）*

中一个举报人还跟他抱怨过艾伦过分接近他的孩子。“在跟小孩儿相处方面，他确实存在问题。而且他饮酒过度。”虽然罗恩并没有直截了当地指出针对艾伦的某些指控背后也许藏着个人动机，但姆拉纳克斯认为存在这种可能性。如果真是这样，很多事情就能找到合理的解释，而这将意味着他们被误导了。连环杀手很少过度喝酒，因为这是缺乏自控力的表现。

罗恩证实艾伦的两把左轮手枪都是0.22英寸口径。十二宫在赫曼湖路谋杀案中使用的就是0.22英寸口径的自动手枪，但从那以后，他使用过各种9毫米口径的自动手枪，一支0.45英寸口径的枪，甚至还用了刀。虽然罗恩从未见过塔克提到的任何手写文件，不过他看到过那个灰色的盒子。他回想起这个盒子曾一度放在他原来的房间。

三名警察起身离开。罗恩送他们到门口，并再次承诺会尽一切努力协助调查。和哥哥那天早上在炼油厂表现的一样，他也很乐于提供帮助。托奇转头望了望。在门廊的灯光下，罗恩的身影显得孤独而忧虑。此时已是夜里10点。托奇很快便回到位于日落区的家，他轻轻吻了妻子卡罗尔一下，道了声晚安，再看看三个女儿：琳达、凯伦和苏珊，然后拖着疲惫的身体慢慢地爬上了床。他身体里每一块骨头都隐隐作痛，极度需要休息，可是他翻来覆去，整夜辗转反侧。他的头脑里总是浮现出那块手表，还有那个邻居，在瞥见沾满血的刀之后才短短几天就离开了人世。

上午11点，在瓦列霍百老汇街640号的ARCO服务站，姆拉纳克斯找到了自营老板鲍勃·卢斯。姆拉纳克斯告诉他：“我在调查你以前的一个雇员。”他并没有当即说明原因。

姆拉纳克斯提出了一种可能，即艾伦开走了菲尔·塔克的车，然后制造了十二宫谋杀案。“塔克确实曾把车留在这儿，但是前后不到两个星期。”卢斯说道，“对，没有两个星期。”塔克本人没有保留停放记录单，于是姆拉纳克斯急不可耐地请求卢斯提供维修发票。一番认真细致的搜寻后，他们仍未找到考威尔在服务站过夜停放的具体天数信息。在1969年7月4日，也就是蓝岩泉枪击案发生那天，艾伦已经不在ARCO服务站工作，因此维修记录实际上已无关紧要——除非艾伦保留了一串服务站的钥匙，或自己另外配了一串。

傍晚 5 点，姆拉纳克斯来到塔克家，见到了他的妻子琼。她的丈夫此前称艾伦有个灰色盒子，里面藏着神秘文件，琼证实确有此事。“我对文件的内容非常感兴趣，”她说道，“因为我在准备大学的心理学考试。艾伦解释称这份文件是阿塔斯卡迪罗州立医院的一位病人给他的。然后我告诉他我的兴趣点在于这个人的思维活动。他的文字书写和神秘符号如此干净整齐、准确严谨，给我留下了深刻的印象。”

这名警探向她展示了十二宫的密码，那是他从湾区的报纸上剪下来的。琼确认上面许多符号和艾伦给她看的文件中使用的符号完全相同。她也回想起这些符号都是用毡尖笔写的。半个小时后，塔克下班回到家，姆拉纳克斯给他展示了刚才那些密码。和妻子一样，他也认为某些符号和那份文件中的符号看起来毫无二致。

“我们仍无法查到你把考威尔车停放到 ARCO 服务站的具体日期。”姆拉纳克斯说道。

“我自己也没找到记录，”塔克感叹道，“不过我清楚地记得，在车子还没卖出去前，我把它停在岳父家门口，放了很长一段时间。有可能艾伦在此期间开过这辆车，但是我不确定。我岳父母现在还在欧洲，等他们回来，我会问他们是否知情。”塔克的岳父母知道利·艾伦是女婿的朋友，就算看见他在车子旁转悠，也不会感觉奇怪。这次谈起曾经的雇员，塔克显得比之前更主动、坦率。

“艾伦有人格分裂。”塔克说道。在艾伦接受心理治疗期间，医生发现他具有五重人格。“有时候无论阅读什么文学作品，他似乎都会在现实中把自己活成里面的角色。他会在撒谎后实际相信自己说的是真话。”姆拉纳克斯惊讶地扬起了眉毛。这是一种不可思议的能力——也许可以成功骗过测谎仪。姆拉纳克斯再一次听说艾伦确实憎恨女人，而且多次说过这样的话。没有谁比十二宫更憎恨女人。那些侥幸存活下来的受害者们无一例外均是男性。

阿姆斯特朗和托奇后来从罗恩·艾伦处探知他的哥哥每周在母亲家里至少待两天。艾伦的母亲伯尼斯以前经常出国旅游，一去就是几个星期。这些旅游活动皆由瓦列霍旅行俱乐部安排，所花费用是最近父亲去世后家里领取的抚恤金。母亲不在家时，艾伦就一个人住在房子里。虽然他可以随便上楼，但他像只蚂蟥一样，粘在那个阴冷潮湿、乱七八糟的地下室里，里面藏着一个秘密盒子。他就像在严密地守护着一座城堡。

然而伯尼斯生病了，一直待在家里。出于对她的尊重，警察没有搜查她的房子。毕竟艾伦只不过是 3000 名十二宫嫌疑人中的一个。“我们总是顾虑到他体弱多病的老母亲。”托奇告诉我，“他家人都提过几次，请求我们不要进去。他弟弟提议说：‘我可以自己去搜查地下室。我知道他把东西藏在哪里，可以趁他不在家时去找。’杰克·姆拉纳克斯从来不愿认真讨论申请搜查令的事。他曾经申请调查艾伦的笔迹和指纹时遭到拒绝。他只是说：‘艾伦看起来确实有很大嫌疑，但是我确实不知道能否申请到搜查令。’”

“我们没有搜查他母亲位于瓦列霍弗雷斯诺街 32 号的住宅。”阿姆斯特朗后来在报告中写道，“我们只能依靠配合调查的弟弟罗恩，帮忙仔细查看艾伦在地下室的房间……罗恩称他发现一些密码类型的材料，但不确定其是否和十二宫有关。关于弗雷斯诺街 32 号住房及其地下室的搜查工作，目前没有采取进一步行动。”

不管十二宫是谁，他一定有一个地下室，在那里谋划神秘而邪恶的勾当。“你们不知道的是，”他在 1969 年 11 月 9 日寄给《旧金山纪事报》的信中说道，“这台‘死亡机器’是近在眼前，即将奔赴使命呢，还是被我存放在地下室，等到日后再大展身手？”警察被这封匪夷所思的“死亡机器”威胁信惊得目瞪口呆，他们表示：“我们有理由相信他是一个彻头彻尾的疯子。在我们看来，他杀人的目的只是为了寻找刺激。”1970 年 4 月 20 日，十二宫发牢骚称“前阵子下的雨把我住的地方淹了”。雨水有可能淹没地下室。爆裂的水管或者热水器也会造成相似的后果。没有人去查看弗雷斯诺街上那幢房子是否雨水泛滥。但是如果十二宫指的并不是严格意义上的地下室呢？住拖车式活动房屋的人也把拖车下面的区域称作“地下室”。虽然在下面存放物品是非法的，但一直以来都屡禁不止。有时路面的雨水坑会把拖车下面浸得一片泥泞。艾伦在另一个郡放着一辆卸了轮胎的拖车，一年多来他不停地往“地下室”里藏东西。问题在于托奇和阿姆斯特朗不但对拖车停放的地点毫不知情，甚至根本不知道它的存在。

“艾伦肯定有一个地方专门用来藏匿东西，而且他确信没有警察会知道他把所有的东西都存在哪里。”姆拉纳克斯告诉托奇。

“他展示给我们的只是表象而已。”托奇回答道，“我们知道他正在心里‘哈哈哈’地嘲笑我们。”

姆拉纳克斯点点头。

真实情况比表面看到的更糟糕。每三个星期就会有一大波全新的谋杀案向托奇和阿姆斯特朗涌来，等着他们去侦破。那段时间他们浑然不知的是，艾伦离开了瓦列霍。11 月 22 日早晨，他往南一路行至托伦斯——唐·切尼居住的地方，也许是想和唐当面对质。很久以后，我问切尼：“你知道为什么艾伦在 1971 年 11 月 22 日来到托伦斯吗？”切尼倒抽了一口凉气。“如果我当时知情的话，肯定会担惊受怕。”切尼说道，“可是，虽然南加州的黄页上都列有我的联系方式，但在警察和艾伦面谈后，我也从未收到骚扰电话或任何威胁。”

潘查里拉全然不知艾伦来到托伦斯。就算知道了，他也无所谓。潘查里拉是一个冷静沉稳的人。十二宫写信给《洛杉矶时报》的时候，即使他怀疑就是艾伦所为，但他没有半点儿恐慌。艾伦来到城里，结果因为在霍桑大道捣乱胡闹，以扰乱治安的名义被逮捕。切尼仍认为十二宫只是“有可能”制造了南加州鲜为人知的谋杀案，而他“非常有可能”就是艾伦。虽然艾伦有亲戚朋友住在这里，但他在南加州的大部分活动都是神秘莫测的，至少对警察来说是一个谜。

瓦列霍警察局时常感觉旧金山警察局在试图排挤他们，然后垄断十二宫案。“瓦列霍和他们比简直就是个小喽啰，”巴沃特警探告诉我，“但是你瞧瞧他们的命案科，那样也算当警察？所有的谋杀案他们都要拆分成几部分，分派给不同的人。瓦列霍命案科一个警探处理的案件量并不比旧金山警探少。人都被累垮了！”

然而在旧金山，托奇也怀疑瓦列霍是否将掌握的信息和盘托出。“我的感受是，”他解释道，“当他们说‘是的，我们和某某某面谈过’，我似乎总能提前猜到他们想说的话。我就在心里暗想：‘果真如此？’如果我表示和某人面谈过，那绝对是真话，你可以把所有的赌注都押在上面。我绝不会信口胡言。”他开始担忧十二宫案的信息通道也许只是条单行道。这正中十二宫下怀。这位杀手喜欢在管辖权混乱的区域发动袭击，比如跨越多个郡县、在分界线或未建制的荒野地区作案。他希望邻接的部门之间互相对抗，而不是信息共享——矛盾越多，他越得意。十二宫案是重大案件，对它的调查竞争激烈。每个人都想分一杯羹。谁要是成功破案，谁就是神探。拥有强大自我的十二宫正借着警察的自我主义继续他的致命勾当。托奇几乎能听见十二宫的笑声——魔鬼撒旦的笑声，还有那令人不寒而栗的黑色作案服发出的窸窣声。

## 谋杀案

加维俄塔隧道以南三英里处，罗伯特·乔治·多明戈斯和琳达·法耶·爱德华兹这对年轻俊美的情侣从 101 号公路南行道转入一条橡树林立的岔道。罗伯特把他的灰色庞蒂克停在路边。两人有说有笑地从车里钻出来，充满青春的活力和希望。他们离开家时假称去参加隆波克高中三年级的“逃学日”毕业晚会。实际上，这对恋人计划在海边好好庆祝一下。茂密的灌木丛遮挡了视线，由南往北行驶的人看不见他们的汽车。然而任何向南行驶的人都能发现这辆车，这表明有人去了下面偏僻的海滩。

罗伯特和琳达来到一个偏僻的海滩，这里只有当地渔民偶尔出入。这对年轻的情侣在布满小碎石的海岸边找了块沙地把毯子铺展开来。前一天，就在同一个地方，一个头发微红的男人用来复枪射过海鸥。浪花“哗哗”地拍打着黑色的礁石，浓郁的海腥味扑鼻而来，直沁心脾。在圣巴巴拉海峡，一艘艘小帆船随波起舞，而飞机在空中发出单调低沉的“嗡嗡”声——附近有一个机场。这对幸福的人儿穿着泳衣在浪花轻抚的沙滩上悠闲地躺着，欢声笑语，好不快活。一天慢慢过去，天色渐渐暗下来。在所有的过渡地带中，大海和陆地之间的过渡区独具一格，也最容易发生改变。罗伯特和琳达昏昏欲睡，大海上浪涛“哗哗”作响，小海浪“沙沙”地冲刷着海边的鳗草，两人对此并未在意。这时候，路边树枝“噼啪”的断裂声吓了他们一跳。缓缓西下的太阳在水面上发着微弱的光，一阵阵风扬起的沙子遮住了他们的视线。沙地上投下一个方形的影子，他们赶紧往后退了几步。抬眼望去，只见一个男人正拿着 0.22 英寸口径的来复枪对准他们。

用绳子——他大吼着发号施令。一开始他笨手笨脚地企图把他们绑起来——这个人带了几根事先裁剪好的棉质细晾衣绳。他先是胁迫琳达捆绑罗伯特。琳达绕着他的手腕打了一个松散的结，她手里还攥着一截绳子。这个陌生人跪下身子，十指颤抖着，开始亲自动手——他先把两条绳反向打了几个老奶奶结，接着又打了几个绳环套结，这是外行人很少使用的结。正当这名陌生男子忙活的时候，罗伯特和琳达趁机从毯子上一跃而起，迅速冲进通往山上的陡峭的河床。两个人在河床柔软的沙地上拼命地跑。他们踉踉跄跄冲向一个小棚屋，在刚才闲躺的地方几乎看不到这个小屋。

用枪——这个突如其来的闯入者在他们身后怒喝着，边追边开枪。子弹先打中了男孩儿，在他奔跑着大声呼救时击中了他的背部。没有任何人能听到。弹孔排得很密，跑动过程中还能打得如此精准，着实令人吃惊。罗伯特脸朝下倒在地上。陌生人随后把枪对准了琳达，朝她的背部射击。他慢慢地向前靠近，然后站在了这对情侣的身旁。他又朝男孩儿的背部猛开了几枪，男孩儿一共身中 11 颗子弹。琳达是仰面倒下的，所以一连串子弹齐齐穿透她的胸部。她身上一共被打了 8 枪。

这个杀手的邪恶行径并未就此结束，他还要给死者的遗体施加更多的伤害。他扯着罗伯特的腿把他头朝下拖离海岸，罗伯特泳裤以上的部位伤痕累累。岩石刮破了他的胸部和脸，留下一道道深深的伤口。陌生男子把尸体藏在几近干涸的河床旁的小棚屋里。在完成恐怖暴行的第一步后，他浑身汗如雨下。这个简陋粗糙的小屋位于海岸和铁路护堤之间，隐没在浓密的灌木丛和茂林中，主要供过路人使用。

用刀——他回到女孩儿尸体旁，用刀划开泳衣前面一块，把她的胸部暴露出来。他朝尸体挥刀猛砍，伤口形成一条弯弯曲曲的河流。接着，他拽着两腿把尸体拖向小棚屋。因为琳达脸部朝上，所以所有的擦伤都集中在背部和臀部。进了小屋后，他用力扯下她的泳衣，冷酷无情地扔到她未婚夫身上。然后，他扛起琳达的尸体，把她的脸朝上盖在了男孩儿的尸体上。

用火——此刻这个陌生人四处寻找能燃烧的东西。他集拢剩下的几段绳子和几个空子弹盒，把它们扔进小棚屋。他捣毁小屋，点燃了随身携带的火柴。虽然他试了几次，屋子始终无法点燃。或许他走回停在路边的车子时以为身后的一切正在熊熊燃烧着。

琳达和罗伯特没有回家，罗伯特的父亲提交了一份失踪人员报告。圣巴巴拉治安官办公室给各个站点发布了通告。这位父亲和其他家庭成员一起加入了寻人大军。当晚他们在岔道上找到了失踪男孩儿的汽车。公路巡警循着踪迹下到海滩进一步查找。小棚屋非常隐蔽，搜寻者们花了 30 个小时才发现这两个年轻人。各种踪迹和尸体上的斑痕表明他们是被拖曳到小屋的。现场没有留下任何潜藏的指纹，这意味着杀手有可能戴了手套。这是一桩惨无人道的犯罪案。

受害者没有遭到性侵，这有点儿异乎寻常。至少现场没有发现精液。但是当时的法医检验技术相对落后，也许出现了遗漏。不过这也不大可能。因为这位负责尸检的法医病理学家通过了职业资格认证，水平相当高，还在洛杉矶法医局接受过培训。

一支由监狱囚犯组成的队伍四处查找了犯罪现场。公共汽车把他们送到那里。按照要求，他们把灌木丛彻底搜了个遍，在荒无人烟的海滩上一段 3 英里长的区域仔细搜寻蛛丝马迹。治安官办公室的警探长威廉·贝克担心这些囚犯会破坏现场。“你可以想象我当时面临着怎样的困境，”贝克告诉我，“我要努力从灰烬中还原案件的真相。你要知道那可是在 1963 年。我们要么和搜索营救队一起行动，要么和其他的探索者合作。这次他们把任务交给了囚犯，要他们寻找子弹壳或任何其他有用的东西。一想到这儿我就心里打战，然而现实就是如此。他们确实找到了子弹壳，数量还不少，散落在受害人逃命的路上——那是一段干涸的河床，从海滩边铺毯子的地方一直向上延伸至藏匿尸体的小棚屋。在两个明显的地方发现了更多的子弹壳，显而易见，两名受害者最初就是在这里倒下的。”

一名囚犯发现了二十颗 0.22 英寸口径的子弹壳，它们躺在峡谷的河床上微微发光。警探们也有了一些收获——松软的沙子和稀疏的草丛中深深的鞋印，往返于简陋的小棚屋。杀手的鞋子应该是类似于“翼行者”的海军或空军专用鞋。子弹和鞋子都是从基地福利社购买的。战略空军司令部下属的范登堡空军基地就坐落在隆波克附近，从谋杀地点开车去那里只需要一个小时。

“杀手的罪恶活动才刚刚开始，”贝克说道，“他可能会留着武器，甚至相同的子弹，以备未来之用。”杀手这次使用的是温彻斯特 0.22 英寸口径子弹，长管来复枪——五年半以后，十二宫在瓦列霍郊外漆黑的赫曼湖路实施谋杀时用的就是相同牌子和口径的子弹。“多明戈斯和爱德华兹选择庆祝‘逃学日’的地点非常偏僻，”贝克说道，“人们没料到会在这个地方找到年轻情侣，尽管受害人的车就停在岔道口。在这种情况下，杀手携带着枪、刀、事先剪好的绳子还有火柴，对受害者发起突然袭击。这一切表明他有明显的谋杀意图。他们被跟踪了吗？杀手事先就选好了谋杀对象吗？有办法找到受害人和凶手之间的联系吗？”

虽然贝克说不上具体名称，但是他怀疑案发现场遗漏了某些东西。他仔细翻看着警方拍摄的六张 8×10 英寸照片。其中一张显示杀手企图纵火烧毁小棚屋，男性受害者躺在原地。另一张照片上面有三个人站在小棚屋旁边，他们分别是治安官詹姆斯·W. 韦伯斯特、警探查尔斯·泰勒和当地电视台新闻节目主持人。这位主持人一只手搭在棚屋上，嘴里叼着烟。贝克认真地研究着三张罗伯特躺在尸体解剖台上的照片，指关节上的挫伤和擦伤清晰可见。右手关节上的污点（照片上看不到左手）使他怀疑罗伯特和袭击者搏斗过。“他脸部的擦伤是在临死前或死亡后造成的，他被扯着双腿脸朝下拖到小棚屋。”贝克说道，“我怀疑如果贝利桑湖案的受害者也从十二宫手里挣脱的话，肯定会遭遇同样的命运。十二宫会丢下手里的刀，开枪打死他们。至于前一天有人见过的红头发男子，警察找到了他，并十分确定该案与他无关。其他情况没有什么值得特别关注的地方。关于河滨市的谋杀案，我觉得十二宫完全是为了沽名钓誉。但是袭击的确发生在南加州，十二宫此前也说过这里还会发生更多谋杀。也许他指的就是现在这起案子。”

傍晚 6 点 10 分，河滨市大学 18 岁的大一新生彻利·乔·贝茨沿着马格诺利阿街前往大学图书馆。下午 5~6 点图书馆关闭了一个小时。为了实现当空姐的理想，贝茨需要满足学历和年龄的条件。念完大二她就达到要求了。贝茨已经提前联系了多家大型航空公司。她刚去旧金山州立大学见了已经订婚两年的未婚夫丹尼斯·厄尔·海兰德。令人费解的是，她告诉两个朋友说：“我要去图书馆和男朋友见面。”然而，那时候海兰德正在旧金山州立大学踢足球。警察事后推测她指的可能是一个曾经的追求者。

一个朋友注意到这位美若天仙的金发拉拉队员开着淡绿色的大众汽车飞驰而过。一辆1965~1966年产的青铜色老式汽车紧随其后。她停好车，右边的乘客座车窗部分开着。十分钟后贝茨从当地的大学图书馆借了三本书。虽然她的朋友从7点15分至8点57分一直待在这个狭小拥挤的图书馆，但没有人记得看见过她。晚上9点，资料室关门后，她回到车里却发现引擎怎么也发动不了。为了支付买这辆车的费用，她一直在河滨市国家银行做兼职。停在她的车后面的是一辆塔克鱼雷牌汽车，此前并未见这辆车停在这里。

在她进图书馆后，有人动过她的引擎，把分电器线圈和电容器用力扯了出来，切断了分电器中间的电线。就在乔·贝茨把电池用光时，一个男人从暗处走到车子右边半开着的窗户前。“遇到麻烦了？”他问道。“我帮你检查一下发动机。”车子仍无法启动，他说道：“我的车子就在那边的停车场。走吧，我搭你一程。”她的书还留在座位上，启动开关上的车钥匙也没有拔出来。她认识这个人吗？或者她是不是受到胁迫才跟他一起走的呢？

通往停车场的石子路没有开灯，这条路很长，一片漆黑且十分寂静。两人走了大约200英尺，在特拉西纳街3680号和3692号两座空置的木板房中间的土路车道上走到一半时，两人停了下来。后来警方收到的一封机打的“自白书”里详细记录了两人当时的对话。“是时候了。”他说道。“是时候做什么？”她问道。“是时候让你去死了。”一把刀从他手里露了出来。在10点15分至10点45分，住在附近的一名女子听到一声“恐怖的尖叫”，在10点30分，另一个住户听到“两声尖叫”。沉静了几分钟后，一辆旧汽车发动了引擎。在那几分钟里，杀手循着斑斑血迹，回去寻找他掉落的某样东西。

一名停车场管理员在早上6点28分发现了贝茨。从42处刀伤来判断，刀刃估计长3.5英寸，宽1.5英寸。作案动机令人困惑不解——她身上衣着整齐，没有被性侵或抢劫。贝茨与凶手进行过激烈的搏斗，地面的泥土都被搅松了，她抓破了杀手的脸部，把他手腕上溅有油漆的天美时手表扯了下来。从表盘一端断开的黑色表带长7英寸。这块天美时手表是从军事基地的福利社购买的。在贝茨身旁发现的带有B.F.古德里奇商标的鞋跟印表明这是一双尺码介于8~10码的"翼行者"类型的鞋子，是由莱文沃斯的囚犯为军队加工的，只在军队福利社出售。战略空军司令部下属的马奇空军基地就坐落在河滨市城界之外。受害人的汽车左边门上发现了几个油性的指纹和掌纹。有人看见四名工人曾从特拉西纳街贝茨停车的地方穿过马路。指纹和掌纹被送往华盛顿，而天美时手表则交给了刑事鉴定与调查中心。

早上8点30分，利·艾伦打电话请病假。他还是第一次缺勤谷泉小学一整天的工作。第二天，他填写了请假表并签了名字。没有人记得他脸上是否有抓伤的痕迹，不过据艾伦称，在听说彻利·乔·贝茨遇害的消息时他正在波莫纳。他以前在海军部队时做过油漆工。这也许能解释军事基地福利社购买的天美时手表上的油漆污点，但那是很久以前的事情了。

"彻利·乔遇害当晚我就在河滨市大学图书馆。"一名该校学生告诉我，"我有一辆跟她相同的车，而且就停在她的车前面。我通常在图书馆关门后离开，她也是，但那天晚上我提前走了。关键的一点是，我总感觉受害人原本会是我。因为凶手就在那段时间作的案，而且我觉得那天晚上他一定也在图书馆。贝茨是拉拉队员，也是我最好的朋友。"

有人发现一个在那里临时逗留的人带着一把刀正在案发现场附近的车里睡觉，经警察盘问，排除嫌疑后被释放。一位当地的母亲发现厨房的刀不见了，随后报案称她怀疑自己的儿子有可能就是杀手。在询问了贝茨的多个朋友后，警察开始查问十五名来自附近空军基地的军人。贝茨被谋杀十四天后，河滨市的警察接到命令要"放下手头一切事情，全力以赴，直到侦破此案”。他们要求在那个致命的夜晚待在图书馆的那 62 名学生、两名图书管理员和一名看管人重新回到图书馆再现当时的场面。“务必穿上两个星期前的那套衣服。”

警探迪克·扬克斯和勒罗伊·格伦组织协调这次图书馆重演。这两位舞台监督在下午 5 点准时拉开了重演的帷幕，与此同时，6 名摩托车骑警在交通警探阿尔·福格蒂的带领下驻守在特拉西纳街和河滨路交汇处、费尔法克斯路和河滨路交汇处、特拉西纳街附近与马格诺利阿街平行的小巷以及通往费尔法克斯路的小巷出口。

警探厄尔·布朗和地方检察官罗兰·米切尔根据一份总名单，依次叫学生进来问话，并全程录音。“停在你前面的是什么车？”布朗问道。“一辆 1947~1952 年出产的灰褐色斯图贝克，有的地方已经掉漆生锈。”其中一个学生回答。在最先的面谈结束后，开始进行场景重演。每个学生都领到一张写有特定字母的卡片，警监欧文·克罗斯在重演过程中亲自逐一核对并打钩。克罗斯给所有学生采了指纹并剪下一绺头发。“你记得有没有谁那天晚上在这儿，而今晚却没来的？”他问每一个学生。“说一下名字和外貌特征。”重演在晚上 9 点落下帷幕，周日晚上图书馆通常在这个点关门。只有两个人没有参加重演——一位女子和一个蓄着胡子、魁梧粗壮的年轻男人，身高约 5 英尺 11.5 英寸——正好是艾伦的身高。

执法官麦尔·尼古莱后来认定在那个阴郁沉闷的周日艾伦其实就在河滨市。“他没有去工作，也没有去大学上课。”他说道，“每个周末他都会从卡拉维拉斯去河滨市，因为他参加了当地的一个汽车俱乐部。那个周末他肯定在那里。”

艾伦开始在位于拉洪达加尔奇的基督教青年会拉洪达学校教书，他从未缺勤，直到 1968 年 2 月 5 日周日，从那天起他连续三天无故旷工。“私人事务”，他在缺勤登记表中潦草地写道，然后仔细想了想，又把它改成“学校事务”。

利·艾伦离开了拉洪达学校，在接下来的一年中零零星星地打了好几份工，包括去哈里·沃根汽车服务站做修理工，在富兰克林初中做门卫，还有其他很多低微的工作。即便如此，他仍然会找时间好好享受生活。“罗恩和利去了墨西哥。”切尼告诉我，“是罗恩跟我说的。‘邋遢鬼诺姆’可能也一起去了。他们都叫他‘邋遢鬼诺姆’，那是读书时的绰号，因为他的头发黑而卷，五官像法国人，前额很低，头发长至手臂，看起来有点儿像类人猿。其实他非常文雅，就因为长相才有了那个外号。他是利的浮潜伙伴，我也和他们浮潜过一两次，一次是去莫罗湾拜访诺姆，还有一次是在蒙特雷。那时候利有一艘卡特莉娜猫双体船和一只狭小而粗陋的船。在墨西哥，罗恩、利可能还有诺姆抓到几只龙虾，然后说服一对在海滩上遇到的墨西哥夫妇为他们在岸边准备了一顿美味的大餐。到 1969 年 10 月 6 日，利在埃尔默凯夫小学当了一名兼职管理员。就是在那所学校，警探林奇在接到某个至今仍身份不明的人举报后，把他当作十二宫谋杀案的嫌疑人盘问了一番。

河滨市警察局局长 L.T. 金基德和警探 H.L. 霍姆谢尔给纳巴郡治安官厄尔·伦道和警监唐·汤森发来一封信函：

1969 年 10 月 17 日双方进行了电话会谈，探讨了贵局‘十二宫’嫌疑人和本局凶杀案（案卷号：352-481）嫌疑人之间相似的作案手法。本函就此次对话特做如下补充：

谋杀案发生一个月后，《河滨市商业报》和本局皆收到嫌疑人写的信件。信封上的地址是大写字母印刷体，使用黑色毡尖笔书写。自白书是机器打印的。贵方会发现里面的拼写、标点等出现多处错误。写自白书的人非常清楚只有杀手本人才知道的凶杀案具体细节。毫无疑问，自白书的作者正是我方命案嫌疑人。贵局谋杀案与本局 352-481 号谋杀案存在诸多相似之处。本人认为贵局需知悉双方正在进行类似的调查。

杀手对贝茨的车子做手脚时，可能留下了指纹。警方在车上提取了身份不明的潜指纹，并送交至联邦调查局，案卷号是 32-27195，指纹编号 73096。旧金山警察局将此前从计程车上提取的数份模糊指纹火速送往联邦调查局进行对比。然而，这些不完整的指纹与案件中的任何指纹都不匹配，而案件中曾有过无数的嫌疑人。

河滨市大学校园里人们的恐惧感进一步加剧。更多的空旷地带被围了起来，装上了明亮的路灯。约瑟夫·贝茨以房子做担保贷了一笔款，用作捉拿杀害他女儿凶手的悬赏金。

旧金山的新闻记者还在绞尽脑汁，努力分析几起案件背后的规律。“在所有三个案件中，”一份给记者迈克·葛里格的关于十二宫的《旧金山纪事报》内部备忘录这样写道：

> 当现场既有男孩儿又有女孩儿时——十二宫试图把两个都置于死地，他三次都成功地杀害了女孩儿，只有第一次使男孩儿毙命。第一次双重谋杀和第二次之间间隔了197天；第二次和第三次的间隔时间是84天；而最后两次作案只间隔了14天——间隔时间越来越短。十二宫似乎只在周五和周六晚上发动袭击，这不禁让人怀疑他如何攻击校车。我试图总结出的任何规律都被打破过至少一次。星座运势解析——至少《旧金山纪事报》提供的——也没有任何线索可循。摩羯宫勉强适用，第一次谋杀案除外……在认真分析了整整2~3个小时后，我仍未能从案件中找出任何统计学或命理学规律……贝利桑湖的受害者被屠刀刺了20多次，伤口遍布胸部、背部和腹部——其中多处伤口一横一竖成对出现，组成十二宫的十字瞄准线标志。
>
> ——马歇尔·施瓦茨

最后一点言过其实。

在旧金山警察局，教授模样、叼着烟斗的比尔·哈姆雷特弓着背，伏在过道里一张临时的办公桌前。“我们给他隔出一个私人空间，这样不会被打扰了。”托奇说道，“我们从整个湾区和北加州收集了指纹。他拿着放大镜，仔细查看一张张3×5英寸的卡片。他要负责所有的卡片。如果查验指纹的人太多，势必造成纰漏。”

十二宫的残暴行为发生的时间和学校假期及节假日完全吻合——暑假、哥伦布纪念日、临近万圣节、感恩节、圣诞节，还有独立纪念日。利·艾伦

图 29：十二宫寄往河滨市的信件，邮戳日期显示：1966 年 11 月 29 日，星期二。

*（源自作者收藏图集）*

图 29

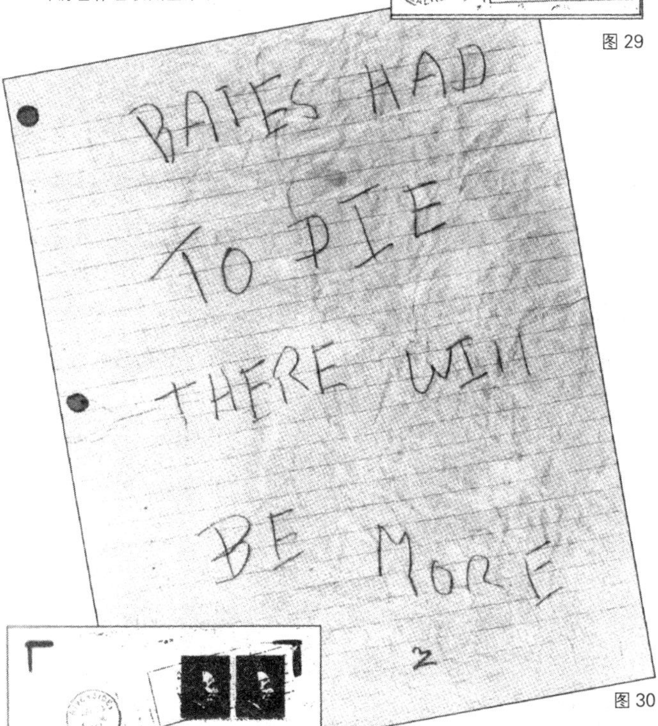


图 30

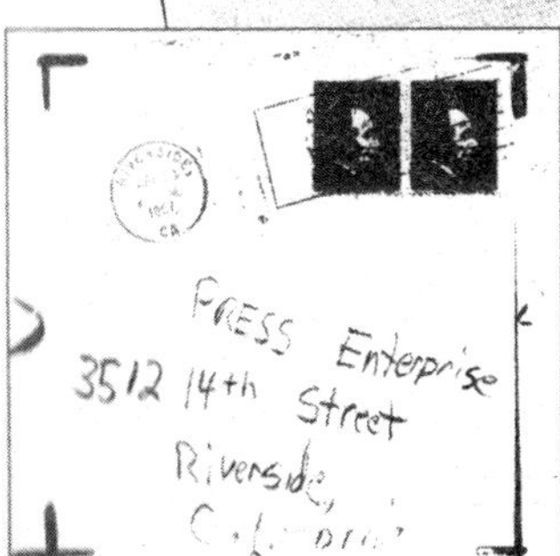


图 31

图 30 和图 31：十二宫寄给《河滨市商业报》的信及其信封，所有文字均用铅笔书写，邮寄日期为 1967 年 4 月 30 日，星期日。值得注意的是，信纸底部有一个醒目的字母“Z”，信封上贴了双倍邮资——两张 4 美分的林肯邮票。

*（源自作者收藏图集）*

向切尼透露秘密那天正值新年。十二宫大部分费时写就的信件和密码都是在学校放假期间寄出的。除小学教师之外，很少职业逢假必放，更别说长达三个月的额外假期。十二宫的活动时间十分符合学校放假规律，其他职业几乎毫无可能。

十二宫曾威胁要破坏校车，然后朝从车上下来的孩子们射击。他扬言要根据校车的高度和窗户数量安置炸弹，在校车经过时引爆。"我感觉杀手极有可能是一名公职人员，也许在学校里工作。"一位专家推断，"他可能和小学或大学存在联系，即使只是一个办公室清洁工，也值得怀疑。"

虽然利这段时间向身边最亲密的人展示了他一直藏在灰色金属盒子里的密码符号，但他从未和切尼提过跟密码有关的事。"没有，绝对没有。"切尼非常肯定，"利从来没有谈论过密码，甚至从来不玩填字游戏，也从未对占星术表现出兴趣。不过他喜欢编押韵童谣。"

加州州立理工大学圣路易斯奥比斯波分校的四个学生给当地警察局提供了一条线索，警局又把密报呈交给联邦调查局鉴定部门。据他们透露，该校有一名毕业生和十二宫的外貌十分相似。"他有 9 毫米口径和 0.22 英寸口径的手枪，经常一个人在旧金山晃悠，还时常跑到加州偏远的地区。"他们表示，"上次发生谋杀案的那个周末，他不在奥比斯波分校。"在十二宫不断地写信，并且犯下一桩桩惨无人道的谋杀案期间，艾伦安稳地待在湾区。然而如果这四个学生描述的就是艾伦，那么这说明他经常南下返回母校。他喜欢在这个黄金之州到处游荡，长期下落不明，这让他的家人心生怀疑。

夜里 3 点，凯瑟琳·约翰斯从绑架者手中侥幸逃脱 40 分钟后，跑到斯坦尼斯劳斯郡治安官办公室向治安官助理吉姆·雷·洛维特报了案。这名孕妇和她年幼的女儿在从位于圣伯纳迪诺市坎普斯路的家出发前往佩塔卢马途中被绑架。和贝茨的遭遇一样，这名突如其来的闯入者对她的雪佛莱汽车做了手脚，然后把她骗上了自己的车。一路上他对约翰斯不断恐吓，最后她带着幼女从行驶的车上跳下来，慌忙躲进一片田地里。他四下搜寻了一阵，幸好这时一位卡车司机恰巧从那里经过。治安官助理洛维特后来在三角洲以西 400 多米的 132 号公路上找到了她那辆熊熊燃烧的车。这名绑匪还不慌不忙地换掉了被他蓄意破坏的轮胎，然后把车开到别的地方，付之一炬。

绑匪开一辆棕褐色新型汽车，戴着眼镜，身穿一件深色滑雪衫，一条海军蓝喇叭裤。约翰斯从钉在洛维特办公室墙上的通缉令中认出这名绑架者就是十二宫。据她描述，这名男子 30 岁，身高 5 英尺 9 英寸，体重 160 磅——远低于十二宫的体重。“那是 28 年前的事情了，”约翰斯最近回忆道，“我现在可能认不出他了……他的声音平静低沉——言犹在耳，仿如昨日。我觉得一个人不可能在死里逃生之后，还会把这种经历忘得一干二净。”

很久以后，十二宫才在一封信里承认是他绑架了约翰斯，这封信直到 10 月 12 日才公之于众。在 6 月 26 日他曾声称枪杀了旧金山警察局的理查德 · 拉德迪奇，这简直就是彻头彻尾的谎言。这也使得托奇怀疑河滨市的一起谋杀案是否真如其所言他就是幕后凶手。

## 笔迹

一位来自圣拉斐尔市的笔迹学家仔细分析了十二宫的笔迹。“他有 5 英尺 11.5 英寸高，才思敏捷，但缺乏创造力。”她推测道，“他头发稀疏，有时可能会戴假发或假胡子，偶尔会戴隐形眼镜。他身体某个部位也许畸形或缺陷，比如右手手指受过损伤。他会有意无意地催眠自己，并且实际上对这种情况有所了解。他总是认为自己快要被淹没了，陷入感情漩涡或者实际溺水，抑或被始料未及的情况压得喘不过气来。也许他有一艘船或船屋。曾经极有可能戴水肺潜过水。头脑受损。出生时或之后因缺氧导致脑组织损伤，也有可能潜水过久，用光了氧气……”十二宫曾在信里写道：“快来救我，我要被淹死了！”

利 · 艾伦于秋季开始在位于罗内特帕克的索诺马州立大学上学，他还在桑塔罗萨为拖车租了一个停车位。在 13 日周五那天，艾伦在骑摩托车从萨克拉门托返程途中遭遇了车祸，就在当天清早，桑塔罗萨居民卡罗尔 · 贝丝 · 赫本被人谋杀。她最后一次现身是在一家名叫“十二宫”的深夜俱乐部里，这家位于国会大道上的俱乐部是摩托车一族经常光顾的地方。赫本在桑塔罗萨和姐姐住在一起，她学习的专业是 X 光技术。在不到一年的时间里，她是萨克拉门托第三个被谋杀的年轻漂亮女子。在城市北端干溪谷附近一片渺无人烟的旷野里，人们发现了她那一丝不挂、被打得惨不忍睹的尸体。一辆汽车曾把她脸朝上拖进旷野。凶手随后割开她的喉咙，对她施以野蛮残暴的殴打，以致尸体面目全非、无法辨认。

那天下午，保罗 · 艾弗利和警探戴夫 · 伯尼纳都不约而同地请求舍尔伍德·毛利尔将十二宫的笔迹样本和河滨市警察局在贝茨案中收到的信件进行对比。

多年来，一辆白色雪佛莱羚羊多次出现在十二宫案中。一位受害者家的保姆看见一个圆脸男人在华莱士大街偷偷窥视，他坐在一辆“美国产的白色轿车里，挡风玻璃很大，挂着另一个州的车牌”。在贝利桑湖边，三名女子在刺杀案发生当日观察到一个形迹可疑的男子坐在一辆雪佛莱车里，“颜色是银色或冰蓝，1966 年产，全尺寸双门轿车，低噪声，款式保守，挂加州车牌。”在 1970 年 11 月 15 日，这辆羚羊车在桑塔罗萨再次现身。那天凌晨 4 点，一名女司机看见“一辆 1962~1963 年产的白色雪佛莱”从桑塔罗萨一处邮局开始跟踪她。不久之后，一辆“1964 年产的白色雪佛莱羚羊轿车”在门多西诺大道和查纳特路开始跟踪第二个女子。在凌晨 5 点 10 分，一辆“1963~1964 年产的白色雪佛莱”在第四街行驶时紧贴前面一名女司机的车，被警察拦下后意欲加速离开。这名司机是一个 25 岁的瓦列霍人，他自称迷失了方向，正在寻找出城的路。于是警察护送他出了城。第二天十二宫案取得了突破。

毛利尔找到了一个匹配处，他发现十二宫写的信件、三封写着“贝茨必须死”的信和河滨市大学图书馆里刻得歪歪扭扭的诗歌全都出自同一个人。十二宫用蓝色圆珠笔把一首恐怖、病态的诗刻在书桌的胶合板面上。这首诗很有可能早在 1967 年 1 月就写在那儿了，当时桌子存放在大学一间闲置的地下室里。“厌倦了生……”诗歌的开头这样写道。这首散发着血腥味的诗歌下方深深地刻着两个小写姓名首字母“r.h.”。毛利尔认真查看了 6000 份笔迹样本，寻找姓名首字母与此相同的杀手。“大部分样本来自河滨市大学和军事基地。”他告诉我，“这些样本都被放大拍摄存储在缩微胶片上，我就拿着一个放大镜把它们一张一张地放在镜子下看。案件中有一个薄弱环节——有些注册证书是打字机打的。”克罗斯警监深受鼓舞。“太好了，看来我们开始步入正轨了。”他说道。对十二宫的追踪这时已经遍及全州。

河滨市警察局准备召开一次与十二宫案有关的秘密会议。阿姆斯特朗坚守后方，托奇、纳罗和尼古莱则登上了往南的飞机。“有时候我们会分头行动。”托奇表示。“你想做这项任务吗？”阿姆斯特朗会征求我的意见。“为了同时完成不同的任务，我们也会轮流换班。”

在旧金山，《旧金山纪事报》收到一封用打字机打的匿名信。

我感到气愤而震惊，像十二宫这样一个肆无忌惮的杀手竟能逃过侦查者的耳目，长期以来逍遥法外。我个人认为，十二宫在某些机构待过一段时间，比如监狱或者精神病院……十二宫不会结婚。他不能和女性保持正常的关系，无论是性关系还是情感关系……对十二宫的追捕一直是一场错误百出、充满悲剧色彩的喜剧。有一点我非常清楚：任何恐怖行为，例如杀手开启他们的大规模丑恶行径时，都有一根导火索，被我称之为‘触发器’的东西点燃。他们内心的兽性大部分时间都在静静地蛰伏，突然某样东西刺激了它，就能将其释放出来。对于十二宫而言，我猜测有两件事情促使他兽性爆发：在第一起谋杀发生时，生活中的一次经历对这个号称‘十二宫’的人来说痛苦难忘，而对于别人却不一定如此。他似乎确实非常憎恨警察，总喜欢拿警察抓不到他这件事刺激他们。也许在那段特殊时期，他和警察有过冲突。在我看来，他的谋杀行为并非根据什么星象时间表。我认为他之所以选择节假日和周末作案只是因为这些时间他不用上班。他十之八九每周工作 40 个小时，连续上 5 天班……我会保持匿名。我希望你们不要停止追捕这个恶魔的努力。祝你们身体健康！追捕顺利！

签名：扶手椅

在这封非同寻常的信里，“扶手椅”谈到他从未听说过一位母亲开枪射杀已经成年的孩子。“我想自己对别人的疑心太重了。”他在结尾说道，“但是心存戒备让我不止一次幸免于难。”“扶手椅”不仅使用了十二宫风格的词语（刺激、触发器、追捕、捕猎），而且在贝茨被谋杀时就住在河滨市，他还引用了在当地读过的事件和报纸新闻。长久以来，我始终未能查到“扶手椅”的真实身份。

下午 4 点，在桑塔罗萨，莫林 ·L. 斯特林和伊冯 ·L. 韦伯离开了位于斯蒂尔巷的雷得伍德室内溜冰场。这两个 12 岁的女孩儿开始步行回家，她们在路上走走停停。斯特林一头棕色长发，从中间梳开，身穿蓝色牛仔裤，紫色套头衬衫外面罩着一件红色带帽汗衫，脚穿绒面革皮鞋。韦伯的衣着大体相似——蓝色牛仔裤，浅紫色和白色相间的粗花呢套头衬衫，黑色天鹅绒外套，棕色绒面革皮靴。和她的伙伴一样，她长着一双蓝色的眼睛，金色长发从中间分开。有人看见她们在路边想搭顺风车。然而，在回家的路上，她们失踪了。

利 · 艾伦在炼油厂每天下午 4 点准时下班，然后他会迅速离开以避开交通拥堵。他从皮诺尔出发沿着 37 号公路向西行驶至圣拉斐尔，然后转上与之相交的 101 号高速公路北行道。他继续前行，经过诺瓦托、佩塔卢马、索诺马，最后到达可塔提。不过在接近 5 点的时候，他应该经过了两个女孩儿回家的路。

春分前的 16 天，在下午 5 点，金姆 · 温迪 · 艾伦从拉克斯博街一家燕草健康食品商店下班回家。20 分钟后，有人看见这位 19 岁的桑塔罗萨专科学院学生来到贝尔大道通往高速公路的入口。她开始在 101 号高速公路北行道边上示意搭便车，她高举着橙色背包，手里紧紧攥着一个草编手提袋。身上一件米黄色七分长大衣足以让她抵御凛冽寒风。和溜冰场那两个女孩儿一样，她一双眼睛蓝幽幽的，浅棕色长发从中间向两边梳开。同样，她也失踪了。第二天，两名男子在距离贝内特谷路 3 英里远的河床里发现了她的裸尸。她是被人用一根白色中空的晾衣绳勒死的。尸体上的伤痕表明此前她曾在别处被四肢张开绑成“大”字。胸部出现多处皮外伤。现场散放着女孩儿的白色刺绣宽松短衫，蓝色牛仔短裤，绿色棉布围巾，还有一只金耳环。杀手拿走了一条长 24 寸样式独特的项链，上面串着浮木块、海草、贝壳、果核和桉树扣子。她有可能遭受了性侵。这确实不符合十二宫惯常的作案手法。然而，她是在距离企业路仅 20 英尺的一畦水洼里被发现的，十二宫曾在一封信的末尾署名“企业”。

桑塔罗萨专科学院另一名 20 岁的学生珍妮特 · 卡玛茜勒在失踪前也试

图在可塔提附近的101号高速路入口匝道旁搭便车。她的目的地是桑塔罗萨，利·艾伦从1970年起就在那里停放了一辆拖车。

艾伦怒不可遏——他刚刚被皮诺尔炼油厂解雇。虽然离警察那次盘问已经过去了漫长的10个月，但他仍然认为他们的打探和含沙射影是导致他丢工作的直接原因。艾伦被解雇会使阿姆斯特朗和托奇的调查变得更棘手。现在这位头号嫌疑人成了索诺马州立大学的全日制学生，学习科学和艺术，他开始每周大部分时间住在桑塔罗萨的拖车里。以后任何严格的搜查他们都需要在桑塔罗萨和瓦列霍进行——但是这些地方都不在他们的管辖范围。雪上加霜的是，艾伦远不是他们唯一的嫌疑人。还有其他几个嫌疑人至少一开始也显得非常可疑。

前一段时间，在纽约警察局工作了两年的拉里·弗里德曼打电话给托奇。他们在一家咖啡吧见了面。“我跟你说件你可能感兴趣的事，”弗里德曼说道，“一名克劳克尔市民银行员工在保罗·史坦恩被谋杀时就住在离现场一个街区远的地方。”其实托奇早就知道此事，他回答道：“在旧金山这边有几个人坚信十二宫肯定是当地一家银行的老板。所有的间接证据都完全吻合。他最初住在南加州，就在那时贝茨遇害。他在贝利桑湖附近有房产，经常去蒙大拿打猎，而十二宫称他以前时常在这个地方活动。在蒙大拿很容易买到无法追踪的枪支。他们的线索非常有价值，所以我们必须调查这名嫌疑人。不过，后来我们完全排除了他的嫌疑。因为他的指纹和史坦恩车子上的指纹不匹配。”联邦调查局采取了进一步行动，他们分析了一个抢劫犯塞给克劳克尔市民银行出纳员的用印刷体写的纸条，想查看其是否和十二宫的笔迹相符。

另一位嫌疑人看起来就像一头熊，只不过这是一头长着蓬乱红头发、戴着黑色眼镜的熊。这个“熊人”确实“有点儿可怕”。托奇告诉我：“他的头发就跟钢丝绒似的，两条长手臂从肩上垂下来。他爱好收集枪支弹药，有一支卡宾枪，但没有0.22英寸或9毫米口径的枪。他住在猎人街，在一家剧院做看门人。”警察推断十二宫不仅是一个猎人，而且可能名字就叫“猎人”，甚至还具有一些野兽的特征。“在史坦恩被杀害三周后，我们对‘熊人’

进行了测谎。我要求这个主动表示两只手都同样灵活的嫌疑人写一些文字。结果字迹和十二宫的不相符。虽然他整体上对贝利桑湖比较熟悉，但对周边的小路以及瓦列霍却不甚了解。我在当地也没有找到有关这名嫌疑人的任何不良背景，没有通缉令，没有搜查令，也没有逮捕记录。”

“十二宫也许和史坦恩一样也是计程车司机。我在1963年查看过机动车管理局计程车许可证办公室的档案。如果他曾在这座城市开过计程车，那么在他提出申请时肯定按要求采过指纹、拍过照片——我没有找到有关‘熊人’的档案。如果他当过计程车司机，那么他使用的是另一个名字。我再次和萨克拉门托的机动车管理局进行了确认，他们无论是当前还是过去都没有这个人的驾驶证信息。不过大概每7年他们就会清除一次记录。我往拉斯维加斯发了一份电传，请求对方发送一份嫌疑人的驾驶证和照片复印件，为此我一共等了7~10天。这还只是案件早期的一名嫌疑人。”

和史坦恩一样，十二宫更早的一名受害者也是在耳朵上方被近距离射了一枪。虽然警察时常怀疑十二宫并非1968年12月20日发生的赫曼湖路双重谋杀案的罪魁祸首，但相似的接触枪创把该案和史坦恩案联系起来。从连绵起伏的群山、安静宁和的牧场和崎岖不平的采石场到赫曼湖路，奇怪的事情接二连三地上演。三年半前，在那条伸手不见五指、人迹罕至的大路上，十二宫谋杀了第一次约会的青少年贝蒂·洛·詹森和大卫·亚瑟·法拉第。这是两个非常优秀的孩子：贝蒂是优等生；大卫是一名鹰级童子军，曾经荣膺“上帝与国家奖”。

在双重谋杀发生当晚，罗伯特·康利和弗兰克·加瑟（2号公路旁加瑟大牧场的主人）到赫曼湖路附近一带捕猎浣熊。晚上9点，他们开着一辆红色福特小卡车来到赫曼湖自动抽水站10号门往前不远的地方。在自动抽水站旁边的马歇尔农场里往一片草地上开进约8米后两人停下了车。10号门就在赫曼湖别墅东边0.25英里处。这时门朝里打开了，一辆无法清楚辨认的卡车开了出来。这两名猎人观察到一辆1959年产的白色四门雪佛莱羚羊停在卡车经过的路上。69岁身穿狩猎夹克的加瑟按亮一支三灯强光手电筒，朝羚羊车缓步走了过去。出于好奇，他往车子前座和后座仔细瞅了瞅。

里面空无一人。“也许车子主人正在这片地区搜寻猎物吧。”他暗自忖度。

一个小时后，汉贝尔石油公司旁老伯杰斯农场的牧羊人宾格·维舍尔开始在贝尼西亚9号自动抽水站东边照料羊群。他注意到加瑟和康利的小卡车，车身上的木制侧板和鲜艳的颜色很显眼。他还看见羚羊车停在南边的栅栏入口，不过无法判断里面是否有人。还有目击者曾在这片区域看见一辆“深色汽车，上面镀的铬已严重脱落”。在9点30分至10点之间，两名男子驾驶一辆蓝色克莱斯勒勇士沿着赫曼湖路“高速”追赶一对夫妇开的车。另一名目击者在附近看见一辆“1961~1963年产的白色雪佛莱羚羊轿车”。

另外两名目击者在10点15分经过自动抽水站的入口时看见一辆1960年产的四门旅行轿车面对大门停放着。这辆双色（上半部分深棕褐色，下半部分浅棕褐色）漫步者旅行车是受害人的车。15分钟后，这两名目击者原路返回。他们发现旅行轿车掉转了车头。在11点，康利和加瑟狩猎回来，这时羚羊车已没了踪影。漫步者旅行车还停在原地，车头朝着西南方向，一个小时后，警察却在另一个地方找到这辆车。汉贝尔石油公司一名员工下夜班后从贝尼西亚驱车回家，途中他注意到两辆车停在水泵房入口。“离马路更近的那辆车是1955~1956年产的旅行轿车，四四方方的，中性颜色。”他描述道，“另一辆和旅行轿车并排停在右边。两车之间间隔10英尺左右。我没法儿看清另外一辆车的车型和颜色。”

当索拉诺郡治安官办公室的警探莱斯·伦德·布拉德在半夜12点5分到达现场时，漫步者旅行车的发动机仍微微发热。点火开关钥匙还处于开启状态，但是发动机并没有运转。孩子们一直开着暖气。这辆1961年产的四车门棕米双色漫步者旅行车此时面朝东边停在门口。右前门大大敞开，而其余三个门和后挡板仍锁着，右边后窗玻璃被敲得粉碎。女孩儿的白色毛皮大衣和钱包放在驾驶座一侧的后座上。虽然水泵房后面发现一个深深的脚后跟印，但是布满砾石的路面并没有留下可辨认的脚印和任何有重要意义的线索，结冰的路面上也没有丝毫肉眼可见的轮胎痕迹。

验尸官丹·霍安、拜伦·桑福德医生、巡警丹尼尔·皮塔和威廉姆·T.华纳、沃特曼、布特巴赫，还有一名费尔菲尔德《每日共和国》报社的记者托马斯·D. 巴尔默，全都来到了案发地点。负责给两具尸体拍照片的贝尼西亚警察皮埃尔·比杜和警探乔治·利特尔随后也加入了忙乱不堪的现场。十二宫企图凭借不同警力之间的竞争来阻碍调查的顺利进行。

华纳在大卫的尸体周围用粉笔画了一个轮廓。霍安宣告贝蒂当场死亡，在利特尔尽可能从多个角度拍了多张照片后，他下令将贝蒂的尸体运往太平间。警监坎宁安指派代理治安长官 J.R. 维尔森前往瓦列霍中心医院拍取大卫的照片，他到那儿后获知这个男孩儿在送到医院时已经死亡。与此同时，伦德·布拉德认真检查后确定一颗子弹曾打中漫步者旅行车的顶部，上面留下一个子弹跳飞的痕迹。另一颗子弹击碎了后窗玻璃。一颗杀手使用过的 0.22 英寸口径的弹壳躺在漫步者旅行车右侧的地板上。此外，车子右方还有 9 颗散落地面的用过的弹壳，与轿车的距离分别是 20 英尺、14 英尺、8 英尺 2 英寸、4 英尺 1.5 英寸、3 英尺、2 英尺 3 英寸、1 英尺 11 英寸和 1 英尺 1.5 英寸。它们显示出男孩儿在往外走时是如何被击中的，以及杀手如何追赶逃命的女孩儿。杀死詹森和法拉第的几颗致命子弹一开始被认为是从一支高标准 101 式的手枪里射出来的。贝尼西亚警方沿着马路找到一支高标准 H-P 型军用 0.22 英寸口径的自动手枪，上面的序列号被擦掉了。某人曾拆开过这把枪，并且改动了撞针。他们检测了有 6 条右旋膛线旋槽的子弹以及从受害者身上取出的有待确认的子弹。结果表明杀手使用了不同的枪。没人能解释杀手何以在黑夜精准射击，除非他在枪管上安装了某种灯。

警方分析了从男孩儿大脑左额叶（他右耳上方被打了一枪）取出的一颗不规则平头子弹和从女孩儿身上取出的几颗子弹。结果表明全都是韦斯顿 0.22 英寸口径铜被甲长管来复枪子弹，具有 6 条右旋膛线旋槽特征。它们只能是从 0.22 英寸口径的 J.C. 希金斯 80 式手枪中射出来的。凶手朝贝蒂的背部中间射了 5 枪，各枪之间“距离近得出奇”。其中 3 颗子弹从胸前穿了出来。她衣服前胸正中的一个弹孔里没有残留的烟尘或火药，背部右上方的 5 个弹孔里也没有任何残留物。然而，在背部最上方的一个弹孔里，警方发现了一点儿谷粒般大小的火药。这意味着在击中她的所有子弹里，只有一颗是较近距离内射出的。其余子弹全都在至少几英尺外射出。10 颗子弹中还有两颗丢失在附近的田野里，再也找不到了。

伦德·布拉德开始推算当晚事发的时间。他先是驾车来到斯蒂拉·伯杰斯太太的家，就是她发现了四脚朝天躺在路边的两具尸体。从她的牧场到案发现场有2.7英里，需要开3分钟的车。案发现场距离贝尼西亚东二街的安可车站即她挥手拦下巡警的地方约3.4英里。以伯杰斯太太当时驾车的“安全高速”，伦德·布拉德用了5分钟时间。“从赫曼湖路与卢瑟吉布森高速公路的交叉口到案发现场的距离是2.1英里，”他写道，“3分钟车程。”随后他又以多种速度测定了两名受害人的家和谋杀地点之间开车所需的时间。伦德·布拉德听说曾经有一个人在詹森家附近鬼鬼祟祟地转来转去。有好几次房子的侧门都被发现是开着的。

悬而未决的谋杀案让这个地区永远蒙上了阴影。在那条荒无人烟的马路上一个男人开着白色雪佛莱在满月下兜转。当地居民开始称他为“科迪利亚魔影”。人们也注意到一位高个子男人在这个地区晃来晃去，在通往水泵房的石子路上轻手轻脚地走动，四处搜寻猎物，练习射击，在采石场和有水的地方游荡，他可以像个幽灵一样潜水。这个魁梧的男人也在瓦列霍偏僻荒凉的地方出没，在郊外有水的区域晃悠，似乎在寻找某样东西。三个水象星座——天蝎座、双鱼座和巨蟹座——决定了十二宫发动袭击的时间。为了证明这一点，占星家们自信满满地指出他后来在蓝岩泉犯下双重枪击案时，星象显示的是巨蟹座，月亮在双鱼宫。

斯蒂拉·伯杰斯太太的牧场坐落在游乐场路附近，毗邻美国大峡谷路边的斯雅岩采石场。牧场东边是博格斯萨米特水库，北边是一条一年四季水流奔腾的小溪。这名壮汉在寒冷的水里游过泳，有时像个鬼影子一样站在牧场门口。伯杰斯太太这个赫曼湖双重谋杀案的重要证人曾亲眼看见高个子男人站在那里。1968年12月20日深夜11点15分，她沿着赫曼湖路开车前往贝尼西亚。她的车灯照亮了路边两个青少年扭曲变形的尸体。伯杰斯太太被吓得心怦怦直跳，她飞速开到贝尼西亚，挥手拦下一辆警察巡逻车。不知为何，这个陌生男人让她回想起那创伤性的痛苦时刻。

来自沙斯塔郡的15岁女孩儿卡罗林·纳丁·戴维斯留着一头金色中分

长发，长着一双蓝灰色的眼睛，她从祖母阿黛莲位于加柏维勒的家里离家出走。她黑色的大衣里兜着一张从莱丁到旧金山的单程机票。下午 1 点 50 分她沿着马路行走，手里挥舞着一个绿色印花手提布袋，眼睛望着一辆辆过往的汽车。布袋里装着一张伪造的身份证，上面显示她的名字是“卡罗林·库克”。她走上高速公路的入口匝道，然后开始在 101 号高速路南行道边上示意搭顺风车，此后再也没人看见过她。此前失踪的女子都在北行道一侧搭便车。如果真是艾伦所为，从北到南的转变也能找到合理的解释。他已经不在皮诺尔上班，不再需要每天傍晚往北开车回家。

比尔·阿姆斯特朗再次联系了住在托伦斯的唐·切尼。自从他和托奇盘问利·艾伦以来，不知不觉中一年时间悄然而逝。期间谋杀案接二连三，嫌疑人多如牛毛，清除的法律障碍数不胜数。“警探，我正打算给你打电话呢！”切尼有点儿激动，“不过我不确定这是否重要，我想起 1969 年新年那天亚瑟·利·艾伦和我还讨论过一些别的内容。在他谈到自己的计划时，我记得他询问我如何掩饰笔迹。我当时是这样回答他的：‘我建议你去图书馆，找些关于笔迹鉴定的书，看看专家是如何识别笔迹的。’”

“我们第二次见到艾伦是在桑塔罗萨。”托奇解释道，“那是我们感觉可能掌握了某些证据的时候。一天快接近中午时，艾伦的名字在一通电话里再次向我们飞来。”托奇已然忘了那次电话的具体日期。他只记得那是一个夏日（当晚 8 点外面还亮堂堂的），等待多时的目击者们开始对瓦列霍警察的工作进度感到心灰意懒。

“我非常想和你谈谈你和同事正在处理的一个案子。”电话里一个声音小心翼翼地说道。

“你指的是十二宫案吗？”托奇问道。

“对对对，就是这个。你猜透了我的心思。我是他的弟弟。我相信你知道我在说什么。”

他的声音透着谨慎和关切。“我明白。”托奇回答，他回想起八月的一个晚上，他和阿姆斯特朗、姆拉纳克斯一起拜访了罗恩和凯伦·艾伦的家。

“我和我妻子都觉得一个拥有更多资源、更大的警察局能比瓦列霍警察局做得更多一些。警探，说实话，他们眼下调查到哪一步，我只能猜测。”

“你把所有的信息都报告给瓦列霍警察局了吗？”托奇问道。

“是的。不过我认为他们没有竭尽全力。”罗恩说道。

托奇后来告诉我：“罗恩·艾伦打电话过来时显得忧虑不安，他是真的在请求我们和他谈一谈。他说：‘我需要和你们面谈，我已经跟姆拉纳克斯警探和其他几位警官谈过了。’好像他一直在跟不同的警官接触，他想把信息传递出去。我脑海里立刻预见到：‘哦，天哪！又来了！我得和杰克·姆拉纳克斯谈谈。我们可不能出什么差错——我的意思是，那可是他的管辖范围。’”

“你现在在哪里？”托奇问道。

“在市里。”罗恩·艾伦回答，接着告知了详细地点——在介于市场街和布道街之间的第一街。

“今天下午你可以出来 15~20 分钟吗？我们可以和你谈谈，看看你有什么线索。”

“没问题，我可以中途休息一下。你们什么时候过来？”

“你能否现在抽出时间？我们可以立即出发。”

他们约定半个小时后在旧金山市中心的太平洋燃气电力公司大楼的大厅会面。“你是什么穿着？”托奇问道，“我们两个都会过去。”

“事情就是这样开始的。”托奇告诉我，“我们理所当然地迅速去找了上司查理·埃利斯征求意见。我跟这位警探说明了情况，他回应道：‘又一个嫌疑人，又一条线索。’我回答：‘查理，这次的举报人可是嫌疑人自己的亲弟弟呀，而且他就住在瓦列霍。这听起来非常可信。他确实很想和我们谈谈。我们不能拒绝啊！’他终于说：‘那行，你们去吧。’”接着我们又把想法报告了总督察查尔斯·巴卡。“你通常会从家庭成员中获取最可靠的信息。”他说道。我情不自禁露出了微笑。

“罗恩在电话里显得十分诚恳，30~40 分钟后，我们在他工作单位的楼下大厅里谈起话来。他刚走出电梯，我们就认出了他。罗恩高挑纤瘦，穿着西服套装，稍稍有点儿秃顶，显然深受压力折磨。我能察觉旧金山警察局的介入让他略感欣慰。他也认出了我们。‘两位警探，谢谢你们这么快赶过来！’他说道。‘我必须和你们谈一谈。’我们坐了下来，还做了笔记。刚聊几句，我就能感觉到他说的是真话。”

“一开始，我们只是静静地倾听。如果你想了解某种信息，你只需耐心地听着。我们问他能否和他妻子谈谈，他回答：‘当然没问题。我其实很希望你们和我妻子面谈一下。因为她和我深有同感。’我们觉得这再好不过了，这是所有嫌疑人中情况最好的一个。嫌疑人的弟弟亲自找上门来，而且对其他治安官办公室和警察局的所作所为十分不满。”

“我们告诉他当天晚上想登门拜访，向他妻子全面深入地了解情况，寻求证据。‘我希望你对此不会有意见。’我说道。‘没有意见，’他回答，‘我妻子也有同样的怀疑。我们都感到恐惧不安。我还挺希望你们去找她谈呢。’”

“我们打电话给杰克·姆拉纳克斯安排此事。‘我已经和这个举报人谈过了。’姆拉纳克斯回复道，‘我们也调查过艾伦，没有发现什么问题。’‘我知道。’我回答，但并不完全相信他，‘可是罗恩提供了一些别的信息。我们需要知会你我们打算到你的地盘来。这也是警界的礼仪嘛。嫌疑人弟弟打来电话，我们总不能置之不理吧。’瓦列霍警察局的行为总令托奇困惑不解。似乎有第二个神秘人物潜藏在水城瓦列霍，每次情况出现转机时，就会在无形中干扰调查。不知为何，林奇和伦德·布拉德不愿意参加我们早前在萨克拉门托举行的部分会议。不管怎样，比尔·阿姆斯特朗和我正驱车北上 90 英里前往瓦列霍。”

“晚上 7 点半，我们到达艾伦家。天空依然亮着。凯伦早已在家等候，但她絮絮叨叨地闲聊了 20 分钟也没有说出什么实质性内容。稍后的事实证明，当晚他们实际上非常认真地对待我们的到来。‘我知道你们不断收到各种各样的信息和线索。’她说道。在打电话给我们之前，他们还特地请教了长辈，以确保自己没有做错。”

“她慢条斯理地陈述着。每当她说到重要信息时，罗恩便摇头晃脑地加一句：‘是的，千真万确。’艾伦仍逍遥法外，这让他们两个都深感恐惧和担忧。”

“‘我们非常沮丧，’凯伦告诉我。‘不知瓦列霍对待我们有几分认真。我知道大量线索源源不断地涌来。于是我们决定给你们打电话。因为我们在报纸上看到你和阿姆斯特朗警探的名字。’我告诉他们：‘《旧金山纪事报》收到了信件，加上媒体大肆报道，广大民众都对案件皆有所耳闻。我们当然希望此案传播得更广一些。’听闻此言，罗恩和凯伦都轻轻地笑了几声。‘只要我们接到了电话，就一定会严肃对待。我们认为，既然你花时间打来电话，我们肯定会先接收信息，再通知所属辖区的警察，看看他们掌握的情况，没准儿这会让他们回忆起某些事情来。’”

“我注意到罗恩言语间较之前带着更多感情色彩。看到瓦列霍警方的调查没有任何新进展，他们感到懊丧失意。罗恩和凯伦透露利·艾伦曾在南加州待过一段时间，对那里十分熟悉，但是他们不太确定哥哥具体做什么，因为很多时候他都是独来独往。”

“随着谈话深入，我们获知了艾伦在索诺马就读的学校，他在当地有一辆拖车。‘艾伦有两三辆旧汽车，真是又破又旧。’罗恩告诉我们，‘他就是你们所说的那种职业学生。’艾伦的弟媳称现在这名嫌疑人一个星期部分时间独自住在桑塔罗萨的房车里（周二、周五和周六）。显然这支持他存放所有个人物品的地方。那时候我们还没有足够证据支持搜查那里。你不可能多管齐下。回到警察局后，我们认真地向总督察汇报了情况，让他知道我们的每一步行动。‘继续干吧。’巴卡鼓励道。”

“次日早上，我去了沃尔特·朱比尼的办公室。我们知道手头掌握的信息还远远不够，但我们需要向这位检察官办公室的二把手及时报告动态。据姆拉纳克斯和伦德·布拉德称，亚瑟·利·艾伦的指纹和笔迹都不匹配。当我们把艾伦夫妇透露的信息告诉他时，这位总督察助理立刻坐直了身子。‘我们对此感到非常兴奋。’我说道。”

“‘我不明白为什么瓦列霍没有给你们打电话，’朱比尼疑惑道，‘告诉你们有关亚瑟·利·艾伦的所有情况。’

“‘沃尔特，我们会把掌握的信息转告他们，这样才算把事情做完。现在我们足以申请一份搜查令了吗？’”

“‘说实话，还不行。除非你们找到更多实物证据。你们当前收集到的只是利·艾伦弟弟的口头表述和猜测而已。’”

“‘我们正在和其他管辖区的警探们为敌。’托奇说。”

“‘这很正常。’朱比尼回答，‘检察官办公室也不例外。他们总想把这个案子据为己有。但是这条线索非常重要，你可不能完全交给杰克·姆拉纳克斯。你来负责处理。他们是给你打的电话。听起来确实很可信，你要多下点儿功夫。’”

“我们就这样围绕着艾伦向前推进，”托奇告诉我，“有点儿将注意力完全聚焦于他的感觉。当然我们并没有排除其他嫌疑人。如果你想成为一名出色的警探，绝对不能一叶障目。比如说你一股脑儿全想着‘张三’，实际上真正的嫌疑人却是‘李四’，那麻烦可就大了。我们并没有因为艾伦而以偏概全、坐井观天，对其他嫌疑人置之不理。然而，他的确是到那时为止嫌疑最大的一个。罗恩和凯伦向我们传达的大部分信息是他们曾和姆拉纳克斯及伦德·布拉德讨论过的，只是在和我们述说时表达了更多的感触。姆拉纳克斯本人和他的调查工作还是令人满意的。他已经尽力而为了。不过我仍然时常和他、伦德·布拉德、尼古莱还有纳罗保持着联系，交流最新情况。”

“瓦列霍警察局的人充满了愤恨不满，这让我一直心烦意乱，我们去造访他们的总部时感触尤深。你能察觉到这帮穿制服的家伙对我们有点儿不理不睬、冷眼相待。此时我拿着一个常年带在身边的黑色大文件袋走了进来，我们督促这些家伙：‘好好盯着他。他嫌疑很大，千万不要让放松警惕，哪怕你们每个人都和他谈过十次，也不可掉以轻心。我们非常重视这个嫌疑人。’瓦列霍和索拉诺提供了众多误导信息，致使我们拖了很久才获得搜查令。”

“终于，在感觉已经积累了足够的信息之后，”托奇说道，“我们再次来到检察官办公室。‘我觉得也许现在能申请一份搜查令了，’我说道。我们手头上事情很多，但比起其他调查亚瑟·利·艾伦的警探，我们在这个案子上倾注了更多的心血。艾伦实在太可疑了。就这样我们最终拿到了搜查令。”

正是了解到艾伦在当地有一辆拖车后，阿姆斯特朗和托奇才想方设法争取一张专门针对桑塔罗萨的搜查令。在此之前，他们做了大量准备工作——一件旷日持久、枯燥乏味的事情。先得说服旧金山市的检察官办公室的人，特别是弗莱德·威斯曼；然后是索诺马郡的法官詹姆斯·琼斯，需要他批准搜查令。如果要搜查艾伦在瓦列霍的地下室或在皮诺尔炼油厂的储物柜，他们需要向索拉诺郡和康特拉科斯塔郡提出申请，这又得和其他两名法官及地方检察官协商。

“艾伦的弟弟仍旧连续不断地给我和阿姆斯特朗提供大量信息。我把它们都收集起来，全部装进一个大大的命案文件袋。后来又积累了更多实物证据，直到时机成熟后我们再次向朱比尼提出申请。这一次，他终于答应了。‘打印一份去索诺马郡搜查艾伦的证明。’他吩咐道。我们马上照做了。”

“我们收集了足够的证据后，在地方检察官的帮助下填写了一份证明，请求搜查利·艾伦在桑塔罗萨的所有财物。”托奇说道。中午时分，比尔·阿姆斯特朗正式向索诺马郡桑塔罗萨市法院提交了搜查令书面申请。具体来说，他和托奇想进入艾伦停放在日落拖车场的环球牌拖车内部近距离查看。他特别要求把紧挨着这辆传统拖车的小货棚列入搜查范围。阿姆斯特朗向法官詹姆斯·E. 琼斯说明了他们要查找的物品：两把 9 毫米口径的枪及配用子弹、任何使用过的 9 毫米口径子弹壳、一支 0.22 英寸口径的半自动手枪及配用子弹、任何这把枪使用过的弹壳。他们尤其关注任何枪管上绑着手电筒的手枪。

这位警探还罗列了其他物证，可归类为盗窃赃物的东西：从保罗·史坦恩身上搜走的身份证件、黄色计程车的钥匙和这位司机染血衬衫的缺失部分。十二宫总是在信里附上染血衬衫的碎块，一直持续到最近。18 个月前，十二宫的信函戛然而止。托奇怀疑他们再也不会收到那件灰白条纹衫的任何碎片了。对于贝利桑湖谋杀案中的物证，阿姆斯特朗特别标明了一个顶部方形，饰有白色十字圈图案的黑色刽子手头罩；一双黑色标准 10.5 码“翼行者”靴子；一件血迹斑斑的蓝色防风夹克；一把长一英尺、宽一英寸的大刀，木制手柄上镶有两颗铜铆钉，还缠绕了胶带。不过阿姆斯特朗没有把嵌有铜铆钉的木制刀鞘囊括进去。他和法官在办公室里进行了交流，把一些更机密的信息仔细审查了一遍。一名速记员在旁边将他的谈话内容做了笔录。

“我依然记得法官看了搜查申请的内容后，表示他真切地感觉我们找到了十二宫。‘干得不错，警探们。’他称赞道，‘我相信你们终于找到他了。’旧金山的地方检察官也表示：‘我认为你们找对人了。’虽然其他警探也和艾伦的弟弟谈过话，但我们决不能半途而废，对案子坐视不管。本地区的检察官和我们想法一致。我们需要做的就是确认事实。跟往常一样，我们和瓦列霍分享了自己所做的一切，甚至主动告诉他们我们申请到了搜查令，计划前往桑塔罗萨，说不定他们也想同行。然而他们冷冷地回复了一句：‘不去。’我和比尔·阿姆斯特朗不禁怀疑在 1969~1971 年的合作交流中瓦列霍并非开诚布公，而是有所保留。他们对我们可谓恨之入骨。因为由于《旧金山纪事报》，所有的线索都涌入了旧金山警察局。”

“当我们开始拘捕嫌犯时，命案科的工作就正式开始了。”托奇说道，“在大陪审团眼里这是强有力的证据吗？还是缺乏说服力？我该如何提高它的知名度，增强说服力？哪些方面我处理得不妥？与电视广播业的朋友有所不同，很多时候我都在和受害者家属及嫌疑人家属打交道。我必须同情一方，对另一方保持高度敏感。我只不过是一个普通人，一名诚实正直的警察。任何依法携带上膛的枪并有权开枪的人都被赋予一种力量，但行使这种权力需要准确的判断力。当我第一次佩带枪支时，我感觉自己就像个大无畏的牛仔。我只开过两次枪。”在灯芯绒夹克下，身体的左侧，托奇头朝下别着他那套三联装撒手锏。一根弹簧把那支 0.38 英寸口径的柯尔特眼镜蛇手枪固定在枪套里。他们有可能面对一个携带武器的危险人物。他右侧的六发备用子弹和手铐有着同样的分量。

罗恩和凯伦给他们提供了拖车的详细位置。遗憾的是，他们从未亲自去过。为了确保准确无误，托奇请停车场的管理员里斯夫人把这位职业学生使用的具体车位指给他们看。他们磕磕绊绊地走过一个个由柏油、混凝土和砾石铺就的停车位。每个车位旁蓝绿色的柱子上都竖着一只显眼的小路灯。几棵树在艰难地生长着。天空晶蓝透亮，晃得他们眼睛生疼。“那个就是。”里斯夫人用手指着一个标示“A-7”的车位。拖车的牌照是AP6354，与他们掌握的信息一致。“不过他在你们来之前刚开车走了。”她说道。

艾伦离开时十分匆忙，连拖车的门都没关上。他是通过某种渠道获知了他们要来的消息，于是带着罪证逃跑了吗？他迫不及待地逃离着实让人生疑，但是他们对此无计可施。这名嫌疑人对警察阿谀奉承，很多警官和他私交甚笃，有可能走漏了风声。“和警察交朋友，就有人给你通风报信。”托奇感叹道。还有一种可能，他的亲人们在最后一刻突然改变了心意。总之，个中原因，警探们无从知晓。他们能够确定无疑的是，对手是一个智商超群、诡计多端的人。

托奇和阿姆斯特朗在拖车外围仔细查看了一阵。艾伦对拖车做了一些改动，这辆土色的车子到处锈迹斑斑。“这是一辆标准型拖车。”托奇说道。车轮卸掉了，下方顶着锥形的混凝土块。紧挨在旁边的是一间上锁的小货棚。警探们并不知道艾伦最近在其中一辆拖车内部重新镶了嵌板，可能是这辆或者停放在泊德加的那辆。那些墙缝里藏着什么东西吗？“因为有搜查令，我们在里面就像在闲逛。”托奇说道。这几个不请自来的调查员们把拖车内部粗略地扫视了一圈。里面弥漫着一股像炼油厂散发出的刺鼻味道。托奇发现墙上贴着一张贝利桑湖的地图。十二宫就在那里袭击了一对情侣。

听说艾伦对贝利桑和瓦列霍郊外了如指掌，鲍伯·达吉斯对他被列为嫌疑人感到兴奋不已。他知道艾伦两只手同样灵活，擅用弓箭，对各式各样的武器驾轻就熟。在托奇看来，艾伦完全符合他对十二宫的想象。他把艾伦的床从墙边移开，一瓶他有史以来见过的最大瓶装的凡士林露了出来，几个大而脏的假阳具也随即滚到他的脚边。关于施虐与受虐的色情杂志堆满了箱子，男性充气娃娃扔得横七竖八。化学和生物学相关书籍满地乱放，其中很多都有艾伦的名字。沾了血污的衣裳杂乱无章地丢在一张桌子上。不过他们知道艾伦还是个猎人。托奇把床推回原位，然后来到一间狭小肮脏的厨房。他费了点儿力才把冰箱打开。里面凌乱地摆放着小动物的心脏、肝脏，还有支离破碎的啮齿类动物的尸体。

虽然十二宫谋杀案中没有涉及真正意义的性侵，但从病理上看，他是一个性变态狂，或者更确切地说，一个性虐待狂。斯坦福大学的唐纳德·T.伦德告诉我，性虐待狂通常在青少年时期就表现出施虐倾向——折磨及残杀猫、狗和其他小动物。“这类人折磨和杀害受害人的代替品：小动物。”他解释道，“他们内心总是潜伏着杀戮的欲望，一种会间歇性爆发的冲动。”伦德相信这类人格的人成年后，如果感觉杀人下不了手，又会继续残害小动物。“总比什么都不杀要好受些。”他说道。

曼弗雷德·古特马赫在《凶手心理》一书中指出：“反社会的变态杀手通常都有一个残暴严酷、冷漠无情的父亲和一个歇斯底里却又魅力四射的母亲。残酷行为对小孩子的影响远不止情感忽视那么简单。作为报复反击，反社会者会把残暴转嫁在别人身上，而且不会感到丝毫歉疚。小动物往往沦为这种残忍恶行的最早受害对象。”

虽然艾伦在学校主攻生物学学位，但他当时还没有向州级有关部门申请解剖动物和用小动物做实验的许可证。后来他向加州渔猎局资源管理处提交了一份申请书，请求允许他收集小动物用于科学实验。艾伦在上面写道：

> 我计划收集以下物种：花栗鼠——数量不限。我希望在以下地点进行收集：马林郡、索诺马郡和门多西诺县（可能还有索拉诺郡、纳巴郡和拉森县）。我打算采用以下收集方式：生擒捕捉工具（哈瓦哈特牌和自制捕兽笼）。

此项科学采集活动由索诺马州立大学生物学副教授约翰·D.霍普柯克博士资助，艾伦就是在这所大学主修生物学科学，辅修化学的。

在急不可耐地驱车离开45分钟后，艾伦回来了。他们听见他那辆破旧不堪的老爷车越来越近，于是都走到拖车外面等候他；艾伦停下了车，车身后扬起一阵尘土。“我们很高兴看到艾伦开车过来，并正式亮明我们的身份。”托奇后来说道，“我和阿姆斯特朗都跟他打了招呼：‘利，别来无恙啊——我们是旧金山警察局的警探。’他的车真是蓬头垢面。透过脏兮兮的后玻

图32

图32：斯坦福大学的唐纳德·T. 伦德博士
（源自作者收藏图集）

璃窗，我们看见后座上放着一些衣服、文件和书籍。他从车里出来时，一脸惊恐不安。因为还从没有两个警探拿着搜查令正儿八经地盘问他，而且我们是出其不意地突然袭击——这还是他第一次如此近距离地直面两个动真格儿的警察，况且他不清楚我们会不会逮捕他。”因为利惹了不少麻烦，他一开始还不确定警察缘何找上门来。

这位彪形大汉慢慢地从车里钻了出来。

“究竟是怎么回事？”他冷冷地问道。

艾伦没有回想起一年前在炼油厂查问他的托奇和阿姆斯特朗。他忘记了他们，或者只是假装忘记。

“我们想找你谈谈，利。”阿姆斯特朗说道，“我们有搜查令，有权搜查你的拖车和你本人。我们接到线索，表明你在十二宫谋杀案中有重大嫌疑。”

艾伦回应称他以为十二宫已经被抓捕了。“再说了，我住在瓦列霍，”他补充道，“而且我已经跟瓦列霍警察局谈过了。”

“我们知道。”托奇回道，“这份搜查令复印件是给你的。”

“那好吧，随你们的便。”艾伦耸耸肩，让开了。

调查员们由此开始了更加全面彻底的细查，他们将家具从昏暗肮脏的窗户边挪开，还把被单掀了起来。托奇使劲儿将床铺从墙边拖开，假装之前从未移开过。假阳具再一次滚落在一边。

“我只不过有点儿吊儿郎当罢了。”利理直气壮地说道。

警探们翻出假阳具和性虐色情杂志时，他脸上并未流露出任何尴尬难堪的神色。在这辆卸掉轮胎的拖车的密闭空间里，他们深切感受到这位嫌疑人的强健壮实。“艾伦是一个令人畏惧的人，一头野兽。”托奇描述道，“对于我们擅闯他在桑塔罗萨的地盘，艾伦恼羞成怒。在接下来的一个小时里，我们把他的住处翻了个底儿朝天。我记得出于某种原因，他从一开始就很不喜欢我。可我一直以来都是唱红脸的那个。地方检察官还让我去解除嫌疑人的心防。我记得有人不无赞叹地说：‘只要托奇出马，一切迎刃而解。人们都信任他。’我总会有办法让他们开口谈话。这可不是自吹自擂，我是实事求是。但是阿姆斯特朗后来告诉我：‘我真想不明白。他居然不喜欢你。每个人都喜欢你啊！’甚至连一同来采集指纹的鲍伯·达吉斯都表示：‘戴夫，我这还是破天荒头一遭看到有嫌疑犯不喜欢你。’”

在审问艾伦的时候，托奇是主要问话人，他依旧扮演着老好人的角色。艾伦的脸上则始终挂着一副“我早已看穿了你那套甜言蜜语的把戏”的表情。托奇不停地抛出问题。他注意到艾伦手指上戴着一枚刻有字母“Z”的戒指，腕上那块十二宫手表显而易见，那是他 1968 年收到的圣诞礼物。这简直是在昭告天下他就是十二宫。“我们需要采集你的指纹。”托奇告诉这名职业学生。艾伦显然被惹恼了，他表示极力反对。最终，达吉斯想办法成功采集到了完整清晰的指纹。他走到角落的一盏台灯下，开始将艾伦的指纹和史坦恩的计程车上的指纹进行比对。他们认为十二宫在计程车上留下的两个指纹每个都只有 8 个特征点。不完整的指纹通常包含 12 个特征点。所有指纹都有一个三角点，从这里开始计算它和纹形核心点之间的摩擦嵴数量，纹形常见的有：反箕纹、正箕纹、弓形纹、帐弓纹和螺纹。给每个组成部分编号后，就可以逐步完成纹形最后的归类了。据托奇所知，相似点不足 12 处时，需要提交给专家征求“意见”，像他们手头上这些不完整的指纹往往很难匹配。当然他也知道达吉斯是最优秀的指纹鉴定专家之一。达吉斯在拖车的角落里借着台灯静静地研究着。他写下了一行数字和符号：“0 9 R 001 13/4 18 U 101 13。”接着他们开始采集艾伦的笔迹样本。托奇拿出两张纸，上面有几个机打的句子，这是舍尔伍德·毛利尔给他的。三年来托奇和这两张纸形影不离。“舍尔伍德把纸张给我们，交代一旦遇上‘重要嫌疑人’时，就让他写下这些句子。”托奇回忆道，“我早就做好了准备。在原始信件上，墨迹颜色很深，仿佛十二宫书写时非常非常使劲儿地往下按。他所说的话都经过深思熟虑。文字写得很小，大部分都是小写字母。只要你看过他的笔迹，下次再碰上他写的字时几乎一眼就能认出来。”这名警探让利抄写第一页的句子。“你左右两只手都要用大写和小写字母各抄一遍。”他要求道，“现在抄写一下这几个句子。”

“你会发现，”托奇后来告诉我，“在利写的样本中，我们给他使用的是黑色毡尖笔。我们的想法是，既然都已经进展到这一步了，不妨精益求精。只有几个公司生产这种墨汁。舍尔伍德总是说十二宫的信极有可能是用右手写的。我后来咨询过另一位专家（邮务督察约翰·下田），他的意见和舍尔伍德一致：‘这些笔迹体现出右手书写的特点。’但是我们知道艾伦左右手同样灵巧，我记得他说自己‘平时通常使用左手做事情，而某些特定的活动两只手都能完成’。他所有亲朋好友都非常肯定利可以用任何一只手写字、开枪和射箭。”

托奇向艾伦展示了一句话：“到目前为止，我已经杀了五个人。”

“你平时怎么写字的，现在就怎么写。”他对艾伦说道。“我知道你也很擅用左手。”托奇补充说。

“我可不会用左手写。”艾伦回答，“谁告诉你我会写的？”

“我们知道你能做什么，不能做什么。”

艾伦是天生的左撇子，但是在小学时被强迫用右手写字。周围的人都知道这件事。他配合了调查，分别使用两只手写了笔迹样本。艾伦在使用左手时显出吃力的样子。

“我做不到。”他说道。

“他可是两手同利的。”托奇暗想。

“尽力而为吧。先用大写字母写一遍，再用小写字母写。我们说什么，你就写什么。”托奇说道。

艾伦一脸的不情不愿。

“从 A 写到 Z，再从 1 写到 10。”

“我为什么不能按照自己的想法写？”他大声咆哮着说。

托奇终于失去了耐心，他烦躁地回应道：“因为这就是我们要求你写的！”

“这个嫌疑人左右手的笔迹几乎毫无二致。”托奇告诉我，“但是用

图 33

图 33：邮务督察约翰·下田
*（照片由执法部门提供。源自作者收藏图集）*

右手写的字要大一些。你要是再见到利，可以特别留意一下他使用哪只手写字。艾伦在书写过程中显得焦虑不安。字迹也没有之前书写的那样工整。”

随后托奇要求艾伦写下：“我是十二宫。”

“你要我说什么？我是十二宫？”

托奇解释说只是写字而已，并保证：如果他的笔迹和十二宫的不符，他们就立马走人。“到时我们会完全排除你的嫌疑。但在此之前我们要先查明真相。”

艾伦右手执笔把这句话用大写字母写了一遍。他明显在故意改变平时的笔迹。但是字母间不合常规的间隔和十二宫信里写的如出一辙。托奇表示：“他的字迹本来小而工整，在桑塔罗萨的拖车里，字迹变得大而马虎。每个字母都写得稍微大一点儿，而十二宫的字非常小。”托奇把毛利尔所引句子的第二页放在桌面上。“现在写：‘你们想进一步了解我在瓦列霍度过的美好时光。作为回应，我非常乐意透露比你们预想的更多的细节。’”他对艾伦说道。艾伦完全依照原文逐字抄写，只是“更多”这个词多写了一遍。

接着艾伦又被要求写十二宫在信里凭记忆引用和改述自吉尔伯特和苏利文合作的喜歌剧《天皇》的句子。“所有正在握手的人都像那样握手。”艾伦写的最后几个词逐渐向页面右下角倾斜，这在十二宫的信里非常常见。他也抄写了：“我已经无法控制自己。”在 1969 年 12 月 20 日，十二宫曾写道：“恐怕我会再次失控，杀掉第九个，可能还有第十个受害者。”

时间渐渐过去，警察们在拖车里没有发现任何将艾伦和十二宫联系起来的确凿证据。“艾伦说话很谨慎，”托奇说道，“绝对不是一个呆头呆脑的人，而是一个诡计多端的人。我永远不会忘记和他面对面接触的场景。他还提到贝利桑湖，道别时主动和我们握手。我们留了一张名片给他。”

“不过我们离开时，我能察觉到他内心的憎恶。他应该感觉如释重负，暗自庆幸‘我不会被捕’，但同时又隐隐担忧：‘他们会不会再来找我呢？’我走时扔下一句话：‘利，后会有期。’他所有的计划都只能暂停。艾伦在我们离开时仍未平静下来，而我们也带着满腹失望和沮丧走出了停车场。”

警探们转移阵地，来到6个街区以外的桑塔罗萨大道假日酒店咖啡吧，他们打算边吃午餐边交流这次探索之旅的心得体会。天气炎热难当。托奇看出达吉斯情绪低落。这位指纹专家放下手中的杯子，说道：“如果史坦恩计程车上的指纹真是十二宫留下的，那就和艾伦的指纹不相匹配。百分之百不匹配。”

“但是，”阿姆斯特朗发话了，“在这辆计程车上，指纹多得不计其数，我们根本不确定是不是真的采集到了十二宫在作案现场留下的指纹。在十二宫写给我们的其中几封信中，他吹嘘说在指头上涂抹了飞机修补胶来遮盖指纹。”

“所以他们有的只是一个潜指纹。”姆拉纳克斯后来告诉我，“个人私下认为这是不是十二宫的指纹尚难定论。你只要在计程车上撒上粉末，就可以提取出潜指纹。但这并不见得就是计程车司机的指纹。同样的道理，在纳巴郡，他们采集到一个不完整的手掌印。可是你想想，有多少人曾使用过那个公共电话亭啊？”

“我们从桑塔罗萨开车返回。”托奇说道，“虽然被告知手头收集的笔迹样本还不够充分，我们仍决定去找舍尔伍德·毛利尔。利曾经工作过的炼油厂离瓦列霍不远。每次经过这里前往萨克拉门托，我都会看见这个该死的鬼东西，它会让我回想起那次盘问。我总是暗暗祈祷：‘我真希望能够了结此案。’长久以来这一想法每时每刻都萦绕在我脑海里。每时每刻。而且曾以为会如愿以偿。”

在萨克拉门托，一个穿着西装、体格魁伟、有学者风度的男人出来迎接他们。毛利尔接过艾伦写的两页笔迹样本。他透过厚厚的眼镜镜片研究了一番。当天晚上，他要用双目显微镜进行细致、透彻地查看。“说实话，毛利尔的结果让我们彻底绝望。”托奇回忆道，“他打电话来告诉我：‘很遗憾，戴夫，真的不匹配。不过我相信你们找对了嫌疑人，我确信你们的方向是正确的。’舍尔伍德表示两者的笔迹十分相似，但并非出自同一人。”

“关于笔迹让我印象深刻的是，”警探林奇回忆称，“我每次给毛利尔送笔迹样本时，他就坐在办公桌前，我把样本递过去，他总是回复那句：‘对不上。’我都记不清这种场景出现过多少回了。我只知道当十二宫写这些信时，他不是在喝酒，就是在抽大麻，或者在吸食某种致幻毒品。因为在我看来，他在书写时，越往后写得越差。”

司法部文件鉴辨员特里·帕斯科告诉阿姆斯特朗：“如果之前的笔迹是某种特殊精神状态下的产物，那么现在处于另一种精神状态时，写字主体的笔迹会有所不同，也有可能这是写字人的蒙蔽手段，有意为之。艾伦凭着两手通用的才能，完全有可能做到这点。”他后来告诉警探乔治·巴沃特：“聪明绝顶的人会去研究鉴定笔迹的方法，愚弄文件鉴辨员。”之后巴沃特称：“我们的笔迹专家坎宁安也肯定地表示如果艾伦能够用左手写字，就能解释为什么十二宫的笔迹和亚瑟·利·艾伦的不相符。”

阿姆斯特朗专心致志地听了帕斯科的分析。“千万不要因为笔迹对不上就排除他的嫌疑。”他郑重地提醒道。但是鉴定过十二宫所有已知笔迹的毛利尔却告诉托奇和阿姆斯特朗，他认为一个人的精神状态并不会改变他的笔迹。毛利尔和较年轻的帕斯科是竞争对手，两人的观点经常出现分歧。阿姆斯特朗一直无法调解两人之间的矛盾。笔迹会随着精神状态而变，这也不是史无前例的事。德国杜塞尔多夫的开膛手彼得·库尔登写的信被刊登在他妻子每天早上阅读的报纸上。库尔登写信时处于不同往常的精神状态，他判若两人，笔迹也大相径庭。我怀疑利·艾伦有多重人格。“对了，罗伯特，”毛利尔后来向我吐露了秘密（1980 年 11 月 17 日），“我现在确实注意到艾伦写的字是伪装的，这并不是他最自然本真的笔迹。”

托奇曾以为他们肯定会有重大发现。“从艾伦弟弟和弟媳向我们提供线索的那一刻起，”他说道，“我就感觉十二宫非艾伦莫属。一切听起来都那么无懈可击，但是我们确实无法证明利·艾伦就是十二宫杀手。我们已经想尽了一切办法，就差让亚瑟·利·艾伦用头走路了。我们在拖车里没有找到任何表明艾伦涉嫌十二宫案的实物证据。据他弟弟和弟媳称，他所有的物品都存放在那辆拖车里。我们和机动车管理局核实过他的信息。也许他还有几辆并未登记在案的拖车和汽车。他这人非常精明狡猾、老谋深算。”

失策之处在于没能申请到瓦列霍（尽管艾伦患病的老母亲住在那里）和桑塔罗萨其他地方的搜查令。警探们可能运气不好，搜错了地方。从第一起谋杀开始，十二宫就利用跨县作案策略，在瓦列霍未建制地区或治安官和警察局之间管辖权混乱的地区发动袭击。赫曼湖路案发现场实际上一直由贝尼西亚警方保护，瓦列霍治安官后来才得以进入场地。瓦列霍警察局当然想加入行动队伍，奥克兰警察局也想占有一席之地。

如果亚瑟·利·艾伦就是十二宫的话，在警方搜查拖车后，他完全可以火速回到瓦列霍的地下室，销毁所有和犯罪活动有关的物证。艾伦其他的拖车又存放着什么呢？也许在十二宫作案的每一个郡他都藏了东西。“我们一直在思索，”托奇说道，“附近是否有另一辆车？我们就是想知道是否能锁定准确无误的那辆，找到无可置疑的物证，能够清晰地表明：‘就是他！抓住他！’”

“阿姆斯特朗约我和切尼再次会面时，”潘查里拉说道，“我才得知警方搜查拖车一事。他跟我们透露了拖车里的动物死尸、利用来自慰的振动按摩器、假阳具之类的东西。但是他们始终没有抓到艾伦任何把柄。在我的人生旅程中，要说这辈子遇到的最不可思议的人，毋庸置疑，利绝对是其中之一。对他了解得越多，就越发觉得他确实会做出这种罪恶的勾当。我们面对的是一个精明狡黠的家伙。他对社会的‘贡献’就是在主要由小规模警察局负责的未建制区域谋杀老百姓。大家都知道，如果一个人头脑够聪明，在这种地方很容易逃脱惩罚。虽然这纯属揣测，但除了利·艾伦，还能有谁呢？实不相瞒，我觉得惶恐不安。”

就这样，这名最可疑的十二宫嫌疑人成功通过了警探们的每一次考查，警察开始将目光转向其他嫌疑人。到目前为止，十二宫已经寄出了枪杀史坦恩后从他身上撕下来的其中三片灰白条纹衫碎块。

然而，那封带着浸血碎衣片的信始终没有到来。很显然，十二宫销声匿迹了。但是在南加州，十二宫的阴影不但挥之不去，而且日渐膨大。在侦查了几百个小时后，圣巴巴拉郡治安官办公室相信他们终于找到十二宫与琳达和罗伯特之死之间的联系。

1971 年 7 月，重案组的贝克警探在全州范围内发送了一份电传，以期寻找相似的案件。“比尔·阿姆斯特朗和麦尔·尼古莱都给我打了电话，”他告诉我，并表示他们怀疑我们的案子也许和十二宫有关。“单从我描述的案情就可以判断，十二宫是罪魁祸首的可能性非常大。后来我四处奔波，走访了大部分疑十二宫所为案件的管辖区，咨询了很多当地的调查员。我们一起回顾他们的案件，相互讨论，然后他们再反过来回顾我区的案子。”

在惨绝人寰的贝利桑湖谋杀案中，两名受害人都是学生，一对在偏僻的海滩边躺在毯子上享受悠闲时光的年轻情侣。一个性虐待狂习惯于以同种族的人为袭击目标，经常选择有特定职业或与自己有相似特征的受害者。他看似随机选定的受害者其实都符合他的心理需求和幻想世界的象征意义。联邦调查局的档案里写着：像十二宫这样的反社会型虐待狂杀手，“会选择特定的受害者，目的是发泄根深蒂固的性冲动和施虐欲望，比如把受害者的部分身体弄得支离破碎，以达到性满足”。若十二宫被抓获，这位杀手详尽地描述的令人毛骨悚然的细节，就足以对警方构成残忍无情的伤害。

如果十二宫就是在选择和他一样是学生的受害者，会怎样呢？罗伯特和琳达成为攻击目标，原因是他们停在海岸上方马路边的车吸引了在附近游荡的杀手，他一路跟踪他们来到水边。在纳巴郡和圣巴巴拉郡谋杀案中，袭击者都携带了一把刀、一支枪以及事先裁剪好的数根晾衣绳。为什么把要谋杀的受害者捆绑起来呢？这样他就可以折磨他们？当连环杀手可以随心所欲地对俘虏进行恐吓、控制和施加权力时，他便可从中获得快感。引起恐惧和主宰他人是性虐待狂的典型特征。因为他内心感到惶恐不安，害怕自己无能为力。像十二宫这样的杀手攻击的目标往往是年轻情侣，他们享有杀手所不能企及的亲密关系。看到人质惊惧畏缩、痛苦抽泣的样子，他才心满意足。用绳子将受害者绑起来后，他就可以毫无顾忌地延长杀戮的时间，想折磨多久就折磨多久。

“两名受害人都是背部中枪（被射击时，他们正在疯狂逃命。而弹孔却

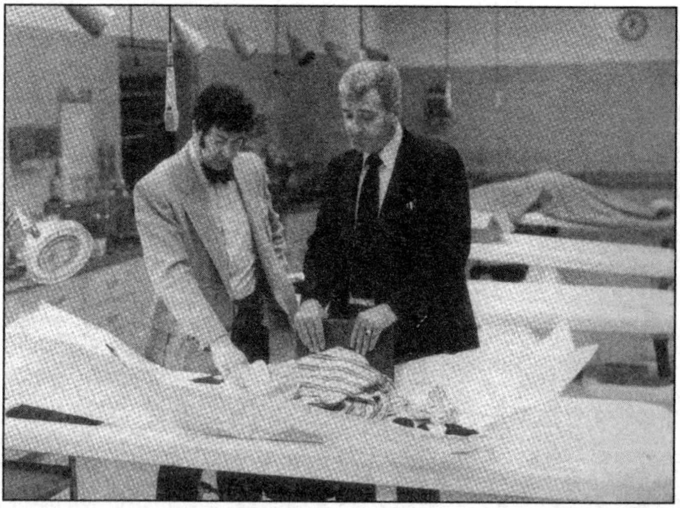

图 34

图 34：托奇和阿姆斯特朗在太平间调查研究。他们确定十二宫杀手寄给《旧金山纪事报》的染血碎衣块与保罗·史坦恩身上残余的灰白条纹衫相匹配。
（源自作者收藏图集；警方照片）

相当密集）。”贝克说道。这一点将贝克调查的案件和十二宫在赫曼湖路制造的枪击案联系起来，因为赫曼湖路案中受害人身上的弹孔也十分密集，且射击精准。十二宫一边飞速追赶拼命奔跑的女子，一边以致命的精确度开枪击中她。而这一切竟然是在一片漆黑的乡间小路上完成的。

“在小棚屋的地板上，警方发现两个能容 50 发子弹的空弹匣，用于装填 0.22 英寸口径的温彻斯特—韦斯顿 Super X 型长管来复枪子弹。”贝克说道，“在罗伯特和琳达逃命的路上散落着数颗用过的子弹壳。它们都有 6 条右旋阳线和 6 条右旋阴线道。”十二宫在赫曼湖路谋杀案中使用的是 0.22 英寸口径的 Super X 型铜被甲长管来复枪子弹。这起双重谋杀发生于 1968 年 12 月 20 日，两天前艾伦刚过完 35 岁生日。从受害者身上取出的子弹状态完好，也有 6 条顺时针右旋阳线和 6 条顺时针右旋阴线道——“6-6”膛线模式。

“警方可以追踪在小棚屋里发现的空弹匣的货品编号。”贝克解释道，“子弹的批号是 TL21 或 TL22。在我们的案件中使用的温彻斯特—韦斯顿子弹极有可能购买于范登堡空军基地福利社，因为方圆 100 英里内，这种子弹唯一的销售点就是范登堡空军基地。杀手在一定程度上确实有可能是在此店购买的子弹。当然，其他基地或许也提供同样批号的子弹（同一金属材质 / 批次）。当时负责管理范登堡空军基地福利社的店员名叫萨莫斯或萨姆纳。这个战略空军司令部下属部队位于隆波克附近的基地距离案发现场不到一小时的车程。这一因素更加表明此案或许和十二宫有关——我也考虑过马奇空军地基或特拉维斯空军基地。”

“除了谋杀手段之外，并没有更多的真凭实据表明十二宫和这起双重谋杀存在关联。我们未能找到确凿无疑的指纹、子弹、弹壳痕迹或现场目击证人。如果现场留下了任何鞋印，任何可证明身份的东西，我会不顾一切地扑向它，极力寻找十二宫和本案相关的可能性。因为我对贝利桑湖案同样了如指掌。”1969 年 9 月十二宫在贝利桑湖作案时穿的鞋子只在军事基地福利社出售。“军靴的鞋印意义重大。如果真的存在任何鞋痕，我肯定会

图 35

图 35：警方拍摄的鸟瞰图：位于纳巴郡一座半岛尽头的谋杀案现场。

*（源自作者收藏图集；警方照片）*

记得一清二楚。不管河滨市谋杀案是否系十二宫所为，我方案件发生的时间比其他案子至少早三年，比想象的要早得多。种种迹象似乎表明十二宫制造本县双重谋杀案的可能性非常大。本案和其他案件之间几个显著的相似点以及相关证据都将十二宫和这一罪行联系起来。”

“当我上次参加在旧金山召开的加州要案调查会议时，我和比尔·阿姆斯特朗进行了交流，他告诉我他从未将我方案件排除在十二宫系列谋杀之外。自从 1972 年在旧金山警察局办公室和戴夫·托奇见过第一次面后，我再也没有联系过他。从那次和他们讨论后，我一直强烈地感觉十二宫就是罪魁祸首。这种感觉不会随着时光流逝而逐渐淡去，它会如影随形般在你心头挥之不去。”贝克是那种绝不言弃的警察。除了开膛手杰克，还从未有谁比十二宫这个逍遥法外的怪兽更恐怖骇人、更难以捉摸。

“正是本案和十二宫核心案件存在关联这一可能性促使我相信，自己几十年来对十二宫就是幕后真凶的猜想是正确的。我并不是夸大琳达和罗伯特案在最终解开十二宫谜团中的重要角色，我只想重申本人坚信作为可能由他犯下的第一起凶残暴行，我们这起案件中就藏着解谜的答案。”

其实十二宫本人早就展示出自己和贝克负责的案子之间的相互关联，但是他的表达方式如此隐晦，以至于直到最近我才恍然大悟。这需要了解十二宫的镜像思维和透视画法才能解开他的视图线索。在 1970 年 6 月 26 日的信中，十二宫在一张截取了部分的菲利浦 66 号路路况图上圈出了有两个山峰的迪阿卜罗山。显然迪阿卜罗山对他来说有重要意义——它那 3849 英尺的海拔高度让人联想起史坦恩在华盛顿街 3898 号遇害，这是十二宫有意选择的地点。这幅地图以及写在底部的两行密码据称透露了他安置炸弹的方位。7 月 24 日，他突然又寄来另一条线索。他在信里写道：“附言：迪阿卜罗山隐含的密码关系到不同的弧度（衡量角的数学单位）和以英寸计的各段弧长。”迪阿卜罗山是美国地质勘探局用以区分东、南、西、北的基准点——地图上 1 弧度（57 度）对应的弧线将数个城镇连接起来。这幅地图还提到飞行员可能使用的词语——“磁北”。一个状似字母“F”的符号和反向写的“7”组合而成的标记在十二宫寄给艾弗利的万圣节威胁卡片里出现了两次。“F”代表风速和风向——北风 15~20 英里 / 小时。整个符号也是弗莱德 · 哈蒙在科罗拉多州帕戈萨温泉的大牧场养殖的牲畜使用的烙印标志。牧场主哈蒙创作的连环漫画里，男主人公牛仔雷德 · 瑞德在 20 世纪 40~50 年代是一位个性鲜明的气步枪推销员。

一位专家告诉我：“十二宫的迪阿卜罗山密码是一种二进制间隔码。顶端的线是 α 线，底端的则是 β 线。这份密码使用了希腊字母，用以代表数字。例如：阿尔法（A，α）=1，贝塔（B，β）=2，德尔塔（Δ，δ）=4。密码的破解借助的是关键代码字母和颠倒的希腊字母伽马（Γ，γ），伽马（Γ，γ）=3。因此，解密的第一步，你需要‘询问’关键代码一些重要问题，比如：你是谁？你传递的信息是什么？”但是地图展示的是截然不同的东西，一些跟视觉有关的东西。

首先，我了解到利痴迷于《疯狂》杂志，十二宫在 1970 年 4 月 20 日寄的密码信可解码为：（“我的名字是——”）“ALFRED E NEUMAN（阿尔弗雷德 ·E. 纽曼）”。他还在同一封信里挑衅道：“哦，对了，我上次寄的密码你们到底破译了没有？”《癫狂》杂志是《疯狂》的主要竞争对手。从 1964 年 5 月起，《疯狂》杂志在封底内页特别推出一个名为“折叠乐”的视觉猜谜游戏。游戏规则的内容写着：“将这一面往左折叠，然后再向后折叠，让 A 点和 B 点靠在一起。”我把地图折叠起来，让画线的角在右侧边缘重合。接着我举高地图对着灯光，于是背面的图案透过纸张清晰地显现出来。只见一个十字圈里面在十二点钟位置画着一支箭，箭头所指向的正是罗伯特和琳达被谋杀的地点。

托奇告诉我：“十二宫案开始以来的头四年，我可以说全国起码有 15 个人曾告诉警察他们就是十二宫。其中有些人当时喝得酩酊大醉，有些则患有严重精神障碍，其余的因某些指控被警方记录在案，想引起公众关注。”如果这些怪物不出来澄清事实，在调查中谣言就会取代新线索。

在桑塔罗萨，13 岁的洛丽 · 李 · 库尔莎跟随母亲去市场购物。小姑娘长着一双蓝色的眼睛，一头中分金色长发。下午 5 点 30 分左右，她和母亲走散了。半个小时后，家人的朋友芭芭拉在同一个市场看到过她，一眨眼

图 36：十二宫于 1970 年 6 月 26 日寄给《旧金山纪事报》的信的信封正面（只粘贴了一张邮票）。
*（源自作者收藏图集）*

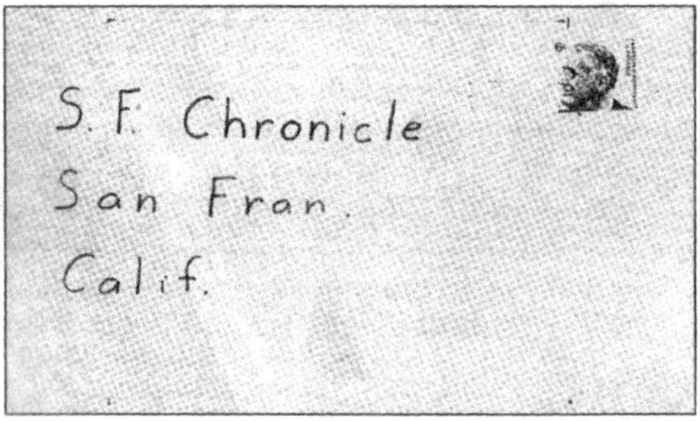
S.F. Chronicle
San Fran.
Calif.

图 36

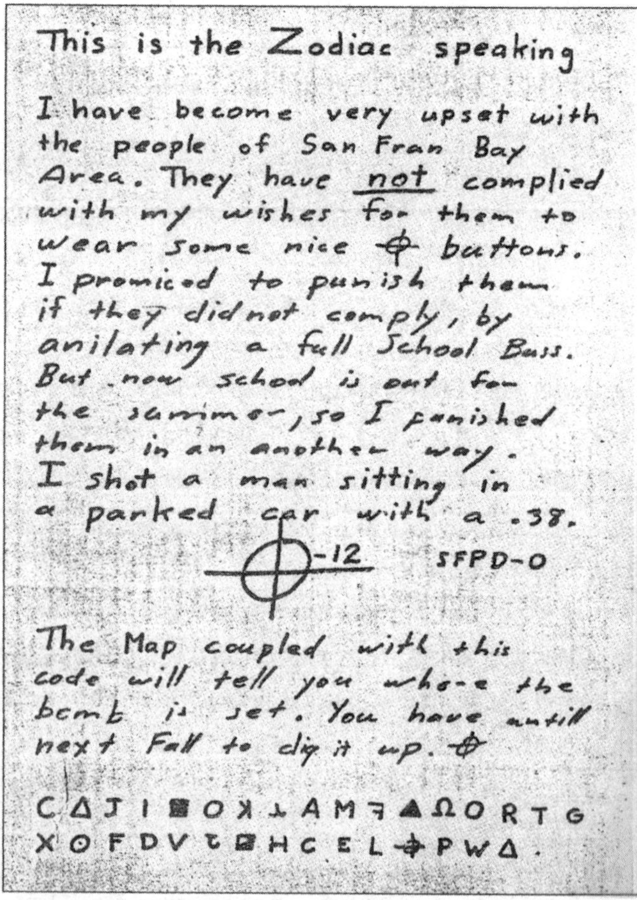
This is the Zodiac speaking

I have become very upset with the people of San Fran Bay Area. They have <u>not</u> complied with my wishes for them to wear some nice ⊕ buttons. I promiced to punish them if they did not comply, by anilating a full School Buss. But now school is out for the summer, so I punished them in an another way. I shot a man sitting in a parked car with a .38.

⊕-12 SFPD-0

The Map coupled with this code will tell you where the bomb is set. You have untill next Fall to dig it up. ⊕

C △ J I ■ O K ⊥ A M ∃ ▲ Ω O R T G
X ⊙ F D V ℧ ▣ H C E L ⊕ P W △ .

图 37

图 38

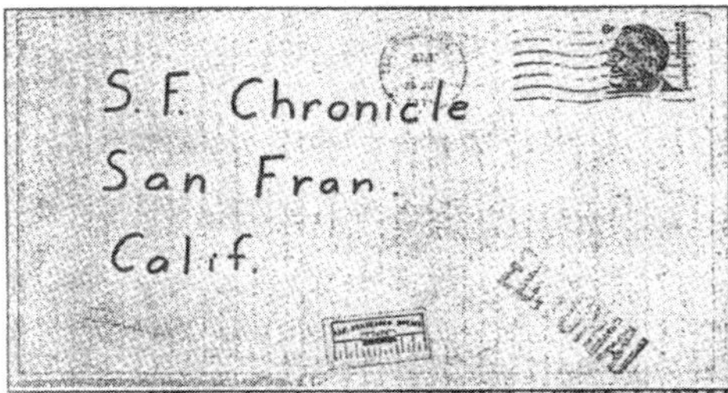


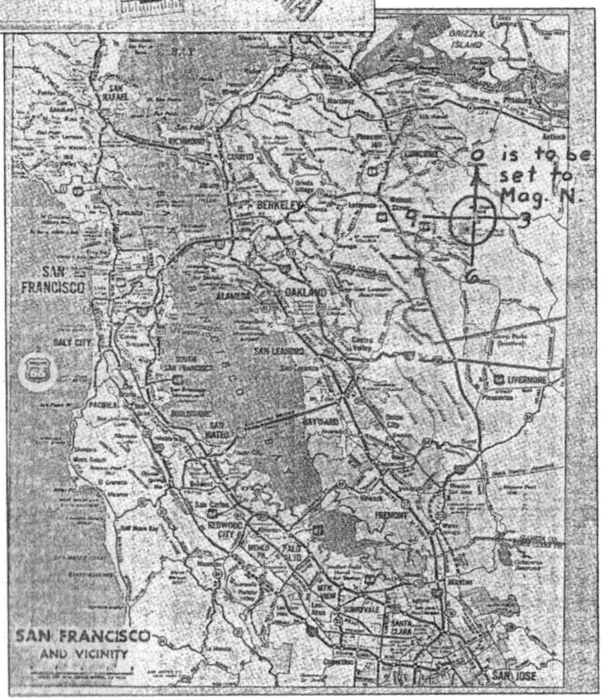


图 39

图 37、图 38 和图 39：十二宫在 1970 年 6 月 26 日寄给《旧金山纪事报》的信。他在信中威胁称“如果他们不答应要求，本人将摧毁一辆载满孩子的校车，以示报复。”

*（源自作者收藏图集）*

的工夫，又不见了踪影，此后再也没有人见过她。她母亲察觉女儿失踪后立刻报了警。追踪行动从 11 月一直延续到 12 月第一周，但警察一无所获。桑塔罗萨警察局警探史蒂夫·布朗告诉我："你知道我们这里的受害者有什么奇怪的遭遇吗？凶手把第一个遇害者的尸体扔进水沟，第二天就被骑自行车的人发现了。于是他决定：'我最好把他们藏严实一点儿。'结果他就把尸体全都扔到了偏僻遥远的弗兰兹峡谷路附近。你根本想象不到那样的地方，人们一般不会开车到那里去。我最近重新开车去了一趟。当然，如果杀手就住在附近，经常开车四处转悠，他自然了解这块区域。我设想的是这个家伙住在湖县或纳巴郡，就在那一带工作，时常往返于那条路。如果你从桑塔罗萨出城，垃圾场全都位于公路的左侧。因为前进方向是反的，你无法将车开到左侧车道边上，然后停车抛尸。杀手也不可能把车停在右侧车道旁，拖着尸体穿过马路后再抛尸。这样不合常理。我和你想的一样，他应该是从桑塔罗萨出城，在城外他有一个小棚屋，拖车或者仓库。在那里杀死受害人后，他再装着尸体驾车返回，这时候他就开上了挨着垃圾场那侧的车道。他在中途停车，弃尸后，再继续驱车进城。"

12 月 12 日那天，莱克斯·摩尔在距离卡里斯托加路 55 英尺的一条山沟里意外发现了库尔莎的尸体。她被抛弃在这里时全身赤裸，严寒的天气把尸体冻得僵硬。据警方估计，虽然已经失踪了整整三个星期，但她是在一个星期前才遇害的。在死亡前，她被囚禁在"某个地方"，然而他们无法确定任何嫌疑对象。

有人折断了她的脖子，第一颈椎和第二颈椎脱位。斯坦福大学的伦德博士给我做了详尽的解释："勒杀不同于枪杀。它涉及某种肌肉紧张……由此引起的感觉在罪犯的性需求方面扮演着重要角色。在他们内心，性冲动和攻击欲望交织在一起。施害者也通过这种方式向人们证明自己驾驭受害者的能力。原始力量是彰显他们快感的重要来源，这在勒杀的过程中得以延长……我接触过这样一个，哦，不止一个，至少两个这样的人，在非常清醒的状态下主动承认他们花 20~30 分钟勒杀受害人，可以说就是为了使快感持续的时间更长。"

库尔莎的衣服已经不知所踪。她没有遭到性侵。而让警察做梦都没有想到的是，另一起谜案的谜底就躺在离库尔莎100码远的地方。就在马路旁的山沟里，一处浅墓穴中掩埋着珍妮特·卡玛茜勒的尸体——她的双手和脚踝被绑到了脖子上，一根白色晾衣绳在脖子上绕了四圈。但由于这个地方丛林茂密，警察并没有发现她，直到1979年7月6日警方才找到她的尸体，但那已经是很多年以后的事了。

一场反常的大雪覆盖了双峰山和金门公园。20天以后，下午4点，两名男子发现了莫林·L.斯特林和伊冯·L.韦伯的尸骨。她们被抛尸于波特港湾路以北2.2英里的一条乡间小路旁。身强体壮的凶手为了避免留下痕迹，徒手高举着两具尸体越过灌木丛和沟渠，然后用力抛下高66英尺的路堤。显而易见，他把受害者当成垃圾一样扔掉了。

死亡原因和是否被性侵已经无法确定，但杀人模式将此案和别的案件联系起来。凶手是在另一个地方将两人杀害，并且留下了她们的衣服。他打绳结的方式就像一名海员。这些绳结难道不是和圣巴巴拉郡谋杀案中的绳结一模一样吗？两者都是老奶奶结和绳环套结。受害者被绑架的时间循环往复：周五、周六、周二、周五、周六、周二。她们失踪的时间全都在下午5点夜色渐黑时分。她们被发现的地方全都位于索诺马郡东部半封闭的乡村地区，靠近湖泊、河流、沟渠和小溪。桑塔罗萨的犯罪活动涉及的地名都和水相关：马克温泉、卡里斯托加（以温泉著称）和克里克溪谷发现尸体的地点之间最远的相距16英里。斯特林、韦伯和7个月后发现的卡罗林·戴维斯被抛弃在完全相同的地点——波特港湾路以北2.2英里。然而，金姆·艾伦可能曾遭到性侵，这不符合十二宫的作案模式。

“随着案情的发展，”贝克继续说道，“我几乎开始怀疑凶手是邮递员或太平洋燃气电力公司的职员，因为只有他们才有可能去这些地方。最后发现的那名女孩儿被丢在一条偏远的溪流里。那可不是一个把尸体从路边抛下它就能自己滚落得到的地方。弗兰兹峡谷路附近发现的三具女尸全都位于道路下方的同一个位置，不需要使劲儿往远处扔，尸体就能落到这里。至于最后在小溪里发现的女尸，我怎么也想不明白他究竟是如何把她弄到那儿的。”

几个月前，警察前往凶手杀害在桑塔罗萨读大学的女学生之后用作抛尸场的桑塔罗萨地区进行侦查。他们在路上停下了车。这时从偏僻隐蔽的凶案发生地沿路迎面走过来的竟然是亚瑟·利·艾伦。“我从这条路去浮潜。”他解释道。在同一方向艾伦刚刚去拜访了两个住在克里尔湖附近的朋友。“利经常给别人搭顺风车，尤其在他就读桑塔罗萨专科学院和索诺马州立大学期间。”一位知情人士透露，“他都在高速公路上捎上这些搭便车的。我还记得从溜冰场出来后失踪的两个女孩儿，还有其他谋杀案。那些在弗兰兹峡谷路和卡里斯托加路发现的尸体都离我父母的家不远。”

## 魔鬼与巫术

警方很欢迎公众尝试解读十二宫的密码符号。核弹定准目标时使用的正是他的十字瞄准线标志，这使得警察专程奔赴特拉维斯空军基地向一位核武器专家求教;其他代表天气状况的符号，又促使警察前去咨询一位飞行员；由于出现了表示银的标志，警察特地请教了一个珠宝商；对于其他完全不同的符号，警方来到纽约州白原市的北站邮局询问了一位邮递员的意见。“我在《纽约新闻报》上看到一封十二宫的密码信。”他向我解释道，“我把这三行密码拿给其他几位同事看，他们一致认为密文中的符号和邮政公务员考试中使用的 25 个符号完全一样。”十二宫的标志也可能代表占星学中画在椭圆形状里的南十字星座。

化学公式和符号在十二宫的信中随处可见。他用示意图展示的炸弹是一种化学炸弹，托奇从未忘记这一点。利・艾伦是东湾某公司的化学师。物理学家约翰・道尔顿为各种元素及其原子量设计的符号和十二宫的密码符号大同小异——氢：在圆圈中心画一个点；硫：圆圈中间一个十字——十二宫的身份标记。人们几乎能听见魔鬼桀桀的奸笑。

就在午夜时分，十二宫案中的魔鬼现身了。一名旧金山男子装扮成撒旦来到第三大街参加金星幻影教派举行的摇滚裸舞会。他朝四个赤裸的男子走了过去，其中一个正带着大家讨论十二宫的奇闻怪事。“十二宫肯定是恶魔或魔王。”这位穿着魔鬼服装的男子插了一句。刚才还在大谈特谈“十二宫先生”的男人猛地转过身来，用手指着他，大声吼道：“你就是十二宫！”魔鬼装扮的男子微微笑了一下，回答道：“我是撒旦的化身。”

说完，他走开了。然而，高谈阔论的男子跟了过来，一把将“撒旦”揪到旁边，低声怒喝道：“我就是十二宫，你这个傻瓜！我比那些警察和报纸高明多了。我杀死的人比已经确定的十二宫受害者要多得多。”

“这是因为十二宫已经收集完十二星座的牺牲品了吗？”“撒旦”紧张不安地问道。

“我杀死的人已经超过 37 个了。”这位壮陌生人回答道，“这只不过是一场游戏，就像‘强手大亨’、国际象棋、西洋跳棋或桥牌游戏。我喜欢这场和警察之间展开的杀人游戏。取人性命对我来说不过像掸掸烟灰一样简单。”话毕，陌生男人拉着一个面色苍白的女人匆忙离开了。“撒旦”再也没有见过这对男女。令人震惊的是，十二宫后来在 1974 年 1 月 30 日写的一封信里声称自己已经杀害的牺牲品和那晚提到的数量几乎分毫不差——37 人（这是他最后一次给出具体数字）。

“在整个调查过程中，我们源源不断地收到针对撒旦崇拜者和占星术狂热者的举报线索。”托奇说道。十二宫神秘难解的符号引发了异想天开的猜测，甚至使神秘学的爱好者都受到了人身威胁。出版了《邪恶的天性》和《撒旦圣经》的撒旦崇拜者及撒旦教教主安东·山德·拉维就收到过死亡威胁，有人认为他可能是十二宫。由于撒旦教含有占星学元素和巫术符号，且撒旦信仰者身穿黑色长袍（可怖的刽子手装束显然和黑弥撒有关），拉维本人曾一度被列为嫌疑人。受到威胁后，他立即把信转寄给了《旧金山纪事报》的记者艾弗利。

亲爱的撒旦……在你的邪恶控制下，现在多名女子暴尸街头。当然世间万物终有尽头……各种力量在和你对抗。我对你的抗争已经持续了世世代代，然而收效甚微。撒旦啊，这实在让我苦恼，无休无止的苦恼！你可以自由选择想要的武器，但我更喜欢使用刀具……我最渴望的是，让我的剑沾满你的鲜血。

“他更喜欢刀具。”这位记者不停地思忖着。他马上给同行戴夫·

彼得森打了电话，问他对这封威胁信有何想法。“刀具经常出现在宗教仪式上，”彼得森告诉艾弗利，“这让我想起巫师亚雷斯塔·克罗利的仪式专用连帽长袍，长袍上装饰有‘金色黎明会的玫瑰十字’标志——一个中间画十字的圆圈。”如果十二宫是撒旦邪教信徒，根据月相和宗教节日杀人献祭，这或许能解释所有的疑问。那么十二宫又何以驾驶这么多类型的汽车，在如此广袤的地理区域杀人灭口，以不同的身材和体重出现，而且还能用各不相同的笔迹写信？这些谜团后面一定有撒旦之手在助纣为虐。

“可能是撒旦教，”十二宫迷大卫·赖斯猜测道，“从撒旦教中可以找出更多线索。”十二宫在信里使用了倒转字、数字 13、两个单词相交而成的十字和黑弥撒用语。此外，他还运用了占星学和数字命理学知识，画上邪恶的眼睛、流血的十字架和上下颠倒的三角形（代表基督教圣父、圣子、圣灵三位一体）。有传闻称蓝岩泉案的受害者对神秘学感兴趣——“在她旧金山的公寓里，一个头骨上插着一根蜡烛。”受害者的姐姐说道，“这是维京群岛的巫术，她度蜜月时去那里浮潜。”

后来在 10 月 24 日，KSFO 广播电台的杰克·卡尼对通灵师吉尔伯特·霍洛维进行了专访。“我有一种预感，杀手的名字应该类似卡伦、考林或凯伦。”霍洛维说道。他还把名字一一拼写了一遍。“通过法术，我看见一个叫意大利名字的警探——班达奇或桑达奇之类的——正在抓捕十二宫。但是他像赫尔曼·戈林一样服了毒，因为他不想被活捉……十二宫和旧金山撒旦第一教会有一定的接触。他受撒旦教影响很大。”

撒旦这一说法引起了加州司法部的兴趣。1971 年，他们在纳巴郡做了一份报告，内容如下：

鉴于十二宫在信里谈到来世和“天堂里的奴隶”，司法部专门调查了有怪异信仰的群体，他们排除了所有人，包括‘曼森家族’的所有男性成员。

“十二宫被恶神附体，为他指引邪恶之路。”一位公认的神秘主义者解释道，“我在市场街的贺卡店里突然看到了这一幕。”为了证实自己的说法，这位预言家给警方寄了几份通灵履历和纽约预言登记处出具的介绍信。波士顿扼杀狂谋杀案和莎朗·泰特遇害案的通灵师顾问彼得·赫克斯住在加州棕榈泉市时，据说收到了来自十二宫的威胁信。他主动提出协助旧金山警察局追捕十二宫（只需要警方为其购买前往旧金山的机票），但是被婉拒了。

“利有没有谈论过来世？”很久以后我问切尼，“他对此有什么感想？”

“牺牲品都是他来世的奴隶。”切尼简明扼要地回答。

一个月来，整个世界的海洋异乎寻常地汹涌澎湃，愤怒地拍打着西海岸。飓风、巨浪和雷暴在海滨地区无情地肆虐。宇宙周期循环出现了一个重大巧合。地球、月亮和太阳几乎排成一条直线——一种名为“朔望”的布局。在月相处于新月和满月阶段时，空气中充满了正离子，从西海岸远至迈阿密，怪诞离奇、毫无动机的谋杀案接二连三地上演。

十二宫弓着腰伏在一张透写桌前，灯光照亮了他那张专注的脸。过去他渴望臭名远扬，四处炫耀自己。此刻，在一股威力更强、来自宇宙的力量的驱使下，他决定打破长达三年的沉寂。根据他选择作案的时机，专家们长久以来一直相信十二宫“随着月相发狂”——对满月和新月阶段月球引力的影响、加强的亮度及电磁场的变化非常敏感，这些变化会影响人类的神经系统，使大脑神经更活跃。

“如果把人类有机体看成宇宙的缩影，”精神病学家阿诺德·L. 利伯写道，“其组成元素和比例与地球表面的物体基本一致——大约 80% 的水及 20% 的有机和无机矿物质——那么我们可以推定月球的引力同样会对人体中的水产生影响。”对核磁共振的研究表明，生物组织会对月球与地球之间的相互作用做出反应。这种生物潮汐足以促使某些有暴力倾向的人在情感、心理和生理方面爆发冲动。

托奇告诉我：“出乎意料的是，我在性犯罪科、重案科和命案科工作这么多年来，在没有月光的夜里，我家里的电话反而更少响起——甚至全天候备勤时也是如此。在朗月高挂的夜晚，暴力犯罪活动则愈加猖獗。这种时候，家里的电话彻夜响个不停——指挥中心报来各种案件：夫妻打架、枪杀、刺杀等。和大家想的相反，阴森恐怖的黑夜对警察来说才是平静无事之夜。”在斯坦福大学，伦德博士围绕十二宫发动袭击的时机选择提出了另一种可能性。他问我：“十二宫作案的夜晚都有皎洁的月光吗？”我回答：“不是满月就是新月。”伦德博士分析道：“这样他就可以在夜里看清东西了。”凑巧的是，在前一天，即1月27日周日，《萨克拉门托蜜蜂报》在显眼的位置刊登了一篇有关毛利尔的文章。所以这封十二宫最新来信在某种程度上体现了他的自负，想和毛利尔一争高下，比比看谁更受公众关注。

十二宫埋头专心做着手里的活儿。这段时间，一部电影惊扰了整个旧金山，如同曾经被他搅得惊惶不宁一般，影片激起的公众热议完全不亚于当年的他。寻求刺激的人在街区排起一条条长龙，等着进北点影院观看《驱魔人》，从圣诞节开始，观影人数累计多达6万人。等了两个小时终于进场后，没过多久，有些人便急急忙忙地跑了出来，在人行道上哇哇地呕吐。十二宫目睹了这一切——“恶心死了！”他在信里对这种现象和公众的呕吐反应详尽地评论了一番。

一个月以来，“十二宫调查二人组”没有看到杀手采取任何实际行动。他寄出上一封信至今已经快三年了。举报信日渐减少，从每周50封变成10封，最后几乎减为零。托奇抱病上班，时常感觉身体不适。他总是习惯性地望着那个5英尺高、密封的青灰色文件柜，里面塞满了有关十二宫的资料。“其中一个抽屉标注着‘热心市民’。”他介绍道，“第二个抽屉专门装嫌疑人的档案。（最终装满了8个抽屉。）我是否相信我们一定会抓到这个家伙呢？当然。我必须这样想；不然的话，我早就放弃了。对我来说，这是一个巨大的挑战，一个重要案件。我和比尔是全国绝无仅有的‘十二宫调查二人组’。”

最近这段时间，他们一直忙于追踪声名狼藉的“斑马杀手”，在179天内，这帮恶棍随机残杀了15名受害者，另有8人身受重伤。虽然所有受害人都是白人，而所有袭击者都是黑人，但这些受邪教驱动的“斑马凶杀案”并非由此得名。“我们组成的特别小组大多在晚上行动，”托奇解释道，“因为谋杀就是在夜间发生的。他们使用了一个不常用的无线电频道，以便任何可能见过嫌疑人的目击者打电话进来。他们启用的是'Z频道'，实际上这个频道此前从未被使用过。'Z'代表单词'斑马（Zebra），这引起了媒体的注意。在后来的报道中，我们追踪的杀手就成了'斑马杀手'。"这一疯狂的邪教要求信徒必须枪杀或砍死男人、女人和小孩儿才能晋级为"死亡天使"。两天前的夜晚8~10点，又发生了一起"斑马谋杀案"。警方随即展开了全天候不间断追捕。托奇累成了一摊泥，而且浑身疼痛不堪，他一个早上都瘫在床上。他瞥了一眼时钟，然后凝视着外面的天空。一切都乱套了。为了节约能源，今年比以往提前三个月实施夏令时。

托奇把脸埋进枕头，浑然不知十二宫杀手即将打破让人捉摸不透的三年沉寂期。《旧金山纪事报》报社里，卡罗尔·费希尔拆开一封来信后惊呆了，出现在他眼前的，是这样一段话：

我看过《驱魔人》，觉得这是我看过的所有电影中最精彩的讽刺喜剧。(署名，××× 敬启)：他一纵身投进汹涌澎湃的巨浪，自掘的坟墓里回荡着踢踏、踢踏、踢踏的声音。

附言：如果你们不把这封信刊登在报纸上，那就别怪我做出邪恶的事情来，你们也知道我无恶不作。

这已经不是十二宫第一次引用吉尔伯特和苏利文的喜歌剧台词了。卡罗尔发现"啾、啾、啾"出自《天皇》第二幕，具体来说，这是胆小怯懦的行刑大臣Ko-Ko在歌剧中吟唱的咏叹调。三年半以前，这位杀手亦改写过《天皇》里的歌词。他长篇引用，全凭记忆。引文和原文（主要是第一、第二幕）有所出入就说明了这一点。原文中"那位古怪奇异的女小说家"变成了"怪异反常、从不接吻的女孩儿"。Ko-Ko的表演者经常提议将女小说家换成别的角色——女戏剧家、女摩托车手、女自行车手等。我相信十二宫的名单上列的都是他认识的人和他猜想曾诽谤过他的人——"五弦琴演奏者""钢琴、风琴师"和"所有约会的年轻人（学生）"。警方一直认为十二宫曾经做过Ko-Ko这个角色的职业演员。

在十二宫挥手搭乘保罗·李·史坦恩的计程车当晚，在附近特克街2350号的“展现剧院”里，一个比富人住宅区“太平洋高地”一间会客室小得多的舞台上，“点灯人”剧团在排演歌剧《天皇》。在整个公演期间（从1969年10月18日至11月7日），十二宫没有寄过任何信件。此外，最新一封信底部潦草的文字竟然和Ko-Ko纸扇上浑圆的日本书法十分相似。在1974年1月30日，音乐总监吉尔伯特·拉萨克仍在指挥着剧中角色大展身手，Ko-Ko、Nanki-Poo，Pooh-Bah，Pish-Tush和Yum-Yum等角色纷纷登场。卡罗尔猜想十二宫也许是演员阵容中的一员。

十二宫在信纸的右下角写着：“我-37，旧金山警察局-0。”费希尔打电话告知命案科后，命案科又赶紧致电在家休息的托奇。这位发着高烧的警探硬撑着爬了起来。上一次这么疲惫难受还是在朝鲜前线打仗那会儿。从伽利略高中毕业后，他应征加入了美国第24步兵师，经历了七个月的艰难战斗。不到半个小时，托奇便把车开到了《旧金山纪事报》办公楼下，他停好车，乘电梯来到3楼。他低声咕哝着十二宫的“战果”：“37！”但愿杀手只是撒谎而已。“又是吉尔伯特和苏利文的讽语，又一次将矛头指向旧金山警察局。”托奇感叹道，“老天！为什么每次单单把我们挑出来？他和我们到底有什么积怨？为何引用吉尔伯特和苏利文的歌剧？”

锡拉库扎调查中心的默里·S. 米伦博士看过最近来信后得出了一些结论。在一份呈交给联邦调查局的心理语言学报告中，他指出“自掘的坟墓”可能意味着十二宫打算自杀。米伦特别向律师梅尔文·贝利提到十二宫的信。他认为十二宫在字里行间暗示着抑郁症“经常使他难以忍受……在某次极度忧郁的情绪左右下，患者会选择自杀，这也不是完全没有可能的”。或许，十二宫提到的自杀指的是“十二宫的象征性死亡……他的反社会病态人格随着年纪的增长而最终‘燃烧殆尽’”。

“我同意这一说法，”联邦调查局侧写师道格拉斯表示，“十二宫也许最后选择自尽。但是，我也相信，即便在抑郁的状态下写信，十二宫的目标仍非常明确，他要操纵、支配和控制收信者，以及广大读者，他知道人们会看到这些信。”

一旦偏执型精神分裂症患者年龄达到30多岁（如果他没有结束自己的生命），内心的狂躁会逐渐燃尽，或者有所缓解。如果十二宫象征性地死亡了，这位杀手可能会平静无事地度过余生。他甚至不会记得自己曾经的十二宫身份。米伦猜想这个杀手是一名未婚男性白种人……“离群索居，孤僻内向，习惯怪异，沉默寡言，个性鲜明。”他认为十二宫“裸眼视力很好，因为他使用了细微的区分标识来代表不同的密码符号”。

警方曾经研究过贝茨葬礼上拍摄的监控照片。许多杀手都不可避免地出现在受害者的葬礼上。出于同样的考虑，《旧金山纪事报》给北点电影院外如长龙般蜿蜒排列、一直延伸至鲍威尔大街（介于湾街与弗朗西斯科街之间）的观影队伍进行拍照。他们每天晚上都会拍摄照片，满心期待着十二宫又来看《驱魔人》。说不定他还会朝镜头挥手。

这封谈到《驱魔人》的信只贴了一张8美分的艾森豪威尔邮票。通常情况下，十二宫都会贴双倍、三倍甚至四倍邮资。继十二宫之后，出现了另一个相似的反社会者——“大学炸弹客”，在开始邮寄厚重的炸弹邮包之前，他早就搜集了大量具有象征意义的邮票。对这名投弹手而言，尤金·奥尼尔邮票暗藏着隐秘的寓意。也许奥尼尔的戏剧是这位“大学炸弹客”苦恼的家庭生活的无情写照。其他邮票标志着来自地狱的可怕装置所拥有的巨大威力，或者代表了凶手锁定的目标——具体的或不具体的收件人。只有炸弹客本人才清楚每一种邮票隐含的深意。

十二宫成对粘贴的总统头像邮票——林肯、艾森豪威尔和富兰克林·德兰诺·罗斯福——也许同样富有象征意义——都是战争时期的总统。林肯邮票可能暗示着一个人，名字叫格林（林肯·格林）、福特（福特剧院）或布斯（暗杀总统的刺客布斯或任何参与行动者）。罗斯福邮票则可能代表与蒙大拿州鹿栈县毗邻的德拉诺，十二宫亲口跟一位幸存者提到过这个地方。这次来信中，十二宫在信封右下角贴了涂胶便签，上面写着一小段文字：

这本集邮册里的邮票涂了一层哑光胶，方便揭下上面的隔离纸。册子里含有25枚8分钱邮票——这版有4枚，另外3版每版7枚。售价2美元。

右上角是涂胶邮票，上边写着“请尽早邮递”（旁边画着时钟指针）和“使用邮政编码”。

邮政编码是不是打开十二宫某串数字密码的钥匙呢？这封涉及《驱魔人》的信再次激发了公众对该案件的热情。“自从十二宫最新信件公布以来，”托奇感叹道，“我在办公室已经接待了50个举报人了！每个人都称自己认识十二宫。我和比尔起码追查了上千条线索，听了各种荒诞的故事。他们非常肯定地说杀手就是他们的邻居，因为他长得很像通缉画像，刀鞘里装把刀四处转悠……听到这种说法，有时确实很难忍住不笑。不过我认为还是要认真倾听每个人提供的信息，不管他们的故事有多么稀奇古怪。”

卡罗尔拆开早上到达的邮件后，再次大吃一惊——闸门真正开启，十二宫卷土重来了：

尊敬的编辑先生：你是否知道首字母缩略词SLA（全称：Symbionese Liberation Army，意为：共生解放军）来自古代斯堪的纳维亚语里面的一个单词，意思是“杀戮”。

署名：一位朋友

虽然对这张手写明信片的真实性存在疑惑，卡罗尔仍将此事告知了联邦调查局。他们把这张卡片纳入了十二宫有效信件目录里。将近三个月过去了。下一次十二宫就要动真格了——他变得更加胆大妄为——在那颗焦躁不安的心里，旧日激情重新燃烧起来。

比尔·阿姆斯特朗调查的每一起凶杀案都像第一起那样猛烈地冲击着他的心灵。这些罪恶勾当的结果残酷可怕，总是让他惊诧无语。

十二宫又写了一封信。上次对《驱魔人》大加赞赏，这次他摇身一变，成了公共道德的捍卫者：

先生们——你们追求低级趣味以及对公众缺乏同情心，让我深感震惊。你们为电影《穷山恶水》刊登广告就是最好的证明，里面大肆宣扬这一句话：

“在1959年，大部分人都在消磨时间，而基特和霍利在消灭生命。”鉴于近日发生的几起事件，这种颂扬谋杀的行为极其恶劣，应受谴责（对暴力的宣扬从来都有悖常理）。为什么你们不考虑一下公众的感受，把这则广告删掉呢?

署名：一位市民

素来敏感多疑的十二宫驱车来到阿拉米达市寄出了这封最新的信。然而随着日子一天天过去，他每天盯着跟自己毫无关系的头版新闻，最后终于大发雷霆。他曾经警告过他们，他痛恨被忽略的感觉，如果他们不表示任何尊重，后果将不堪设想。

被拒绝整整一个月后，十二宫满腔怒火，他困惑不解，为什么那封带着些玩笑意味谈到《穷山恶水》的信一直未被刊出。多年来，这个疯狂追求曝光度的杀手想方设法用各种假名偷偷发表书信，他从居住地以外的各个地方寄出这些信。一切皆因警察盯得太紧；邮寄任何签有“十二宫”字样的信都会面临风险。由于《旧金山纪事报》可能在试探他，于是他又写了一封信，尖刻地讽刺了一名《旧金山纪事报》的专栏作家，信上署名“一位热心市民”。他急匆匆地开到圣拉斐尔市，把信投进了遇到的第一个邮箱，然后又火速驾车回了家，焦急不安地等待着。

十二宫做梦也没有想到他前一封信直到6月4日才送达《旧金山纪事报》，而他们现在的确在试探他。虽然信上没有署名“十二宫”，但卡罗尔认出了他的笔迹。“他休想愚弄任何人——不管他葫芦里卖的是什么药。”托奇一边看着明信片，一边说道，“我敢肯定这两封信都是他写的……他想神不知鬼不觉地把信和明信片塞给《旧金山纪事报》。”他们认出了两天前寄来的信也是十二宫所为。这次杀手将矛头直指《旧金山纪事报》的专栏作家康特·马克。

编辑先生——让马克从地狱里来，再回到地狱里去吧。他现在出现了严重的心理障碍——总希望自己高人一等。我建议你把他交给精神病医生。

还有，把他的专栏取消吧。既然康特会写匿名文章，我也会。

署名：红色魅影（怒火中烧）

为什么十二宫单单挑出康特呢？他只不过是一个反女权主义者和全国联播节目的电台评论员，真实名字叫马克·史宾尼利。难道在他过去的生活中曾出现过一个名叫史宾尼利的人，十二宫实际上在用这种令人发狂、拐弯抹角的方式向这个人发出威胁？

康特和梅尔文·贝利一样过着绚丽多彩、极富特色的光鲜生活。

康特·马克的名片上印着一个皇室徽章。他在斯坦福庭院酒店居住的套房一共有 14 个房间，戴的手表表盘周围镶嵌着 60 颗钻石。他拥有三辆劳斯莱斯轿车，每一辆都配备了一名司机兼侍从。为了和马克的发色保持一致，其中一辆车身刷了 20 层银漆。第二辆车专门用来运送他的巨型行李。第三辆车则专门用来伺候他的宠物狗。

三年多前，康特曾收到过另一封匿名信。这封 1971 年 1 月 11 日的来信上写道：

亲爱的晨间明星，你不用担心，你无须害怕，一年一度的喝茶时间来了……为了给你提振精神，专栏作家，我给你寄了三包茶叶，搭配几滴柠檬汁（芳香剂）好好享用吧。随信还送你几块脆饼干，大饱口福后再赏你连吃 12 记猛拳——您忠实的仆人。祝您生活愉快！

和艾弗利一样，康特·马克于 1959 年加入《旧金山纪事报》。然而，这种匿名“情书”让他不堪其扰。他离开了报社。为了安全起见，他主要居住在夏威夷和棕榈泉两个地方。

现阶段利·艾伦的体重多达 240 磅，依然高调地戴着十二宫手表和戒指。这天早上，他在拖车里无所事事地闲晃。一个小时后，他的世界突然崩塌。靴子踩在沙砾上的“嚓嚓”声引起了他的警觉，所以当外面传来猛烈的捶门声时，他并没有被惊得跳起来。“开门哪！”

“谁啊？”

“索诺马郡治安官办公室来的！”

副治安官哈斯的到来并非完全出乎意料。9月23日那天有人控诉了艾伦，一切就这样开始了。昨日，治安官办公室在中心治安法院对其提起诉讼。“你被逮捕了。”哈斯说道，“根据《儿童保护法》第288条规定，你犯了猥亵儿童罪，此外，你还被控诱奸一名14岁以下的未成年人。”在7月11~25日，艾伦将两个小男孩儿引诱至拖车里的卧室。事后，他在两人手里塞了50美分。

“我知道你们不喜欢这种行为，”艾伦对这名副治安官说道，“可我只不过有点儿下流而已。”

“这种话真的很荒唐可笑。”这位警官回忆时评价道。

艾伦刚被逮捕，他就提出要一支铅笔和一张纸，以便在纸上写下想法，理清思路。他在是认罪还是否认之间做着斗争。艾伦在纸张中央画了一条竖线，在其中一边写上“有罪”，另一边则写上“辩护”，然后分别罗列出利与弊。之后，他开始哭起来。

翌日，艾伦为两项猥亵儿童重大罪名各交付5000美元后，得以保释出狱。然而，回到瓦列霍后，他对朋友称被逮捕的原因是他“是十二宫”嫌疑犯。

“1974年，利·艾伦在拖车里猥亵了一名弗里蒙特小学的9岁男孩儿。”桑塔罗萨的一名警探详述道，“当时还有另一名8岁男孩儿在场。他借口观看花栗鼠把他们引诱进拖车，然后对这两位男孩儿做出下流龌龊的行为，包括口交。档案记录称他是耶格尔—柯克木料场的兼职雇员。我们这里还存有他的交通罚单。他有一个‘D类文件夹’，上面标注着一个我从未见过的记号：‘RS-6’（刑事侦查局表示高优先级的符号），这个记号旁还写着‘是’。”一个结识艾伦多年的女人的女儿表示：“在我看来，他之所以被监禁在阿塔斯卡迪罗，是因为他性骚扰了一位异性朋友的儿子。这个男孩儿的年龄可能在8~13岁。他告诉我母亲，这名异性朋友十分嫉妒他和她儿子之间的关系。我认为艾伦和这名女子当时在谈恋爱。他称这就是她告发自己的原因——嫉妒。”结果证明这一说法站不住脚。他们之间只不过是纯粹的柏拉图式的关系，就像艾伦和其他女人的关系一样。

“像十二宫这样的性虐待狂在一定限度上或完全不能与异性发生正常的成人性关系，”伦德博士告诉我，“那么取而代之的选择是什么呢？其一就是奸尸或杀戮以寻求性满足。另一个就是和孩童发生性关系。”此次拘捕艾伦给刑事侦查局提了个醒，他们要求查看艾伦在谷泉小学的档案，开始仔细探寻他和儿童之间不正当关系的更早证据。警方也联系了他任教过的所有学校。在各方权力机构努力深挖案件的时候，处在保释期的艾伦仍可以自由活动。他开始不断地骚扰一名出庭指证他的副治安官。夜晚，艾伦用心险恶地站在他的房屋外面。结果，这名治安警察猛地冲出来，把他赶跑了。就在艾伦接受审判前，有人给一位当地法官寄了一封匿名机打信。该法官把信交给了卡里斯托加警察局。

“你想我吗？”信里写道，“在忙着做卑鄙恶毒的坏事？这种事情我最在行了……啊，没错！正义会得到伸张。我要大声笑出来。《旧金山纪事报》专栏作家赫伯·卡昂称现在托奇是唯一一个还在追踪十二宫的人。十二宫给了我一辆车去搜集证据。他知道我的普利茅斯被人蓄意毁坏了。”

在独立纪念日那天晚上，一名青少年男孩儿在蓝岩泉发现一辆报废的普利茅斯。

警察开车来到瓦列霍艾伦家，再次逮捕了他。他的母亲开门把警察让了进来，他们下楼找到了正在地下室中央尖声喊叫的艾伦。只见活蹦乱跳的花栗鼠在他身上爬上、爬下——这些和他共享地下室的小动物既是他的宠物，也是牺牲品。“花栗鼠的屎从他肩膀上掉下来。”一个警察回忆道，“从那天起，我们一直把他关押在牢房里。监禁在索诺马郡监狱 2B2 号牢房区的时候，他引起了三个墨西哥囚犯的关注，他们想鸡奸艾伦。而他只能任凭那三个人摆布。后来，在法庭上，一位小男孩儿出庭指认了艾伦。”

警探姆拉纳克斯并没有放弃调查艾伦，他给联邦调查局写了一封信：

提要：嫌疑人符合十二宫的整体外貌特征。出生在夏威夷首府火奴鲁鲁。

曾在加州河滨市上学。现在在奥克兰工作。他是一名已定罪的儿童性侵犯者。已评估项目：指纹和掌纹；提交的笔迹样本，证据已存档。提交的材料：1. 两页黄色纸张（十二宫信件的部分正文）。2. 红色封面日记本，含有嫌疑人一年以来的日记。3. 嫌疑人双手的掌纹。4. 一张白色纸，嫌疑人在上面用墨水笔抄写了十二宫信件的部分内容。5. 索拉诺郡监狱的逮捕记录。

那天下午，艾伦被关进了专门监禁患精神病的犯罪者的阿塔斯卡迪罗州立医院。

艾伦以前在阿塔斯卡迪罗待过，不过当时他的身份是一名理疗师。现在他重新回到这里，却成了一名阶下囚。如果警察早知道他有多么厌恶这个精神病院，多么惧怕被监禁在这里，他们或许会利用这个行之有效的利器。艾伦的恐惧感可以被用作撬杆，从他口中撬出有关十二宫的信息。但是艾伦应付了下来，他开始在印刷所干活儿，很快就掌握了新技能。在印刷所里，他构想出一个摆脱警察的计划。

利以“绘图员 A”的署名给索诺马郡的吉姆写了一封信。“在我被监禁期间，如果十二宫寄出一封信，”他一本正经地写道，“就说明我根本不是十二宫。”这番话让人困惑不解。所有人都知道利被投入监狱的原因是性骚扰儿童，而非因为他是十二宫。他还跟那些熟识的女性重复了同样的话。在和权力机构漫长的“户外象棋比赛”中，艾伦似乎总能领先一步。在计划的第二阶段，他把每日需服用的药偷偷藏了起来，并且在药房找了份差事。和十二宫一样，利也精通炸药知识。他的第三步计划就是联手一名狱友开始制造炸弹，豁出一条越狱之路。

为了通过监禁期间各种各样的精神病测试，艾伦潜心钻研了最有效的应对方式。任何测试他都采用这一招：“他既不笑，也不流露任何感情，说话时声音低沉单调。”他接受测试时的状态好似嗑了药一样。在主题统觉测验（TAT）环节，按照要求，艾伦需要根据简单线条画上人物所处的不同场景编故事。（“解释画里面发生的事情。”）他的回答间接地反映出他潜意识下的情感和性格——“他过着一种充满暴力的幻想生活……情感高涨人格（极度情绪化）的人无法建立正常的社会关系。”

最后，警察决定对其进行测谎。“测谎仪只不过是一个压力和焦虑监测器。”托奇告诉我。在案件调查中这种仪器最受青睐，但它并不完全可靠，出现误判的概率高达 15%。测谎仪能测量脉搏、血压和呼吸的变化情况，然而善于撒谎的人完全可以蒙混过关[1]。甚至连“测谎仪”这一叫法都显得名不副实。厄尔·史丹利·加德纳在著述《终审法院》中写道：“侦测谎言是不可能的。可以实现的只是监测压力而已（在某些情况下，可以监测掩藏的压力）。测谎仪或心理压力评估测试结果绝不可以用作评判一个人是否清白的唯一标准。和所有的科学证据一样，这类测试亦需经受评估。除非另有规定，严禁将测谎结果作为法庭证据。因其具有不可靠性，且受制于操作者的主观解读。直至 1998 年，最高法院才明文规定测谎仪不可信任。莱纳德·基勒虽然不是测谎仪的发明者，但他在改良仪器方面做出了最大贡献。现在使用的测谎仪基本上就是他开发的版本。简而言之，测谎仪记录的是一个人在回答问题时生理反应发生变化的情况。”

测试的具体问题已经敲定，利也同意接受测试。巴沃特警探后来告诉我：“情况是这样的，司法部派了弗雷德·希里萨戈的一名手下来到阿塔斯卡迪罗，然后给艾伦接上测谎仪器。那名手下就是山姆·李斯特——司法部负责测谎的头儿。”艾伦走进了一间普通的隔音空调房，李斯特命其坐在测试椅上。他小心翼翼地把艾伦和三台设备连接起来，通常单是这个过程就会使测试对象紧张起来。首先连接的是血压—脉搏监测装置——一个脉搏描记器——一种与读取血压数值器具类似的仪器——和测试对象连接起来后，将以图示的形式描记脉搏的跳动。左右上臂都包裹上血压测试套后，一根灵活可动的波纹管，即呼吸描记器，绑在了利的胸前，用来监测他的呼吸变化。最后安装的是一个皮肤电检测仪，通常指紧握在双手里的金属管或和手连接的电极（夹在一个指尖上的监测仪），目的是测量受试对象

[1] 联邦调查局局长路易斯·弗里奇下令加大对特工进行测谎的力度，以完善调查局内部安全体系，9000 名特工为此叫苦不迭。

的皮肤电流变化或反应。由于囚犯对每个问题的反应均记录在不断移动的带状记录纸上，测试者需通过双向镜观察整个过程。

如果利撒谎，他的心跳会加速，呼吸更加急促，皮肤湿度也会发生变化。一条移动的绘图纸上面的笔会把他所有的反应描记下来。测试前亲切友好的会面已经使利完全处于放松状态。利一直保持低沉单调的语气，没有一丝笑容，后来还声称这场测试持续了 10 个小时。“测谎大约需要一个小时——最多了，”托奇告诉我，“艾伦对此撒了谎。”通常会有 10 到 12 个问题，都是一些简明、基本的问题，一听就懂。测试官先是询问了他的名和姓。每个问题完成后中间都会暂停 15~20 秒钟。接着他被问到是否知道杀害蓝岩泉案受害人达琳·菲林的凶手是谁。

“不知道。”他回答。

“你住在加州吗？”李斯特问道。

“是的。”

“是你在 1969 年 10 月 11 日亲手杀死了保罗·李·史坦恩吗？”

“不是。”

“你以前居住在瓦列霍吗？”

“是的。”

“你和这起命案有没有任何关系？”

“没有。”

“你现在是 42 岁吗？”

“是的。”

“你是否在故意隐瞒或掩藏任何与华盛顿街和枫叶街交叉口发生的谋杀案有关的犯罪信息？”

“没有。”

“今天是周五吗？”

“是的。”

“在整个测试过程的某个时候，你是否故意撒过谎？”

“没有。”

“我们再从头到尾测试一遍。”李斯特说道。这是一种惯常做法，即针对测试结果再问答一次，探明测试对象答案背后的原因。“反应过度或反应不足的人怀有负罪感，他们感到恐惧、愤怒。”测谎专家克里斯·古戈斯解释道，“测试官需要考虑各种可变因素，如智力水平、情绪稳定程度、应激反应等。整个过程充满变数。”由此，专家可以修改问题后重新问一遍，或重复相同的问题，以便对比前后两次的回答。李斯特表示艾伦两次均顺利通过。“他不是十二宫杀手。”他总结道。艾伦后来打电话告诉家人和朋友，他通过了测试，不是十二宫。

“他们在阿塔斯卡迪罗给艾伦做了测试，结果表明他是清白的。”巴沃特感到非常失望。“这让我们苦恼不已。对了，我们还请其他专家解读了他的图纸描记结果。他们表示：‘他在测试时处于嗑了药的状态。’我们的测谎师约翰检查了描记结果后说道：‘在我看来，艾伦在接受测试时，受到了某些药物的影响。’他还认为艾伦并没有通过测试，这次结果缺乏说服力。随后我们对阿塔斯卡迪罗进行了搜查，结果只找到一堆没用的废物。不过不管怎样，他确实服用了氯丙嗪。阿塔斯卡迪罗是一家精神病医院，许多犯人都在使用各种不同的镇静剂。这些看过描记图的专家说：‘嘿，李斯特没有向他提任何是否服用药物的控制性问题。我们对这件事的看法就是，这个家伙嗑了药。’你当时如果问他是否有父母，他可能会说‘没有’。”

受试者如果服用药物或处于疼痛状态，会导致测试结果无效，测试对象的反应会变得明显积极或平淡。据说艾伦把每天需服用的安定药悄悄积存了起来，还从他短暂工作过的药房里偷拿了氯丙嗪，这是一种开给极端偏执狂患者的药。“氯丙嗪是专门给精神真正失常的病人使用的，”巴沃特说道，“这不是他们发给病人的常见药。但是他可以进出药房。他们一直给他提供安定药。他只需要将药贮存起来。当然这纯属猜测。你知道自己即将经受谎言测试——而你在药房有一帮狐朋狗友。事实上，艾伦有一个非常厉害的哥们儿——他计划制造一个炸弹，引爆后逃离阿塔斯卡迪罗，但被逮了个正着。那个邪恶的炸弹装置极具杀伤力。”

J. 保罗·德·里弗博士在《犯罪和性变态精神病人》中写道：“漠视法律和道德法则、行为狡诈诡秘也是‘非性变态’精神病患者性情的一部分。和那些由性驱动的同类病患一样，他只是间歇性‘发疯’，其余时间他可能把这些具体的疯狂言行闭锁起来，意识清醒时完全不会想起这些细节。”

“艾伦写了一封信，”巴沃特继续说道，“并伪造了调查员吉姆·斯尔福的签名。斯尔福曾经和他通过信（要求他接受谎言测试）。艾伦从信函上得到了斯尔福的签名。他在阿塔斯卡迪罗医院的印刷所干活，利用工作之便，他在信纸上方仿制了一个司法部的抬头，以斯尔福的名义伪造了一封信。他用机械设备从文件上提取出这名调查员的签名，然后把它置放在事先写就的信件上，最后再把信印刷出来。这是一封写给所有执法部门的信，我记得内容是这样的：‘敬启者：该测试对象不是十二宫案件的疑犯，他的嫌疑已经被完全排除。他通过了测谎，执法部门不应再将其视为十二宫谋杀案的嫌疑人。’这完全是瞎扯的狗屁东西，他故意拿来糊弄人。斯尔福怎么可能写这种信。”虽然通过了谎言测试，但是艾伦捏造了这封排除他嫌疑的信，弄虚作假，欺骗他人。

艾伦给桑塔罗萨高级法院一名法官写了封信，将测谎结果告诉了他，还附上“一封来自州司法部为其免除嫌疑的信函的复印件”。

在成为调查、审问、搜查和其他骚扰形式的对象五年之后，我最终在医院被司法部施以长达10小时的谎言测试。我签字放弃了所有权利，全心全意地配合他们，就是为了彻底解决这个问题，后来我被移除出司法部的嫌疑人名单，详情请见附件。”

“我猜想司法部不会费心把测试结果通告给其他相关部门，而我确实想回到桑塔罗萨地区生活，因此我现在亲自将这个消息告诉您，但愿这封信最终能到达合适的地方。我真诚地希望，在往后的日子里，我能够平静地生活，听到别人谈论其他悬而未决的命案时不再手心冒汗。”

“以上所述遭遇在过去的五年里如同一副重担压在我的肩膀上。既然我是清白无辜的，我衷心期愿自己能把这段痛苦的经历忘得一干二净……

感谢您抽出时间阅读这封信，谢谢您的理解。祝您假期愉快！

真诚的

亚瑟·利·艾伦

案件号 74-0109-68

虽然艾伦声称自己被调查了五年，实际上直到 1971 年他才被正式列为嫌疑人。他应该是把林奇警探在埃尔默凯夫小学对其进行简短盘问的那天算作麻烦开始之日。

在 1975 年余下的日子里，艾伦的母亲一直给狱中的儿子写信，她是为数不多的仍然和他通信的人之一。但是在心理辅导过程中，艾伦透露他感觉母亲那些信冷冰冰的，毫无感情。他非常憎恨她。艾伦对阿塔斯卡迪罗更是恨之入骨。他惧怕待在这里，远超出对警察的畏惧。夜晚他能听见磨得发亮的楼板上传出奇怪的哭喊声。就算是彪形大汉也会不寒而栗。

在艾伦被监禁在医院里冥思苦想、盘算筹划之际，瓦列霍治安官办公室正坚持不懈地继续着对十二宫的追踪调查。警探拉尔夫·威尔逊告诉我伦德·布拉德从阿塔斯卡迪罗回来时，果断地表示："就是他！"他的语气十分坚定。三年后，我来到加州费尔菲尔德一个监狱上头最重要的治安官办公室——刑案组。温斯·墨菲警长为我专程到此查看证据做了妥善安排。这里的接线员是一名身材苗条、充满活力的女子，她暂时停下手中的活儿，满怀敬意地回忆起已故的莱斯·伦德·布拉德。"他从阿塔斯卡迪罗回来时，我刚好在场。"她详述道，"他怒气冲冲地说：'就是他！他就是十二宫。就是那个狗娘养的，而我们现在什么也做不了！'他始终对此深信不疑，一直到离开人世。"

十二宫打电话给治安官办公室时，这位接线员曾跟他通过话。她很忧虑，因为十二宫把真实姓名告诉了她，可她却不记得了。当时只顾着激动，竟忘了记下来。纳罗跟我说："我和伦德·布拉德的合作比林奇更密切，我总是隐隐地感觉伦德·布拉德知道十二宫是谁。那个故事（艾伦和切尼谈论猎杀人类）太匪夷所思了，真不知道该不该相信。有时候任何理由都可能促使人们虚构这种事。可他和切尼谈到的那些荒诞行为和作案手段正巧吻合。如果他确实曾出此言，那么他一定就是十二宫。”如此说来，托奇、阿姆斯特朗和姆拉纳克斯极有可能找对了人，但不知为什么被对手以计取胜。没有人能解释清楚笔迹和计程车上不完整的指纹为何不匹配，而现在艾伦又如何顺利通过了测谎。这是三个最主要的障碍。在黄色计程车公司现有的奖励基础上，《萨克拉门托蜜蜂报》和《桑塔罗萨民主报》策划的秘密证人项目为抓捕十二宫设立了两万美元的悬赏金。数不胜数的举报十二宫的信息纷纷涌入瓦列霍警察局，巴沃特警探被指派去帮助追踪新线索。

索诺马郡治安官办公室警探卡尔斯达特眨了眨眼睛，然后继续仔细观察。他发觉 12 起开膛手杰克模式的谋杀案和他们长期追踪的十二宫之间存在关联。十二宫可能以巨大的“Z”字形在湾区选择作案地点。接下来，他的犯罪活动将跨越整个西部地区，呈现出一个更大的“Z”字。索诺马郡治安官唐·斯特里皮克同意这一观点，他标出了女孩儿们被谋杀的地点：罗德奥、温哥华、华盛顿、西雅图、盐湖城、圣菲和阿斯彭—维尔地区。他猜测这个精神变态的杀手也许会施巫术，就像十二宫夸耀的那样，为他的来世收集奴隶而滥杀无辜。然而，结果证明凶手是泰德·邦迪，而非十二宫。

图 40

图 40：索诺马郡治安官唐·斯特里皮克于 1975 年绘制的十二宫杀手合成肖像。*（源自作者收藏图集）*

斯特里皮克并未就此罢休。这位治安官认真查看了几张图片——在偏远的弗兰兹峡谷路附近的谋杀地点发现的一系列木棍排列图。这是巫术符号吗？这些棍子组成一个正方形和一个长方形，连在一起构成一个人形。长方形里面放有两块石头，外面还放了两颗鹅卵石。四条边上摆着四根棍子。斯特里皮克认为这个图形有可能代表黑魔法“瓦沙克之印”。瓦沙克是一个威力强大的王子，职责是宣告过去、现在与未来，寻找一切隐藏的事物。一名当地的青少年声称这个图形是他制作的，用来向女朋友展示、说明新拖车的形状，但它仍有可能是巫术标志。十二宫的密码里还出现了其他深奥难懂的符号——和星象占卜使用的圆点图案一模一样。来无影去无踪的十二宫其实根本不需要巫术——这位桑塔罗萨凶手力大无比，能够高举着尸体越过沟渠，然后使劲儿抛到山坡下很远的地方。巫师会把浸满血渍的布条寄给敌手。十二宫也同样如此。

伯克利警察局长韦斯·波莫罗伊对神秘学一说也表现出了相当大的兴趣。他曾于2月14日写信给司法部刑事侦查组：

随信附上5张在瓦列霍乡村地区拍摄的各种图案的照片。请查证这些照片是否代表巫术符号。如果是，那么请查证每个符号在大家共同关心的案件中分别代表什么意思。

“十二宫案不太可能牵涉巫术，”大卫·赖斯深信不疑，“《巫士规章》里明文禁止伤害任何人，包括动物。”

“在瓦列霍，我们调查过每一个人。”林奇最后说道，“有一次，有人给我打电话，称十二宫住在阿肯色街。我立即开车过去，发现这个人唯一能和案件扯上关系的一点，就是他在天花板上画满了星星，包括小熊星座。每一个人都是嫌疑人，没有人可以高枕无忧。”即使光线暗淡，我依然能看出林奇为这件案子付出了巨大代价。

命案科的工作让阿姆斯特朗不堪重负，心力交瘁。不久，阿姆斯特朗调到了经济诈骗案科，由此，托奇成了十二宫案调查工作中剩下的唯一一个旧金山警察。

“在离开命案科前至少一年，比尔就再也不想干了。”托奇说道，“既然现在只有我一个人负责此案，我没有哪一天会忘记十二宫。调查工作变得更加私人化。每天我都在想十二宫现在怎么样了。”

继1969年史坦恩遇害以来，先后有6名计程车司机遭到谋杀，6名嫌疑人被捕并受到审判。其中5名被判一级谋杀，剩下一名被判二级谋杀。史坦恩被杀害10天后，托奇和阿姆斯特朗调查了另一起发生在只有几个街区之遥的黄色计程车司机遇害案……“司机头部中枪……钱包被盗，计程车灯仍然亮着……发动机还在转动。几件颜色鲜艳的衬衫被扔在人行道上。”托奇和阿姆斯特朗在田德隆区迅速逮捕了一个餐馆打杂工，当时他正和女友躺在床上睡觉。事发前，女友总是在他耳边唠叨没钱。于是他拦了一辆计程车，劫持了司机，在打斗中枪杀了他。“我从他身上拿走了27美元。”这位年轻人一根接一根地抽着烟，他继续说道，“随后我将我那把0.22英寸口径的左轮手枪扔进了下水道。我知道会被逮捕。计程车上到处都有我的指纹。我有前科，所以我早就料到，你们抓住我是迟早的事。说真的，我对此深感愧疚……尤其为他的妻子和年幼的女儿感到难受。不管我遭受怎样的惩罚，我都罪有应得。杀了人就要偿命。你可知道，我再也不想坐牢了。”只有杀害史坦恩的凶手仍然逍遥法外。现在看起来，似乎十二宫仅凭简单的消耗战即可赢得这场与警方对决的致命“国际象棋比赛”。

一位家住南加州的居民告诉我：“我和母亲几乎每周六都去阿塔斯卡迪罗州立医院探望艾伦先生。在刑满释放后，他甚至来我家住过一段时间，我们的房子就位于阿塔斯卡迪罗北部，圣路易斯奥比斯波西部……我记得他借宿我家时，经常和我母亲待在她的卧室里。她总是说两人什么也没做，我倾向于相信她。因为在我的印象中，他不是那种性欲强烈的人。艾伦先生对我们这帮小孩子非常友善。他时常和我的兄弟，还有我们几个小女孩儿一起玩耍。他教给我们基本的价值观，他坚决不喝酒、不抽烟。艾伦先生养了很多小宠物，对更格卢鼠更是情有独钟，他持有养殖和研究这些小动物的许可证。他教我哥哥驾驶、射击、修车以及所有男孩子喜闻乐见的事。我哥哥还经常去参观他各种各样的拖车，他们喜欢去北加州的山区和河谷练习打靶。艾伦先生简直是一个专家级别的神枪手。”

当艾伦被监禁期间，十二宫并没有消失，他继续存活在人们的猜测中，存活在湖边每一寸阴暗的地方，存活在所有人的心里。如果十二宫就这样渐渐销声匿迹，那么像托奇、阿姆斯特朗、姆拉纳克斯、林奇和纳罗这些苦苦追踪他的好人肯定会感觉受挫颓丧，怅然若失。

图 41

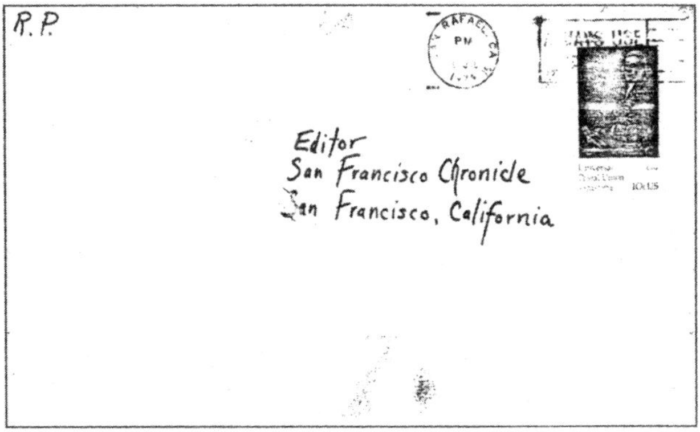


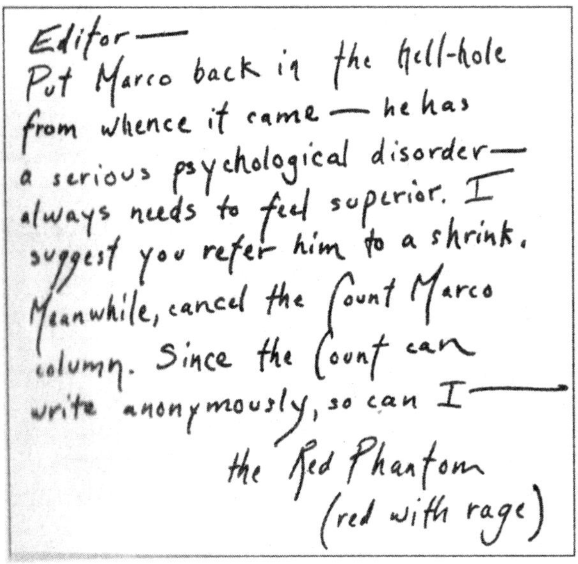

Editor—
Put Marco back in the hell-hole
from whence it came—he has
a serious psychological disorder—
always needs to feel superior. I
suggest you refer him to a shrink.
Meanwhile, cancel the Count Marco
column. Since the Count can
write anonymously, so can I—
the Red Phantom
(red with rage)

图 42

图 41 和图 42：十二宫于 1974 年 7 月 8 日寄给康特・马克的信。

*（源自作者收藏图集）*

## 十二宫之声

托奇和卡尔·莫尔登（警匪电视剧《旧金山大街》里迈克·斯通警探的扮演者）不期而遇。这位演员当时正在警察局鉴证科出外景，和联袂主演迈克尔·道格拉斯一起拍摄某个场景。莫尔登认出了前一年共同开过会的托奇，大声打了个招呼。“你那上下倒置的手枪皮套和枪都特别与众不同，”他赞叹道，“我还从来没有见过这样的装配。”他们就像警察之间一样谈起工作来。“总有一天我会抓到十二宫。”托奇信誓旦旦地对莫尔登说道，“我一定会将他绳之以法。这是我最大的动力——正义。我不是一个复仇心重的人，但是一条生命无辜被害，就必须由正义来主持公道。他杀害了6个人，谁知道还会有多少人命丧其手？我每天在工作中面对着死亡、哀痛和悲剧。但是我喜欢这份工作。因为它意义重大。我不停地抓捕凶手，为的就是社会公平、正义。挨家挨户按门铃、敲门，这是传统、有效的警察工作。我们就是这么做的。我甚至收到过有宗教色彩的信；他们告诉我要祈祷，要向上帝祈愿，说这样我就能抓获十二宫。这些人不知道，他们劝说的这个人其实是整个世界上最坚信会将十二宫捉拿归案的人。”他不但经常把这些话挂在嘴边，而且内心也深信不疑。

“十二宫案和发生在洛杉矶的黑色大丽花悬案有相似之处。”托奇后来告诉我，“那个案件的探长总是说，如果他向嫌疑人提一个从未公布的秘密问题，从回答就能判定那个疑犯是不是真正的杀手——我也有一些神秘信息没有向媒体透露……”

两个月后，美国众议院特别情报委员会甄选全国顶级的调查员，邀请托奇参加约翰·肯尼迪和马丁·路德·金遇刺案第二轮调查。他婉言拒绝了。这项任务会使他两年内无暇顾及十二宫案。

多年来，数名业余侦探一直在努力探寻任何可能揭秘十二宫的蛛丝马迹。他对英语的运用无疑是一条十分有价值的线索。加州大学伯克利分校一位语言学教授在研究了十二宫使用的方言后，得出结论——这位杀手有英格兰或威尔士血统。在多家报刊上同时发表原创连环漫画《赫尔曼》的英国漫画家吉姆·昂格尔曾经在英国当过警察。他分析称："十二宫写的信表明他来自英国北部。当然了，我们都知道他说话不带口音，但是他有可能在那儿生活过。"在英国，一辆目前在使用的警车代号就是"十二宫"，它引擎盖上印的徽章就是一个十字圈标志。作家南希·阿什鲍告诉我："'小山雀'是一首英国妈妈们喜欢唱的摇篮曲，类似于'摇啊摇，宝贝乖乖睡'。十二宫提到胡椒薄荷糖和'phompfit'，其实正确的拼写是'pomfits'，这是'糖果'的另一种叫法。'给这个孩子一些糖（紫色方块糖和浅紫色方块糖）。'《爱丽丝奇境历险记》里就使用过'pomfits'这个词。"而另一位热心读者则表示："十二宫一定有德国—爱尔兰血统。"

除了运用将来时态——"我将要……我会……"，十二宫故意使用错误拼写。案件中会不会牵涉一个在日常生活中习惯性地以一种讽刺、嘲弄或诙谐的方式拼错单词的人呢？三段式密码中的拼写错误也许并非加密时出错，而是一种隐藏的信息。此外，十二宫还会在单词中刻意添加字母。例如：把"forest（森林）"写成"forrest"，把"experience"写成"expeerence"。时而又省略字母，如"dangerous"误写成"dangerou"。利用这些单词与正确写法之间的偏差，一位名叫J.B.达尔格伦的十二宫迷拼出了这样一句话："'Science is mysterious Isis'意为科学是神秘的伊希斯（古代埃及司生育和繁殖的女神）。"不过他也坦言或许经验丰富的字母易位破译专家能挖掘出更准确的文句组合。

十二宫的信里不但充斥着各种拼写奇怪的单词，字母X也随处可见，比如"X' mas"和"Super X"。数字8周围画个圈可能代表金牛座或巨蟹座。属巨蟹座的托奇逐渐养成了定期收集占星学杂志的习惯，他期盼着某一本杂志或许能提供曾被忽略的线索。一位占星家利用十二宫发动袭击或寄出信件的日期，尝试通过占星术反推他的生辰命理。“我可以用这种办法确定他的生日。”另一位占星家坚信十二宫属摩羯座。他肯定地表示：“土星是摩羯宫的守护星，而十二宫的活动和土星的某些变化密切相关。”

“去查看一下《旧金山纪事报》吧，”约翰·H. 格鲁夫建议道，“看看他发动袭击的日子星座运势解析是怎么说的。毕竟，希特勒在未征得占星家的同意时，是绝不会采取军事行动的……摩羯座的人都很擅长拼写，他的拼写错误有可能只是一种迷惑大众的障眼法。十二宫似乎深受骰子中 7 和 11 组合点数的影响，特别是 11。除了赌博和神秘学，他的别号也许和他对数字 11 的偏爱相互关联。‘Zodiac,（十二宫）这个单词源自古希腊词语‘Zodiakos’。古希腊人没有一套自成体系的数字系统，每一个字母依序代表一个数值。我计算了‘Zodiakos’这个单词所代表的数值后，惊异地发现它竟然是1111。十二宫本人是否知道这点？答案极有可能是肯定的。兴许他是一个疯子或瘾君子，抑或两者兼是，但他既不愚蠢，也绝非无知。”

如果数字 11 对这位杀手意义非凡，那么 12 于他又有何含义呢？十二宫分别对应十二星座。十二宫杀手有一个特点（大多数连环杀手都如此），喜欢剪下和收集报刊上有关自己的报道。一天购买三份不同的报纸难免招致不必要的关注，他可能通过订阅的方式让人把报纸直接送到家里。《旧金山观察家报》不但把十二宫的信隐没在第四版，还劝他自投罗网（对于一个乐于掌控局势的疯子而言，这个建议实在不是明智之举）。十二宫后来再也没有给他们写过信。警察或许需要搜寻一个订阅了多份报纸，却取消了《旧金山观察家报》的人。

艾伦现在已经服刑了 30 个月——在阿塔斯卡迪罗蹲了两年零十五天的监狱。为了准备 1977 年 5 月 3 日的缓刑听证会，他被遣送回索诺马郡监狱。但是他放弃了申请缓刑的权利。

利在索诺马郡监狱服刑了 150 天，加上在阿塔斯卡迪罗的时间，他在大牢里一共待了两年四个月二十五天。在此期间，没有发生一起可归罪于十二宫的案件。桑塔罗萨的谋杀恶行偃旗息鼓，弗兰兹峡谷路下方没有出现新的尸体，也没有人或机构收到十二宫写的信。哪怕在利被关押的第 900 天，从阿塔斯卡迪罗以外的任何地方寄出一封信——一句话——甚至一个字也好，都足以将他移出嫌疑人名单。然而十二宫的最后一封信仍是整整 3 年前的那封——1974 年 7 月 8 日。

午后时分，索诺马郡治安官办公室副治安官领着利下楼。他们的脚步声回荡在冷清的走廊里。拍摄身份证大头照时，这位副治安官在利的脸部下方摆放了几个白色塑料制作的数字：4-7-9-3-2。他身着囚服，小胡子和下巴上的山羊胡已经变成灰白色。虽然第二天他即将重获自由，但此时的他显得闷闷不乐。我一个朋友从同一张照片上解读出不同的表情，她说："我觉得他看起来有点儿忧伤。"

根据《加州刑法典》的第 290 款的内容，加州执法部门规定判过罪的性犯罪者在搬家时需主动报告当地警方。由于该州没有实施强制措施，在众多刑满释放的性犯罪者中目前只有一小部分登记在册，因此这也就不足为奇。阿塔斯卡迪罗官方将利·艾伦出狱的消息通知了监狱登记处，登记处又向瓦列霍权威部门通报了这一动态。出狱后何去何从就看利·艾伦自己了。他朝自己的小隔间走去，脚步声在门厅里回响着，他的身影整个倒映在光亮的地板上，看起来比以往任何时候都更硕大。

从阿塔斯卡迪罗出狱后，利·艾伦来到帕索罗布尔斯和朋友们待在一起。第二天托奇收到一封来自艾伦的机打信，他记得这是近段时间首次有人提起十二宫。我对托奇说："杀手总是想方设法加入到调查中来。有没有哪个嫌疑人曾表示愿意助你一臂之力，抓住十二宫呢？既然十二宫那么鄙视警察，他一定忍不住主动提出协助抓捕自己。"

"只有一个嫌犯这么说过。"他回复道。

"而且我敢肯定他的信是机打的。"

"是的，的确是。我刚刚收到。"托奇开始在办公桌上查找。一束明亮的阳光从落满灰尘的窗户上穿进来。布赖恩特街上，车辆在缓慢地行驶着。旧广告牌上的红色霓虹灯在灿烂的阳光下闪闪发光，上面写着："保释无忧——24 小时营业——专门提供交通肇事类保释服务。"托奇找到信后，

大声读起来:

如果我能尽任何绵薄之力，尽管告诉我。很抱歉我不是你要抓的人，但现在我已重获自由，欠社会的那笔债，我已经还清了。

署名：利·艾伦

“很抱歉我不是你要抓的人！”托奇惊叹道。这样一封充满冷嘲热讽口气的信，完全是十二宫的风格。“就是他。”我说道。

在《旧金山纪事报》报社，一封令人毛骨悚然的、没有邮戳的信在那天下午不期而至，署名处画着一个十二宫标志。实际上，只要是和十二宫相关的信，就算是显而易见的恶作剧，都会引起一番轰动。任何可能性都不容忽视。警察不惜在每一封信上花费大量精力。因为十二宫的笔迹这些年来有可能发生了变化。

我会采取行动，因为我已经干过21次了。我无法停手，因为每杀人一次，情况就会变得更糟糕。我必须杀害更多的人。人类是最有价值的猎物。我决不会透露我的名字……

是怎样邪恶的心理促使一个人去模仿十二宫？后来那些效仿者犯罪动机更黑暗，手段更残忍。他们不再满足于模仿写信——他们按照十二宫的模式炮制了一起起犯罪活动。

“他潜伏在某个地方，”托奇对媒体说道，“这使得民众惊恐不安，包括我的妻子。因为这个案子，我的家庭承受了巨大压力。在1969年的时候，我三个女儿年纪尚小，还无法体会这个案子的重要性，但她们能够听明白校友口中的传闻，知道父亲正在调查一个异常凶险的杀手。她们会跑过来告诉我，她们非常担心我会遭遇不测。这种恐惧一直伴随着她们的成长。我处理过的所有案子中，只有这一个真真切切地影响到了我的个人生活……他在玩着妄自尊大的把戏，总想着嘲弄我们……我努力尝试不受此干扰，但无济于事。我们仍未放弃。只要有人给我们传来消息，我们就会采取相应行动，着力解决此案。自首信箱一直开着。”

“1974 年《驱魔人》这部万人空巷的电影把十二宫吸引出来，我对此一点儿都不意外。”托奇告诉我，“这个家伙是个名副其实的电影狂。”我给他看了一封寄给我的匿名信——这完全就是一个狂妄自大、疯狂追求知名度的杀手会写的信：

敬编辑或任何负责十二宫案的人：你们是否考虑过拍摄一部关于十二宫的短片？像希区柯克的某些电影一样，你知道自己需要在哪里得出结论，最后确定杀手身份吗？如果能拍成一部电影，那么可以在性爱电影占主流的小型电影院放映，这样看起来就像暗地里希望借助博眼球的东西大捞一把……依我看，既然十二宫对自己的罪恶勾当扬扬得意，他极有可能非常喜欢拍一部以自己为题材的电影这一想法，而且他确信谁都不认识十二宫，所以没有理由不去影院好好欣赏自己……谢谢您阅读此信——无名氏……抱歉写得不工整，因为我时间有点儿赶，我还有别的事要做。

4 月份的假冒信使得群情激愤，抓捕十二宫的呼声日渐高涨。警察局局长查尔斯 · 盖恩感受到来自旧金山民众强烈要求破案的巨大压力。他请求联邦调查局局长威廉 ·H. 韦伯斯特分析 6 份十二宫于 1969 年寄给当地报纸的密码。盖恩在信里写道：

其中三份密码在收到信后不久便成功破译，但余下的几份仍是未解之谜。我们恳请贵方重新尝试破解——附件包括：1. 含 13 个字符的十二宫信件的影印件。“我的名字是——”2. 含 31 个字符的十二宫信件的影印件。3. 从信里节选的部分密码的影印件。4. 三份已破译密码的复印件。

联邦调查局竭尽各种办法力图破解谜团，他们在组合密码系统中使用了以前的密钥，和线性变换法一样，均以失败告终。专家们依次研究了前半部分和后半部分密码，查看是否有循环使用的词语变体；他们将原文信息从前往后、从后往前或纵向变换字母顺序组成新的变位词；他们正序阅读第一句话，读第二句话时又换成逆序。他们把通篇相邻的字母所能组合出的单词都试了一遍，还尝试了多个相似的变位词——“took，look，book，cook，shook，hook……”可谓煞费苦心，最终却一无所获。这并未出乎托奇的意料。和许多警察一样，他不太信任这个精英辈出的机构。

在此期间，盖恩收到了联邦调查局应其恳求对数封十二宫信件进行对比研究的结果。存疑文件鉴辨专家检查了装在 16 个马尼拉文件夹里从 1969 年 10 月 13 日至 1978 年 4 月 24 日之间收到的信件。他给这些信重新编了序号，从 Q85 一直到 Q99。（河滨市收到的信，包括刻在桌面的文字被拍成照片单独研究，编号为 Qc100。）这份手书的报告内容如下：

Q85 号至 Qc100 号信件的笔迹之间存在诸多差异，书写速度也不尽相同。此外，部分资料，特别是河滨市收到的三封信可能伪装了真实笔迹或刻意写得歪扭失真。鉴于以上理由，这份笔迹鉴定结果不作为最终结论。不过在 Q85 至 Qc100 号信件中，我们也发现了某些前后一致的书写特点，这表明所有信件皆有可能出自同一人之手，包括河滨市的三封信以及在河滨市谋杀案中发现的桌面留言。

一个月后，盖恩请求位于匡蒂科的联邦调查局行为科学部重新审查十二宫信件的内容，然后为这个杀手建立一个心理档案。

后来我给切尼打了电话，询问他是否给艾伦写过信。“我无意间发现你的笔迹和十二宫的很像。”我说道，“十二宫会不会是在模仿你的笔迹啊？”“确实有可能！”切尼惊叹道。“在发展到使用缩微胶卷前，用印刷体书写小写和大写字母是绘图中的标准做法。”身为工程师的切尼建议我去查阅《技术制图》这本书（斯宾塞·盖萨科和麦克米伦·米切尔著，第四版）。“不过他写给我的信从未支付过双倍邮资。”他说道，“艾伦习惯用打字机打信件和食谱，会故意拼错某些单词。”

艾伦开始和他的假释监管员见面。这位索拉诺郡的副假释监管员名叫布鲁斯·R. 佩尔。他注意到艾伦总是穿着样式老旧、带褶皱的裤子来开会。他们的首次见面让佩尔心情很不爽，而艾伦也觉得不自在。这位假释监管员想试试看什么才能给他下马威，于是威胁艾伦,如果他不全力配合，就把他遣送回大牢。艾伦变得垂头丧气起来，一遍又一遍地重复着："我可一点儿也不想再蹲大牢了。"艾伦和孩子们之间不恰当的关系并没有结束。当佩尔和搭档劳埃德第一次探访艾伦家时，这位假释犯正在家门口带着街坊一群小孩子骑自行车。艾伦叫孩子们把他们的车围在自行车中间，挥舞着小红旗带领两位假释监管员开进艾伦家的私人车道。他还和一个 9 岁小女孩儿保持着友谊，这种关系一直持续到女孩儿满 16 岁。

一天晚上，佩尔在波迪加酒店的住所里凝望着窗外。一股氯气和防晒油的气味从两层楼下方飘上来。在波光粼粼的游泳池旁边，艾伦正牵着一个小女孩儿的手——完全违反了假释规定。佩尔突然意识到艾伦在他们会面后跟踪到了他的住处。出于某种目的，这个前科犯总是企图借亲近小孩儿来向他发出威胁或挑衅。这究竟是为什么呢？佩尔马上打了几个电话，了解到这个小女孩儿其实是艾伦的表妹，他才不再追究此事。没过多久，他听说艾伦是十二宫重大嫌疑对象。

"事实上，在我得知此事那天，"他告诉我，"我刚巧在家里查看十二宫信件的复印件。整个晚上我不停地接到陌生电话。打电话的人一言不发，只是对着话筒大声呼吸。我一个劲儿地和女朋友说：'我感觉艾伦知道我知道了，而且他知道我知道他知道了。'我告诉他：'亚瑟，你是十二宫嫌疑人。'"

"'我知道。'他回答。"

"'你对此有什么想法？'"

"'我认为他们这样对我完全是错误的。这太不公平了。'"

"'是吗？'"

"'是的。'"

"'你读过相关报道吗？'"

"'读过，我知道他们在说什么，那纯粹是一派胡言。'"

"'十二宫本人不会也认为这纯粹是一派胡言吧？'"

"'很有可能。哪个活见鬼的会承认自己是该死的十二宫呢。'"

他告诉佩尔在哈特奈尔和雪柏被刺杀当天，他去贝利桑湖是为了捕捉地松鼠用于解剖实验。"不可思议的巧合。"佩尔评价道。艾伦的精神评估结果也让他烦扰不安。"本质上，艾伦是一个相当危险的人物。"他后来告诉我，"他具有反社会特征，智商非常高。艾伦压制着深藏内心的仇恨，无法和女性正常交往。"1971 年在炼油厂被盘问以后，艾伦在家人的敦促下，接受了加州大学伯克利分校和兰利波特精神病研究所的评估。他们从 1973 年 5 月一直潜心调查至 1974 年 9 月 26 日，逐步总结出一份针对这个头号嫌犯的精神状态报告，他首次被认定为"有谋杀倾向，具有危险性"。医生们研究了各项表明自残欲和漠视人类生命的神圣性的指标。他们发现艾伦容易冲动。

我问佩尔去艾伦家探访时是否见过一张透写桌或放大机。我怀疑十二宫通过放大机把网格投射到一沓沓密码纸上，这样写出的密码一行行排得整整齐齐。"没错。"佩尔回忆道，"我记得在他家里见过一台放大机。"当然了，必须得有一台这样的机器。无论十二宫是谁，他肯定得配备一台透写桌、排列密码符号的网格、一把丁字尺、三角板和其他绘图工具。伊桑·W. 艾伦曾是瓦列霍城的绘图员。这些物品是干他这行的人的必备之物。作为一个职业艺术家，我很清楚要排布好十二宫这些信，尤其是含有 340 个符号的密码信，即使是最富经验的手艺人也得大伤脑筋。

"艾伦现在买了一辆新摩托车。"佩尔告诉我，"苹果绿（和彻利·乔·贝茨的淡绿色大众汽车颜色相近）。车不是登记在他自己名下，而是一个朋友名下。而且他还找了份新工作。艾伦告诉我，他非常痛恨为了生计而工作。他说这话时咬牙切齿的。但是当他选择去谋生时，他会摆出一副平静理性的姿态。现在他在加州人力发展公司（位于马林街 1004 号）做一名兼职的老年人生活助理。'时薪是 4 美元。'艾伦解释道，'我负责接送老年人往返医院，给他们的屋子检查和安装安全设备。'安全设备——听起来很有趣嘛。至于艾伦的弟弟罗恩，他现在是一名城市规划师。他依然为哥哥担心，但极少再和警方联系。”

一段时间过去了，一天晚上，我开车来到瓦列霍第一起案件的案发现场——赫曼湖路。在谋杀案发生的那些日子，我也曾在半夜来过几次。今晚的风摇晃着路旁的绿树。道路弯弯曲曲，前方的景致时隐时现，最后被吞没在白雾里。自从艾伦从监狱里释放出来后，又有传闻称一个大个子男人在水泵房和湖边闲荡。他鬼鬼祟祟，东瞅西瞧，练习射击，攀越采石场去潜水。所有十二宫谋杀案都和水有关——蓝岩泉（这让人情不自禁地想起艾伦曾待过的谷泉小学），河滨市，贝利桑湖，湖街（刚坐上保罗·史坦恩的计程车时他最初提出要去的地方）和赫曼湖路。我发现虽然赫曼湖双重谋杀案的发生地点几乎没有什么变化，但还是出现了一个不起眼儿的改变。这条穿过铁链状围栏一直通向10号水泵房的狭小砾石路标示出了名字。这时吹来一股清晰的风，抚皱了平静的水面，我走到泵房门口，只见上面写着“水巷”。我猛然意识到，10年前十二宫对瓦列霍可谓了如指掌。他选择了一条当时并未明确标记的小路，而事实证明这条路满足了他对以水命名的地点的狂热癖好。这足以说明他对这座水城所有的秘密无所不知。

艾弗利也不见了踪影。“保罗·艾弗利和凯特·科尔曼在7月10日的《新时代》报纸上曝光了黑豹党的暴力行径，引起轩然大波，在收到恶果可想而知的威胁信后，两人逃出这块地盘，藏了起来。”赫伯·卡昂写道。那封假冒信重新撕开了旧伤疤，人们群策群力，想方设法了结这个持续多年的悬案。如此一来，有关十二宫的线索量疯狂增长至原来的四倍。第二天，一封从旧金山寄出的机打匿名信也飞到了《旧金山纪事报》办公楼：

我是十二宫，现在一切都在我的掌控之中。我要告诉你们一个秘密。我喜欢绝缘胶带。我喜欢随身带着，以防在紧急情况下需要用它来绑人……我在一把金属卷尺上写下了真实姓名。这样的话，如果你们找到这把尺子，我想让你们明白，它是属于我的，你会觉得我不小心落下了它。我擅长运动。我的工具可以是一副脚蹼，也可以是一套水肺装置。不过，你可能想和我玩国际象棋的游戏。我的几个壁橱里都放着几副廉价的象棋。我用透明胶在盖子底部贴上了我的名字……在整个加州，我的胶带正等待着我去发挥它们的用武之地。你知道我是谁吗？我是十二宫，我掌控着一切。

就在艾弗利和托奇把十二宫抛诸脑后之时，纳巴郡治安官办公室的警监肯尼斯·纳罗对案件的着迷程度与日俱增。我和他在 1978 年 8 月 25 日和 1980 年 8 月 12 日会过两次面，他告诉我："我们最初有幸收集到的许多线索，现在已经过时了，逐渐变得没有什么价值。我仍旧认为十二宫还在某个地方逍遥法外。有时候，我眺望窗外，不禁猜想我们曾经到底离他有多近。一路走来，我们得罪了多少人，搜查了多少地方啊。至少有那么一次，我们肯定离他近得触手可及。"

这段时间，纳罗一直在思索着一个人。"我从一开始就高度关注他。"他告诉我。"我们还没有收集到足够的证据，无法命令他来警局采集指纹。我们越是给他施加压力，他越会本能地自我防卫。前两三次找他谈话，他都非常配合，开诚布公。后来他的态度逐渐变成：'你们要么查出点儿名堂来，要么给我滚远点儿！'他到《旧金山纪事报》报社找艾弗利抱怨了一番。第一次去他位于水边的房子时，我们在那里待了几个小时。他是一个睿智而有趣的人，并不避讳谈论他的过去。"警察们落座后，递给他几张十二宫案受害人的照片。这名嫌疑对象马上意识到警方不仅仅为了试探他的反应，还想设法获取他的指纹。于是他拿起照片，仔细看了看，尔后把它们递回来，故意说道："哦，实在抱歉，我把照片弄得到处是指纹。我来帮你们擦掉吧。"就这样，他把指纹全部擦得干干净净。

在他浅棕且略微发红的头发下，一张滑稽片演员般表情生动的脸望向警察。黑框眼镜后面一双快速瞟来瞟去的眼睛瞪得大大的，像霓虹灯牌一样闪烁着光，显得十分机敏狡诈。在持续了很久的盘问中，这名嫌疑人完全主导着和警察之间的对话，只是偶尔在涉及敏感话题时陷入短暂沉默。"他说起话来就像连珠炮似的。"纳罗告诉我，"我被他弄得晕头转向，以至于谈话结束后，我都没法儿写出报告来。原本是我来找他问话的，结果这个家伙取而代之成了主要说话人，说个不停。”嫌疑人谈到了他最热衷的两个领域——工程学和影视行业。他曾在南加州某些电影里跑过龙套，而且和十二宫一样，能背诵吉尔伯特和苏利文的歌剧台词。他得意地介绍道：“我曾在两次会演期演唱大歌剧。我是一个贪婪的读者。和某些具有特异功能的高人一样，我天赋异禀，几乎过目不忘。我能记得早在1939年在得克萨斯州住过的房子的详细地址和电话号码。我还能记得老电影《金刚》和《吸血鬼》里面所有的画面，以及我见到这些画面的地方。”

“他有一台电传打字机，放在他那小型地下室电影院里。”纳罗告诉我，“这是一份用他的打字机打出来的样本……他确实去密码学校培训过三个月，他还给自己取了个化名，不过我感觉那才是他真实的名字。我认为国家公共安全部门的核查也不能找到确定的答案。和我一起在联邦调查局国家学院参加培训的一位朋友为此做过一些背景调查。据称他出生在得克萨斯州的拉伯克……”

“那里的人喜欢说‘瞎转悠’。”我接过话。纳罗继续说道：“还有，他会缝纫。他曾在好莱坞设计和缝制戏服。”这名嫌疑对象在5岁时痛失母亲，自那以后和“富有的石油商人”父亲开始“关系不和”。

“此外，档案里存有一份他的更名证明。”纳罗说道，“在他的老家得克萨斯州，一位医生最近给我们发来一份出生证明，问题出来了，上面的出生日期和年龄都和现在这份证明不同。就在我们说话这会儿，仍有一个疑问未解决，那就是这两份档案上的人究竟是不是同一个人。遗嘱检验法院拖了好一阵子才发来一份证明，而上面记录了两个出生日期：1928年和1926年。”

“一名当地人坚信这个人就是十二宫，于是他开始写书，然后跑去找了一帮电视制作人员，还聘请了一位律师。他打算揭发这个名叫安德鲁斯（化名）的家伙，昭告天下这个人就是罪魁祸首。我提醒他：你最好先想清楚了再说——我可压根儿没有办法证明他就是杀手。人家很有可能告你诽谤。最后，那帮搞电视制作的家伙也打退堂鼓了。我再也没有听到他们提这件事。再说了，我们也无法确定安德鲁斯是否精通手枪。”这个神经紧张、喜怒无常的嫌疑犯曾经说过：“我拥有比性爱更好的东西！”

“艾弗利确定这个人是河滨市大学的学生。”纳罗继续说道，“但是我一直无法核实。他在旧金山有一套公寓，据称曾漫过水（1970年4月20日，十二宫在信里写道，他存放在地下室用来炸校车的炸弹成了一堆废物。‘前不久一场大雨把我的住处淹了。’）。他在旧金山机场工作过——事实上，在1966年10月彻利·乔·贝茨遇害那段时间，他应该还在那里工作。好吧，我要告诉你，哪怕他不是十二宫，我也要找一个和他一样的嫌疑人。”

十二宫第一次作案前两个月，这名嫌犯说了一段饶有趣味的话：“我觉得自己能做的最英明的一件事就是超越撒旦教教主安东·山德·拉维。他未能如愿成为一名酒吧风琴手。有一天他盯着镜子里的自己说道：‘我是一个角色。’随后他聘请了一位媒体经纪人，于是把自己包装成了撒旦。我也是一个角色，银幕之外的角色，只是我请不起媒体经纪人。我还是一个低调的人——因为我发现这场游戏太荒谬！”十二宫曾经写道：“我是疯了，但这场游戏必须继续下去。”

我的朋友费伊·尼尔森在旧金山和安德鲁斯谈过话。“他在蓝岩泉谋杀案发生时期开的是一辆白色雷诺卡拉维拉汽车，外观上和考威尔相似。”我们后来了解到这个人确实不是十二宫，但是他和这个案子多少有些关联——他拥有一家老式而经典的电影院。警方也和我们想法一致。他们列了一份名单，汇集了所有在那里工作过的人。我发现在1969年5月，这个电影院放映过《最危险的猎物》，一部激发十二宫灵感的电影。在1969年1月1日以后，这个影院开始每周五晚上定时播放影片，而十二宫开始经常在周六发动袭击。蓝岩泉案受害人达琳·菲林曾经在她的笔记本上写下两个名字——“利”和“沃恩”。罗伯特·沃恩是圣布鲁诺大道影院的默片风琴弹奏者。他和此前艾弗利提及的嫌疑人自1968年3月开始在那里工作。十二宫是不是定期光顾这家影院呢？我决定改天再去考察一次，查个水落石出。

只要看见雨水刷洗得光滑干净的街道上停放着的一辆辆老式汽车，你便知道这里就是圣布鲁诺大道2650号的默片宝殿了。这个电影院的巨大穹形天花板曾装饰着西班牙风格的图案。现在，在一盏和电影《歌剧魅影》

里毫无二致的枝形吊灯周围，一位艺术家画上了所有十二宫的符号。

纳罗高度关注的嫌疑人管理着这家传统古朴而又脏乱的影院，对屏幕上闪烁的无声电影和早期有声电影怀有满腔热情的他不惜为此慷慨解囊。为了收回成本，他总是放映不同寻常的当代电影。每个周五的重头戏就是“沃立舍牌乐器伴奏的故事片和音乐剧”。影迷们蜂拥而至，纷纷来观赏百代电影公司出品的早期电影和比沃格拉夫电影公司制作、大卫·W. 格里菲斯执导的单盘短片。他们崇拜的明星有很多，包括玛丽·碧克馥、莱昂内尔·巴里摩尔、道格·费尔班克斯和巴斯特·基顿。

这名嫌疑人走起路来像查理·卓别林一样摇摇摆摆，背有点儿驼，身材矮胖，长着一双罗圈腿，在过道里晃悠时高声吟唱着诗歌《通往曼德勒之路》。任何时候，他那 200 磅重、5 英尺 8 英寸高的身材随时都有可能撑破身上那件小了 3 个号的无尾礼服。他喜欢用浑厚的声音背诵莎士比亚的作品。贝利桑湖案的幸存者形容十二宫的声音“像是一个学生……慢悠悠地带点儿拖腔，但不是南方人那种长音”。安德鲁斯坦言，虽然他的音调比较适中，“也就是说，既不算高，也不算低，但我有模仿天赋——我可以模仿演员 W.C. 菲尔兹的声音，在广播节目中一人分饰男女两角——我就喜欢做一个傲慢的浑蛋……表面上看，我很正常，但在内心深处……”

虽然风琴手沃恩在现场演奏了一架巨型管风琴（十二宫曾在他的目标受害者“小清单”上提到“钢琴—风琴师”），但是纳罗和艾弗利发现了另一个有趣的怀疑对象：电影放映师。在双题材故事片放映完毕后，他们撕下了一张用毡尖笔手写的海报，上面的广告语写着：“与约翰·吉尔伯特和雷尼·阿多莉来一场盛大的庆祝游行吧。”影院某个工作人员负责为不断更换的节目单画海报。我从旁边的排水沟里捡回另一张，然后把它交给了萨克拉门托的笔迹鉴定专家毛利尔。他仔细研究了上面的笔迹。“除了三笔画的字母 K 以外，其他都十分吻合。”他喜笑颜开，“这是我见过的最接近十二宫笔迹的样本！”不但影院丢弃的海报有可能为十二宫提供了字母摹写对象，而且每一条电影胶卷上的影艺学院标导片都标着一个和十二宫标志完全一致的十字圈。

冒着滂沱大雨，我驾车穿过金门大桥开往桑塔罗萨。在路上我歇了一会儿，把车停在几个灰色的仓库之间，这里曾经是那位电影院经理居住的拥挤的连排公寓。公寓楼已经重新装饰，也另外刷了一遍油漆，院子里一排旧邮箱被拆掉了，堆满各种装置和工具的房间现已空空如也（里面曾放着电影器材、影院座椅、一排排 35 毫米单色胶卷处理机）。时间的指针还在不停地往前走着，但是警方抓捕十二宫的行动并没有比十年前更接近目标。

我到达艾伦居住的拖车时，却不见他的踪影。18 天前，他不再安装家庭安全设备，并辞掉了在瓦列霍担任老年人生活助理的工作。“纳罗和艾弗利怀疑的那个人和利·艾伦会不会是协同作案呢？”一位警察提醒我。“不管可能性是多么微乎其微，仍要查一下这两个人之间是不是真的存在关联。”我一直怀疑十二宫有个同伙。我曾经注意到十二宫的信里面同一个单词中间有时出现奇怪的间隔：“He plung ed him self...wand ering.（意为：他猛地跳进……四处徘徊。）”其实正确的写法应该是：He plunged himself...wandering. 这让我不仅想起了那些画广告牌的人，每次落笔只写一个字母，还想起做口述笔录的人，一个音节一个音节地记录，最后再把它们像火车车厢一样串在一起，也不管是否读得通。

比尔·阿姆斯特朗从旧金山警察局退休了。“我明显感觉他心里那团火已经燃尽了。”托奇如此评价他的搭档。“我记得，他 1975 年年底离开命案科的时候，他跟我说：‘托奇，我已经处理完职业生涯最后一具尸体了。’然而，我内心的热情之火还在熊熊燃烧。”就在那天，艾伦开始不情不愿地去看精神病医生。

作为从阿塔斯卡迪罗释放出来的一个条件，艾伦必须定期去桑塔罗萨找精神病医生托马斯·赖柯夫（化名）治疗。在他们首次见面之前，像在监狱时一样，艾伦几乎把图书馆搜了个遍。20 世纪 60 年代时，他问切尼：“有没有书籍专门介绍如何伪装笔迹和易容？”切尼回答：“我敢肯定有这种书。”也难怪他现在临时突击，刻苦钻研有效应对精神状态测试的办法。根据现行法律，像十二宫这种人格分裂的人不能界定为精神失常。“对于那些看起来理性、思路清晰且能自我控制的谋杀犯，我们很难区分他们的神志属于正常还是失常”，约瑟夫·塞顿写道，“然而这类人的杀人行为呈现出匪夷所思、漫无目的的特点。”

不同于精神分裂症的患者，十二宫这样的性虐待狂“不会表现出明显的异常，但他们需要煞费苦心地装作正常，以免被抓捕。在所有谋杀犯类型中，他是最有可能再次犯罪的”。在第一次谋杀后，这些聪明的杀手会变得十分善于掩饰自己。他们费尽心机地表现出正常的样子，结果反而事与愿违，招致别人的怀疑。这场与警察之间的“猫鼠游戏”成为他们犯罪的主要动机。在这张讳莫如深的笑脸后面，隐藏着他内心强烈的自卑、敌意、焦虑和困扰。

没有人知道为什么有的人会变成强迫性杀手——先天缺少一条性染色体？——在生命最初的六个月发生了一件具有影响性的事情？无论根源是什么，这种疾病不可治愈。严酷无情的父母和同龄人给他们带来压力，在童年时期表现为尿床、商店行窃和折磨动物。随着青春期的觉醒，他们的愤怒则转化为日益增多、精心隐藏的施虐行为。治安官斯特里皮克私下委托专家做的心理分析表明：十二宫是一个白人，未婚，不满 35 周岁，“虐待过动物，父亲消极冷漠，母亲盛气凌人，他可能在精神病医院待过。”与此同时，利·艾伦在他的拖车和地下室里继续做着白日梦，沉浸在科幻小说和神秘学那些不切实际的幻想里。他妄自尊大，目中无人，想要设定一套自己的规则。“我曾得到机会亲身近距离研究过几个著名的连环杀手。”伦德博士告诉我。“比安奇在心理测试中的回答几乎和坎伯的一字不差。我们主要让他们观看动物被分尸、流血、被掏出心脏的场景，测试他们的反应。”

在艾伦假释期间，一位心理学家对赖柯夫的测试和结果进行了评估。在给嫌疑人用罗夏克墨迹测验法做心理投射测验时，赖柯夫收到提醒，要特别留意含有字母“Z”的回答。“以“Z”开头的答案数超过一个的可能性微乎其微。”这位精神分析专家在做罗夏克墨迹测验之前告诉警探，“我预计一个都没有。”给艾伦展示的前两幅镜像使他想起了“颧弓（a zygomatic arch）”。这位分析师大吃一惊。他继续测试。“在这幅图中你看到了什么？”测试结束时，他发现艾伦给出了 5 个以“Z”开头的回答，远远超出常规范畴。计程车司机保罗·史坦恩被十二宫枪击的伤口就在颧弓位置。

一位医生给艾伦做的诊断报告描述道："他有暴力倾向，是一个危险人物，而且完全做得出杀人这种事。"这位分析师还认为艾伦有"五重独立人格"。人格分裂或许能解释他是如何通过测谎的，以及为什么他的笔迹与十二宫的不匹配。几位精神病学家的结论渐渐完善起来："艾伦是一个异常凶险的反社会者……智商超群，不能和女性正常交往……具有潜在危险性。"在他们的私人诊疗中，赖柯夫发现了这位新病患本性中暴力的一面。任何指责都会让他爆发。谈到他母亲或监狱时，他勃然大怒。艾伦开始自我辩护，气得浑身发抖，直到重新控制住情绪，接着他便开始讽刺挖苦别人。他冷言冷语，极不友好，但富于机智，一语双关，话中有话。他虽然不够成熟稳重，以自我为中心，而且说起话来冷嘲热讽，但是他身上仍散发出独特魅力。当艾伦提到十二宫时，他感觉自己很冤枉。最糟糕的是，他哭了起来——呜咽不止，伤心欲绝。在他哭泣的时候，赖柯夫感觉到艾伦一直"在压抑着深深的仇恨"。但另一方面，在从积木到拼图的每一次感知测验中，艾伦都是一流高手。"这个家伙能够在观察了某样东西后，在短短的几分钟内想出办法，并轻而易举地完成任务。"一位专家评价道，"他会嘲笑那些在同一个任务中出现失误的人。"艾伦极不情愿地参加了精神状态测试，从头到尾他都是一个态度："他既不笑，也不流露感情，说话声音低沉单调。"艾伦的监督员布鲁斯·佩尔现在对他这种用心险恶，一成不变的调子再熟悉不过了。

对瓦列霍警察局警探吉姆·哈斯提德和佩尔来说，赖柯夫对艾伦的诊疗极大地促进了他们的工作。就在赖柯夫忙于研究艾伦的情况时，一位新患者被登记在了他的名下——一名年轻女子。作为她在桑塔罗萨组织的一个社会康复研究组培训项目的一部分，这名女子希望被催眠。赖柯夫对她表示欢迎，他并不知道该女子就是利·艾伦的弟媳凯伦。警察是否建议过凯伦来找治疗她大伯子的同一位专家，至今仍是个谜。但是情报组的哈斯提德是个机灵鬼，不知是不是他在背后安排，反正不知怎地凯伦就找到赖柯夫这儿来了。在催眠过程中，她谈到了化学师大伯子和他阴暗的一面。赖柯夫发现这个男人一直让她困扰不安。随着凯伦进一步详细阐明内心的感想和怀疑，赖柯夫渐渐发觉她所描绘的这个人似乎很熟悉。

“他说过人类是最好的猎物。”她说道，“有一次，他和弟弟在吃饭时发生争吵。他跳到弟弟身上，双手扼住他的喉咙，使他透不过气来。”

“究竟怎么回事？”赖柯夫心里琢磨着。“这个人听起来很像亚瑟·利·艾伦。同样具有潜在的危险性。”

赖柯夫医生又把凯伦找了回来。在哈斯提德和康科德警察局警探拉里·海恩斯的指导下，他使凯伦进入了深度催眠状态。海恩斯曾经参加过洛杉矶警察局执法催眠研究所的培训，曾于1977年6月16日对受害人达琳·菲林家雇用的其中一个保姆实施过催眠术。“事件发生后经历的时间长短是否会影响结果？”赖柯夫问道。

“不会。”哈斯提德回答。他小心翼翼地揭开一块包裹着若干水晶石的黑色软棉布。每一颗闪闪发光的水晶石都用一根细链子悬吊着。海恩斯晃动或旋转水晶石，被催眠者就会进入恍惚的催眠状态。这一次，凯伦回忆起吃饭时发生的掐脖子事件时，她看到了一些新的东西。

“我看到第二个身影。”她说道。

“第二个身影？”哈斯提德惊讶地问道。这位金发大个子警官探过身来。赖柯夫放下了手中的笔。

“他也压在罗恩身上。”她解释道。“我能看见一个像利一样的鬼影子压在我丈夫身上，那是另一个身份。它就像是另一个利。当利站起来的时候，他似乎转换成另一个人格，好比杰基尔和海德[1]。”知情人士向我透露：“利曾有一个双胞胎弟弟，但在出生时夭折了。”接着凯伦回想起她于1969年11月看到利·艾伦拿在手里的文书。也就是多年前她向托奇和阿姆斯特朗提到过的那份文件。哈斯提德和海恩斯非常肯定她处于深度催眠状态，这些幻象绝非虚构。催眠师需要小心谨慎，以免无意间不知不觉地对一个被

[1] 小说《化身博士》中杰基尔的善恶双重人格。

催眠的人说出暗示性的话，继而创造出他们想要的答案。“有时候很难区分什么是被催眠者真实的想法，什么是你灌输给他们的。”海恩斯说道。

“文件上面全是一行行奇怪的符号。”她描述道。“‘这是什么？’我问他。‘这是一个疯子的作品。’他告诉我。‘我以后会给你看的。’实际上他从未兑现过，随后他把文件重新放回了他房间里的一个灰色金属盒子里。”

海恩斯、赖柯夫和哈斯提德十分渴望看一看那份文件上写的到底是什么。可是如何做到呢？它早就被毁掉了。于是他们决定让处于催眠中的凯伦试试，看能否重新画出那些神秘的符号。在自动书写状态下，她慢慢地画出了四行符号。自动书写的字迹往往潦草杂乱，不受控制，而凯伦却写得平直整齐，如同在格子里书写一般——像十二宫的字迹一样工整。这些符号和十二宫在 1969 年 11 月 8 日寄给《旧金山纪事报》的那份 340 字符密码信的第三行非常相似。随着催眠的推进，她越来越多地谈到利。凯伦开始全身颤抖起来。手指关节变得煞白。哈斯提德赶紧让海恩斯唤醒她。后来，在哈斯提德的办公室里，他给我展示了凯伦写的符号。虽然我不能复印这份潜在证据，但是他们答应让我尽可能照着原件抄一份。以下是首次翻印的凯伦写出的密码符号。

催眠术在当时非常流行，然而到 20 世纪 80 年代，各州执法机构极少将其用作调查工具。1982 年最高法院限制了被催眠的证人所供证词的有效范围，他们认为这种证词本质上不可靠。随后，加州根据最高法院的决定制定了相关法律——催眠术只能用于进一步阐明一个人在被催眠前提供的信息。此外，只有在法官认定确实无法通过其他任何方式获取证据时，催眠得到的证词才能被法庭采纳。

“具有潜在危险性。”赖柯夫不停思忖着。渐渐地，他对这位病人和他的“黑色幽默”越来越忧虑不安。这个月初，他叫在旧金山当警察的弟弟调查此事。这位警官询问了托奇，得到的答复更加让人心神不宁。“我记得赖柯夫的弟弟来找过我。”托奇说道，“他是一个非常热心的人，非常坦率。不会耍任何鬼把戏。他想帮哥哥打听一些情况，于是我告诉他：‘我们从 1971 年 8 月到现在一直强烈地感觉艾伦是最可疑的人。我们在 1972 年解除了对他的严密监控，因为我们无法找到任何表明他和罪案有关的物证。我们竭尽了一切办法来对付这个家伙。就个人而言，凭我的直觉，他就是十二宫。跟赖柯夫说一声，下次和艾伦谈话时，要找一个能快速跑掉的地方……还有，最关键的一点——千万不要激怒他。’”这位警官把情况转告了哥哥。“我听说他是十二宫案的头号嫌疑人。”他说道。在倒数第二次诊疗时，赖柯夫用印刷体在艾伦的名字旁边写下了一个醒目的词——“反社会者”。这个术语表示他是“一个自私、易冲动的人，不能吸取经验教训。他凌驾于道德准则和法律之上，是最有可能重复犯罪的谋杀犯”。

更让人担忧的是，艾伦不止一次当场发现我在监视他。后来，在 1980 年 3 月 12 日那天，我在田纳西大街坐在昏暗的车里等候着目标，这时他的车开了过来，经过我旁边时放慢了速度。我转过脸，两人四目相对。

## 继续调查艾伦

虽然利没有添置新船，他的拖车名单却越变越长。托奇和阿姆斯特朗曾搜查过的传统房车只不过是他众多拖车中的一辆。另一辆特殊结构的宿营车（车牌号：GS8803）存放在一个不为人知的地方。利忙着体验不同的拖车、出海航行和驾驶飞机高空遨游，我则再次找到他的监督员了解情况。

在万圣节前夕，利又注册了另一辆拖车，车牌号是ME86336。为什么他要买这么多拖车，存放在这么多地方？里面到底藏着什么东西？当然了，他害怕再次被搜查，但心里很清楚这样的搜查应该迟早会来。然而，与彻底搜查他那间沉闷的地下室相比，某些东西使他更加畏惧。任何违反假释规定的行为都有可能导致他被遣送回阿塔斯卡迪罗，这才是他最惧怕的事情。

这天早上，《旧金山纪事报》收到一封信，上面写着：

我是十二宫。我已经搬到一个更偏北的地方，寻找下一个牺牲品。十二宫，祝你好运！

信封上的寄信人地址写的是“你猜呢？”但是邮资没有超额，笔迹墨水也不是蓝色，而是红色——又一封假冒信。在萨克拉门托，我拜访了刑事鉴定与调查中心的笔迹鉴定专家舍尔伍德·毛利尔。毛利尔可谓生在局里，长在局里。他的父亲克拉伦斯·S. 毛利尔曾是一名伯克利警察局警探，在1918年组建了刑事鉴定与调查中心。“我的父亲身材矮小。”毛利尔说道，“他只有5英尺8英寸高，净重140磅。在成功游说议会通过议案开设这个州立调查局后，他们成立了管理委员会，就这样组建起了这个局。这是一个完全独立的机构——他们有一个治安官、一个警察局长、一个地方检察官，全部都由州长任命，实行交叉任期制。本来我父亲并不打算参加公务员考试，但是他的领导，即警察局长奥古斯特·沃尔默，当时最具前瞻性的警官之一，坚持让他去。后来，父亲就来到这里，成立了这个机构（1918年1月1日）。1940年，他去世了；自刑事鉴定与调查中心设立以来，他再也没有离开过。”

正是沃尔默局长鼓励旧金山作家达希尔·哈米特大胆设想是否有可能将某一个地方的指纹转移到另一个地方。哈米特确定在指尖上覆盖带有指纹的薄膜可以成功伪造指纹，在他的故事《光滑手指》里一个敲诈者就采用了这种手段。十二宫曾在信里提到他在指尖上涂抹了胶水。这就是留在史坦恩计程车上的指纹无法和真实指纹匹配的秘密吗？他声称留给警察的是假线索？

毛利尔最初的梦想是当一名棒球手，最后却跟着国内数一数二的文件鉴定专家查尔斯·H.斯通学起了笔迹鉴定。“在投身鉴定领域前，他曾是贝克斯菲尔德警察局局长。”毛利尔介绍道，“我父亲聘任他为助理局长，但委派他主管文件鉴辨组。我刚从高中毕业，他把我拽到一边，跟我说：‘美国没有专门的文件鉴定学校。加州会不断发展，而发展会产生官司，解决官司就需要文件鉴定员。’我的专业是心理学和科学，在工作了七年后，我开始从事法庭事务。1933年，我来到文件鉴辨组，他们把我安排在斯通手下。”

“因为十二宫写的是印刷体，而不是草写体，”毛利尔分析道，“这可以折射出他的实际年龄。”全国曾经只有几所指定的学校可以教授这种字体（比如加州卡马里奥市的欢乐谷语法学校）。到1969年，那些学生应该刚满35岁。舍尔伍德正在研究一封寄给赫伯·卡昂的不怀好意的假冒信。上面画着一只瞪得老大的眼睛，还故意拼错单词——“我们在来这儿的旅途中非常愉快。我们慢慢地杀死了许多搭便车的人。”（在这两句的英文原文中，写信人故意把“such”写成“suche”，“many”写成“manie”， "death"写成"danse"。）此外，信里对热点问题冷嘲热讽。这三个特点和十二宫之前的信如出一辙。"这是我们收到的第二封几乎可以以假乱真的信。"科学记者戴夫·佩尔曼在《旧金山纪事报》备忘录里写道，"这封信逼真得可怕，因此我猜想兴许联邦调查局那帮家伙需要知晓此事。"

"在做鉴定分析时，我要寻找的东西不是一成不变的。"毛利尔解释道，"如果一个人的字体不同寻常，也许一两个特征点就可以让你做出判断。我昨天就遇到这种情况。那份笔迹有几个相似处，但同时也出现了几个差异点，这样就可以排除它了。鉴定指纹的方法也一样。一份不完整的指纹通常含有 12 个特征点。如果你找到足够多的相似点，且没有发现较明显的差异，说明两者匹配。一个普通指纹的嵴线大约有 50 个特征。同样，如果你在一份笔迹中找到足够多独特的特征相似点，在不存在任何显著差异的情况下，可以认定它和真实笔迹相符。但是，哪怕只出现一个不容忽视的差异，它就被排除了。你只能舍弃它。也许你仍感觉两者出自同一人之手，他只不过犯了个低级错误而已。但是这时候，你要明白，一个惹人注目的差异是无法得到合理解释的。"

或许十二宫专门熟记过一系列这样的"低级错误"，然后一贯地运用在他的信中。如果他自我训练过刻意犯错，那么这些和他真实笔迹之间存在的重大差异就不难解释了。

"十二宫写的 k 有何异乎寻常之处呢？"我问道。

"这是我们起初认为写法始终如一的字母之一，"毛利尔回复道，"可是后来十二宫改变了书写风格。他一开始将其分成三笔来写，但之后他写的'k'就和你我书写的没什么两样了。"如果这个字母"k"的写法只是弄虚作假的障眼法，那么它也表明十二宫的笔迹——写得像钩形符号的字母"r"，几乎歪倒在地的草写字母"d"，还有分三画写就的"k"——有可能是故意伪造的。有时候我不禁怀疑十二宫有一个同谋，而这些信实际上都出自同谋之手。

一位笔迹专家认真分析了十二宫的笔迹："看到那些绕成圈的'd'了吗？这意味着他傲慢自大，但也说明他缺乏自信。拼写错误的单词，如'nose'，是故意掩饰，企图隐藏真实水平……写得仓促潦草的字迹，难以辨认的字母，间隔时疏时密，字母时大时小，所有这些都反映出他患有躁狂抑郁症。除此之外，字越往后写，就越往下倾斜。即便他从行尾重新起句，大部分字母也向下歪倒，这显示他处于沮丧消沉状态……十二宫写‘i’字母时，上面的点紧挨着下方的竖线……甚至在文字开始往下歪斜时，里面所有‘i’字母上的点都毫不含糊……他还是一个孤独的人，对被人的批评十分敏感。这意味着，如果你评论他疯狂，而不是聪明，他可能会心烦意乱。”

我再次和艾伦的假释监督员进行了交流。佩尔是一个非常敏感的年轻人，他因手下这位假释犯方方面面的心理评估结论而感到心神不宁。艾伦的测试结果符合纳巴郡州立医院精神病医生李昂蒂·汤普森做的心理侧写。“十二宫所患的精神病类型会不断加深患者内心的无助感。”汤普森评论道，“由此导致患者偶尔通过彻底释放心理能量来振奋自己……而如果在精神分裂者那片私人天地里，类似偏执狂患者的被害妄想和夸大妄想不断积累，那么，那个扭曲失真的世界有时候就会变成滋生谋杀的魔窟。”

艾伦的心理分析结果显示：“他是一个异常凶险的人。他具有反社会性，智商超常……这名测试对象压制着深深的仇恨，不能与女性正常交往。”他是“一个独行侠，除了和小孩子之间不恰当的接触，他无法和任何异性建立性关系”。

“我和艾伦谈到过他的母亲。”艾伦的监督员告诉我，“这是他的心理治疗的一个主要内容，也是把他和个人生活联系起来的途径。我是从一个监督员的角度处理这个问题的。我外表上看起来有点儿冷漠，但实际上完全相反，我非常关心身边的人过得怎样，生活中有什么变化能够激发他们的积极性。总体而言，艾伦还是挺有意思的。”

“你觉得他憎恨自己的母亲吗？”我问道，回想起艾伦在阿塔斯卡迪罗曾评价过他母亲。

“噢，是的。他非常痛恨她。”佩尔深有感触地说道。“现在她已经六十多岁了，时常跟艾伦抱怨他父亲：‘他从来不承担家庭责任。男人们全是一帮浑蛋……你和他们没什么两样。你不是蠢货就是窝囊废。’多年的谩骂彻底瓦解了艾伦和成年女性维持两性关系的能力。每当他母亲指责：‘你怎么就这么没出息！’他经常做的一件事情就是狠狠地反击：‘我过得这么落魄全是拜你所赐！这都是你一手造成的！’而这时她就会非常内疚。一旦内疚之情占据上风，无论艾伦做什么事情，至少她心知肚明的那些事情，她都坐视不管。”

纽约警察局顶级心理学家哈维·施洛斯伯格给“山姆之子”做过心理侧写，得出的结论同样适用于十二宫。“他所有的仇恨和复仇欲望极有可能源于某个女人——一个曾拒绝过他的母亲、姐妹或女友。历史上，确实有过这类疯子自行消失的例子。开膛手杰克始终没有被捉拿归案，而现在旧金山十二宫杀手也一直未落入法网。”十二宫多半有一个魅力十足又专断强横的母亲，对儿子时而慈爱，时而厌弃，反复无常。连环杀手埃德·坎伯，一个6英尺9英寸高，280磅重、专门袭击女性的谋杀犯，曾幻想过杀害生母。在桑塔克鲁兹郡遇害的7名女性均为代孕母亲。而最后一个死在他手下的就是他的亲生母亲。她那张责骂不停的嘴再也不能对他说出半个“不”字。

由于性虐待狂对性别认同存在困惑，因此心底潜埋着对女性强烈的仇恨。十二宫内心各种情感相互交织，如同一条DNA双链一样交错盘绕——在他看来，暴力就是爱，爱就是暴力。他无法遏制自己的嗜血之欲，十二宫唯一能够和女性成功发生的关系就是谋杀。

第二天恰逢周日，此时夜幕降临，我把车停在Ace五金店对面。窗框里，艾伦的身影仿佛朦胧夜色中一个醒目的橙色斑点。他正在把一圈圈的电线挂到洞洞板上，而我一直在远处观察。玻璃后面这个大胆暴露在公众视野下的人就是十二宫吗？艾伦在18点15分下班离开商店时，身上穿着一件深色海军防风夹克，十二宫在谋杀司机史坦恩时穿的就是同样的外套。我请求艾伦的老板史蒂夫·哈什曼给我几份艾伦的笔迹样本，但是遭到愤然拒绝。临走时，我把一张名片留在了艾伦能轻易发现的地方，上面印有我未登入黄页的新电话号码。自那以后，每周六当夜的午夜时分，我都会接到骚扰电话。它们让人心神不安，甚至令人毛骨悚然，但我仍然没有换号码。我不想失去和嫌疑人之间这丝细微的联系。

“我认为杀手把他的资料和战利品存放在距离他生活和工作地点较远的地方。”一位热心读者指出，“十二宫若干年来从未停止杀戮。也许他换了工作，所以偶尔在别的地方作案。在工作场所，他显得温和少语、不引人注意、看起来有些心不在焉。我敢肯定他最终的目的不在于谋杀本身，而是要清楚地知道自己终于变得足够强大，能对别人的生活造成重大影响。在他的地盘上，警察和最杰出的精英被他弄得晕头转向，无计可施。由此可见，他比其他任何人都更胜一筹。他会滥杀无辜，所以他继续存在于人群之中。”

艾伦对 Ace 五金店的工作逐渐不满，他报了一个成人教育班，下班后去上课。每个周五晚上都没有排课——十二宫有几次曾在这个时间作案。然而，才过了几个月，艾伦又渐渐失去了兴趣。

16 岁的彻利 · 乔 · 贝茨遇害一案调查工作中的证据在 1981 年 11 月“公诸于世”。河滨市警方指派了 4 名专职调查员负责此案。在相信案件即将告破时，他们给地方检察官办公室急送了一份调查概要。“她结交过几个男朋友，其中有一个特别可疑。我们认为杀手有可能就是他。”他们提出了这一推论。1968 年 11 月以来，他们一直深信彻利 · 乔的某个前男友或者其中一个被拒绝的追求者杀害了她。据称，嫌疑人脸上有抓痕（彻利 · 乔用力抓过袭击者的脸），而且他曾吹嘘说自己就是幕后真凶。但是，不但警方没有足够的证据控告他，而且他的朋友们都能证明他当时不在现场。“地方检察官办公室把这份概述批得一文不值，他们的看法截然不同。”维克多 · 琼斯局长说道，“我们认为夺走彻利 · 乔性命的凶手和其他执法部门相信制造了所谓的‘十二宫’谋杀案的凶手并非同一个人。”在琼斯看来，十二宫曾经在案发地一带待过，但他主动认领的这起谋杀案实则出自他人之手。欧文 · 克罗斯警监指出十二宫迟至案发 7 个月后才写信，他只不过是想借此沽名钓誉罢了。

“今天早上我和河滨市警探巴德 · 凯利通了电话。”托奇告诉我。琼斯局长召开新闻发布会后，他特地打电话询问情况。“他无法告诉我嫌疑人的名字，不过他们感觉已经摸清是谁杀害了贝茨。在过去的三个月里，他们收集了新的线索，发现嫌疑人并非十二宫。在案发时有人看见了这名嫌犯的背影。我问凯利他们锁定的嫌疑人是否曾在湾区待过，哪怕只是短暂逗留。回答是：‘没有。’他们的嫌疑人一直居住在河滨市。”

“看来河滨市警察局只是掌握了对这个当地人不利的间接证据。”托奇表示，“没有任何确凿物证能表明他和案件有关。凯利称河滨郡[1]地方检察官觉得这样的证据缺乏说服力，因此迟迟不愿以谋杀罪名起诉这名嫌疑人。凯利推断这起案件极有可能永远不会受审。”

河滨市警察局仍保存着夹在溅有油漆的天美时手表表带里的一绺头发，那是彻利·乔从袭击者头上扯下来的。警察把头发存放在物证专用冷藏锁柜里。终有一天，警方会进行确证试验，届时就可以知道嫌疑人到底是清白还是有罪。

这位当地人曾多次触犯法律。十一年前，河滨郡地方检察官请专家为贝茨案凶手做过一次秘密的心理测评。巴顿州立医院首席心理咨询师描述道："高度敏感……过分夸大任何微小的误解行为。对女性充满强烈、病态的仇恨——遇到漂亮迷人的年轻女孩儿时更是如此。由于潜意识里的自卑感，他不能通过实际行动发泄性欲，只能在幻想中满足快感……我想强调的是，他很有可能会再次行凶。"

舍尔伍德·毛利尔给我展示了一份机密的笔迹鉴定报告，他在1970年11月24日完成报告后，将其提交给了刑事鉴定与调查中心局长A.L.科菲和河滨市警察局局长L.T.金基德。他研究了河滨市嫌疑犯的笔迹样本。

在对附件（案件号：36-F-586）A至E（三个信封和所含信件、署名‘r.h.’的桌面留言的照片、5个以H开头的名字的照片，嫌疑人寄给熟人的两封信、河滨市首要嫌疑人长达7页的笔迹样本和资料）进行细致检验后，本人得出如下结论：

首先可以确定的是，附件A指代的信封和信上的笔迹和本报告中附件

[1] 河滨既是郡名，也是市名。

B照片上的桌面刻字出自同一人。

附件A、B所涉资料和十二宫信件的仔细对比显露出诸多特点，由此可以得出结论，附件A、B和十二宫信件实际上是同一人所写。

以H开头的5个名字与提交的其他任何材料笔迹不一致。

邮戳日期为1968年2月的信和提交的其他任何材料笔迹存在差异。邮戳日期为1968年1月17日，嫌疑人寄给朋友的信和另一封笔迹有所不同，然而亦不同于其他任何提交的材料。它和河滨市嫌疑人的笔迹大相径庭，完全可以肯定写信者另有其人。

有一件事情是确凿无疑的——河滨市警察局认定的主要嫌疑人的笔迹和河滨市谋杀案中收到的信件不匹配。毛利尔认为写那些信的人就是十二宫。

在索诺马州立大学，利·艾伦正式获得了生物学学士学位和化学学士学位（辅修）。

在警察机关服务了32年，其中当了25年警探后，现年52岁的戴夫·托奇静静地退休了。早在1953年加入警队时，他就实现了这辈子的人生理想，在里士满地区他干了7年巡逻警察。“我父亲总是说，如果我当了警察，就有了稳定的收入。不过他说我永远也不可能借此富裕起来。事实证明，他说的没错。”在命案科担任警探期间，托奇荣获过金质、银质和铜质英勇勋章。“我仍认为十二宫案是我处理过的最令人沮丧的案子。我确信要不是因为它，我也不会患上出血性溃疡。”不过让他倍感欣慰和骄傲的是，他为侦破另一起要案做出了重大贡献，杀手的名称同样含有字母“Z”——1973~1974年夺走12条旧金山人性命的“斑马杀手（Zebra murders）”。“这起令人发指的案件在团队的努力下成功结案，能够成为这个团队的一员，我心满意足。”

托奇在抢劫案组待了5年，并于1984年2月22日被警察委员会授予“警察英雄”荣誉称号。随后，他转调至性犯罪案组，在组里服务了一年。现在，在处理完手头所有涉及人身侵害的案件，包括恶性伤害案之后，他将光荣退休，然后去湾区另一端靠近伯克利的埃默里维尔市水门大厦当安保队长。在一年内，他有望取得私家侦探执业许可证。但他不知道的是，十二宫案的终结仍然遥遥无期。

我把十年来对十二宫的研究成果公开出版后，一大群热情高涨的解谜爱好者纷纷加入追踪杀手的大军——这正是本人出书的初衷。随着时间的流逝，警察局的档案分散到四面八方，开始出现在初入行的侦探手里。十二宫迷们在车库和阁楼里翻找相关文件，从垃圾箱里和壁橱架上挑出有用资料。每一天过去，我们离最终破案又进了一步——总有一天，会有某个人在某个地方认出十二宫来。但是，在我收到一件类似史坦恩身上的血迹斑斑的衬衫后，我发现自己再也不能打开任何一封信。一名《纽约时报》的记者发觉我“提到有关十二宫的细节时显得心神不宁”。我向他坦言，我收到了数千封信，但一封都没有读，因为我害怕再次卷入这桩案子。“我无法克服这种心理——这很难解释清楚。”我告诉他，“我可不想再次病倒。我做不到。至少现在做不到。”

我小心翼翼地审视着一箱箱寄给我的马尼拉大信封——每个信封里均塞着十几封信。最后，我终于下定决心打开它们。让我惊讶的是，除了少数几封外，大多数分析周密、见解独到，甚至断事如神。这天下午利·艾伦因车祸受了轻伤，我不禁怀疑他是因为公众重新燃起揭秘十二宫的热情而精神崩溃。

现任全国连锁环球安保公司经理的托奇因长年功勋卓著荣获了加州参议院颁发的嘉奖令。然而还没高兴多久，一盆冷水把他的心情浇得冰凉，他获悉存放在旧金山警察局那件保罗·史坦恩的血迹发黑的衬衫不翼而飞。而就在三个月后的同一天，有人潜入《瓦列霍先驱报》办公室，偷走了十二宫的所有档案。我回想起艾弗利放在车里的十二宫资料也意外被盗。于是，我赶紧将自己的文件保存到美国银行的保险箱里。

## 危险的游戏

利·艾伦直言不讳地承认他酷爱康内尔的短篇故事。《最危险的猎物》发表在《综艺》杂志上，1924年由明顿·鲍尔奇公司出版，荣获了当年的欧·亨利纪念奖。自那以后，这部短篇小说被编入惊险故事选集和高中课文，它的主要内容是这样的：

桑格·雷恩斯福德是一个专门猎捕大型野兽的猎人，有一天，他从游艇上不慎落入水里。正束手无策之时，他听到一声枪响，那是从一支0.22英寸口径的手枪发出的声音；他不禁暗想这个猎人胆子真大，竟敢用如此轻巧的枪对付野蛮的巨兽。随后他见到了佐罗夫将军，一个来自俄国，流亡他乡，嗜虐成性的狩猎爱好者。为了寻求更大的刺激，佐罗夫（英文名Zaroff和十二宫的英文名Zodiac相似）使用各种武器在夜晚狩猎。雷恩斯福德表示，他认为大型猎物中最危险的当属非洲水牛。而佐罗夫纠正了他："不。先生，你错了……在我的地盘上（沉舟岛），我猎杀的最凶险的动物……我父亲说，我的手天生就是用来扣动扳机的……我的整个人生就是一场旷日持久的狩猎……我很喜欢挑战捕猎中遇到的艰难险阻，所以我必须寻找新的物种。我把这个岛屿买了下来，建了这座房子（一座古式城堡，设置了塔楼，门环上装饰着怪兽），我就在这里尽情享受捕猎的乐趣。"城堡周围是一片茂密的丛林，一条条小径如迷宫般杂乱交错，山丘林立，沼泽遍野。"现在我每天打猎，从不觉得无聊，因为我可以和猎物们斗智斗勇。"

佐罗夫所谓的"最危险的猎物"其实就是人类。他让雷恩斯福德领先三个小时，还给了他一把"非常锋利的猎刀"。如果在第三天午夜仍未找到雷恩斯福德，他会心悦诚服，甘拜下风。如果雷恩斯福德赢了，佐罗夫将军承诺用单桅船把他送回大陆。佐罗夫轻装上阵，只佩带了一支 0.22 英寸口径的手枪和一副弓箭（艾伦的狩猎武器），就这样他和这只新来的猎物展开了博弈。第一天晚上，佐罗夫故意让雷恩斯福德逃掉了。雷恩斯福德心知肚明，将军手下留情，实际是为了第二天继续玩弄他。

最后一次搏斗的战场转移到了这位疯狂猎人的卧室。“这场游戏你赢了！”他高呼道，“我只不过是一头走投无路的野兽。”雷恩斯福德号叫着：“准备上路吧，佐罗夫将军！”就这样，佐罗夫死在了他的猎物手下。然而，这本小说并没有涉及作案装束和用刀枪追杀年轻情侣这样的情节，而这些正是十二宫的灵感来源。十二宫作案的主要诱因，那个使他邪念一闪的刺激点，应该是一部电影，可具体是哪一年出品的哪一部呢？

一次在和朋友菲尔·塔克聊天儿时，艾伦提到一部 1945 年上映的电影《死亡游戏》[1]。电影里猎人用十字弓捕猎，名字和左迪亚克（Zodiac 音译）相似，确实有可能启发十二宫的灵感。克瑞纳将军变得丧心病狂，起因是他曾经被一头非洲水牛弄伤，而非为了排遣乏味无趣的生活。康内尔的小说后来陆续出现了各种改编版本[2]。

由于特效大师威利斯·奥布赖恩参与制作的大猩猩奇幻片《金刚》需耗时良久才能完工，制片人梅里安·C. 库珀、导演欧尼斯特·B. 舍德萨克和欧文·皮切尔于是决定沿用《金刚》现成的布景和大部分原班人马直接拍摄第二部影片。1932 年，雷电华制片公司拍摄了根据同名小说改编的电影《最危险的猎物》，这部黑白片总时长 63 分钟，那一年艾伦刚满 1 岁。编剧家詹姆斯·阿什莫·克里尔曼在保留康内尔书中对白的同时，加入了性变态元

[1] 雷电华制片公司（RKO）制作的《死亡游戏》，由罗伯特·怀斯执导，约翰·洛德和奥黛丽·朗联袂主演。埃德加·巴里耶饰演小说中佐罗夫一角，即克瑞纳将军。

[2] 约翰尼·阿莱格罗在 1946 年采用了小说的部分元素。1956 年，由理查德·威德马克、简·格里尔和特瑞沃·霍华德主演的电影《黎明逃亡》将背景设置在一个热带丛林，而不是一处岛屿。1961 年出品的《嗜血》也对原著进行了改编。五年后，库尼尔·怀德导演兼主演的电影《裸杀万里追》搬上荧幕。

素，以便更好地诠释狡诈的佐罗夫伯爵疯狂无度的行为——猎杀点燃了他其他方面的欲望。

电影将狩猎渲染为情欲的序曲。鲍勃·雷恩斯福德（乔尔·麦克雷饰）是一位来自美国的大型动物捕猎者，一天，他在游猎结束返回途中，被假航灯骗入圈套，游艇撞上了暗礁，他奋力游上了附近的沉舟岛。佐罗夫伯爵（莱斯利·班克斯饰）身穿晚礼服，自称野蛮人，擅长射箭和创作华尔兹舞曲，热情周到地招待了雷恩斯福德。

联合主演菲伊·雷（饰演伊芙·特洛布里奇）回忆道："……扮演佐罗夫伯爵的演员前额上有一道凹凸不平的伤疤，而且其中一只眼睛出了毛病，所以他的表情真的非常吓人。"班克斯两边侧脸可谓天差地别——左脸粗野冷酷，而右脸俊朗潇洒——因为在第一次世界大战期间，这位演员身负重伤。他这种类似杰基尔—海德[1]的双面性呈现出两种截然相反的品质，一面是举止文明，富于教养；另一面则残忍凶暴，兽性大发。"上帝让某些人成为诗人，"佐罗夫解释道，"有的当上国王，有的则沦为乞丐。而我呢，他把我变成一个猎人……"

"一天晚上，我躺在帐篷里，冥思苦想——绞尽脑汁地想，突然，一个可怕的想法像蛇一样钻进我的头脑……狩猎已开始渐渐让我厌倦。当我失去对狩猎的热爱后，我就失去了对生活的热爱，对爱本身的热爱……我所需要的不是一种新式武器，而是新型猎物……我们这种粗野人都知道，在成功追捕猎物后，一个男人才会恣意狂欢……爱沙尼亚奥甘地村的酋长们中间流传着这样一句话：'先猎捕敌人，再俘获女人。'这是自然本能。女人是什么？即便面对这样美丽的女人，也只有在猎杀让全身的热血沸腾起来后，才会激发内心渴望……一种欲望会催生另一种欲望。杀戮，之后才是情爱。等你明白这一点后，你才会知道什么叫极致之乐。"

"在这座小岛上，我捕杀的是最危险的猎物。"伯爵告诉雷恩斯福德和伊芙。"我们要玩一场'户外象棋'游戏。你们和我比智慧，比丛林生

[1] 小说《化身博士》中杰基尔的善恶双重人格。

存技能，看谁更胜一筹。当我只有马肚子那么高的时候，我父亲给了我人生的第一把枪……我杀死的动物数不胜数。”艾伦的父亲是一名军人，给了他一把来复枪，还教他狩猎。艾伦是十二宫嫌疑人中唯一一个弓箭手。电影片头的场景是一个城堡门环，上面装饰着一头垂死的人马兽，一支箭刺穿了他的胸膛。楼梯上方的壁画里，画着一头类似的狂怒的人马兽，背着弓箭，正扛着一个女人的尸体穿越丛林。人马兽是人马宫（11月22日至12月21日）的星座标志，艾伦所属的星座就是人马座（也称射手座）。

佐罗夫带着他的哥萨克侍从伊凡和一群猎犬，对雷恩斯福德和伊芙展开了猎杀游戏。在电影里，追捕只发生在一个晚上，而非三个，捕杀对象也不止一个男人，而是一对男女，就像十二宫追猎情侣一样。如果他们能在岛上雾气弥漫的丛林成功逃出佐罗夫的魔掌，他们就可以重获自由。佐罗夫一身魔鬼似的黑色狩猎装，袖口和裤脚褶拢后用带子扎得紧紧的，他跟在一群猎犬后面在浓雾中迅速敏捷地穿梭。他身体左侧的刀鞘里插着一把一英尺长的刀，刀鞘外面还镶嵌着铆钉。他的右手端着一支高精准度大威力来复枪。这对情侣在有水的地带被一路追杀——沼泽地、瀑布。最后，他们终于逃到大海边。伯爵受了伤，从阳台上坠下来摔死了，随后被他养的那群饥肠辘辘的猎犬大口吞吃了。而雷恩斯福德和伊芙则乘上船逃离了夺命岛。

电影中的猎杀武器（尤其是弓箭）、明显给十二宫在贝利桑湖穿的作案服带来设计灵感的狩猎装束、在水边趁夜追杀情侣、户外象棋这一说法、奄奄一息的人头马，我倾向于认为就是这部电影给十二宫造成了最深远的影响。而且该影片曾在圣布鲁诺大道影院放映过。雷恩斯福德感叹道：“我现在能深切地体会到那些动物在被我追杀时是怎样的感受。”那位出类拔萃的弓箭手孤单寂寞、无人喜爱、流亡他乡，也许十二宫在他的真实生活里找到了共鸣。

在十二宫青年时期，广播剧达到鼎盛，其中改编的就包括康内尔的小说。1943年9月23日，哥伦比亚广播公司推出的系列剧《悬念》播放了这个短篇故事最负盛名的广播剧版本。这是系列剧的第58期节目，奥森·威尔斯饰演佐罗夫，基南·温饰演雷恩斯福德。雅克·A. 芬克担任编剧，威廉·施皮尔则是制片人兼导演[1]。借助生动的音效、完美的配乐和丰富的想象力，广播剧会产生强大的影响力。那一年艾伦10岁，在那个周四的晚上，也许他正躺在床上静静地收听广播。四周一片漆黑，只有调频盘发出的光映照着他的小脸。广播的静电噪声充满了整个房间。10岁，正是个性形成的年纪。

“我不记得我们具体在哪天谈论过《最危险的猎物》和猎杀人类。”切尼告诉我，“不过有人将这个故事拍成了电视剧，我觉得当时我们讨论的就是这个剧，还谈到其实有一本书就叫《最危险的猎物》。这个情节被一用再用。”

十二宫那支投射光束的枪的制作灵感来源于威廉·C. 莫里森写的故事改编而成的电视节目。20世纪50年代首播的《希区柯克剧场》其中有一集由迈伦·麦考密克领衔主演，讲述的是一个年轻人用胶带把手电筒绑在他的来复枪上。“只需要朝光束中心的黑点开枪，你就会击中目标。”他说道——和十二宫信里写的完全一致。在夜里猎捕小动物时，他偶然遇到了一对情侣——结局：意外杀人。一位一心想要复仇的父亲在剧终时目露凶光地喊道：“激动人心的凶犯追捕行动——最危险的猎物！”

[1] 两年后，芬克的剧本被再次使用，这次担纲主演的是J.卡罗尔·奈什和约瑟夫·科滕。又过了两年，在制片人兼导演诺曼·麦克唐奈制作的广播系列剧《逃亡》中，莱斯·克拉奇菲尔德把这个故事改编成了一个长30分钟的节目。

## 博比与艾伦

一位名叫卡伦·哈里斯的女士联系了我。她显得惴惴不安。她先是给我简要介绍了一下家族史——她的外祖父母在大萧条时期来到瓦列霍谋生，经历了“十分艰苦的岁月”。她的外祖父成了马雷岛上一名轮船焊接工，而外祖母则找了一份开校车的活儿。我回想起十二宫对校车的仇怨。卡伦的母亲博比过去是一名跳水员，在1952~1957年期间，她的照片经常刊登在瓦列霍当地报纸的体育版。艾伦的照片偶尔会出现在她旁边。“我母亲在12~13岁时认识了艾伦。”卡伦说道，“那时她刚开始学习跳水。在1951~1952年，艾伦在瓦列霍一个叫普朗吉的社区游泳中心当救生员。我猜想他既是一个高台跳水员，又是摔跤手。我母亲和艾伦一起跳水，而且每天都参加训练。她曾经和赫尔辛基奥运会擦肩而过，她可算是队里成绩数一数二的选手，但跳水时发挥失常，与这个千载难逢的机会失之交臂。艾伦也在那跳水。他走起路来笨拙迟缓，沿着跳板走动时笨手笨脚的。我母亲经常提到这一点。他在起跳前看起来糟糕透了，直到离开跳板，纵身跳下的一瞬间，他的身姿在空中突然变得十分优雅。但是他走路时步履蹒跚、左摇右摆，因为他有一个滑稽可笑的臀部。我会尽力去找一张艾伦在瓦列霍跳水时的照片。”

“我母亲大概在12岁时开始和他约会。他历来是一个很好的朋友，从未企图亲吻她——那种亲在额头上的吻，也从未在性方面有过越轨行为。我知道，两人之间的‘约会’，实际上更确切地说，是一种非常深厚的友谊。(艾伦承认过他从未和女人有过成功的两性关系。）1957年，博比嫁给了马克，加州大学伯克利分校的体操队员。此后，她渐渐地退出了跳水圈子。他们是在练习蹦床时结识的。马克的专业是犯罪学，最初的愿望是当一名警察，但他的身高矮了0.25英寸。在我父母相识和结婚的那段时间，利·艾伦被海军开除了，这对他来说是一个沉重的打击。”

“可以肯定的是，利·艾伦总是穿‘翼行者’靴子。他的裤子全都带有褶皱。他的五官棱角分明。他以前常常用弓箭打猎，是海军部队里出类拔萃的神枪手，在小组里成绩名列前茅。我母亲证实，他的确精通密码。他不但缝纫技术一流，而且当过制帆工。毋庸置疑，他左右手都很灵巧。因为我亲眼见过他制作钓鱼用的假蝇。他还是一个打字能手。”

“我们第二次去拜访他时，他驾驶霍比猫帆船带我们去半月湾航行。两次见面，我都注意到他体重严重超标。我知道他患有糖尿病，然而他仍然大瓶大瓶往肚子里灌啤酒。两次去见他，我母亲都异常紧张。我是1959年出生的，我们拜访艾伦的时候，我大概9岁或10岁。如果没记错的话，就在那段时间，据说他可能涉嫌谋杀。”

“有一次，我母亲单独和他见过一面。那是她第一次真切地感觉到生命受到威胁。因为他问她：‘有人知道你在这里吗？’她回答：‘是的。我丈夫，他知道我在这儿。’她告诉艾伦，我父亲知情；他确实知道。后来什么事也没有发生。但自那以后，她再也没有去过他家。我不明白她一开始为什么要去看他。我真希望自己知道她那时候为何如此关心艾伦。当时出了一些状况，她觉得有必要去见见他。她一离开艾伦家，就立即给我父亲打了电话，告诉他：她已经安然无恙地出来了，并且正在返家的路上。”

“据我所知，他被关进阿塔斯卡迪罗，是因为他骚扰了一位异性朋友的儿子。这个小男孩儿可能在8~13岁。他告诉我母亲，这个女人非常妒忌他和她儿子之间的友好关系。我猜想他当时正在和这个女人谈恋爱。他说这就是她告发他的原因——嫉妒。我想他应该在阿塔斯卡迪罗待了三年。”

“我推测就在他被监禁期间，我母亲开始意识到他有可能是十二宫。他在信里写道，他被怀疑制造了那些谋杀案。我相信，在某一次，我母亲给狱中的他打过电话。她直截了当地问他到底是不是凶手。我敢肯定他有些飘飘然，但从来没有承认过这些罪行。艾伦经常给我母亲写信，并且在信笺底部使用海军旗语符号。这些信都是用蓝色墨水笔写的——毡尖笔。早期的信大部分都被她扔掉了。我真希望她一直保存着。在获悉艾伦被关进阿塔斯卡迪罗后，她把剩下的信全都烧成了灰烬。母亲看过你的书后告诉我，艾伦的弟弟和弟媳确实设法举报他。他的车里放着一把带血的刀，这让他们忐忑不安——这是我听到的说法。艾伦的几个朋友也知道当时发生的事情。”

“我会继续为你提供我能获取到的任何信息。我想尽力弄明白某些事情发生的确切日期或大致时段，进一步了解他和家人以及和我母亲之间的关系。但愿我能说动我母亲挺身而出，把情况告诉警察，不过这似乎不太可能。也许她还记得信里更多的细节，一些能够指明他就是罪魁祸首的内容。他跟我母亲说过，他经常捎带搭便车的人，在他就读于桑塔罗萨专科学院和索诺马州立大学期间，尤其如此。这番话一直让我母亲坐卧不宁。他总是在高速路上搭载这些人。我记得有两个女孩儿从滑雪场出来后失踪了，后来又陆续发生了其他谋杀案。那些被抛弃在弗兰兹峡谷路和卡里斯托加路的尸体离我父母的住处不远。”

“噢，对了，还有一件事。他确实总和我母亲谈起《最危险的猎物》。说实话，我小时候就读过这个故事，从未意识到它在艾伦的生活中占据如此重要的地位。至于他藏匿证据的地方，我母亲提到艾伦在他的拖车里新装了嵌板——应该是停放在瓦列霍或桑塔罗萨的那辆。我母亲说，在瓦列霍那辆拖车里她发现了一副白色手套，而且他在泊德加湾的确还有另一辆拖车，他非常熟悉那个地区。”

从来没有人跟托奇和阿姆斯特朗说过这些信息。

受糖尿病和动脉硬化性心脏病的影响，艾伦的视力每况愈下，严重妨碍了他的活动。虽然肝脏功能日渐衰退，但他全然不顾医生的嘱托，依然无节制饮酒，也不关心体重问题。随着头脑敏锐度下降，他时不时肌肉抽筋、侧腹疼痛、肌肉颤搐。他的皮肤微微呈现出黄褐色。然而，他的内心深处未受丝毫影响，怒火仍和以前一样熊熊燃烧。

艾伦从阿塔斯卡迪罗释放出来很久以后，一位寝食难安、心力交瘁的工作人员联系了我。他忧心地问道：“亚瑟·利·艾伦还在世吗？如果他还活着，那他还是十二宫嫌疑人吗？”显然艾伦曾告诉这名阿塔斯卡迪罗的职员，他被怀疑是十二宫杀手。“据您所知，他后来有没有再次因骚扰儿童而被指控呢？在精神卫生领域，我们普遍认为猥亵儿童者往往都是声名狼藉的罪犯。我在工作中接触过的猥亵者均不止一次作案。”受害者的痛楚也不会随着时光的流转而渐渐减少。蓝岩泉案幸存者迈克·马乔就时常遭受精神创伤之苦，1969年8月19日，他在瓦列霍一家医院里最后一次公开露面。

虽然是在7月5日做的手术，但迈克脖子右侧和左脸颊上的伤疤仍显出乌青色，子弹的划痕清晰可见。他承受着极大的痛苦——下颌骨用金属丝缝合，左腿至臀部打上石膏，被子弹射中的右臂和右手已经残废——他直直地盯着一颗子弹，看着它在玻璃瓶装的溶液里晃荡。这颗子弹是从他的左大腿里取出来的。后来，他逮住机会，乔装打扮，逃离了瓦列霍。

在保罗·史坦恩谋杀案发生21周年纪念日，戴夫·托奇不胜感慨：“我在1985年退休时，未能心满意足地将其绳之以法。十二宫案是我们调查过的最让人头疼的案子。”横贯全美的十二宫模仿者们肆无忌惮，逍遥法外。而难以置信的是，真正的十二宫竟然没有出来对纽约模仿者评头品足一番。只有极大的灾祸才能阻止这位死亡先知大放厥词，幸灾乐祸。自始至终一封信都没有出现。这到底是为什么呢？

## 重大线索

拉尔夫·史宾尼利在50岁生日这天躺在一个狭小的囚室里，身上的汗水打湿了薄薄的床垫。因涉嫌至少9起饭店持械抢劫案，圣何塞警察局警官吉姆·奥弗斯特里特将其逮捕。史宾尼利心知肚明，作为一名职业罪犯，他可能遭到起诉。早在1972年，他在俄勒冈州多次持械抢劫饭店，后被捉拿归案，并被判处10年有期徒刑，他在当地监狱服刑了两年。这次他将面临30年监禁。他向奥弗斯特里特提出，他掌握着重要线索，想和警方做笔交易。在监狱里，名烟、美色和重大秘密是囚犯惯用的三大法宝。“最愿意告密的人就是那种曾坐过两次牢，现在年纪到了45~50岁之间的犯人。因为他们知道如果再度入狱，他们将死在囚牢里。”一位警探说道，“当他主动来找我们时，表明他已经走投无路——他变得比警察还积极。”警方决定着他的命运，而他在给自己增加筹码。

“我知道十二宫杀手的真实名字。”史宾尼利终于亮出了底牌。这是他的王牌。

史宾尼利开始低声而快速地说起来。他所说的一切足以使奥弗斯特里特立即陷入圈套。但奥弗斯特里特清醒地意识到史宾尼利也许只是在编造故事——眼下命运攸关，编这种故事最合适不过了。然而，他又不能置之不理，说不定这是一条切实有效的线索。十二宫案是这个地区最大的案子。于是他给已退休的警探巴沃特留了言。巴沃特马上回了电话。“史宾尼利目前被关押在桑塔克拉拉郡监狱里。”奥弗斯特里特说道，“他拒绝透露和十二宫相关的具体信息，除非我们就他现在所面临的指控和他达成一项交易。”听闻此言，巴沃特长叹了一口气。他以前也听说过有犯人故意用十二宫线索来提要求。“我回头再和你联系。”他回答道，接着他拨通了瓦列霍警察局警监罗伊·康威的电话。

“这个叫史宾尼利的家伙居住在圣何塞，”巴沃特后来告诉我，“犯了一系列抢劫案，被抓了，他跟警方说：‘你们去联系瓦列霍警察局，他们对一个案件非常感兴趣。我会向你们和盘托出与此案有关的所有信息。’当地警方给我们打了电话，于是我和康威赶了过来，在他生日那天找他谈了话。”康威早就知道史宾尼利这个人。20 世纪 40~60 年代，他在瓦列霍可谓恶名远扬，曾涉嫌有组织犯罪。

康威自 1965 年起就成了瓦列霍的一名警官，退休后，他和姆拉纳克斯合作过。他现在是调查组的组长。在达琳·菲林遇害和迈克·马乔受重伤当晚，时任警探的他和理查德·霍夫曼是最先到达案发现场的。康威本人证实了十二宫在 1969 年寄给媒体的信中对案件细节描述的真实性。他相信十二宫就是枪击受害人的罪魁祸首。瓦列霍警察局接到的匿名电话是从亚瑟·利·艾伦家附近的电话亭打出的，而且离塔克停放汽车的地方很近。

康威和巴沃特驱车来到桑塔克拉拉郡监狱，检查过身上的佩枪后，他们走进去见到了史宾尼利。他现在等待着法庭根据多项指控做出审判。在此期间他可以交纳 50 万美元获得保释。这名囚犯显得焦虑不安。他很清楚自己惹下了多大的麻烦。虽然这可能等于要了他的命，但他仍然不肯让步。如果没有达成协议，他将不会透露他所知道的十二宫杀手到底姓甚名谁。他执意要求：“我要求你们撤销所有针对我的指控。”

“绝对不可能。”巴沃特斩钉截铁地回复道。

“我们拒绝这种条件的交易。”康威也加了一句。

“再说了，你怎么知道这个人就是十二宫？”巴沃特问道。

“在保罗·史坦恩，就是那个旧金山计程车司机，遇害前几天，他威胁过我。他扬言要给我展示一下他有多么心狠手辣。他告诉我，他要去旧金山杀死一个计程车司机，用行动来证明给我看。”史宾尼利解释道，“就在第二天或第三天，一个计程车司机在旧金山遭到枪杀。随后十二宫宣称对此负责。”一份警方报告证实，史宾尼利和艾伦曾经打过架。

经过持久的讨价还价后，史宾尼利同意把十二宫的真名告诉他的律师克雷格·肯尼迪，桑塔克拉拉郡一位代理公设辩护人。在那个月余下的时间里，肯尼迪和他的顶头上司布莱恩·舍希梅斯特进行了几次会谈。两人商讨的结果是，如果没有依照客户的要求达成明确的协议，他们不会透露更多信息。康威和巴沃特仍表示拒绝。他们照样可以采取强硬态度。看谁先憋不住气也是一件有意思的事。

图 43

图 43：罗伊·康威警监

*（源自作者收藏图集）*

康威接到了肯尼迪的电话。“我可以把史宾尼利掌握的杀手名字告诉你。”他说道。对方终于做出了让步。

康威静静地等待着，虽然他料想自己其实已经知道了答案。

“叫利·艾伦。亚瑟·利·艾伦。”

康威缓缓地舒了一口气。他早就知道关于李·艾伦（他将“利”误记为“李”）的一切。他立马给巴沃特打了电话。“李”曾在十二宫的密码中出现过。艾伦在 Ace 五金店上班时穿的工作服上标的就是“李”这个中间名。康威接着又联系了旧金山警察局警探阿姆斯特朗。“没错。”阿姆斯特朗回复道，“在 70 年代早期，其中一个主要嫌疑犯就叫亚瑟·利·艾伦。”他还证实，据他所知，艾伦的名字从未在任何媒体上公布过。知道他名字的人都是执法人员和实际参与调查十二宫案的人，或者听过艾伦吹嘘的人，比如阿塔斯卡迪罗的医护人员，还有索诺马郡一家汽车零部件的同事。

“那时候，亚瑟·利·艾伦和史宾尼利算是交情不深的熟人。”巴沃特后来告诉我，“艾伦来找他，表示想加入他的团伙，做一名杀手。史宾尼利拥有一家露天酒吧。艾伦坦承他就是十二宫杀手，还说：‘为了证明给你看，我马上就去旧金山杀一个人。’没过多久，史坦恩遭枪击身亡。据说他随后回来告诉史宾尼利：‘是我杀害了史坦恩。’我太了解史宾尼利这个家伙了，他劣迹斑斑。我不知道该不该相信他。”

或许这个故事是史宾尼利为了赢得好感故意瞎编的。就算他所言属实，也不足以构成强有力、能经受法庭检验的有效证据。这好比一颗毒树上结出的果实。可是史宾尼利是如何在一开始就想到利·艾伦这个名字的呢？

康威和巴沃特开车来到位于萨克拉门托的加州司法部命案科，找到执法官弗雷德·希里萨戈。这个科室存放着所有案发地所属管辖区的十二宫案件资料。关于州司法部，业余侦探圈子中经常听到这样一句老话：某些上级领导对他们提供的信息和想法经常爱答不理。“他们并不总是认真对待我提供的线索。”一位业余侦探告诉我，“有一个执法官说我那份关于河滨市谋杀案的材料是毫无价值的。因为他有证据证明杀害彻利·乔·贝茨的凶手不是十二宫。他断言达琳的妹妹帕姆提供的信息没有效力。因为时间太久远了。在马丁内斯谋杀案发生后，我找的一份经专家鉴定为‘看起来很相似’的笔迹，被认为并非出自十二宫之手。而且那位执法官拒绝让另一位名叫毛利尔的专家来鉴定这份笔迹。”

这可不是托奇的风格。“就是要让人家知道你很感谢他们提供线索，齐心协力抓捕十二宫。”他告诉我，“我总是在收到某个人的来信后向其表达谢意，尤其当信里含有某些实质性的线索或显得很有诚意时，我更不会忘记道声谢。因为我不知道什么时候会收到一封有助于破案的信。”希里萨戈把所有关于亚瑟·利·艾伦的调查报告给了康威，同时还有数份表明旧金山警探，尤其是阿姆斯特朗和托奇，对艾伦做过第一手调查的记录。他们和阿姆斯特朗进行了交流，接着又联系了已退休的麦尔·尼古莱。尼古莱赞同阿姆斯特朗的说法，认为媒体在十二宫案的调查过程中，从未透露过嫌疑人利·艾伦的姓名。巴沃特总是一张不落地追踪当地报纸。他也知道艾伦的名字从未在公开场合和十二宫杀手联系在一起。史宾尼利一定是和利·艾伦私下打过交道或与艾伦的密友接触过。否则他脑袋里不可能蹦出艾伦这个名字。

“史宾尼利有什么撒谎的理由吗？”我问巴沃特，“比如宿怨？或渴望从轻处罚？”

“艾伦曾和史宾尼利打过架。”他回答道，“艾伦直接冲到他家，一脚踹开大门，把他揍了一顿。对，确实没错，他提供这条线索就是为了换取轻判。”

通过萨克拉门托的州司法部，康威向联邦调查局局长寻求帮助，他用电传机发送了如下一份申请信：

本司法部恳请贵局潜指纹部门提供所有在调查十二宫案过程中收集的潜指纹照片（潜指纹案件号：A-10042）。此外，本机构还想请求潜指纹部门通过以下渠道查找十二宫案中收集的潜指纹：自动鉴别系统、潜指纹系统自动模式和全国未识别潜指纹档案。本部门不清楚所请求的这项查找工作以前是否已经做过。加州瓦列霍警察局请求鉴定部门提供存档的潜指纹照片。他们计划将指纹输入电脑，再通过加州司法部潜指纹自动鉴别系统（ALPS）进行查找比对。

他们将十二宫的指纹与案件涉及的所有嫌疑人（主要是囚犯和军人）的指纹进行对比分析后，没有发现任何匹配之处。十二宫是如何做到的呢？

巴沃特联系了匡蒂科“暴力罪犯逮捕计划署”（VICAP）的心理学家拉里·安克伦。安克伦对十二宫的一切了如指掌。巴沃特向他介绍了阿姆斯特朗、托奇和姆拉纳克斯早在1971年得出的所有调查结果，然后还把史宾尼利提供的信息告诉了他——嫌疑人亚瑟·利·艾伦的名字。而实际上，该机构已经存有关于艾伦的档案（是十二宫案中资料最多的个人档案）。据安克伦判断，和暴力行径本身一样，嘲讽警察、保留纪念品重温谋杀过程同样能给十二宫带来愉悦感。他表示：“我的研究表明，多次实施此类犯罪行为的人会在犯罪活动中留取纪念品或战利品。他们会从受害者身上拿走某种物品，比如身份证件、衣服碎块等。如此一来，他们可以把这些东西藏在一个隐秘的地方，然后一次又一次地拿出来回味谋杀瞬间。他们还会保存和罪行有关的日志和新闻剪报。他们在住所里专门安排了绝妙的地方来藏匿纪念品，比如假墙体、秘密保险箱等。很多时候，这些凶手会将纪念品存放在另一个地方。”

也许十二宫的战利品藏在水底某个地方，比如贝利桑湖，或存在某一辆拖车的墙板里。安克伦相信，十二宫仍在杀人，或直到最近才停手。毕竟，十二宫曾表示他不会再写信昭告天下，而且会让谋杀案看起来像意外事故。“我能想到的唯一能解释谋杀停止的原因，”他说道，“就是这个凶手已经搬走了。（尽管在其他地方发生的十二宫案因其臭名昭著的作案手法会让人轻易看出是谁所为。）也有可能他去世了。或者因为警察离抓捕他只差一步之遥。”很多目击过十二宫杀手或能证明利·艾伦不在犯罪现场的人都神秘地死去了。一位看管人的女儿曾亲眼看见十二宫杀手从蓝岩泉疾驰而去，几年后她在一场车祸中丧生。一个女房东本可以证明艾伦不在现场，却因心脏病突发而死亡。艾伦的邻居威廉·怀特先生（他的儿子加入了瓦列霍警察队伍）在贝利桑湖案发生那天看见他回家。此后不久，他便与世长辞。捕猎浣熊的弗兰克·加瑟曾于谋杀案当晚在赫曼湖路上往一辆白色雪佛莱羚羊车里仔细瞅了一阵，后来他死于一起离奇事故：两年后，他的头撞到一张咖啡桌，突然间意外身亡。

“你知道的，”巴沃特告诉我，“在调查了数不胜数的案件后，你会对大量巧合逐渐变得厌倦，以致不久后，你就是不肯相信那只是巧合。俗话说，无风不起浪。”他去了 Ace 五金店一趟，艾伦在那里工作过。他找到艾伦的同事乔治·希博。希博曾是一名市政部门雇员，他在市议会工作了很多年。退休后，他一直在 Ace 五金店上班。

“你了解亚瑟·利·艾伦吗？”巴沃特问道。

“我非常了解他。”希博回答，“我几乎每周都去他家。”虽然艾伦的母亲已经去世，整栋房屋都归他管，但他仍然住在地下室。希博见过艾伦的枪。“好几把左轮手枪——我猜想应该是 0.22 英寸口径，还有至少一把半自动手枪，但我不知道具体口径。”艾伦曾经被索诺马郡治安官办公室以骚扰两个小男孩儿的罪名逮捕过。这名嫌疑人是一个重罪犯。因此，按照法律规定，他无权持有希博所看到的任何武器。而希博和他相识十年来，他从未和希博谈论过十二宫案。这的确让人困惑不解。艾伦和其他很多人讨论过十二宫案，甚至还刻意引导人们怀疑他是十二宫杀手。巴沃特提醒希博不要将这次会面的事告诉艾伦。随后他又再次询访了许多了解艾伦情况的人。在找他当面对质前，他要收集有关这名嫌犯尽可能多的最新信息。

在弗雷斯诺街 32 号艾伦家房子东北侧的独立车库旁边停放着一辆破旧不堪的蓝色“通用类型”的汽车。据希博称，艾伦拥有一辆较陈旧的黑色通用汽车。停在私人车道上的是一辆老款白色奔驰车和一辆浅蓝色大众卡曼·几亚。此外，艾伦还拥有一辆白色别克，达琳·菲林当年曾被一辆美国产白色轿车跟踪过。在贝利桑湖案发生那天，有人在湖边目击到一辆 1966 年产、挂着加州牌照的银色或冰蓝色雪佛莱汽车。

为了摸清现状，巴沃特驾车前往百老汇街 1545 号，艾伦存放一艘船和一辆拖车的地方。这座位于百老汇街西侧的房屋只有一层楼。楼房北边建有一个独立的双车库，里面塞满了各种家用物品。这里有专门的储藏区——艾伦可能把东西藏在这里——一个宽大的披屋式货棚，长 40 英尺，宽 20 英尺，在货棚后边还有第二个储藏区。巴沃特从里面走了出来。车库后面的空地上，风使劲地鞭笞着小草。空气中弥漫着从海湾吹来的海腥味。在空地中央，一艘 22 英尺长、蓝白相间的帆船正伸展着腰肢，其中一部分隐盖在蓝色防水布下。巴沃特偷偷地掀开防水布，看见了上面的加州牌照号码：NE3725。这艘船设置有睡觉舱，可以让人在海上连续待很多天。巴沃特还注意到另一艘长约 10 英尺的无遮篷帆船。“它看起来更像一只划艇。”他说道。巴沃特草草地记下了船上的牌照号——9127F。两艘船都登记在艾伦名下，都是他母亲为他买的。正如他弟媳说的那样，母亲把他宠坏了。康威此前告诉他：“艾伦已经失业了一段时间，靠基本救济金度日。他平时去潜水，或开着霍比猫帆船参加竞赛。”巴沃特决定除了搜查艾伦在弗雷斯诺街 32 号的房子，警察至少还要搜一搜这只帆船。但是他们力图寻找的那些证据也许被沉到了远离海岸的海底某处、在蓝色的湖水下面或在三角洲汹涌混浊的水底。

在提交搜查令申请书时，康威满心想的就是要搜寻藏在弗雷斯诺街房子里也许能够证明艾伦曾犯过重罪的证据。不过有可能他们来得太晚而找不到任何物证。然而，十二宫停止谋杀的原因似乎逐渐明朗起来。艾伦现在成了法定意义上的盲人。“他疾病缠身。”康威说道，“他当时 51 岁或 52 岁吧……病得很严重，已经有好一段时间了。虽然他依然可以四处走动，但不是很灵活，而且很多人都盯着他这个嫌犯。受人怀疑、病痛折磨、兴趣消失——所有因素综合起来就构成了那个‘为什么’的答案。”案件中的“为什么”指的是为什么十二宫杀手停止了杀戮和写信。

“我们认为他不会再给任何人带来威胁。”乔治·巴沃特告诉我。

在申请书的附件 4 中，康威罗列了他们计划搜寻的物品。任何 0.22 英寸口径半自动手枪、未用过或在一把自动手枪中使用过的 0.22 英寸口径子弹，它们都可能与赫曼湖路案受害者贝蒂·洛·詹森和大卫·亚瑟·法拉第之死存在关联。任何与如下受害人有关的私人物品：詹森和法拉第、达琳·菲林或迈克·马乔、西西莉亚·雪柏或布莱恩·哈特奈尔。此外，警方要查找黑色“翼行者”类型的标准 10 码半靴子，十二宫在贝利桑湖作案时穿的就是这种靴子。这些靴子的上半部分是温布瑞纳制鞋公司生产的，而印有“SUPERWEAR”字样的鞋底则由位于马萨诸塞州的亚凡橡胶公司制作。空军和海军都配发这种鞋。警方还要特别搜寻保罗·史坦恩那件灰白条纹衫的任何残块。它上面应该沾满了血迹。哥伦布纪念日那天，十二宫在彻立街拿走了史坦恩的钱包、身份证件和黄色计程车钥匙。连环杀手都有一种保留犯罪纪念品的嗜好，他们可以借此重温谋杀画面。

另外，康威和巴沃特需要查找任何有可能绑过一支手电筒的枪支；所有 9 毫米口径自动手枪，从这种枪中射出的 9 毫米口径子弹、未使用过的 9 毫米口径子弹。他们会努力探寻这些弹药和保罗·史坦恩之间的联系。他们还在附件上列出了任何 1 英尺长的刀具，刀身 1 英寸宽，刀柄上镶嵌着铆钉，缠绕着胶带。其余物品还包括一个将十二宫的头和肩膀罩住，下摆一直垂至腰部的黑色无袖刽子手头罩，胸前还涂有一个白色“十字圈”标志。康威非常渴望找到艾伦写的任何日记或日志，可以将其和十二宫杀手联系起来，或和警方为抓捕杀手所做的调查工作联系起来。他也希望找出任何带有十二宫“十字圈”标志的物品。在申请书上，他提出了最后一个请求：“本申请人恳请在执行搜查令后，这份搜查令申请书和搜查令执行结果报告由法院封存。这一请求的缘由是，十二宫案全国人尽皆知，是少数几个引发强烈公愤的案件之一。因此，如果艾伦最后没有受到任何指控，那么媒体获悉此申请书的内容将不会带来任何好处。另一种情况，如果最后他受到指控，那么这份申请书的公布有可能使得这个案件很难得到公正的审判。”

警察逐渐认为十二宫其实并不是一个老谋深算的杀手，他没有跟踪那些受害者，只是在情侣幽会小径上偶遇了他们而已。这和之前的看法完全相反。但是这位杀手非常熟悉瓦列霍和贝利桑湖，以及周边地区。

负责瓦列霍和贝尼西亚两地的地方法官 F. 保罗・达西签发了一份搜查令（1970 号），搜查对象是艾伦位于弗雷斯诺街 32 号的住宅和一艘存放在百老汇街 1545 号的帆船。

康威和几名手下带着搜查令来到了艾伦家，门开了，一队警察走了进去。过了这么多年后，他们终于可以看看那个如同坟墓般阴冷潮湿的地下室里究竟藏着什么秘密。

## 搜查

“我是无辜的。”艾伦说道。

“如果我能证明你是一个卑劣小人呢？”康威反问道。

“如果你抓到了我的把柄，你早就控告我了。”艾伦镇静地回答。他倚靠着拐杖。浓密的眉毛和厚厚的眼皮下，一双棕色的眼睛散发出闪亮的光泽——像松鼠的眼睛。艾伦的宠物狗索比趴在他的脚边。康威拉了把椅子坐了下来，然后在艾伦的父母伊桑和伯尼斯曾住过的楼上开始了正式讯问。他的周围散乱地摆放着旧时上流社会的古玩和纪念品，上面布满了灰尘。现在，一个年轻女人租住在这层楼上，而艾伦则蜗居在地下室。但他还有一部分衣物和鞋子仍放在楼上靠里的卧室。这层楼的餐厅和楼下的房间里都有一个电唱机，还有许多唱片和零配件。他有一台夏普电视机和一台夏普磁带录像机。他还有另一台摄像机、多个镜头、一个黑色两用录像机、一个立体声音响适配器和数量庞大的磁带。各种他钟爱的器材数不胜数。

在四处探查的时候，康威发现一些小细节——艾伦是一个美食高手。在他的卧房里一个高高的架子上搁放着制作香肠的器具。一本精装版香肠制备指南和所需食材（香料、肠衣等）存放在洗衣房内的食品储藏室。在里面的架子上，烹饪书籍数不胜数。他经常帮朋友打印食谱，还喜欢在这些食谱卡上故意拼错单词。康威后来告诉我：“我们和他的弟弟及其他亲戚确认过，他的确是有意为之，并非不小心出错。他在写食谱时，比如碰到‘eggs（鸡蛋）’这个单词——他不直接写 eggs，而是拼成‘aigs’。

他是故意的，就是为了让看到食谱的人呵呵直乐。他一贯以来都乐于这么干，写任何东西都一样。”

当他们谈到他的高智商时，艾伦变得轻慢无礼。“噢，哪有！”他大笑道，“我哪有什么才华。”后来，在湾区第二频道电视台(KTVU)的访谈节目上，他描述自己时使用的就是“才华”这个词语：“我很有才华。我现在不再贪杯了。”他还坦然承认自己在机械方面天赋异禀。“我做任何事情都要达到超乎寻常的水平。”

康威和巴沃特走进了艾伦那间幽暗无光、死气沉沉的地下室。“它就像一个博物馆似的。”一名警探描述道。如果它是一个博物馆，那么他们或许能寻获十二宫过去藏匿的纪念物。这位警探用普通书写法（与速记相对）记录下这样的内容：“积满灰尘 + 凌乱不堪。多本书籍印有‘W/S’字样。灰尘无处不在。”里面放着一台阿曼那冰箱、美泰克洗碗机和干衣机、露营装备和垂钓工具。康威的手下在地下室搜出 4 箱录像带、一箱盘式录音磁带和一台盒式磁带录音机。他们将每盒磁带都播放了几秒钟，被惊得目瞪口呆，面面相觑。他们爬上楼梯，坐下来后，在艾伦面前按下了播放键，一阵阵痛苦的尖叫声顿时响彻整个房间。在哭喊声停止后，康威“啪”的一声突然关掉了机子，接下来是长时间的静默。

“是我干的。”艾伦终于开口了。

“在干什么？”

“打一个小男孩儿的屁股。”

“什么？”

“一个小男孩儿在假装很痛苦的样子。这可以给我带来性刺激。”他恬不知耻地说道，“我承认自己是个性变态。虐待类色情作品确实能让我体验到性快感，从别人的痛苦中感受到愉悦。”他发现调查者们一个个怒眼圆睁地瞪着他。“好吧，我现在为自己的行为深感懊悔。”他说道。

其他磁带中记录的也是同样的惨叫声——会不会是不为人知的受害者发出的尖叫呢？很难判断这些受虐者是否全是小孩儿，但单单性虐儿童这一行为就足以构成犯罪。艾伦对小孩儿如此痴迷，以致他似乎无法远离他们，即使这意味着可能会被遣送回阿塔斯卡迪罗。

“如果我是十二宫杀手，”他激动地说道，“我愿意坦白一切。十二宫会被判为疯子……十二宫不喜欢杀人。我宁愿去死，也不愿去阿塔斯卡迪罗。我不能待在那儿。我痛恨阿塔斯卡迪罗剥夺我的自由——一堆疯子。他们会和你玩心理战术。”

警察还在继续搜查确凿的证据。在地下室里布满蛛网的泛黄剪报中，警察们发现一篇高级法院法官托马斯·N. 希利写的专栏文章，这是艾伦离开阿塔斯卡迪罗之后不久从报纸上剪下来的。1979 年 1 月 10 日《瓦列霍独立报》刊登了希利法官提出的《精神病抗辩规则》，作为一种辩护措施，它是对《刑事案件精神病抗辩规则》的最新修正。希利在重新定义精神病的法律概念时引用了政府诉德鲁案。1843 年英国制定的《姆纳坦条例》强制实行一项判断法定精神病的法律鉴别标准——按照规定，界定为精神失常的犯罪者需符合以下情况之一：在犯罪时对自己的所作所为完全没有清醒的意识；犯罪行为发生时无法明辨是非或处于幻想状态。显然，如果艾

图 44

图 44：1991 年 7 月 25 日星期四，亚瑟·利·艾伦接受电视台采访。
*（由旧金山湾区第二频道电视台 KTVU 供图。）*

伦作为十二宫杀手被移送法庭接受审判和定罪的话，他一定会将这项抗辩权利纳入自己的应对策略。纽约的“山姆之子”大卫·伯克威茨被判处315年监禁，关押在纽约州阿提卡监狱，后来他承认作案时纯粹在装疯卖傻。警察们还搜出各种各样报道十二宫杀手的报纸和新闻剪报。里面夹有几份1982年的《瓦列霍先驱报》和《旧金山纪事报》，均包含十二宫的新闻故事。警探们没收了两份1982年6月3日出版的《瓦列霍先驱报》和一份同年6月6日出版的《旧金山纪事报》。

康威发现虽然艾伦从头到尾侃侃而谈，但实际上空空洞洞，言之无物。“他满口谎言，均被我一一识破。他矢口否认各种说法，也只是徒劳无益。被认为出自十二宫之手的最后一封信是在艾伦从阿塔斯卡迪罗州立医院出来两三个月后写的。在他被监禁期间，十二宫没有发出任何信件。”

艾伦断然否认涉嫌十二宫谋杀案，不过他承认林奇警探在1969年10月初盘问过他。“我那天原本打算去贝利桑湖，”他说道，“但我改变了主意，后来去了海边。”他这次只字未提刺杀案当天目击他回家的那位邻居，也没有谈及在17天后，邻居死于脑血栓。据康威描述，艾伦在整个面谈过程中显得“和蔼可亲、泰然自若、乐于配合”。然而，警探们从他的地下室里把堆积成山的武器抬了上来。“瞧这一大堆！”其中一个感叹道。他们搜出的枪支弹药有：一把鲁格0.22英寸口径左轮手枪，配有6发子弹；一把0.22英寸口径左轮手枪；一把鲁格0.44英寸口径黑鹰手枪和5发配枪子弹；一把柯尔特0.32英寸口径自动手枪和7发子弹；一支雷明顿0.22英寸口径短管来复枪；一支史蒂文斯12号口径835型双管猎枪；一支温彻斯特50型20号口径自动猎枪；温彻斯特Super系列和五花八门的子弹，适用的枪支口径包括0.32英寸、0.22英寸、0.44英寸和0.30英寸；一个0.22英寸口径自动枪的弹夹及3发子弹；一支马林0.22英寸口径带瞄准器的来复枪；一支英兰德0.30英寸口径来复枪。由于艾伦是一名前重罪犯，持有枪支是违法的。

接着又爆出一个惊天大发现——康威警监的手下找出4枚管式炸弹、一根雷管、7个冲击装置（铁路信号响墩）、一罐用剩的黑火药和一些用于欧罗 0.44 英寸口径枪支的黑火药（品类编号：13357）。除此之外，他们还查获了如下物品：两种保险丝（绿色、每种两卷，长 98.5 英尺）、两卷橙色保险丝、9 根非电子起爆雷管、两根一端带后盖的 1 英寸镀锌管、5 瓶金属管丝扣油、6 把管钳。

在一个硬纸板箱里，他们翻出数瓶硝酸钾、一些绿色保险丝、两瓶硫黄、两玻璃瓶黑色不明材料，还有多种多样的烟花。多年后的一天，我来到蒙大拿州林肯居民区寒冷刺骨的山坡上“大学炸弹客”那个狭小的木屋。在卡钦斯基被捕后不久，警察在小木屋里查获了多件物品，和艾伦在地下室存放的化学品及点火装置一模一样。他们甚至搜出了一箱烟花。

“我从来没有在地下室存放过炸弹。”艾伦坚持道。

“是吗？我们找出了一些。”康威回答。

“我完全不知道里面还有这些东西。”

“听着，”康威警告说，“我们在你家地下室藏放的管式炸弹上找到了你的指纹。”

“不，你们弄错了。”他露出了诡秘的微笑，“这些东西是一个前科犯在大约 10 年前留在那儿的。他已经死了好些年了。”

后来我问康威：“你们真的发现了他的指纹？”

他答道：“这么跟你说吧，艾伦一开始坚决否认，声称自己对地下室里的任何炸弹都毫不知情。当我们告诉他炸弹上留有他的指纹时——其实根本没有，然后他就解释说，为了打扫地下室，他挪动过里面的东西。我们从头到尾就一直用这种方式套他的话。”艾伦表示这些炸弹是 10 年前别人存在那儿的，当时应该是 1981 年。而十二宫杀手曾在 1969 年（12 年前）吹嘘称他的地下室里放有一台死亡设备。调查员们搜寻出一个芝宝打火机，上面刻着“D.E.Brandon”（D.E. 布兰登）字样。布兰登显然是那名据说留下炸弹的前科犯的名字，实际上他现在仍活得好好的。联邦调查局后来找他谈过话。他否认“在多年前将几枚炸弹留存在朋友家的地下室”。

接下来，警察向艾伦展示了一张颜色发黄、印有横线的纸。内容写的是制作炸弹的方法和步骤。谁能忘记 1969 年 11 月 9 日那天，十二宫杀手在寄到《旧金山纪事报》的信中扬言称，在他的地下室里，一台“死亡设备”正在待命：

取 1 袋硝酸铵化肥和 1 加仑炉用油，在上面倒几包沙砾，然后引爆这堆东西，任何在爆点附近的东西都会被炸飞。‘死亡机器’就这样大功告成了。我原本打算给你们寄几张图片，但你们这帮令人讨厌的家伙肯定会追根溯源，查找它的制造者，然后必然会查到我的头上，所以我还是用文字来为你们描述一下这个旷世杰作。最让人欣喜的就是所有原料都可以在自由市场上购买，没有人向你问东问西。另外，还需要准备 1 个电池供电的时钟（确保可运行大约 1 年）、1 个光电开关、两块铜弹簧片、两节 6 伏汽车电池、1 个手电筒灯泡和反光镜、1 面镜子、2 个 18 英寸长的硬纸管，里外涂上黑鞋油。经我多次检测，整个系统从头到尾完美通过考核。我不会告诉你们，这台‘死亡机器’是近在眼前，即将奔赴使命，还是被我存放在地下室，等到日后再大展身手。

“我从未见过这张纸。”艾伦说道，“从未见过这些记录。”康威把这张泛黄的纸加入了查获物品中。在盘问过程中，艾伦大多时候都含糊其辞，倚靠着拐杖，面带微笑。他手腕上戴着一块十二宫狼鱼手表——这是他在 20 年前在炼油厂佩戴的那款手表的另一个款式。康威也将其收入袋子，和那张发黄的纸装在一起。他们拿走了一个硬纸板箱，箱子外面套着一个棕色的塑料袋，贴在袋面的标签上打印着“E.W. 艾伦夫人”。接着调查员们发现了一封来自司法部的信，署名是吉姆·斯尔福，这封信主要是为了说明利·艾伦不是十二宫杀手。

巴沃特和康威知道，其实这封信是艾伦伪造的。“吉姆·斯尔福告诉我，艾伦在阿塔斯卡迪罗服刑时，在那里的印刷所干活儿，他还做过别的活计。”巴沃特说道，“这家伙鬼名堂真多。我们找到一封信，显示写信人是司法部的斯尔福调查员。信上写着艾伦已经通过了谎言测试，不应该将他视为十二宫案的嫌疑犯。艾伦坚持称这封信是真实的。不过后来他承认了实事，透露说这是他在阿塔斯卡迪罗的印刷所里印制的。我们还搜出了这封信的原件。这封伪造信被我们带走了，没有再还给他。”

警察们还查出一台西尔斯电动打字机和一台便携式手动打字机。1966年，十二宫邮寄的一封信是用多联复写纸打印的，他故意选取了墨色最浅的一联，就是为了让警方难以确定具体出自哪种打字机。然而，河滨市警方最终还是查清了打字机的品牌——一台皇家牌便携式打字机。笔迹鉴定专家毛利尔相信十二宫在河滨市打印的这封信使用的就是这样一台机子。但康威认为十二宫并不是贝茨谋杀案的凶手。因此，他对这封信不是特别感兴趣。随后，他们搜索出一支小型手电筒——十二宫曾说过他把一支钢笔形手电筒用胶带绑在枪管上，用作射击瞄准器。接着他们找到一把镶嵌铆钉的猎刀和一个手工制作的刀鞘——在贝利桑湖案中，十二宫挂在身上的刀鞘里装的就是一把镶有铆钉的猎刀。

搜查工作的第二天，警察们拿铁锹把院子挖了个遍，在老花园里翻找了一通，还把后面的车库彻查了一遍。他们在车库里找到一艘霍比猫双体船和搁船的拖车、一个西罗米牌燃气烧烤炉、一个不锈钢旋转式烤肉架、几个电动工具、喷涂设备、便携式动力装置（艾伦称之为“救生

图 45

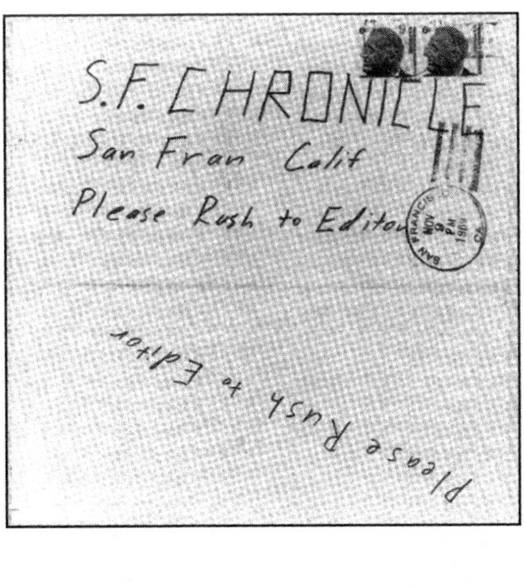


图 45：十二宫于 1969 年 11 月 9 日寄给《旧金山纪事报》的信的信封正面和背面。

*（源自作者收藏图集）*

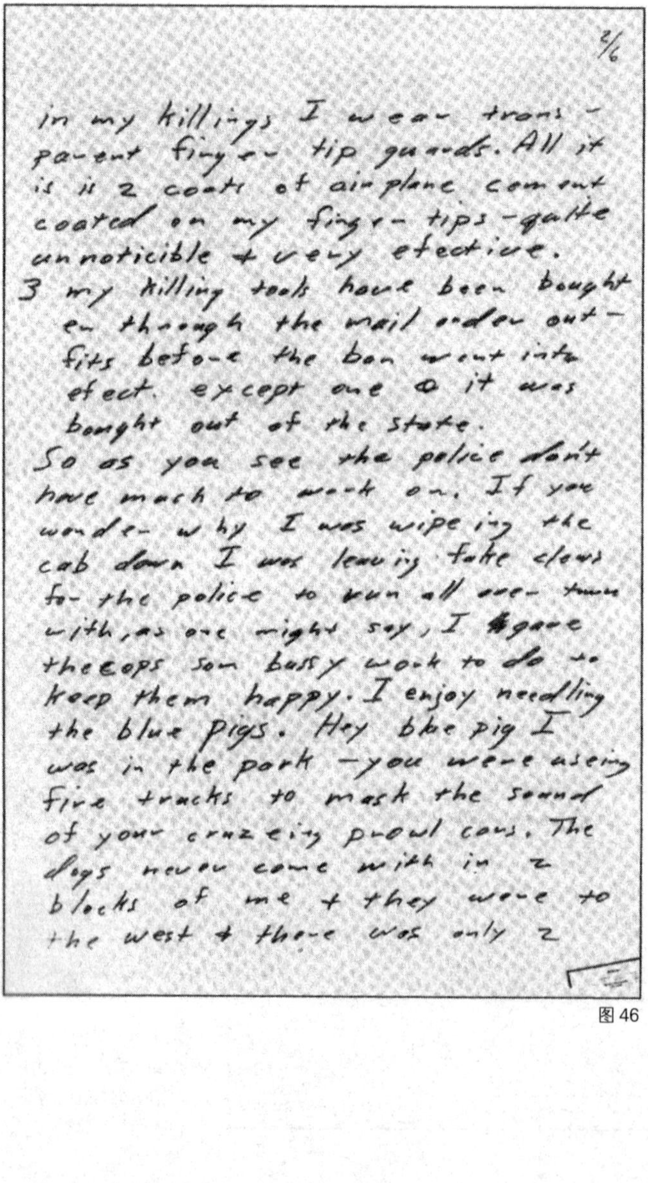

2/6

in my killings I wear trans-
parent finger tip guards. All it
is is 2 coats of airplane cement
coated on my finger-tips - quite
unnoticible + very efective.
3 my killing tools have been bought
en through the mail order out-
fits before the ban went into
efect. except one & it was
bought out of the state.
So as you see the police don't
have much to work on. If you
wonder why I was wipeing the
cab down I was leaving fake clews
for the police to run all over town
with, as one might say, I gave
the cops som bussy work to do to
keep them happy. I enjoy needling
the blue pigs. Hey blue pig I
was in the park - you were useing
fire trucks to mask the sound
of your cruzeing prowl cars. The
dogs never came with in 2
blocks of me + they were to
the west + there was only 2

图46

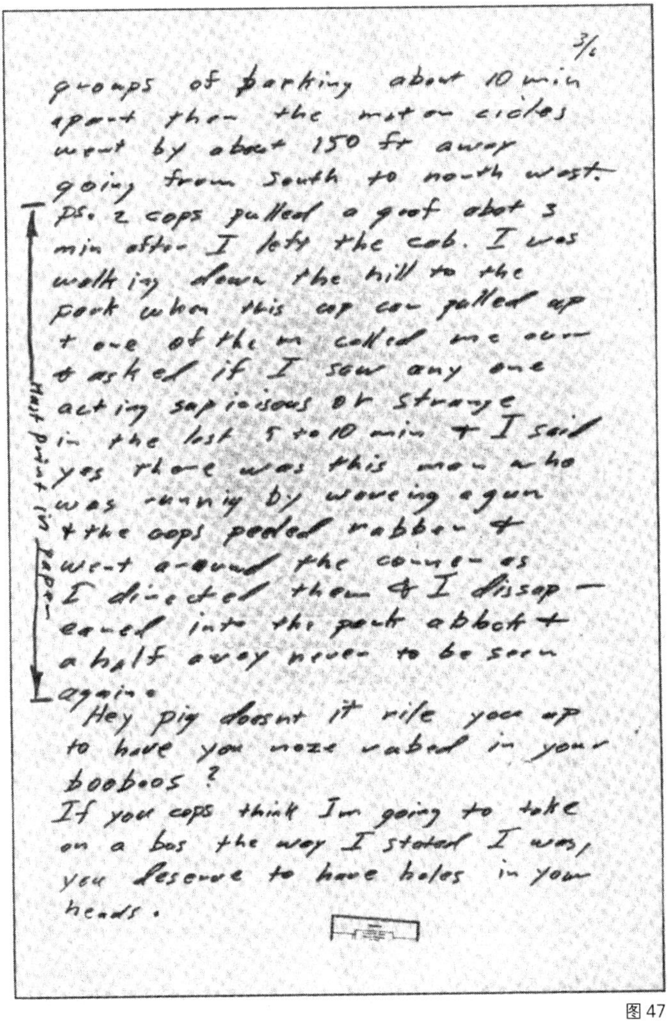
3/6

groups of parking about 10 min
apart then the motor cicles
went by about 150 ft away
going from south to north west.
ps. 2 cops pulled a goof abot 3
min after I left the cab. I was
walking down the hill to the
park when this cop car pulled up
+ one of them called me over
+ asked if I saw any one
acting supicisous or strange
in the last 5 to 10 min + I said
yes there was this man who
was runnig by waveing a gun
+ the cops peeled rubber +
went around the corner as
I directed them + I dissap-
eared into the park a block +
a half away never to be seen
again.

Must print in paper

Hey pig doesnt it rile you up
to have you noze rubed in your
booboos?
If you cops think I'm going to take
on a bus the way I stated I was,
you deserve to have holes in your
heads.

图47

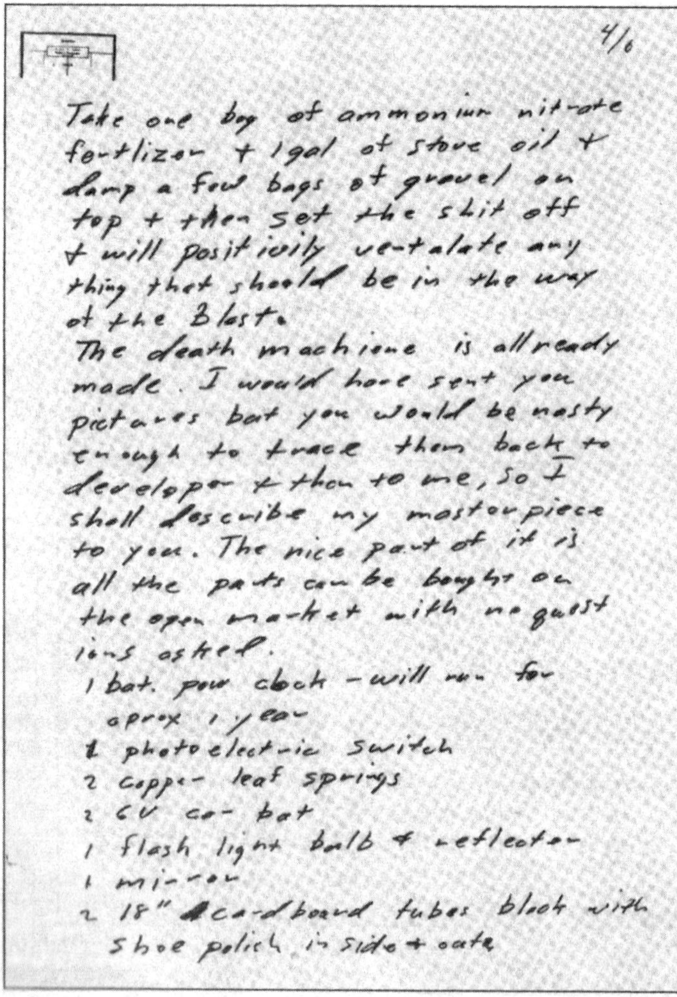

4/6

Take one bag of ammonium nitrate fertlizer + 1gal of stove oil + dump a few bags of gravel on top + then set the shit off + will positivily ventalate any thing that should be in the way of the Blast.

The death machiene is allready made. I would have sent you pictures but you would be nasty enough to trace them back to developer + then to me, so I shall describe my masterpiece to you. The nice part of it is all the parts can be bought on the open market with no questions asked.

1 bat. pow clock - will run for aprox 1 year
1 photoelectric switch
2 copper leaf springs
2 6V car bat
1 flash light bulb + reflector
1 mirror
2 18" cardboard tubes black with shoe polish in side + oute

图48

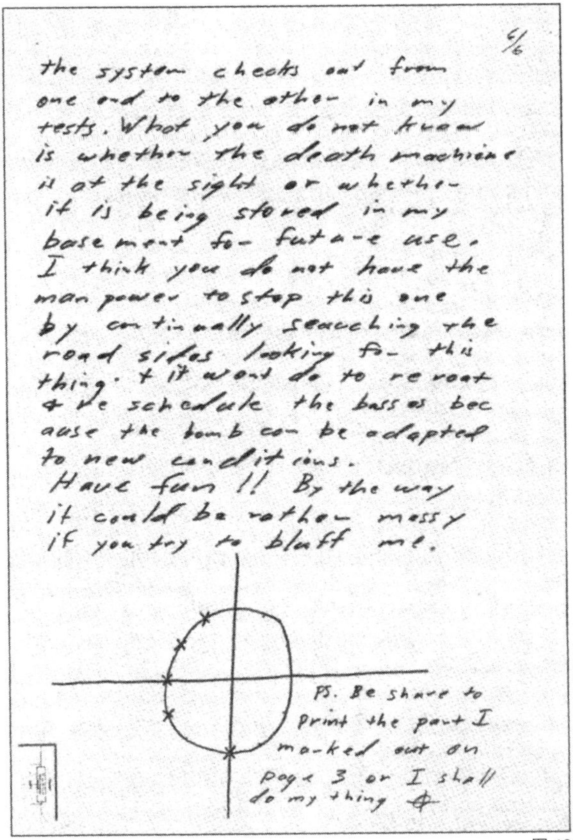

4/6

the system checks out from one end to the other in my tests. What you do not know is whether the death machine is at the sight or whether it is being stored in my basement for future use. I think you do not have the man power to stop this one by continually searching the road sides looking for this thing. & it wont do to re roat & re schedule the bussas because the bomb can be adapted to new conditions. Have fun !! By the way it could be rather messy if you try to bluff me.

PS. Be shure to print the part I marked out on page 3 or I shall do my thing

图 49

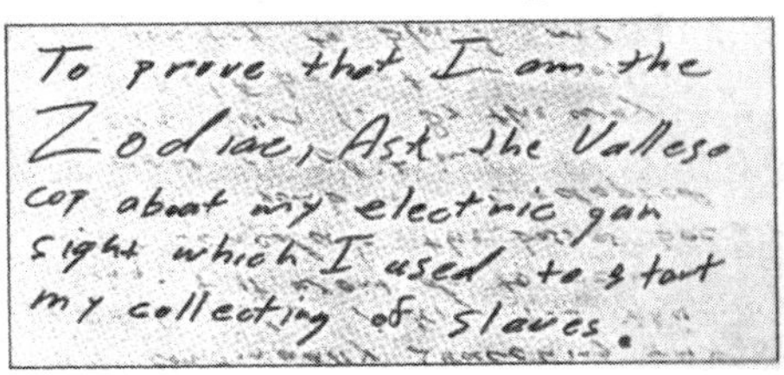

To prove that I am the Zodiac, Ask the Vallejo cop about my electric gun sight which I used to start my collecting of slaves.

图 50

图 46 至图 50：十二宫在 1969 年 11 月 9 日寄给《旧金山纪事报》的信件的第二页至第七页。（第一页的内容请参见之前出版的《十二宫：挑衅》。）

*（源自作者收藏图集）*

颚”）。艾伦自始至终沉着冷静。如果之前他的秘密还没有被泄露过，那么现在肯定显露无遗。邻居们绝不可能无视大批进出他家里的警察，他们必定会猜测背后的原因。而紧接着来的就会是媒体记者。警探们仔细搜查了地下室沿壁书架上的每一本书，他们用力抖散书页，看看是否会掉出东西来。这些大多是关于帆船驾驶和飞机制造领域的刊物和书籍。警探们在他的个人物品、笔记和日志中翻来找去，力图搜出一本秘密日记簿或相关照片。

伦德博士告诉我：“像十二宫这样的凶手在作案现场只逗留了一时半刻，却能记得大量细节，其中一个办法就是他们拍下了照片，回家后再不慌不忙地研究它们。通过这种方式，他们既可以详细说出受害者衣着，又能迅速逃离谋杀现场。”十二宫案中曾有一名嫌疑人在警队工作，他从单位偷走了几张尸体照片。连环杀手埃德·坎伯在接受审判的时候，为自己纤悉无遗的细节描述扬扬得意，他清晰地记得各个受害者的姓名、年龄、装束、尸体特点和作案地点，他似乎定格了当时的画面，以便回忆起所有信息。开膛手瓦谢曾因一起谋杀被警方逮捕，但他对自己犯下的其他所有谋杀案供认不讳。他故意把细节描绘得一丝不漏，把警方搞得垂头丧气、焦虑不安。

巴沃特请来一名房屋检查员，在四处探查一番后，他确信房子里没有隐藏任何东西。1969 年后的某一天，切尼来拜访时，发现艾伦在地下室搭建了一个小厨房，里面可能藏有东西。如果他会建小厨房，那么他也能轻而易举地建一个隔间。警察知道艾伦在房子里藏了物品，但他们不知道的是，他和罗恩年轻时经常自己酿酒，然后藏到房子下面。切尼解释说房子主生活区下方有一块区域，你只需弯下身子，即可直接走进去，那里的确是一个藏匿东西的好地方。

直到最后，警察都没有在院子、车库和地下室找到任何能将利·艾伦和十二宫杀手直接联系起来的铁证。于是他们又奔赴百老汇街 1545 号，搜查放在拖车上的帆船。结果，他们再一次空手而归。巴沃特评价这次地下室搜查行动时说：“我发现艾伦所有的炸弹配方和十二宫提到的配方如出一辙……化肥炸弹——硝酸铵和炉用油炸弹的配制方法——以及诸如此类的东西。说实话，我原本期望会有更多收获，但事与愿违。真的找不到确凿证据。”康威没收了最有调查价值的物品，包括“好几页关于炸弹、饵雷和枪支的邮购目录”。十二宫在1969年11月9日写的信里暗示称他的谋杀工具都是通过邮购买来的。当然了，艾伦挥手向警察道别时手上没有戴他的十二宫手表，因为康威把它收走了。那块瑞士手表是由一个1882年创立的钟表公司制作的，是破案的关键元素。其他人也是这么认为的。

一个名叫凯文·摩尔的海员从沙特阿拉伯给我来信说：

几个月前，我在当地一家商店无意间看见一则十二宫手表的广告。我觉得这绝非纯属偶然，特别是它们的商标和十二宫杀手的标志丝毫不差。在看到这则广告前，我从未听说过这个牌子。手表本身就是一条很好的线索，因为我认为这不是常见的手表。一个跟踪桑迪·贝茨的男人就佩戴着这样一只非同寻常的手表，桑迪是克洛纳多酒馆的鸡尾酒女招待。而十二宫杀害的达琳·菲林很喜欢去这家小酒馆跳舞。桑迪告诉我：‘十二宫杀手的名字来源于萨克拉门托附近一家名叫十二宫的俱乐部，后来他又发现了这种牌子的手表。你有没有接触过涉及十二宫手表的案子？它的商标是一个画十字的圆圈，手表装在一个红色的缎面盒子里。1975年，我在加州康科德一个二手商店的橱窗里发现了它。

当然，警察的搜查也不是完全一无所获。警探们对这名嫌犯有了进一步了解。他们从其中一张剪报推断，如果艾伦真的被以十二宫的身份受审，他会充分行使精神病抗辩权来为自己辩护。在警察离开后，艾伦写了一封信给几位朋友，称他随时有可能被逮捕并遣送回阿塔斯卡迪罗。警察打算利用艾伦对重返阿塔斯卡迪罗的忧惧和焦虑。现在康威和巴沃特清楚地知道，比起警察来，亚瑟·利·艾伦更害怕的是监狱。

警方和联邦调查局在为第二次讯问艾伦联手作准备。联邦调查局此前已经对情人节那天的搜查和审问作了深入分析。在又一次找艾伦谈话时，其中一名警探故意时不时激怒这名嫌疑人。撒手锏就是“艾伦私藏炸弹”这件事。索拉诺郡地方检察官迈克·纳尔提出了一项动议，确保搜查令申请书中所包含的信息秘而不宣。他和副检察官哈里·S. 金尼卡特写道：

依据《加州证据法》第1040和1041条以及政府诉桑切斯案（1972年，加州24号诉讼案）附录3，664号和678号补充说明，特此提议将此处所附搜查令申请书进行部分封存。这些部分包含官方信息，将其公开会违背公共利益。《加州证据法》第1040和第1041条规定，地方检察官可以行使特权，拒绝透露举报人的身份和官方信息，以维护公平、正义。

虽然州法律要求所有搜查令在签发10天后必须公之于众，但达西法官仍下令在收到进一步通知前，先封存申请书的部分内容。然而，他们忘了媒体最善于刨根挖底了。这名头号嫌犯的名字已经不再是一个严加保守的秘密。邻居们早就在议论纷纷了。很快，艾伦的名字和面孔将会出现在报纸和电视屏幕上。

联邦调查局一份备忘录特别提到瓦列霍已经重新启动对十二宫谋杀案的调查：“谨提议他们现在针对嫌疑人亚瑟·利·艾伦做一个全面的背景调查。瓦列霍警方请求协助制定审问艾伦的策略。”一位联邦调查局特工已于1991年2月28日和3月20日面见了康威和巴沃特，“目的是讨论他们调查工作的细节并获取相关文件”。

艾伦在南加州有几个朋友，是他被关押在阿塔斯卡迪罗期间结识的，那几个朋友的家就在附近。现在他给朋友们写了一封信。他们中的一个后来告诉我：“他在最近的来信中说，警察找到一名新证人，随后他的住处再次遭到搜查。他预料警方会随时将他逮捕。这只不过是一个多月前的事。”

《瓦列霍先驱报》的杰基·金利对艾伦作了专访，这是艾伦第一次接受报纸的采访。

“情人节那天，”这位58岁的嫌疑人描述道，“瓦列霍警察拿着一张搜查令敲响了我家的大门。这帮家伙把整个鬼地方搅得天翻地覆。我打电话问他们什么时候可以领回我的东西；他们两个星期后回电话说，他们发现了一些该死的新证据。20年前，警察搜查了我存放在桑塔罗萨的拖车，而现在他们决定搜查我的房子。”

“而这一切只是因为他们收到一条假线索，举报人因为持枪抢劫将面临30年监禁。他从塔霍湖打电话给警察，声称我和他在1969年有过一次谈话，说的是：我告诉他，我要前往旧金山开枪打死一个计程车司机。他就是一个彻头彻尾的流氓无赖。我这辈子从来没有跟他说过一句话。”

“值得一提的是，”巴沃特说道，“20世纪80年代早期拉尔夫·史宾尼利在塔霍湖开了一家餐馆。很明显艾伦肯定一直关注史宾尼利的动态，因为我们从未把史宾尼利和塔霍湖之间的关联告诉过他。”1970年一个疑似十二宫杀害的受害者就是在塔霍湖失踪的。

“在过去的22年里，这件破事一直纠缠着我。”艾伦勃然大怒。“警察要求我做谎言测试，虽然我在20世纪70年代通过了一次测谎。那次测试持续了10个小时，最后我顺利地通过了那活见鬼的破玩意儿。而他们告诉我：‘嗯，你是一个反社会的人，你能骗过测谎仪。’十二宫杀手被认为是一个反社会者，一个丧尽天良的恶棍，从杀人——特别是杀害女性的罪恶行径中——获得性快感。我在考虑联系旧金山律师梅尔文·贝利。我已经琢磨了好一段时间，不过话说回来，每次他们搜不到任何证据的时候，我就会渐渐把这事给淡忘了。”

世界上有那么多律师，而艾伦却偏偏提到了十二宫曾给其打过电话、写过信且主动表示要向其自首的梅尔文·贝利。贝利和十二宫杀手可算是老熟人了。1969年10月23日，贝利向代接电话服务处查询了来电信息。他的女管家给服务处留下一条消息，称十二宫于前一晚往家里打了电话，而当时这位律师正在外面参加国际电影节。贝利那夜回到家时已经很晚，没有来得及查听十二宫直接打给女管家的两次电话。来电的主要内容是说十二宫想在家里和贝利见个面。“如果能提前安排好，贝利会知道在哪里碰面。”

打电话的人说道。贝利在非洲的时候，接到三个电话，其中有两个是长途电话。他一整天都在等待那个约定秘密会晤的机会，结果却大失所望。最糟糕的事，贝利担心十二宫也许是某个认识他的人。这个无影无踪的隐形人深深着迷于这位高调惹眼、派头十足的律师。在一次情绪崩溃的关键时刻，他向该律师透露了一条关于他真实身份的最有价值的线索。欲知详情，我们就得逆时间之流，回到 1969 年 10 月 22 日，回到那段动荡不安、令人心惊胆战的岁月。

## 律师贝利

十二宫打通了律师家的电话，但接电话的是他的女管家[1]。她解释说，这位一头白色浓密长发的律师正在德国慕尼黑参加军事审判律师会议。“我等不了了。”这位自称十二宫的来电者说道，“今天是我的生日。我必须杀人！”他猛地挂断了电话。

“在1969年12月18日，”贝利回忆道，“十二宫给我寄了一封短信，祝我圣诞快乐。后来我到非洲游猎去了。在此期间，据我的管家说，十二宫又给我打了几次电话。”

打过电话两天后，恰逢第一起北加州谋杀案发生一周年，十二宫的信寄到了贝利家，里面附有一块史坦恩的方形染血碎衣片。这封被原封不动地送至他的业务办公室，由他的秘书负责拆开。信封上的地址写着：“加利福尼亚州旧金山蒙哥马利街1228号，梅尔文·M. 贝利先生。”在那个4×7英寸大的白色信封里，整整齐齐地叠放着一块来自史坦恩的血迹斑斑的灰白条纹衫碎片，还有一封用毡尖笔书就的信。一位法务助理亲手将这封信的复印件交到了住在贝耶索夫酒店293号房的贝利手里。贝利颤抖着手指打开了复印信，上面写着：

亲爱的贝利，我是十二宫。祝你度过一个愉快的圣诞节。我唯一想让你

[1] 1970年1月14日，联邦调查局在9-49911-88号报告中记录了两人的谈话内容。

做的就是请你帮帮我。我无法向外界求救，因为我体内的某种东西占了上风。我发现它难以控制，害怕自己会再次失控，杀掉第九个甚至是第十个人。请帮帮我！我快要不行了。目前毛孩儿们是安全的，不会被炸，因为需要挖很大的坑，引爆装置也还要做很多调整才能弄好。但如果太久没杀人，我就会完全失去控制，然后引爆炸弹了。请帮帮我吧！我撑不了多久了。

“请帮帮我吧！我撑不了多久了。”十二宫最后改述了威廉·黑尔伦斯的话。这位在20世纪40年代出现的“芝加哥口红杀手”是一个性虐待狂，他用口红在一面镜子上潦草地写下一句话：“看在上帝的份儿上，在我残害更多的生命前快来抓住我，我无法控制自己。”这是他心底发自肺腑的呐喊。

十二宫引述黑尔伦斯求助的话像是在讽刺他人，但贝利不以为然。他认为这封信是十二宫的肺腑之言。“我相信他真的渴望停止杀戮。”他说道，“我非常认真地研究了他的信……我感觉他写信时的确是在平静、理性地考虑自己的未来。他知道最终难逃法网，除非找到高明的法定代理人，否则极有可能被判送往毒气室执行死刑。所以他才如此迫切地呼求援助……他为什么来找我呢？因为他不想进毒气室，他想免于一死……我认为我们可以帮助他……我们可能会找到他，然后挽救几条人命——包括他自己的性命。也许我们可以让他相信，他可以获得治疗，并且不会被处决。”贝利主动提出会带着“一位牧师或是一位精神病医师”去和十二宫在“圣马林地区或内华达”见一面。

贝利非常憧憬这样的画面：十二宫这个和女管家在电话里相谈甚欢的杀手会“和女管家坐在客厅里等他回来，大家愉快相处、其乐融融”。他随后去了意大利那不勒斯为一名海军军医辩护，这位军医被指控挪用军队公款。“我想先完成那不勒斯这起案子。”贝利说道，“但如果我接到关于十二宫的紧急电话，我会立即返回加州。如果他希望我尽快回去，我会赶最早那趟航班。我猜想十二宫不久之后还会和我们联系。”在饱餐一顿美味的意大利蔬菜小方饺后，贝利给记者艾弗利打了一个越洋电话。“那不勒斯快要把人冻僵了。”他感叹道，“我一直有种隐隐不安的感觉，十二宫可能是某个认识我的人。”回到加州后，贝利透露说：“我的管家说她非常焦虑，急切地想见到我。她能听出他的声音。”

托奇和阿姆斯特朗急匆匆地赶到贝利家，要和他讨论新收到的那封信。贝利笑容满面、容光焕发，他穿着法式袖口的衣服，胸前口袋里塞着一张丝质手帕，背心上挂着一条银制表链。托奇回忆道：“当然了，贝利当时正在等我们。他对我们说：‘我有客人在这儿，不过请放心，他们知道我在协助警察局。’于是我们问他：‘您是否介意暂时回避一下您的客人？’我们告诉餐桌前一男一女两位宾客：‘我们想单独和贝利先生谈10~15分钟，他说这没问题。是跟十二宫案有关的事。那位女士回答说：‘噢，没关系，没关系。贝利之前跟我们说过这件事。’不但他的客人总是全神贯注地看着他，而且我能感觉到贝利非常享受每一刻。他总是站在舞台中央，从来都是一颗耀眼的明星，甚至在法庭上亦是如此。我记得每当他走进法庭的时候，陪审团，甚至法官都会转动脑袋，目光一路追随着他的身影。”

“警察一直在关注这个案子。”贝利说道，“他们感觉或许十二宫实际杀害的人比他们之前认为的更多，包括加州河滨市一名1966年遇害的年轻女子，还有1967年在圣伯纳迪诺市丧命的另一名女子。接着，在1971年，他们获悉了一条线索，然后迅速奔赴河滨市大学法学院。”

## 媒体明星斯达尔

现在艾伦不仅仅是警察局档案中的一个名字——他还成了晚间新闻的主要话题。“我和亚瑟·利·艾伦第一次见面是在1991年7月。”记者丽塔·威廉姆斯回忆道。“我们得到风声，康威警监和他的同事们在1991年的情人节搜查了艾伦的住所，那份搜查令即将被公之于世。我们首先采访了这位警监。”

威廉姆斯问康威：“你们在艾伦的住所发现管式炸弹后，为什么他至今没有受到任何指控？”

“对于正在调查的案子，我不便发表任何评论。”康威回答道。

“您认为你们离破案很近了吗？……是否比20年前更近一些？”

“说实话，我觉得不是。”他最后说道。

“接着，”威廉姆斯回忆说，“抱着试一试的想法，我和摄影师前往艾伦家，想看看能否获得什么信息。那天时间有点儿晚了。当时正值夏日，天空仍亮着，但夜幕渐渐降临。我和摄影师尼克来到他家门前，在我敲门的时候，尼克半遮半掩地躲到了灌木后面。艾伦没有穿衣服。他裹着一件浴袍，朝窗户大声喊道：‘稍等一下。’他终于来到了门口。我向他说明来意后，他竟然表示我可以进门，这完全出乎我的意料。”

威廉姆斯采访了这个“暗夜跟踪魔”兼“小径杀手”。她回忆称：“我在牢房里和罪犯独处过，在我采访过的所有人中，没有一个人像亚瑟·利·艾伦那样令我不寒而栗。当时我深切地体会到这种恐惧。他周身散发出阴森可怕的气息。他的身体非常魁梧，很像一只大猩猩——反正十分恐怖。

我觉得很难用言语形容，但你能明显看出他身体里蕴藏的力量。你会发现，他被指控的那些恶行，实际上他的确能够做得到。他就属于这样的类型，虽然他病得很厉害——那时候他需要做肾透析，还患有高血压，服用各种各样的药物——但他仍然是一个让人毛骨悚然的存在。”

“当他答应接受我的采访时，我犹豫了。我认真考虑了一下。一开始他没有看见站在远处的摄影师，而我可不打算一个人进去。最后，他同意让摄影师一起进门。起初，艾伦跟我们说不能拍照。他就想看看我们到他家要做什么。在接下来的一个半小时里，我们坐在那儿，和他聊了起来。”

“他胸阔如桶，肩膀宽厚。他并不是太重，因为当时他需要定期做肾透析。尽管他是一个病人，但并没有因此得到上天的眷顾，他面临的一切都于他不利。他身穿浴袍，脚套大而重的靴子。后来在采访的过程中，他换了一身衣裳。”艾伦穿上了一件薄而透明的蓝色运动衫，上面饰有两个金银丝细工竖直凸条纹图案。衣服敞开着，显露出宽阔的胸膛。他那条淡灰棕色人字斜纹长裤样式老旧，带有褶皱。在他的右手腕处贴着一块创可贴，下面盖着的是那天早上打针留下的针眼儿。

威廉姆斯金发碧眼，魅力四射，两腿修长。她身穿一件红色短外衣，里面是量身定制的套装，上面的黄金饰品十分显眼。艾伦带着她走过乱七八糟的花园时，两人看起来极不搭调。花园四周围着用木头和钢丝绳加固的铁丝网围栏。艾伦用手指了指房子底下，解释说那是警察找出炸弹的地方。“艾伦愤愤不平地指责警察如何劫走了他的东西。”威廉姆斯回忆道，“如何搅得他不得安宁，把东西带走后再也没有还给他——有些是他母亲留下的承载着亲情的纪念物。他为此十分沮丧。”珠灰色的天空吹过来一股炎热的风。

他们走下布满灰尘的地下室。里面没有那么热。威廉姆斯找地方坐了下来，她的身后是一个用未涂漆木材做的、粗糙的自制书架。她仔细打量着墙上的物品。那是一条专门用来插放荣获的童子军勋章的毛毡带子吗？是艾伦的吗？还是一个当地小孩儿的？一个声频设备上落满了尘埃——那是一个潜水用测深机。一层架子上排满了获得的潜水、游泳和枪刺捕鱼各种奖杯。她头顶上方摆放着多种多样的照相器材。一个吸尘器挂在墙上。地板上，一个带柄的1加仑装容器和一张小桌子放在一起。桌子上，旋转式台灯照亮了一堆杂乱无章的电子设备——一个立体音响、双卷盘磁带录音机、电子游戏机、录像机、盒式录音带和一个黑白相间的电话机。虽然艾伦不应该喝酒，但时钟旁边摆放的带盖大啤酒杯里只剩下少量啤酒。桌子上面还有一个玻璃烟灰缸。不过艾伦并不抽烟。一个空盘子被塞到了架子下方。她将目光重新移回艾伦身上。警察没收了很多物品，威廉姆斯最感兴趣的东西都不在这儿了——十二宫手表、枪支、炸弹和剪报。

他们开始交谈起来。艾伦直直地坐着，双手合拢，放在腿上，像是一个被责罚的学生。威廉姆斯一开始以为艾伦坐在边上的是一张凌乱的长沙发，上面铺着一床蓝色毯子，放着两个白色枕头。稍后她才意识到："那是他睡觉的地方。"他那颗光秃秃的脑袋后面垂着棕褐色的窗帘，上面印着盆景树和一望无垠的大海。艾伦养的那只棕褐色老狗靠在他左臀部躺着，偶尔伸出一只后腿挠痒。

"我从8岁起住进这套房子。"艾伦介绍道，"我母亲在3年前去世了。从此以后，我独自一人住在这个房间。我从1991年4月开始做肾脏透析。一开始一周两次，后来变成一周3次。我胖得就像一个被充了气的软式汽艇。我的体重猛增至280磅。结果呢，我每天得注射10针胰岛素。最后，我的体重终于减回到现在的220磅。"

威廉姆斯后来告诉我："虽然艾伦明显患有疾病，但他仍然是一个强壮有力、令人畏惧的形象。在他年富力强的时候，他一定让人心惊胆寒。我之前读过你的《十二宫》，事先了解了要问的一些情况。刚开始提问时，我假装对这个案件一无所知，在谈话的过程中不断深挖具体细节，然后静静地听他说话。他说那些都是间接证据，还没有任何东西能够确凿地证明他就是十二宫杀手；否则，康威警监和瓦列霍警方早就把他抓起来绳之以法了。他谈到了在房子下面搜出的管式炸弹。"

"我根本不知道那里有炸弹。"艾伦解释道，"我一个朋友是个前科犯，现在去世了，十多年前他托我帮忙存放一些东西。想必就是这些炸弹。警察说上面有我的指纹。我才不相信。果真如此的话，我现在就不会坐在这儿了，我的指纹绝对不可能跑到炸弹上。我认为十二宫极有可能仍然在逍遥法外，他这会儿估计要笑死了吧！”

“艾伦一直和他的母亲居住。”威廉姆斯说道，“他没有结过婚。他因猥亵一名小男孩儿被逮捕过一次，在阿塔斯卡迪罗服过刑。他一度情绪失控，说不出话来。‘我现在意识到自己的行为是多么恶劣，’他悔叹道，‘以及我对那个孩子可能造成了多么大的影响。我其实不是那种有意要伤害他人的人。’”

“我想问问他对于切尼的言行有什么想法。切尼曾向警方举报，称艾伦说过要猎杀人类。不过在提问前，我先引用了十二宫的话：‘我喜欢杀人，因为这充满趣味，比在森林里捕猎野兽有趣多了，因为在要杀死的动物中，人类是最危险的……’”

“艾伦告诉我，他在十一年级的时候读过这个故事，叫《最危险的猎物》，他深受这本书影响，后来开始用枪猎杀长耳大野兔。他说这是他唯一会杀害的动物，而且他近年确实没有说过切尼所举报的那些话。‘嗯，他把我的话夸大了很多、很多倍。’艾伦说道，‘他还向警方说了一些我们之间并没有谈过的内容，然后就判定，哦，我肯定是十二宫杀手。那些都是我和他一起念高中的时候聊过的一些东西，而且他严重误会了我的意思。每个人都在想方设法获取知名度。事实就是，我从未说过猎杀人类的话。’”艾伦实际上没有和切尼一起上过高中，他们直到 1962 年才相识。

“艾伦总能为一切事情找到各种各样的解释。”威廉姆斯回忆说，“在采访中，他有三四次表示自己从未读过《十二宫》，但他又会提到那本书里的一些细节。而他不可能单纯地从康威警监及其他人和他的谈话中获知这些内容。然后他会重申：‘等等，没错，我从未读过那本书。我是听他说的。’他任意歪曲事实，简直是一派胡言（在采访录像中，明显可以看见他桌子上的报纸下方放着一本《十二宫》）。”

“我直接引用了那本书里一些总结性的表达——艾伦的母亲非常专横，他不是家里受宠的对象，而长得和母亲家族更相像的弟弟才是那个集家庭宠爱于一身的儿子，艾伦一辈子都生活在母亲权威控制之下。艾伦爱答不理，顾左右而言他，介绍一些关于他的狗狗身体机能的情况和其他事情。我猜想他更多地是想惹恼我，看看我会作何反应。毫无疑问的是，在整个采访中，他一直否认自己是十二宫杀手。他说事实上他是十二宫案的另一个受害者。因为他清白无辜，却在过去的20多年中不停地受到警察的骚扰。

“‘他们给了我很多次坦白从宽的机会，’他说道，‘最近的一次就是上个情人节。他们以为这样我就可以获得内心平静。可是，你是不会因为招供一个谎言而获得内心平静的。他们就想这样要求我……住在隔壁的小女孩儿现在读五年级，他们正在学习宪法，她听说我的遭遇后非常生气。“难道他们没听说过无罪推定原则吗？”她告诉我。对啊，愿上帝保佑她……’他们还没有逮捕我，是因为他们无法拿出确凿证据。’艾伦最后说道，他的声音明显颤抖起来，‘我才不是什么该死的十二宫杀手。不好意思……实在抱歉。’他埋下头，好像哭了起来。‘22年了，这样的……’”

“干这行将近25年了，采访过各种类型的杀手，你会渐渐产生一种直觉。我跟你说吧，那天晚上我和摄影师上车后，他转过脸来对我说：‘天哪！我感觉我们刚才采访了十二宫杀手。’他对此深信不疑。”

威廉姆斯的采访当晚就播出了。“二十多年来，”新闻主播丹尼斯·里奇蒙德在《10点新闻》中说道，“警方一直怀疑一位瓦列霍居民涉嫌悬而未决的十二宫系列谋杀案。今晚，我们将听到这位嫌疑人的心声。自从臭名昭著的十二宫案震惊湾区和全国以来，时间已经过去了二十多年。警方仍在致力于侦破这些凶杀案。周一，瓦列霍权威机构将解封调查工作中一小部分结论。警察搜查了这个十二宫头号嫌犯的房屋，他们将公布搜查结果。这位居民首次在本台电视采访中讲述了自己的故事。他接受采访时要求我们不要展示他的正面。”电视台把艾伦的脸部用电子手段遮掩起来，只能看到一个侧面剪影，看不清真实长相。这反而使观众更加好奇。

“这名男子就是声名狼藉的十二宫杀手吗？”丽塔·威廉姆斯问道，“还是一个过去二十多年来遭受警察烦扰的受害者呢？他的名字叫亚瑟·艾伦。他现年58岁，身患糖尿病。昨晚我们去他位于瓦列霍的家里采访时，他刚从医院做完透析回来。在20世纪60年代，当整个加州陷入十二宫杀手的恐怖阴影时，艾伦接近40岁，比现在重60磅，身强体壮，是一名生物学专业研究生。在这本公认对十二宫研究最具权威的书中（她展示了一下《十二宫》），化名为鲍勃·斯达尔的亚瑟·艾伦被调查员们视为头号嫌疑人……”

“十二宫在一封被广泛引用的信中写道，他喜欢猎杀人类，因为这比猎杀野兽有趣多了，因为人类是最危险的动物。在20世纪70年代早期，艾伦一位朋友主动找到警察，举报称在系列谋杀案发生前，艾伦曾对他说过几乎一模一样的话。”威廉姆斯说道，“自那以后，艾伦成了怀疑对象。1971年，警察搜查了他的两辆汽车和在桑塔罗萨住用的一辆房车。但出于某种原因，直到三年前，他母亲去世后，警方才搜查了他们在瓦列霍共同居住的房子。‘每一次，我以为这件事终于风平浪静时，它又呼啸着扑了回来。’艾伦在视频中说道，‘最近一次是在情人节，真是情人节快乐啊！’”

“凭着一张搜查令，警察在2月份花了两天时间将房子和车库彻查了一遍。他们用铁锹把院子挖开了一部分，拿走了艾伦的十二宫水手表，据艾伦说那是母亲送给他的礼物，还从房子底下拖出多枚管式炸弹。艾伦在20世纪70年代做过谎言测试，当时他因为猥亵一名9岁男孩儿而被关押在精神病院。他说自己通过了那次测谎，但是权威部门称他是一个反社会者，懂得如何蒙混过关。然而迄今为止，他从未因十二宫谋杀案遭到任何指控。他说，他已经失去了工作和朋友，现在甚至连医疗护理都难以保障。因为警察的行为在暗示他是一个杀手。”

采访录像接近尾声时，艾伦情绪崩溃，抽噎起来。丽塔·威廉姆斯后来告诉我：“不过，他并没有真哭。在低头看录像带的时候，他有一搭没一搭地呜咽。当他抬起头时，眼睛里面没有一滴泪水。我非常肯定他是在装模作样而已。”

接着艾伦又出现在哥伦比亚广播公司下属的KPIX电视台第五频道。

“我不是十二宫杀手。我从未杀害过任何人。”他说道，“警察让我扪心自问。我极力搜索记忆盲点——缺失的记忆——没有任何盲点。1969年年底，我第一次遭到警察盘问。那位警察说，有人认为我有可能是十二宫杀手，于是举报了我。在谈话结束时，他说：‘好吧，十二宫的头发是卷的，而你的显然不是。’事情就这样过去了。”

“在过去 20 年中，我至少被查问了 5 次。我原以为我在 1975 年参加并通过了长达 10 个小时的谎言测试后，这一切会画上句号。我曾经收到一封来自司法部的信，证明我不是十二宫。信中明确指出，加州不再将我视为十二宫谋杀案的嫌疑人。我现在无法向你们出示这封信。为了证明我是十二宫杀手，瓦列霍警察局在最近的一次行动中突击搜查了我的住宅，然后把信没收了。现在我能洗清嫌疑的唯一途径就是等真正的十二宫杀手出来认罪——如果他还活着的话。我也只能指望这一点儿可能性了。我能够求得内心平静的另一种情况就是他们发现我已经离开人世。我承认的确有大量巧合显得我很可疑。”

艾伦后来告诉童年玩伴哈罗德·霍夫曼：“他们遗漏了一些东西——比如我藏在衣橱袜子里的消音器。”

《旧金山观察报》记者兰斯·杰克逊打电话给我，说：“我听说了拉尔夫·史宾尼利的事，他是一个职业罪犯，在圣何塞附近某个地方被抓了。他被指控参与 9 起抢劫案。于是他开始向警方告密——亚瑟·艾伦是十二宫。他知道自己面临多年监禁，因此他想试图通过举报将功赎罪，避免牢狱之灾。当然了，警察说他现在退缩了，他有可能不会再透露相关线索。警察给你打过电话吗？上周他们告诉我，他们在设法和你取得联系。”

“他们想做什么？”

“瓦列霍警察告诉我，他们会和你联系。他们请回了之前在那里工作的一个家伙……叫巴尔洛什么的（他指的是乔治·巴沃特）？他一个星期来警察局几天，将会和康威合作。他们想见见你，因为他们又想认真挖掘一下这个案子。”

“这很好啊！就算他们另外提出一些谁也没有听说过的嫌疑人，那也没有关系。只要他们愿意动手，我都乐意合作。”

“太好了。那就让我们一起行动吧。”

十二宫最喜欢的报纸《旧金山纪事报》派记者兰斯·威廉姆斯对这个被怀疑多年的嫌犯进行了采访。"我以前是一名教师，现在身体残疾了。"艾伦说道，"我在圣路易斯奥比斯波学区教了整整10年书，当了17年学生。我曾经因犯猥亵儿童罪在一家州立精神病院服刑了3年。我过去常戴一块十二宫潜水手表。我通过了警察为取证而对我进行的每一次测试。我还顺利通过了测谎。一个警察说：'你是反社会型人——你能以假乱真。'另一个则评价说我是一个天才……我感觉自己遭遇了不公，被玩弄得团团转。司法部曾给我写过一封信，免除了我的罪嫌。"

"至于炸弹和枪支，那都是我多年前在精神病院认识的一个朋友的财物。这件该死的事情已经纠缠我22年了。如果我有自杀倾向的话，我早就这么做了……唯一对我有利的事实就是我从未杀过任何人。自1971年警方将我锁定为十二宫嫌疑犯以来，我被提取了指纹，遭受了长时间讯问，被迫提交了笔迹样本，还经受了司法部长达10小时的谎言测试。我无论如何也不可能出去杀害无辜的青少年——绝不可能。然而对于他们，在被证明清白之间，我的内心将一直充满愧疚。我猜想这个案子会一直伴我到终老。我以前确实犯过一次罪，我猥亵过一个孩子。"他最后说道，"我曾欺骗自己，相信我没有伤害过任何人，但是现在我意识到事实并非如此……而我已经为此付出了代价。"

艾伦告诉他的朋友和邻居，警察一直在不公正地对待他，不停地骚扰他。其中有几个总是缠住他不放。而一些旁观者会跑到社区来，冲着房子里的他大声骂脏话。

艾伦在接受费尔菲尔德《每日共和国》的采访时表示他已经咨询过梅尔文·贝利，想请他做辩护律师。贝利还没有答复艾伦。当天下午，在保密了五个月之后，达西法官公开了那份搜查令，不过里面只包含了部分信息。交回的申请书上几乎没有涉及警方从艾伦家中没收的详细物品。法院行政主管南希·皮亚诺后来把信息的缺失归咎于办事员的疏忽大意。她表示办事员不知道搜查令的发现项目也需要公布出来。

“警方在当地一名十二宫嫌犯家中缴获十几件武器。”《瓦列霍先驱报》登出了这样一则大字标题。

“瓦列霍新闻：警方在亚瑟·利·艾伦位于弗雷斯诺街的住宅中缴获了十几件武器，从各种管式炸弹到20号口径自动猎枪不等。亚瑟·利·艾伦是一位已退休的瓦列霍居民，现在因涉嫌仍悬而未决的1969~1970年十二宫系列谋杀案而再一次受到警方调查。”

“真想不到艾伦这么厚颜无耻。”在看到艾伦频频出现在电视上后，巴沃特如此跟我说道，“他似乎很享受公众对他的关注。”

“而且在他心里，他成了一个受害者。”

“噢，的确如此。他渴望得到同情。他想从瓦列霍警察局和其他部门得到一张要求别人远离他的限制令。而他却不停地接受各种采访。”

为什么警方没有对艾伦采取进一步行动呢？他们从他家里搜出了藏匿的大量管式炸弹、枪支、色情书刊和打小孩儿屁股的录音带。一直以来，他们都在努力寻找一台十二宫用来打信的手动打字机和一把在贝利桑湖刺杀案中使用的长12英寸、镶有铆钉的刀。结果他们查获了一台皇家牌便携式打字机、数张关于十二宫案的新闻剪报，还有“一把套在刀鞘里饰有铆钉的猎刀”。谁也无法解释瓦列霍警方为何默不作声。“利·艾伦不太可能因为这些神秘谋杀案而被起诉。”地方检察官迈克·内尔表示，“我真的怀疑这次搜查不会带来任何结果。”

为什么艾伦没有被捕？托奇分析称：“他们在1991年搜查后没有采取进一步行动，是因为他已经病入膏肓。那只是个借口罢了。当他们发现这些藏匿物品时，他快走到生命终点了。于是某位警官就说：‘他快离开人世了，把他抓起来也没有任何意义了。’信不信由你。”

“地方检察官在以任何名义指控任何人的时候，都想确保这会是一场成功的起诉。”康威解释道，“而对于我们的嫌疑人，或任何其他曾出现过的嫌疑人而言，最艰难和具有争议的部分就是，我们始终未能找到一致的笔迹。杀手的笔迹特征鲜明、独一无二。我和巴沃特想到了一个处理这个问题的办法，但是想让地方检察官买账简直——如果我们能解决笔迹这个难点，其他一切都易如反掌。”

也许十二宫的想法有悖常理，一心想被抓获，于是他在信里留下了多条线索。然而，专家们提出了截然相反的见解。“没有一个连环杀手想被逮捕。”《命案调查实务》一书的作者弗农·吉伯斯说道，“因为这样一来，他会失去原本拥有的控制力和主宰权。”

长期调查十二宫案的保守派警探和新派调查员之间产生了摩擦。“我和康威有说过话吗？”托奇反问道，“我从未听说这个人。艾伦的房子被搜查后，各种报道都引用他的话，那时我才第一次看见他的名字。旧金山警察局某些警察真的对此感到气恼。‘我们从来没有听说过他，’一名警探表示，‘阿姆斯特朗也没有。他的话太多了。他每隔一个星期就给我们打电话。’现在他们对瓦列霍警察局有点儿失望，有点儿不愿意信任他们。因为瓦列霍警察局搜查了艾伦的住所后，在地下室和他的房间发现了足够的证据，他们本应该起诉他。”

“我感觉有点儿不可思议的是，”巴沃特说道，“旧金山警察们会对康威这样气恼。康威确实焦躁易怒。不过我和他相处得不错，因为我了解他。我以前当过他的上司。有时候我觉得很难容忍他说话的方式，但我心里清楚，那就是康威的行事风格，所以我就不跟他计较了。他很容易触怒别人。但是！但是他是唯一一个为任何形式的调查申请授权的人。他是唯一一个向市政府争取各项资金来处理和十二宫案有关的任何事情的人。现在出现了一些新情况，有可能使事态朝有利或不利的方向扭转，但突然之间，一些人跳出来恶意诽谤康威，这无论如何都是一个重大的错误。”

就在各警察局之间争得难解难分之时，一件让人啼笑皆非的事情抢占了风头，使各局的矛盾退到了次要位置。在6月底，工作多年的刑事辩护律师威廉·斯特德曼·比曼向已退休的比尔·延森法官提出了一个想法。“我知道十二宫杀手是谁。”他告诉这位法官，但他并没有透露具体姓名，只阐明了背后的依据。延森对此心存怀疑。他所了解到的就是，这个嫌疑犯已经去世，可能曾是比曼的委托人。比曼也拒绝将嫌犯的名字告诉地方检察官内尔。地方检察官办公室在延森和比曼见面后立即给他打了电话，询问两人谈话的具体细节。他们还致电达琳·菲林的妹妹帕姆，问她是否能想到这个嫌犯会是谁。她回复说，她怀疑比曼在验证遗嘱的时候，从一个前委托人的机密文件中发现了新证据。

比曼也没有把获悉的情况分享给康威警监和瓦列霍警方。“他没有提供任何信息。”康威说道，“他想留着，等到召开新闻发布会时再公布。”几个月后，比曼将举行一场新闻发布会，揭露一个惊天大秘密。各大媒体，包括记者保罗·艾弗利和警察局官员都接到了邀请。比曼计划在万圣节前夕在瓦列霍宣布这一消息。

“在举行万圣节前夕新闻发布会之前，”巴沃特回忆道，“比曼联系了我，说道：‘我打算揭露这个秘密。我了解来龙去脉。我想让您来调查这个嫌犯。’于是我动身南下，在他的办公室和他见了一面。‘你有任何证明文件吗？’我问道。‘哦，没有，我没有准备这些材料。’他回答。”比曼提供的笔迹样本和十二宫的笔迹并不匹配。但是，迄今为止，没有一个人的笔迹能和杀手的对上号，而且极有可能不会有任何相符的笔迹出现。我仍坚信，十二宫在写信的时候，呈现的是一个截然不同的人格。不管怎样，我们都需要静静地等待万圣节前夕的到来，听听比曼究竟会爆出什么猛料。

# 十二宫杀手杰克

瓦列霍律师威廉·斯特德曼·比曼泪如泉涌。热泪顺着宽大的脸颊流了下来，打湿了他那浆得挺直的白色衣领。这位 71 岁的老人神色凝重，他把一绺黑色直发从眼镜框边捋到了后面，然后两眼盯视着挤满话筒的讲台。比曼做梦都没有想到，这次发布会竟然吸引了这么多人。各个电视台的摄像机闪闪发光，线缆如同蛇一般蜿蜒围绕在他脚边。他看见《旧金山纪事报》记者保罗·艾弗利走进了这个索拉诺郡露天广场，他低头看了看手表。他们开始得晚了一点儿。他原定于早上 10 点 30 分召开发布会，为了筹备会议，他花费了近 600 美元，还不包括给记者和调查员们邮寄邀请函的费用。他对这次发布会寄予厚望。就让他们在焦急中再煎熬一会儿吧。毕竟，他要宣布十二宫杀手的真实身份——这可是最激动人心的一件大事。

比曼花了近 1 个小时来证明自己的猜想。“我收集了至少 101 项间接证据。”他说道，“对于揭露这个人的身份，我确实心存顾虑。我需要进行反复的自我反省。”比曼开始为揭露真相作铺垫，他使用了不同的词语来描述这位疑犯，称他是“独行侠”和“仇恨女人的人”。“他目无法纪，总是丢工作。”这位律师介绍道，“甚至在失业救济办公室，他也会对女性工作人员大发雷霆。‘女人是劣等人。’他告诉我，‘她们思考问题缺乏逻辑，只会感情用事。’他偶尔为我做点儿事，有时修修电视机。他尤其憎恶黄色计程车司机。”

临近中午时，至关重要的时刻来了。比曼举起了手中的《十二宫杀手杰克》，这是他用笔名“欧·亨利·吉格朗斯”出版的一套由两部分组成的平装书。上册开篇写着一句提示：“本故事纯属虚构。”现场群集的观众两眼开始放光。

“‘十二宫杀手杰克’，就是我的亲弟弟。”

66岁的杰克·比曼满头长发、举止庄重，于7年前在凤凰城去世。“十二宫杀手杰克，”比曼回忆道，“差点儿要了我的命。如果他没有喝醉，如果我当时没有像獴美狐猴那样行动敏捷，他真有可能把我杀了。”虽然两人之间存在敌意，但当杰克犯有情节较轻的违法乱纪行为时，比曼还是会为他辩护。他还认为弟弟在1983年杀害了一个瓦列霍妓女。比曼指出，杰克故意拼错的单词和十二宫的完全一致。“他使用的表达和十二宫在信里的措辞一模一样。”

然而，他的话并没有令听众信服。

“我能感觉到您的诚意。”记者艾弗利说道，“揭发自己的亲弟弟是一件沉重的事情，可是你提供的只不过是间接证据。”

“我敢肯定地说，起码有上百个人给我打电话举报有共同特点的人。”巴沃特后来说道。“我们会调查所有证据，但是我不会花58美元购买他的书。”再说了，巴沃特也没有时间读书，除非在出差时拿到飞机上阅读——他刚刚收到一条能够将亚瑟·利·艾伦和十二宫杀手联系起来的新线索。这条线索将会指引他去往地球的另一端。

# 德国嬉皮士

“我退休的时候，他们请我留下来继续调查这个案子——你也是知道的，”巴沃特告诉我，“任何时候，任何人打来电话，说什么‘我哥哥或我大伯子是十二宫杀手’啦，警察局就会叫我来帮忙。然而他们坚定地认为亚瑟·利·艾伦就是十二宫杀手。我曾经把你写的《十二宫》奉为《圣经》，因为我无法准确记住所有日期。我会用你的书来查看事件发生的具体时间。”

“我常想这应该就是这本书最大的价值所在吧！”我说道。

“有一个家伙是艾伦高中和大学时期的朋友。名叫罗伯特·埃米特·罗迪弗。”

“罗伯特·埃米特？”我惊讶地问道。变位词专家根据十二宫在1969年写的三段式密码中最后一部分混乱不清的符号推断出的正是这个名字——嬉皮士罗伯特·埃米特（Robert Emmett the Hippie）。埃米特是爱尔兰一位爱国者，后来被处以绞刑。在莫里森天文馆前面的金门公园里矗立着他的雕像——天文馆里挂满繁星，公园则是生物学的殿堂——两者都是艾伦热衷的领域。艾伦父亲伊桑的名字来源于美国一位名为伊桑·艾伦的爱国人士，最后这个爱国者也死于绞刑。罗伯特·埃米特出生于1803年，而艾伦的父亲出生于1903年。“你说的这个罗伯特·埃米特是个嬉皮士吗？”我问道。

“他是一个嬉皮士类型的人。罗迪弗是艾伦在南加州的州立理工大学念书时认识的，那时候发生了最早一起谋杀案。罗伯特·埃米特曾担任过瓦列霍高中游泳队的主教练。后来他成了一个嬉皮士，就读于加州大学伯克利分校和旧金山大学。显然，两人之间有过深仇大恨。我找到了罗迪弗，但这不是因为我侦查工作出色，而是别人的功劳。因为警方搜查了艾伦的住所，他的名字被媒体大肆报道。这引起了一名瓦列霍女子的注意。她和亚瑟·利·艾伦一起上过学，于是她买来你的书，读到了里面一个细节，说的是（十二宫在 1969 年 11 月 8 日写的一封含有 340 个符号、已被成功破译的密码信的最后一行）：'嬉皮士罗伯特·埃米特。'她惊诧不已：'天哪！我认识罗伯特·埃米特。埃米·卢——罗伯特·埃米特·罗迪弗。'随后她联系了我。"

"他们叫他埃米·卢？"

"我不知道为什么。他才华横溢，性格非常外向。事实上，他表演过哑剧，在电视节目《艾德·苏利文秀》和其他类似节目中演出过。其实亚瑟·利·艾伦非常憎恶这个家伙。或许是因为艾伦性格内向，而他外向开朗，不过他们是朋友——应该这么说，他们曾经是朋友。"

"我们追查到了这个家伙。我们通过罗迪弗的同学探寻到了他的背景信息。我们认为他可能和亚瑟·利·艾伦协同作案。他现在住在德国。罗迪弗在他工作的部队基地一直和孩子们打交道。吉姆·朗和我一起去的德国。他是地方首席副检察官。巧的是，吉姆·朗曾在洛杉矶警察局工作了 20 年，最后几年正好待在命案科。早年他退休了，但仍充满活力。于是他去法律学校学习，并取得了法学学位。他先是在北方某个郡当了一名地方检察官。后来他南下加州，一开始在公设辩护律师办公室工作，接着又转调至地方检察官办公室，现在已经在那儿待了好几年了。他显得很年轻，头脑活络，谙熟命案处理规则，因为他干过这行。总之，所有的司法协助函都是他写的。我们是从 1991 年 8 月着手调查这条线索的。"

"这似乎是一个非常重要的时间啊！"我说道，"所有的线索都汇集起来了。"

"没错。这耗费了多少时间哪。我们最终在 1992 年 2 月份隆冬时节到达了德国。这次旅行挺有意思的。我们其实在那里待了两个星期。一个星期认真工作，另一个星期则享受旅行。我们结交了一些好朋友。在德国海尔布隆市警察局负责命案科的警监和他的妻子确实非常友好。他们后来还来拜访过我们，我们开了一艘机动游艇带他们游览三角洲流域。我们在一起度过了非常愉快的时光。”

“总的来说，在德国的情况是这样的——为了找罗迪弗谈话，我们必须提交司法协助函。这是德国政府的要求。只有经过这道程序，才能到德国境内讯问某个人。即使这个人是一个住在美属基地的美国公民，我们仍需遵守德国法律。我带了两本你写的《十二宫》，其中一本供自己参考。我的德国助理懂英语，向我要走了一本。依据德国法律，一位地方法官负责判定是否准许美国警官查问罗迪弗。在经过一番深思熟虑后，他批准了我们的请求。随后，他仔细查看了我用来参考的那本书，然后问我是否能送给他。我当然递了过去。我们和海尔布隆市的警察见了面，并向他们详细解释了所有情况。他们觉得已经具备充分的理由申请一份针对罗迪弗住宅的搜查令，最后他们也确实这么做了。我们和大约 6 个全都穿着便衣的德国警察去了罗迪弗家。他们一丝不苟地将他的住宅彻底搜查了一遍。我们没有发现任何与十二宫有关的东西。我找到一堆供孩子们玩耍的物品。他们认为这或许非常重要，不过我对此不太确定。”

巴沃特推测罗迪弗可能协助过艾伦。“我不确定是否真的存在两个杀手，但也许曾有两个人以共谋犯罪为乐。在搜查过程中，我们不能向他问话，不过他倒是主动过来和我说了不少。罗迪弗个子矮小，至多 5 英尺 6 英寸高。他热情活泼，爱讲话，去过许多地方。他和国防部签订了合作协议，负责管理家属活动中心。如果你是中士或其他级别，要去国外待很长一段时间，你肯定想带上家属一起过去。家属有时候无法融入当地新环境，因此军队专门设立了社区中心，而罗迪弗就经营管理这些中心，你的孩子们可以去那里学习摔跤、打篮球、打台球，反正有各种不同的活动。这样一来，孩子们就可以在国外开心地打发时间了。他在这行已经做了很久了。以前他待在日本。事实上，他是在日本居住期间结的婚。但我无论如何也无法找到他的前妻。”

“最后我们得把相关材料提交给一个德国法官审核。在提交材料一两天后，我们来到法院，对罗迪弗的所有提问必须当着这位法官的面进行。

问题包罗万象，涉及面广。罗迪弗做过宣誓，必须如实回答。当然我不知道这在多大程度上有效。据他所言，他认识艾伦，而两人并非亲密的朋友。‘我在学校很受欢迎，而艾伦则不一样。’他告诉我，‘他嫉妒我。’他们之间显然因此产生了一些恩怨。”盘问结束后，他又过来滔滔不绝地主动跟我聊天儿，我适时地插入一些问题。所以他那位由德方委派的律师对我又气又恼。我倾向于相信罗迪弗的话。回国后，我询问了很多和他一起在初级学院读书的同学。我们找他们了解了情况，我确信亚瑟·利·艾伦不喜欢‘嬉皮士罗伯特·埃米特’。”

“你们从罗迪弗那里收集了笔迹样本吗？”

“这是我们去找罗迪弗谈话的目的之一。我们从陆军部找到了他的笔迹样本，那是他为申请去天南地北各个地方填写的数份表格。既有印刷体，也有草写体。写申请的时候他不可能掩饰自己真实的笔迹。我们请来为局里做过所有笔迹鉴定的专家。来自旧金山的坎宁安，他看了看样本，又和十二宫的信件进行了比对，然后说道：‘不是，十二宫这些信不是他写的。’”

“在1968年和1969年，罗迪弗在哪里？那个时期，十二宫的信件上面全都盖有当地邮戳。”

“我想他在国外吧。噢，不对，他在伯克利上学。”

“那从1974年到1977年呢？”在此期间，十二宫没有寄出一封信。

“他出国了。但我不是非常确定。”

“罗迪弗也做了谎言测试？”

“没有。”巴沃特回答，“德国没有批准。至于罗迪弗，他出庭做证也没有多大意义。”

警察局对参与调查的警探们进行了改组，又一次开始了寻找证据的行动。如果他们想再次质问艾伦，就需要请联邦调查局的专家指点迷津。

# 艾伦死亡

在 8 月一个怡人的午后，下午 3 点左右，乔治·巴沃特正在他的车库里忙活。一位街头巡警拨通了他家里的电话，巴沃特急忙跑过去接听。因为他的耳朵出了毛病，所以电话机上安装了一个附属装置，铃声格外响亮。

“你还在调查十二宫嫌疑犯亚瑟·利·艾伦吗？”他问道。

“是啊。”巴沃特回答。“就是亚瑟·艾伦。”

“哦，是这样的，我现在在他家里，他此刻正躺在地板上。”

“他干吗躺在地板上？”

“嗯，他死了。他躺在这儿，额头上有一个很大的肿块。”

巴沃特认真地听完了他的话。

他放下电话筒。感觉整个房间好像在旋转。这一刻他们等了很久。他努力使自己平静下来。是不是有人，也许是十二宫的搭档或一心想复仇的人，先他们一步找十二宫算账了呢？

“一位街头巡警到现场了解了详情。”巴沃特告诉我。“有人来敲门，艾伦却一直没有应门。他楼上住着一个年轻女孩儿。人们很长一段没有听到他的消息，随后他的房客便发现了他的尸体。警察到了现场，他们打开门，进入房屋，看见艾伦脸朝下俯卧在地板上。我急匆匆地赶了过去。我要确定他是不是自然死亡。毕竟他的名字广为传播。他频频在电视上露脸，接受各电台采访，吸引了各界人士的关注。菲林家人多次打电话问我：‘你真的认为是他干的吗？’我回答他们：‘是的。’菲林家人可能会因此做蠢事。我心想：‘天哪！他们中有谁动手了吗？’于是我来到艾伦家，他确实已经死亡。”

巴沃特站在幽暗的地下室里，艾伦新买的电脑屏幕照亮了他那张专注的脸庞。他稳了稳情绪，让自己冷静下来，然后若有所思地打量着那个躺在冰冷地板上、身穿浴袍的大块头。这位警探专业内行的一面又回来了。他开始评估现场发生的情况。巴沃特回想起艾伦在电视上说过的话：“唯有一种情况，警方才会停止追查我，那就是当我离开人世，这样我就不再受其叨扰，或者十二宫主动出来投案自首……他们还没有逮捕我……因为他们拿不出确凿的证据。”

“他脸朝下摔倒了。”巴沃特告诉我。“我把他翻了过来。他的头上受了点儿伤，那是我一开始有些担心的地方。他当时流了血。通常情况下，如果一个人突发心脏病，且立即死亡，是不会持续流血的。于是我把验尸官和法医叫了过来。”

这位头号嫌疑犯头上顶着一个肿块，浴袍敞开着，就这样躺在地上，周围散放着几份有关十二宫的报纸。除了数张与此案相关的剪报，艾伦收藏着专家们能想到的十二宫拥有的一切东西——大批枪支、炸弹、一台便携式打字机、一个饰有铆钉的刀鞘……我想起前一年丽塔·威廉姆斯来采访艾伦时，他身上穿的衣服和今天的一样——一件轻薄的浴袍和一双胶靴。他还企图吓唬她，挥舞着双臂，大声喊叫着警察迫害了他。巴沃特朝一台正嗡嗡作响的爱普生电脑走了过去。他说道：“我到达现场后，真正引起我兴趣的是桌子上放着的一堆电脑磁盘，上面都写着‘十二宫’，还有其他类似的东西。”

打印机旁边散乱地丢着一些软磁盘。巴沃特将仍放在电脑里的磁盘弹了出来。只见上面标注着“十二宫”。这些磁盘和电脑里存储着什么信息呢？那几份和十二宫有关的报纸又隐含着什么特殊意义呢？显然，这些电脑是上次搜查之后添置的——一台爱星电脑、一台爱普生电脑和各种配件。接着巴沃特在东边靠墙的书架上发现了一盘标着字母“Z”的录像带。他为此兴奋不已。他们需要申请搜查令才能查看里面的内容。后来他们一拿到搜查令便迫不及待地播放起来。结果里面录制的全是艾伦躬身露出光屁股向警察表示抗议，咒骂他们，还有对这个案件大发牢骚、宣泄不满——根本没有任何表明他有罪嫌的信息。

巴沃特了解艾伦的病情其实已经有一段时间了——他患有糖尿病、心脏病、严重的关节炎以及肾脏衰竭。因此这样的结局不但在意料之中，而且应该很容易找到解释。这位警探询问了验尸官，然后明确了死亡事实："1992年8月26日下午3点10分发现死亡。直接死因：动脉硬化性心脏病。其他会导致死亡但非直接死因的严重疾病：糖尿病、心脏扩大症、心脏病。"那么头上的肿块呢？"验尸官确定，"巴沃特说道，"艾伦摔倒时，头部撞到了地板上。"

地方检察官迈克·内尔前段时间已经定好就嫌疑人亚瑟·利·艾伦召开一场会议。虽然现在艾伦死了，会议仍将如期举行。"在我们计划和艾伦见面前一个星期，他突然离世了。因此在会议上，这位地方检察官就像个半吊子喜剧演员一样，说道：'我们有一个好消息，也有一个坏消息。我们不会起诉肖恩·梅尔顿，'——他们不想为此花钱——'但是我打算起诉亚瑟·利·艾伦。'当然他只是在开玩笑，因为他知道他不可能起诉一个已经死亡的人。"

巴沃特后来告诉我："迈克·内尔是一个有政治抱负的人，他想成为一名高级法院法官（现在他已经实现了）。我整个职业生涯都在跟迈克·内尔打交道。他从法学院一毕业，就直接当了一名地方检察官，起初也是一个毫无经验的新手。我们之间合不来，不过会相互开玩笑，胡吹乱侃。实话跟你说吧，他本来极有可能不会起诉艾伦。因为他在争取法官职位，绝对不愿意让这件事拖后腿。最重要的一点是，我们正打算起诉艾伦，可他转眼间就死了。问题就在于地方检察官不想起诉一名死者。但他们也不会将这个案子一笔勾销。

"在我们为起诉艾伦做准备的过程中，我编写了一份要点清单，这样我们就可以理直气壮、有备无患地去地方检察官办公室了。吉姆·朗、康威还有我一起去见了迈克·内尔，此行有两个目的——郡里出了一桩声名狼藉的案件，一个名叫杰里米·斯托纳的6岁小孩儿遭人绑架，最后被发现死在三角洲地区。幕后元凶是一个叫肖恩·梅尔顿的家伙。”

“梅尔顿的父亲曾拐弯抹角地暗示梅尔顿像十二宫一样写信给报纸，而且他的措辞和这位杀手有些类似。于是有人马上跳出来轻率地指出他就是十二宫。然而他不是。我可以向你保证！那时我们去见内尔，是想看看他会不会对肖恩·梅尔顿重新提起诉讼。他已经被审讯过两次，两次皆因陪审团意见不一而未能做出裁定。同时，我们也想看看他是否同意起诉亚瑟·利·艾伦。”

“我特地为他列出了30个要点，这样他可以掌握一些实实在在的材料，而不用我们逐一向他解释。这份报告实际上是提交给地方检察官办公室的，我的本意并不是将其用作诉讼文件。我不记得所有内容了。其中有一部分在编纂的时候不太严谨。因为我本来就不打算把它归入诉讼文件。确切地说，它应该是一份工作参考文件。被告的辩护律师很容易挑出其中两三个要点的毛病，并予以有力反击。因为有些部分纯属推测，我确实没有找到足够的支撑材料。但里面最核心的部分是有充分依据的。”

康威签署了一份搜查令申请书。巴沃特告诉我：“你知道的，虽然艾伦已经去世，但我又申请了一份搜查令，再次搜查了他的房子。他家里添置了电脑，还有一盒录像带。这次搜查的目的主要是查看录像带的内容。根据申请书中写明的意向，我们要确认录像带里是否包含与十二宫连环谋杀案有关的证据。”

瓦列霍警察走下了弗雷斯诺街32号住宅的地下室——和去年一样，里面依然幽暗、阴冷，像是一个博物馆。在爱普生打印机里有一份艾伦写给瓦列霍警察局的“测谎协议书”，还没有写完。康威没收了许多录像带、5箱磁盘和叠放在一旁的打印机使用手册。计算机旁边放着一份专为标有“多边形”的电脑磁盘制作的索引，还有一张黄色的一览表，罗列的是标有“Plolams”的磁盘（艾伦故意将“Programs”拼错，意为“项目”）。他们发现了一张写着“果汁食谱”的炸弹配方，还有一盒空白信纸和数张写满数学算式的纸条。东面墙的书架上放着一份最新的遗嘱和电脑操作指南。遗嘱和操作指南上写着：

虽感身体不适，但我神志清醒。我特此将最新遗嘱写于纸上。条件允许的话，我会更新这份文件，因此电脑里的电子版一定是最后也是最新的遗嘱。至于打印版遗嘱，上面的日期会显示其是否为最新版本。和最后一页末尾一样，每一页都必须由我本人签名，并写明日期。

最重要的一点，我想在此声明，无论发生什么情况，如果我成了植物人，请切断所有生命维持系统，我愿意在我死后捐献出身体上任何可以用于帮助他人的器官。

获取最新版遗嘱的具体操作步骤如下：

软磁盘放在打印机旁边的黄色活页夹里，将其插入电脑上端的狭槽里，也就是A盘驱动器。把右上方的大象图标对着你，直到“咔嗒”一声完全放置好。按下“推送”按钮将磁盘送入驱动器，这时你还会听见“咔嗒”一声。接着，按下电源开关键，显示灯会变红。将数据盘插入下端狭槽（B盘驱动器），直到磁盘“咔嗒”一声，成功放置好。同样，按下“推送”按钮。现在按下键盘上的回车键。A盘驱动器上会显示出一只小灯标志，电脑开始“嗡嗡”运转起来。显示器屏幕上会反复出现一些文字。当看见要求输入日期或时间的文字时，按下回车键，多按几次，直到出现这样一个提示符：A>。

按照上面列出的步骤，警探们打开了电脑显示器（显示器外壳右下角的滑钮），然后插入了MS-DOS系统操作盘。在严格遵照这7步解释详尽、复杂烦琐的操作后，警探们终于找到了最新的遗嘱：

我在此授予我的好友哈罗德·霍夫曼遗嘱执行权和代理权。至于我的弟弟罗纳德·艾伦……我遭受了痛彻心扉的伤害，最近我差点儿惹上官司，可他全家人没有给我半点儿支持和帮助。我仍深爱着我的弟弟，这使我的痛楚雪上加霜。我的心被无情地刺伤了（这并不出人意料），我的弟媳煞费苦心地给我打了好几次电话，诉苦说他们穷得叮当响，所以一分钱也给不了我。紧接着，他们跑出去买回了3辆本田汽车，其中一辆还是全新款雅阁。这家人可真穷啊！尽管如此，在以上提到的物品全分配妥当后，如果他还看上了其他任何东西，那就尽管拿去吧。反正这房子迟早是他的，还能值上几个钱呢。

艾伦将他的爱普生电脑及所有配件、标注“Plolams”的磁盘（艾伦在最后的遗嘱中又拼成了“porgrams”），还有相关文学作品留给了他的房客。遗嘱的最后一部分充满了伤感，也包含了更多的谎言。

艾伦还有4辆汽车，包括一辆考威尔。他想把那辆劳斯莱斯送给他的牙医，但后来归了罗恩。警察们认真阅读了电脑里一封写给瓦列霍警方的信。“在这封信里，”巴沃特告诉我，“艾伦谈到他打算写几封信，就各种各样的‘骚扰’行为起诉我们。”

“搜查令的结果汇报中显示你们找到一把刀和一个饰有铆钉的刀鞘。”我对巴沃特说道。

“我完全不记得还有刀鞘。”他说道，“我觉得当时没收它，是因为里面装着一把刀。毕竟这刀鞘也不是什么至关重要的东西。我们发现的那台皇家牌打字机和河滨市凶杀案中涉及的打字机存在关联，但我一直不相信凶手是十二宫。”康威也不相信。河滨市警方鉴定出杀手使用的是一台皇家牌便携式打字机，亿利达型，坎特伯雷墨色，和艾伦家地下室里找出的那台一模一样。笔迹鉴定专家毛利尔确定寄给河滨市警方的信是十二宫写的，如果机打的那封坦白信也出自他之手的话，那么艾伦的打字机或许能提供一些线索。其实我对此表示怀疑。因为那份机打信只不过是最后几联墨迹较淡的副本。

“艾伦去世那段时间，我接到了四五个电话。”托奇闷闷不乐地说道。“旧金山警方有点儿纳闷儿，为什么瓦列霍警察局不直接结案。他们跟一个警探解释说，瓦列霍地方检察官之所以选择不结案，是因为艾伦当时病情危重，命在旦夕，有可能挨不过两个星期。他们早前已经预定好在他过世后的第二个月举行会议，讨论是否结案。所以他们一切按原计划进行，如期举行了会议。”

前一天，瓦列霍警察局做的一份艾伦的财产报告存入了法院书记员办公室的档案库。现在媒体意识到了死者的特殊身份，于是开始大肆报道此事。伊尔琳·哈莉西在《旧金山纪事报》上刊文称：

十二宫凶杀案嫌疑犯身故——一名曾被怀疑为十二宫杀手的男子于周三当日在瓦列霍因心脏病突发辞世，享年58岁。多年前，十二宫杀手嘲笑警察，扬言要滥杀无辜，致使整个北加州人心惶惶。

1971年，亚瑟·利·艾伦的亲属和朋友向警察举报称，他的行为古怪反常，他们担心他可能就是那个在1966~1974年杀害了至少6个人——或许多达37个人的嗜血狂魔。自那以后，艾伦成了警方重点关注的对象。在《十二宫》一书中，《旧金山纪事报》前社论专栏插画家罗伯特·格雷史密斯将艾伦描述成“大部分警探心目中十二宫杀手的不二人选”……据说艾伦曾告诉别人，他就是十二宫杀手。

## 会议

“今天会议的主题是十二宫杀手。”乔治 ·T. 乔普拉斯法官郑重其事地说道。这位头发灰白、智力超群的市法院地方法官经常用划桨式练力机健身，所以身材也和弗雷德一样苗条匀称。这起令人费解的案子使这位法官深深着迷，他呼吁举行一次十二宫案特别讨论会，一方面可以让大家重新思考这个案件，另一方面也是为了满足他的好奇心。这次会议于下午 1 点 30 分在旧金山一个州立大礼堂正式召开，现场人山人海。乔普拉斯负责主持这次会议，他介绍了 KTVU 电视台新闻记者丽塔 · 威廉姆斯。“她采访过一个重要嫌疑人，瓦列霍和旧金山的调查员们、从社论专栏插画家转型的作家罗伯特 · 格雷史密斯，还有其他人，都相信这个重要嫌疑人就是十二宫杀手。”

接着乔普拉斯详述了艾伦在切尼面前立下的誓言（一年后十二宫杀手便开始登场），他信誓旦旦地说要在枪管上绑一支手电筒，射杀在树林里幽会的情侣，还要把署名十二宫的嘲讽信寄给警察。乔普拉斯解释称，在贝茨被刺杀的时候，艾伦出现在河滨市大学一带；达琳 · 菲林被一个名字含有“利”的朋友跟踪过；艾伦被监禁在阿塔斯卡迪罗期间，十二宫没有寄出过一封信，而且与此同时，桑塔罗萨的系列谋杀案也戛然而止。罗伊 · 康威警监在 1969 年菲林案发生时，第一时间赶赴现场，从此与此案结下不解之缘。“1969 年 7 月 4 日那天晚上，当时还是警官的我负责巡逻，随后接到紧急任务，被迅速派往瓦列霍一个偏远的地方。我到达现场时，两个受害者都还活着。后来那名男子得以幸存，而女子则不幸身亡。我试着和两人说话，但女性受害者已无法开口，动弹不得，她身上有多处枪伤。那名乘坐在她车上的男子身中数弹，最后活了下来。至今仍在世。”

“因为那时候我的职位是巡警，所以一开始我并没有参与此案的调查工作。直到几年后，我晋升为警监，然后才接手了这起案子。在所有投身调查任务的执法人员中，为此案付出最长时间的主要调查员就是乔治·巴沃特警探，他现在就坐在那边的角落。”巴沃特站起身，向大家挥挥手。“这些年来，我们做了很多——每次只要有任何媒体报道十二宫案，各种各样的信息就会如洪水般涌入警察局，各个警察局，还有其他部门和加州司法部。各行各业的人都给我们打电话，声称他们知道十二宫杀手是谁。”

康威指出了一些他认为与事实不符的信息。不过我并不完全赞同他的说法。“这些误传并非有意为之。”他说道。“其中一条错误信息与河滨市谋杀案有关。我在这里正式告诉大家，河滨市警察局一直不相信十二宫涉嫌此案。自从案发后，我们就非常确定十二宫和河滨市谋杀案没有丝毫联系。”河滨市警方认为这起谋杀的罪魁祸首是一个本地人。然而，笔迹鉴定已经证明十二宫给河滨市媒体写了信，宣称对贝茨遇害案负责。

康威警监在举例说明时非常谨慎，只将焦点集中在那些毫无疑问归罪于十二宫的案件。“只有3起谋杀案可以完全肯定是十二宫所为。我们之所以能确定凶手是他，是因为他提供了只有杀手本人才知情的言词证据和实物证据。”他指出最显而易见的例子就是计程车司机保罗·史坦恩谋杀案——十二宫偷偷拿走了史坦恩衬衣的一部分，然后将衣服碎块随信一起寄出。“在我们的案件中（蓝岩泉谋杀案），十二宫作案后立即去找了一间付费电话亭。事实上，我可能曾和他擦肩而过，因为要开很长一段路才能到达凶案现场。我极有可能经过他身旁而未予留意。然而当时我们正竭尽全力，争分夺秒地赶路。那些发现被枪击者的人花了很久时间才找到一部电话——起码过了半个多小时后，我们才接到报警。”

“夜里零点40分刚过不久，一个付费电话里传来一名男子的声音，随后在零点47分，我们定位到电话亭就在图奥勒米和斯普林斯公路交汇处的乔斯联合车站附近。该男子称，他刚刚实施了这起谋杀，并透露了作案手法和一些具体细节，让我们相信这的确就是杀人凶手。一个误传信息的例子是，有人说那个年代警察局没有录音设备。实际上，我们只是没有那次通话的录音。”瓦列霍前巡警史蒂夫·巴尔迪诺不同意这一说法。在1992年7月14日杰拉尔多·里维拉主持的《真相大白》节目中，他表示：“我听过录音带，是调度员让我听的。我记得那是第二天晚上的事。显然，录音带已经不见了，但它真切地存在过。因为我确实听过。”警察局接线员南希·斯洛沃也听过录音。

康威继续说道：“另一起确信无疑的十二宫凶杀案就是贝利桑湖案。同样，杀手透露了一些只有他自己才知道的、跟案件密切相关的信息。在十二宫谋杀案发生前七个月，在赫曼湖路发生了另一起命案。我们找到了非常可疑的嫌疑人，我和巴沃特警探确信，这起案件的幕后黑手不是十二宫，尽管我们手里没有毋庸置疑的证据。”

“关于十二宫案，还出现了一个有意思的现象，有几个人对侦破此案到了着魔的程度。我们局里就有几个。还有一些普通市民也甚为痴迷，他们坚信自己已经找到了答案，并对此深信不疑。但他们的怀疑对象没有一个是我们锁定的嫌疑人。”

“3个破案迷都针对此案写了一份冗长的证明材料。其中一人是本市一名律师，他声称已故的弟弟是十二宫（杰克·比曼）。另一人则使用数学原理来证明自己的结论。在他看来，他已不容辩驳地破解了十二宫案。他认为凶手曾是波士顿大学一位教授，现在就职于加州大学伯克利分校。你要是找他聊天儿，听他讲话，会发现他绝对不会动摇自己的想法。他说根据数学原理，除了他认定的嫌疑人，其他任何人都不可能是十二宫。”

“另外两个痴迷于破案的人是执法人员。其中一个近期刚退休……他追踪了20年，满怀信心地认为他已经查明谁是十二宫。他的嫌疑人现居住在塔霍。另一个破案迷在其他州立机构工作，多年来，他一直在调查十二宫案。那一次正好轮到他执勤。他在路上拦下一个人，并当场质问了他，他至今都坚信那个过路人就是十二宫。所以如果你去采访这几个痴迷者中的任何一个，在不考虑其他因素的情况下，你会觉得他应该是对的。似乎只有他说的是对的，一切才合乎逻辑。”

“十二宫案一直悬而未决，没有人被逮捕、被审判，一个主要原因就是执法机构在信息协调方面让人大失所望……格雷史密斯在书中举了一个最能说明问题的例子——他抛出了一个问题：为什么当初警方只搜查了一个地方，而不是两个——那是 20 年前发生的事情。如果那时候搜对了地方，他们极有可能已经侦破十二宫案。但他们搜错了目标。”

“20 年后，我和巴沃特终于搜查了嫌犯的房屋！我们是在几年前去的。在他家里，我们找到了大量线索。这使我们相信查对了人。可是那位嫌犯后来死了，我们没有任何法律依据来证明已经破获此案，因为我们无法将嫌疑人送上审判席。他在罗伯特·格雷史密斯的书中被化名为‘鲍伯·豪尔·斯达尔’。他的真实姓名叫亚瑟·利·艾伦。”

“他在瓦列霍工作了一辈子。在 1971~1972 年，旧金山警察局收集了重要信息，后来我们循迹调查，重新研究了其中每一条线索。其实掌握了这些信息后，他们完全有理由申请搜查他在瓦列霍的主要住所。但那时候他偶尔在桑塔罗萨一个小房车里居住。于是他们搜查了这辆小房车，而不是他在瓦列霍的家。我确信如果他们搜查的是后者，他们可能会找到确凿物证，然而现实情况并非如此。主要问题在于他们单独行动，丝毫不愿和我们交流信息。”

“案件调查过程中发生了很多事情，但是一个地区对发生在另一个地区的情况一无所知。”巴沃特补充道，“这些都是各个警察局在此案中犯的共同错误。20 年后，我和康威回过头来，记下了所有信息，并把它们统筹归拢，这似乎让我们看起来比别人聪明，其实不然。这一切皆得益于我们整合了所有报告。”

法官问我怎么想到要写这样一本书。“其实我出书的兴趣是这么来的，”我解释道，“那时候我还是《旧金山纪事报》的社论专栏插画家，每天都努力创作，希冀自己的作品能给世界带来变化。有一天我看着有关十二宫案的报道，就在心里琢磨：‘这里有一个恶魔，似乎无人能将其捉拿归案。如果我踏遍加州，全力以赴，汇集尽可能多的事实，然后写成一本书，最终一定会有人侦破此案。’这就是我当时决定要做的事情，后来我用 10 年的时间做成了这件事。10 年后，我写了一本非常厚的书。我和一位编辑又花了 3 年时间删除了其中 500 页，也许其中包括与真正嫌疑人相关的内容，不过这种可能性不大。我们在书中明确指出，艾伦先生在彻利·乔·贝茨被杀害时在河滨市念书，而且案发当晚去过图书馆。或许真如康威警监所言，河滨市谋杀案并非十二宫所为，但在 2500 名嫌疑犯中，艾伦是唯一一个在作案现场出现过的人。”

康威还谈到了史坦恩的计程车上留下的指纹。

“一辆计程车可能搭过数百名乘客。现场有紧急救护人员，还有其他官员。当时没有人去采集他们的指纹以便后期排查。旧金山警察局从计程车上提取的指纹装满了整个抽屉，鉴定这些指纹是一项异常艰巨的任务，而且大部分都不完整。我可以十分肯定地告诉你们，头号嫌犯的指纹都一一比对过，但没有一个相匹配……肯·摩西是加州最优秀的指纹鉴定专家之一，此外，旧金山警察局拥有加州最先进的电脑系统。毫无疑问，如果一切顺利的话，他们早就查明那个血指印了，但是他们没有保护好犯罪现场和那些指纹，特别是那个疑似凶手的人留下的血指纹。急救人员在场，警察也在场。他们都困惑不解，为什么这个指纹和分析系统里存储的指纹对不上呢？有可能驾驶救护车的司机手上沾了保罗·史坦恩的血，然后碰到了计程车，所以印下了这个血指纹。”

“顺便说一下，艾伦穿 10 码半的鞋，而在贝利桑湖案中发现的“翼行者”靴子印正好也是这个尺码。”我说道。我总结了凶杀案发生的规律：“这些案件通常发生在周末，接近水域的地方，受害者通常是年轻情侣，他们享受着十二宫无法拥有的东西——亲密的爱情。”

“我们询问过和案件相关的每一个人。”康威说道。“我们找凯瑟琳·约翰斯谈过话。我也不知该如何解释。总之，我甚至觉得她所描述的事情根本没有发生过，更别说是十二宫干的。”

“我认为约翰斯是唯一一个说话有点儿可疑的人。”我说道，“随着时间的流逝，我愈发相信绑架她的那个人不是十二宫。”

“我只相信我能百分之百肯定的事情。”康威说道,“所谓的月相和密码，其实和案件毫无关系。这是十二宫故弄玄虚、愚弄大家的手段，以此获得变态的满足感。结果证明，那些密码没有任何意义。”然而解密专家们确实通过密码获悉了他的作案动机，还揭露了《最危险的猎物》这条线索。艾伦的亲朋好友因此举报了他。

接着，大家一起讨论了我和艾伦之间的对话。“可能因为他以前猥亵过儿童吧，”我说道，“不过你要是在艺术领域工作，久而久之你会培养出一种对周围事物的直觉力。毫不夸张地说，我接近他的时候，确实感到脊背发凉。他身上透出一股强大的力量。我过去常去他工作的店里买东西——他以前在一家五金店上班——的确是一个非常恐怖的家伙，但是他非常聪明。他获得了植物学和生物学学位。”

“生物学，”威廉姆斯说道，“他告诉我，其实他并没有真正取得硕士学位——他没有完成毕业论文，不过他完成了硕士学位要求的课程作业。他本科学的是小学教育专业。他介绍说他的智商是——我还专门记了下来——130 多。‘当然算不上天才。’他说，‘但是我很聪明。’”

“他称自己天赋异禀，”康威说道，“他当时使用的是这个词。”

“没错。”威廉姆斯确认道。“‘我的智商，’他说，‘我相信是136。’我问了他关于密码的事。‘我当过海军，’他说，‘我在部队主要负责刮漆皮，后来成了一名三等无线电技师。这当然不可能让我变成密码专家。’”

我们开始细数他掌握的技能。威廉姆斯说道：“水肺潜水员、神枪手……飞行员。”我补充道：“他通晓炸弹装置、密码学、气象学、专业图表（海军和飞行员使用）、指南针、写作、设计、制图（他父亲不仅是一名海军军官，还是一个绘图员）、乔装和缝纫（他在海军部队里当过制帆工）。他不但喜欢打字，还有一台便携式打字机，和河滨市杀手写信时使用的打字机一模一样。”“菲尔·塔克，”巴沃特接着说道，“向我们透露说，艾伦小时候被迫使用右手写字，但他天生是个左撇子。”

康威继续说道：“他还是一名海员和飞行员。事实上，他驾驶霍比猫双体船参加比赛还赢过奖。此外，他是一个游泳健将，热衷于烹饪。他的卧房，正如威廉姆斯跟大家介绍的，是他父母家楼下的地下室。这个小房间的每一寸空间都堆满了书，从地板一直堆到天花板。他饱览群书，可以滔滔不绝地和你谈论任何你所能想到的话题。”

“我听说十二宫能背诵吉尔伯特和苏利文的歌剧台词。”法官说道，“艾伦也一样能做到吗？”

“完全没问题。”康威回答。“他弟弟和其他亲戚都证实，他很喜欢吉尔伯特和苏利文。他们还明确表示，艾伦会故意拼错单词，而非纯属偶然。举个例子，他在写食谱的时候，遇到‘鸡蛋’这个单词，他会拼写成‘aigs’，而不是‘eggs’。他刻意这样写，目的是让那些看到食谱的人‘咯咯’地乐起来。他写的每一样东西都是这种风格。”我记得艾伦在所有采访中，每次提到十二宫时，他都无一例外地在“十二宫”前面加上“这个”，和杀手在信里的措辞如出一辙。

“这个案件最棘手的部分就是笔迹问题。”康威继续道。“至少有两三位专家参与了笔迹鉴定工作，在他们看来，从第一封信到最后一封信，十二宫的笔迹始终如一。所有字母和单词，写法前后完全一致。这些信全出自同一人之手。这是毫无疑问的。有意思的是，说起河滨市谋杀案，只有一项证据表明十二宫可能和这起案件存在关联，他在一张桌面上刻了一些字。他在寄出的信里描述了他在行凶过程中的所做的一切，但那封信从头到尾都是机打的，上面没有任何手写的字。信纸底部的署名是‘企业’。”关于这一点康威的说法有误：这封信实际上是被寄到了《河滨市商业报》，而且在十二宫写给河滨市的信中，有 3 封是手写的。

“但是据舍尔伍德·毛利尔分析，桌面上这些已被拍照记录的文字和十二宫信上的笔迹一致。自那以后，我和巴沃特询问了所有专家。而他们均毫不犹豫地表示，毛利尔弄错了，这些文字和十二宫的并不匹配。除此之外，河滨市警方已经锁定了一名嫌疑人。在他们看来，这起案件已经告破。那位所谓的天才用各种各样的数学方程式写了一本书。他整套理论的前提——一切都建立在从河滨市谋杀案推导出来的数学原理之上。我告诉他，河滨市的案子和十二宫毫无关系，他的理论已经没有任何意义。但这并没有动摇他的信念，他仍然固执己见。”

我们都有自己的盲点。康威警监坚信艾伦从未参加过海军，虽然他自称在海军部队当过“刮漆工”。艾伦数年来结识的多名女性及其女儿们都证实他在海军待过。相关报告也记录了同样的事实。艾伦承认自己“被不怎么光彩地开除了”，他还受惠于《退伍军人权利法案》，接受了大学教育。和海军之间的关联是毋庸置疑的。他父亲在海军服役了25年，单凭这一点，艾伦就可以定期前往金银岛，在特拉维斯空军基地工作，还可以去基地福利社购买“翼行者”靴子。

“法官大人，”威廉姆斯说道，“我想向其他专家小组成员问几个一直让我困惑不解的问题。如果亚瑟·利·艾伦真的是十二宫，我记得你们以前都说过，不管十二宫是谁，在离世前的某一天，他一定会留下一些讯息，好让大家知道他就是十二宫。如果艾伦是杀手的话，你们可否告诉我，为什么他没有留下这样的讯息呢？这些系列谋杀又缘何停止了呢？”我暗自猜想，他可能没有留下任何信息，因为他因心脏病突发死亡，一切突如其来，猝不及防，他的头磕到了地板上。

“在我看来，”康威说道，“其实他留下了那条信息。十二宫在一封信里说他的地下室里藏有炸弹。没错，我们在搜查他的住所时，的确在地下室里找到了炸弹——管式炸弹。话说回来，虽然他确实通过地下室这些藏品传递出身份信息，但与此同时，他对一切矢口否认。他满口谎言，均被我一一识破。他矢口否认各种说法，但徒劳无益。他被关押在阿塔斯卡迪罗州立精神病院期间，十二宫从未寄出过一封信。他曾在最后一封信中写道：‘我回来了。’”

“系列谋杀终止的原因有几个——这是和联邦调查局专家讨论后得出的结论。联邦调查局在弗吉尼亚州匡蒂科镇设有一个声名显赫的机构，专门研究连环杀手。我父亲还是个二三十岁的年轻小伙子时，非常热衷于捕鹿。大约20年前，他不再出去捕鹿。我问他为什么，他回答说：‘我已经不感兴趣了。’这样的解释确实过于简单化，但是如果艾伦是十二宫，这很有可能就是他停手的原因。”

“另一个原因就是，他身患重疾——他去世时58岁。他病得很厉害，知道自己离死神只有一步之遥，他已经病了好一段时间。尽管还能四处走动，但行动不是很方便。因为是个嫌疑犯，很多人都在密切关注他的一举一动。身为嫌疑犯、病魔缠身、兴趣湮灭——所有因素综合起来，就是他停止谋杀的原因。”

“你们发现了指纹吗？”威廉姆斯问康威。“艾伦在接受采访时说，瓦列霍警察在讯问他的过程中告诉他，在他房屋地下室藏匿的管式炸弹上，他们找到了他的指纹。当然，他辩解称那是一位前科犯以前留在那儿的。他甚至不知道这些炸弹的存在。你们真的找到了指纹？”

“这么跟你说吧——一开始他断然否认，声称自己对地下室里的任何炸弹都毫不知情。当我们告诉他炸弹上留有他的指纹时——顺便说一句，其实根本没有，然后他就解释说，为了打扫地下室，他把那些东西从一个地方挪到了另一个地方。我们从头到尾就一直用这种方式套他的话。”

这时，观众席上的乔治·巴沃特发话了：“你们得理解，在20世纪60年代，其实执法机关已经做得很不错了。他们相互之间确实缺乏交流——他们没有电脑呀！”

康威继续说道：“再说一下计程车上的那些指纹。每一个曾被怀疑过的十二宫嫌犯的指纹都被拿来和车上的指纹做过对比，但没有一个相符。另一个问题是，十二宫在信里吹嘘过他绝对不会留下任何指纹。”

“我想问一下康威警监和作家罗伯特，依你们看，谁是十二宫杀手呢？”威廉姆斯提问道。

“乔治，你觉得呢？”康威问乔治·巴沃特。

“谁是呢？”威廉姆斯重复道。

巴沃特回道：“我发现了很多指往同一方向的巧合事件，我觉得已经不能再称之为巧合。在我看来，各种事例都直指亚瑟·利·艾伦。因此，我认为他的嫌疑非常大，他十有八九就是十二宫。”

“罗伯特，你觉得呢？”威廉姆斯问我。

"这也是我的看法。"我谨慎地回答。艾伦才去世不久。"我能告诉你的就是，我所了解到的所有人中——我和戴夫·托奇交换过意见，他给我看的资料数不胜数——艾伦是我见过的可能性最大的一个。十二宫也有可能是一个隐姓埋名的人，住在深山老林里，从未留下过任何指纹。但据我所知，艾伦是他们锁定的最可疑的嫌犯。"

"首先，间接证据也是具有说服力的。"康威说道，"如果你知道什么是间接证据的话——你在犯罪现场留下一个指纹，但否认作案，根据案发情况，我们可以证明你是凶手，因为现场找到了你的指纹。"

丽塔·威廉姆斯拿出了一封艾伦寄给她的信。他在信封左下角写了一个潦草的字母"Z"。河滨市在 1967 年收到的那封信的纸张底部也写有一个类似的字母"Z"。邮戳显示的是："1991 年 7 月 30 日，奥克兰。"在信里，他标注的日期是 8 月 1 日。这封机打信的开头写道："亲爱的丽塔：请恕我莽撞无礼，不过这都因为我把你当朋友。"

"看来我还成了十二宫的朋友，"威廉姆斯说道，"如果他真的是十二宫的话。接下来他就说感谢我去采访他，他内心感到烦乱不安，后来还说了一堆恭维话。他使用了'professionality'这个词——真有意思，他还瞎编单词。'我不知道词典里是否有这个词。'他说道。很明显，他是那种手边会放一本词典的人，如果没有实际查看过，他是不会故意使用这个词的。不过我好像从未回答过他的问题。"

那天晚上，KTVU 电视台播放了会议的部分内容。"关于十二宫的一切都是严肃认真的，考虑到他似乎漫无目的地杀害的人数……可能多达 50 人。到底谁是十二宫？"丽塔·威廉姆斯问道，"这是一个瓦列霍居民，众多调查员们一致认为他就是臭名昭著的十二宫杀手，现在他的照片第一次被公之于众。他叫亚瑟·利艾·伦。"电视上开始播放曾经的录像，威廉姆斯问艾伦："你是十二宫杀手吗？"他回答："我做梦都没有想过这个问题。我当然不是，百分之百不是十二宫杀手。"

自从情人节搜查了艾伦家后，6 年时光恍如白驹过隙，倏忽即逝。托奇给我打了电话，声音显得很高亢。“从昨天晚上到今天一整天，我不停地接到电话。”他说道，“案情有了新进展。一个叫里奇·阿德金斯的警探刚刚接手了十二宫案。我一个朋友还在担任调查组警监的时候，告诉我说里奇很想和我谈谈，因为他查阅了档案，对某些问题有些好奇。他和他的搭档，一个叫文斯·雷佩托的家伙，在周那天来和我见了一面。我抽了一点儿时间，大概半个小时左右吧，和他们聊了聊关于十二宫的事。”

“文斯告诉我，他并没有看到送至萨克拉门托的全部资料。他说：‘不知道怎么回事，还有一些档案没有还回来。’他们只拿回了两箱档案。这让我失望至极。萨克拉门托应该归还我和阿姆斯特朗收集的一切资料。还记得吗，多年前，他们决定把所有材料汇总到萨克拉门托的时候，我就觉得他们犯了一个非常、非常严重的错误。我真的十分气恼。如此重要、举世皆知的一起案件，还有我和阿姆斯特朗为此付出的努力（以前我的字迹潦草难看，但随着年龄的增长，在积累了更多经验后，我的笔记改善了很多）——他们非要这样做，把各种材料胡乱地混在一个硬纸板箱里——这样能不弄丢东西吗？有人会偷偷地把某些资料塞进自己的口袋。这帮家伙必须想方设法把这烂摊子收拾好！必须！”

“我希望他们知道其他档案放在萨克拉门托的什么地方、谁保存着它们。雷佩托和阿德金斯今天早上表示，他们打算上萨克拉门托一趟，亲自去看看。对里奇·阿德金斯来说，这个案子深深吸引他的地方，就是它一直是个未解之谜——十二宫案仍是热点话题，而且有那么多人知道它。其实还有很多凶手杀害的人比十二宫多。阿德金斯问我，这么多年之后，为何人们对这起案件仍如此感兴趣。我回答他：‘因为它是一个谜——那些神秘的信件、密码和符号。那些冷嘲热讽的话语：‘有能耐，你就来抓我呀。’‘你们是破不了案的。’”

“阿德金斯还问我是否和康威交流过。艾伦去世那阵，各大媒体都在引述他的话。现在他们告诉我，他跟阿德金斯说 12 月份他就要退休了。”

“康威对工作满腔热情。”我说道，“他有些理念是非常好的——比如他提出要剖析案件的本质。”

“让旧金山困惑不解的是，为什么瓦列霍警察局不直接终结此案，而阿德金斯和雷佩托这两位警探一心想的就是能将此案画上句号。”托奇说道，“里奇·阿德金斯请求我来问问你这个知识渊博的专家，是否愿意和他们谈谈。这两个家伙相当不错。我跟他们说：‘格雷史密斯是我这辈子见过的最受人敬重的人之一。我想他会愿意和你们面谈的。’阿德金斯表示：‘经过了这么多年，我们真的想了结此案，而我们相信自己做得到。’他们想把案件调查取得的成果归功于我和阿姆斯特朗。‘我们想向大家证明，’阿德金斯告诉我，‘艾伦的弟弟打来电话后，要不是你们积极主动地去瓦列霍找艾伦的弟媳和弟弟询问情况……是你们推动了案件的进展，对艾伦所做的调查比其他任何一个离艾伦更近的管辖区要多得多。’”

“让瓦列霍百思不得其解的一件事，就是为什么约翰·林奇和莱斯·伦德·布拉德能在案件开始后早早地盯上这个家伙。”我说道。“为什么呢？这远远早于切尼和潘查里拉的举报时间。”

“我们也始终没有弄明白。”托奇遗憾地说道。

“是什么把他们引向了艾伦呢？两个分属不同警察局的家伙都直接奔到了艾伦家。这中间肯定遗漏了一个微小的细节。在蓝岩泉案和贝利桑湖案发生后，林奇去找艾伦问过话。当然，他们谈到了那把刀——‘我刚杀了两只鸡……’”

“没错。阿德金斯和雷佩托甚至问我，艾伦是否去过南加州。对此我记不太清了，但我知道你曾发现了一些线索。他弟弟去搜过他的地下室，找出了一些密码学书籍。周二那天我把这事告诉了阿德金斯，他十分惊讶。”

那天晚上，我又拆开了几封十二宫迷写来的信。“看看邮票和信封封舌下面是否有唾液，如果有的话，可以拿去做 DNA 检测。”迈克尔·汉尼斯建议道，“再查一下那封里面画有血十字的信，也可以尝试 DNA 检测。还有受害者彻利·乔·贝茨被人发现时她指甲盖里夹的皮肤碎块和一小段头发。”DNA 可以从各种各样的生物来源中获取——血液、毛发、精液和唾液——这一检测手段终于被引入了十二宫案，很快我便获知了这个消息。

早上 9 点，我给雷佩托打了电话，他想马上见一面。“我一会儿就出发去城区。”他告诉我，“我先用手机给同事打个电话，然后再回复您见面的具体时间，可能会在今天上午 10 点 20 分或 10 点 30 分。”我们约定在第九大街的米拉贝尔咖啡馆会面，这家店的前身是“猫头鹰和猴子”主题咖啡馆，我的书就是在这里写成的。

我习惯性地在靠前窗那张桌子旁坐了下来，看着一辆轻轨车从外面经过。两位警探从车里钻出来走入咖啡馆时，我立即认出了他们。阿德金斯个子高挑、肩膀宽阔、活力四射，因为最近刚和一名嫌犯搏斗过，左脸颊上还有一块瘀伤。文斯·雷佩托年纪稍长，比他的搭档显得更消极厌世些，他一屁股挤进了一把小椅子。没过多久我便在心底暗想，要是他们之前取消这次会面就好了。因为在过去这一个小时里，情况突然发生了变化。

前一天，阿德金斯和雷佩托拿到了 DNA 检测结果。一封十二宫信件（他们不愿透露是哪一封）上的标记基因和艾伦的 DNA 相匹配！然而，在我们通话后，雷佩托接到一个电话，对方告诉他：第二次检测结果显示两者不匹配。“我在去接阿德金斯之前听到了这个消息。”他感叹道。

十二宫化学知识丰富，因此即便在 20 世纪 60 年代末和 70 年代初，他也不会愚蠢到去舔信封或邮票。虽然那时候还不存在诸如 DQ-Alpha DNA 检测这样的技术[1]，但已经具备了血液和唾液测定方法。1976 年，理查德·沃勒医生为桑塔罗萨州立犯罪实验室制定了一套分泌物样本检测程序和血清学参考指标。标记基因是一系列结构复杂、释放能量的分子和酶，存在于体液中，可以从染色体中提取出来。分析标记基因的方法包括多种高科技血清学测试法。ABO 检测法适用于存活时间长、状态稳定的分子，而对于存活时间较短的酶，则采用 PGM 检测法。ABO 检测法常用的分泌物样本来自唾液、精液和血液。

第一次 DNA 检测的假阳性结果是源于近亲关系吗？艾伦是否叫他的母亲帮他舔过信封呢？如果是的话，他找了什么借口来说动母亲呢？难道我

[1] 联邦调查局从 1989 年开始做法医 DNA 分析，DNA 的全称是脱氧核糖核酸。

们一直以来都是错的？托奇、姆拉纳克斯、伦德·布拉德、阿德金斯和雷佩托，以及几乎所有其他人都相信十二宫是亚瑟·艾伦。我也一样。但是艾伦的笔迹和杀手的不一致，也没有舔过他们检测的那封信，并且曾通过了测谎，尽管当时处于药物作用状态。答案究竟是什么？我又想到了两个十二宫协同作案的可能性，巴沃特也有过同样的猜想。现在我还面临一个让人不快的任务：把这次见面的情况告诉托奇。他听到消息后唉声叹气、沮丧不已。

“就在周二，”托奇说道，“他们还告诉我，大约一个月后会收到好消息。我真为他们感到难受。他们显然对案情的进展过于乐观。可现在突然接到一个电话，带来一个否定的答案，当然会让人灰心丧气。这无疑是一种倒退。”

我说道：“我记得艾伦在1975年伤心地表示，他真希望十二宫在他被关押期间能写一封信，这样就可以证明他不是十二宫。如果他的同谋一直帮他写信，为什么当时没有这么做呢？DNA检测结果完全出乎我的意料。”我盯着自己的电话。从1986~1991年，我一直接到只有呼吸声和猛然挂断的电话。但它们随着艾伦的逝去而停止了。我几乎开始想念起它们来。

“我和雷佩托警探谈过话。”我告诉巴沃特。

“我认识他。”巴沃特说道，“雷佩托经营着自己的私人保安公司。警察局委派他来接替戴西处理此案。戴西从财产犯罪科典当行组转调至命案科后，可以说和这起案件打了最久的交道。后来，他们把任务交给了雷佩托。当然，他在旧金山警察局还需负责其他案件。”

“两天前，旧金山警察局获知了DNA检测结果。”我说道，“一开始显示有可能是艾伦。但是他们再次联系我的时候——时间相隔不到一小时，他们收到了第二次报告，结果显示样本和十二宫不匹配。你能想到是谁帮艾伦写信吗？”

“你知道的，我们甚至对比过切尼的笔迹。”巴沃特说道，“还有桑迪·潘查里拉和罗恩·艾伦这个拘谨刻板的家伙。”

“在信件停止期间，罗伯特·埃米特正在德国教书。我在想他们可能想检测一下他的DNA。”

“这是康威在退休前极力推动的一件事。”巴沃特说道，“至于艾伦身上的样本，我不知道旧金山是从哪里弄来的。我交代瓦列霍警察局的验尸官保存好那些样本。如果警察局收到旧金山的请求，他应该及时向我报告。但是我从来没有收到过任何消息。说不定艾伦是让他的狗帮忙舔的邮票呢……”

“不会的，那是人类的DNA。”我说道。我提到了安德鲁·托德·沃克（化名），本案中位列第三的重要嫌犯。

“我不是不怀疑沃克，”巴沃特说道，“我只是认为我们缺乏具有权威性的证据，所以行不通。有几个家伙（一名海军情报官员和两位加州高速路巡逻队官员）以追踪此案为乐，这是好事。他们竟然不惜花钱请人偷走他的银制餐具，然后自掏腰包送去做DNA检测，至少他们是这么跟我说的。他们收集了沃克的DNA。你知道吗，我敢打赌沃克以及哈维·海恩斯认定的嫌疑人——我打赌，他们两个会为了彻底摆脱缠扰而同意接受DNA检测。”

“是啊，那是肯定的。我和毛利尔在20世纪70年代坐在一起交流过。他研究了我从Ace五金店收集到的艾伦的一些笔迹。看起来和十二宫的非常相似——分三画写的字母k，及其他所有字母。如果他们打算做基因检测，那么他们应该覆盖所有嫌疑人。”

“我多么希望在1971~1972年期间，托奇和阿姆斯特朗能够调查得更深入一些。我多么希望他们当年搜查了艾伦的家。我和普劳蒂探讨过，他是司法部的笔迹鉴定专家，在毛利尔手下工作。普劳蒂告诉我，他越分析到最后就越感觉困惑。我看了看刻在桌面的笔迹，感觉不是十二宫写的。他退休后不久便去世了。我不确定雷佩托或阿德金斯是否读过我所做的任何报告……但是没有人‘咚咚’地捶门来找他们讨说法。史坦恩的家属并没有每天冲到警察局，追问着你们现在对我丈夫、儿子的遇害案调查得怎么样了。瓦列霍的情况也一样。菲林的家人也没有跑到警察局求解释。还是应了那句老话——会哭的孩子有奶吃。当然我没有责怪雷佩托的意思。可能他手头上还有六七个棘手的案子，家属都气冲冲地上门来找他讨公道。”

总的来说，案件调查还是向前迈出了重大的一步。旧金山警察局命案科调查员汤姆·布鲁顿警探和我通了电话。他接手了十二宫案，它就像个传家宝，一代一代往下传。布鲁顿问我是否可以提供一些遗失信件的原件。

“没问题，你们哪封信不见了？”我问道。

“那封有三段式密码的信。”他回复道。这可是旧金山收到的第一封十二宫信件。

“我有联邦调查局存的复印件。能派上用场吗？”

“不行。我们还以为或许原件传到你手里了。凯瑟琳·约翰斯说她收到十二宫寄的第二张万圣节卡片，后来寄给了你。你还留着吗？”

“不是寄给我。她指的是保罗·艾弗利。不过我这里的所有资料你都可以随便拿去。我希望看到这起案件能够告破。”我们又聊了一会儿，然后我想到请他帮我一个忙。

“我一直在琢磨那次针对艾伦的 DNA 检测，我想问两个问题。”

“请说。”

“首先，艾伦的基因材料样本从哪里找来的呢？他在1992年就下葬了。”

“我们是从瓦列霍的验尸官那拿到的。他们冷冻了艾伦的脑液和大脑碎片样本。”

“原来如此。”

“第二个问题是？”

“他们检测了哪封信？”我脑海里浮现的是早期一封装有保罗·史坦恩衬衣碎块的信。那块染血碎布足以证明寄信人是十二宫。

“我们使用的是 1978 年那封。”他回答道。

“那封伪造信？”

我曾一度认为那封信是真的。但在 1978 年，一件事情使我开始心生怀疑。“除了贺卡、桌面刻字和计程车上的指印，十二宫的手写信使用的全是 7.5×10 英寸书写纸，装在公函大小的信封里。而 1978 年那封信使用的书写纸是 8.5×11 英寸，信封和书写法律文书的纸张一样大。”我现在不但知道 1978 年那封信是假的，还知道旧金山警察局其实也很清楚它是赝品。

“用更早的信再检测一次的可能性有多大？”

布鲁顿沉默不语。

我给托奇打了电话。他难以置信地问我为什么他们没有检测一封含有史坦恩衬衫碎片的信。“既然他们询问我是否存有任何原件，”我解释道，“我就怀疑他们要么忘了信件放在什么地方，要么被偷走了。真实的情况是，他们无法在剩下的信中提取到足够的DNA进行检测。”他们测试了1969~1971年的信，试图寻找唾液，但一无所获。只有1978年那封假冒信上有足够的细胞用于检测。”旧金山警察局后来制作了一个表格，将十二宫的DNA提取情况一一罗列出来：

“十二宫1969年10月13日的信件和信封，信封上试图提取DNA——几乎没有细胞。”

“1969年11月8日贺卡：‘很抱歉，我还没有写’，笔在滴墨……信封上试图提取DNA——几乎没有细胞。”

“1969年12月20日，内含史坦恩衬衫碎片，信封上试图提取DNA——几乎没有细胞。”

“1970年4月20日，‘我的名字是……（此处为密码）’，信封上试图提取DNA——几乎没有细胞。”

“1970年4月28日贺卡：（很遗憾听到……）‘炸弹……’信封上试图提取DNA——几乎没有细胞。”

“1970年6月26日，手写信和地图：‘我用一只0.38口径手枪杀死了一个……，信封上试图提取DNA——几乎没有细胞。”

实验室在以下信件中发现了一些细胞：

“1970年7月24日手写信：‘车里一个女人和一个婴儿……’信封上提取了DNA——发现细胞。”

“1970年7月26日，‘我要折磨那13个在天堂等候的奴隶’，信封上提取了DNA——发现细胞。”

“1974年1月29日，‘看了电影《驱魔人》’，信封上提取了DNA——发现细胞。”

以下是遗失和未经实验室提取 DNA 的信件：

1969 年 11 月 9 日手写信：“我是十二宫……”——信封下落不明。明显遗失的信件和物品还包括：1969 年 7 月 31 日的三封信和密文的原件、1969 年 8 月 7 日的一封信、1970 年 10 月 27 日万圣节卡片、1971 年 3 月 13 日写给《洛杉矶时报》的一封含有“蓝色小气鬼”内容的信、1971 年 3 月 22 日明信片，上面写着“寻觅第 12 个牺牲品”、1974 年 5 月 8 日一封署名“一位市民”的信和 1974 年 7 月 8 日一封署名“红色魅影”的信。

这份报告的结尾对那封被检测的信做了说明：“1978 年 4 月 24 日手写信‘托奇那只城市猪……’提取到 DNA 样本，此信非十二宫真迹。”

好在亚瑟·利·艾伦没有被移出十二宫嫌疑人名单。

图 51

图 51：十二宫于 1969 年 10 月 13 日寄给《旧金山纪事报》的信的信封正面和背面。
*（源自作者收藏图集）*

图 52

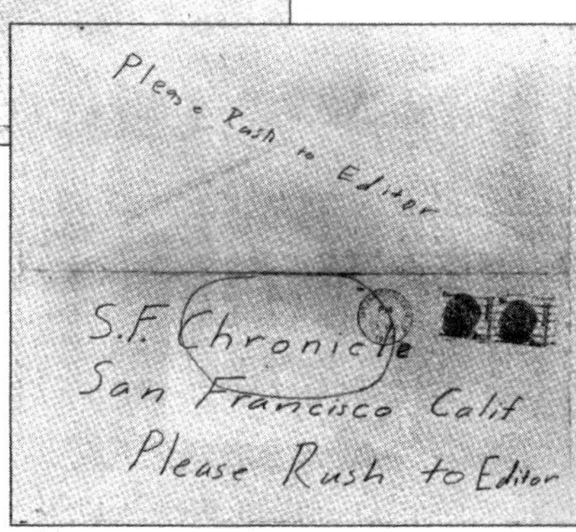


图 52：十二宫于 1969 年 11 月 8 日寄给《旧金山纪事报》的信的信封正面和背面。
*（源自作者收藏图集）*

图 53：十二宫于 1970 年 4 月 20 日寄给《旧金山纪事报》的信的信封正面和背面。
*（源自作者收藏图集）*

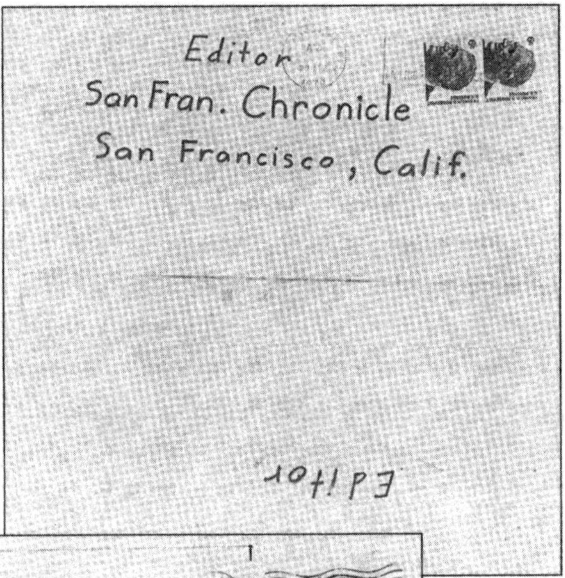


图 53

图 54

图 54：十二宫于 1970 年 4 月 28 日寄给《旧金山纪事报》的信的信封正面（支付了超额邮资）。
*（源自作者收藏图集）*

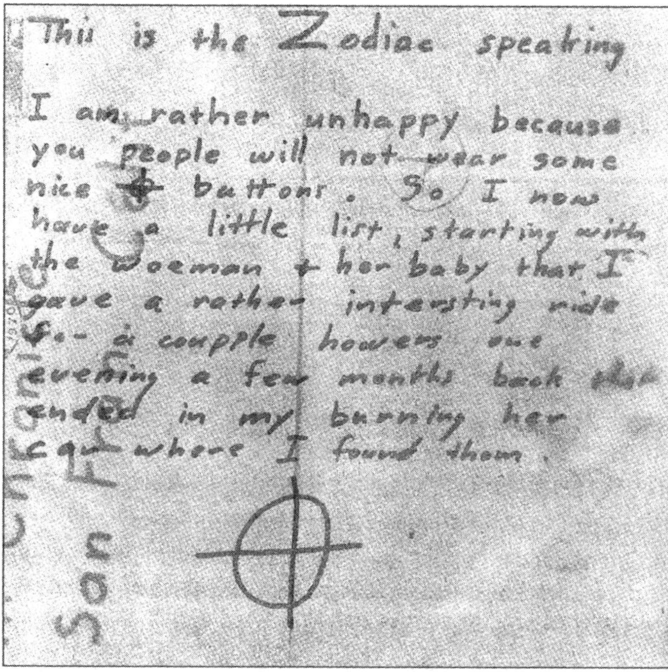

This is the Zodiac speaking

I am rather unhappy because you people will not wear some nice ⊕ buttons. So I now have a little list, starting with the woeman + her baby that I gave a rather intersting ride for a couple howers one evening a few months back that ended in my burning her car where I found them.

⊕

图 55

图 56

图 55 和图 56：十二宫于 1970 年 7 月 24 日下午寄给《旧金山纪事报》的信及其信封。

*（源自作者收藏图集）*

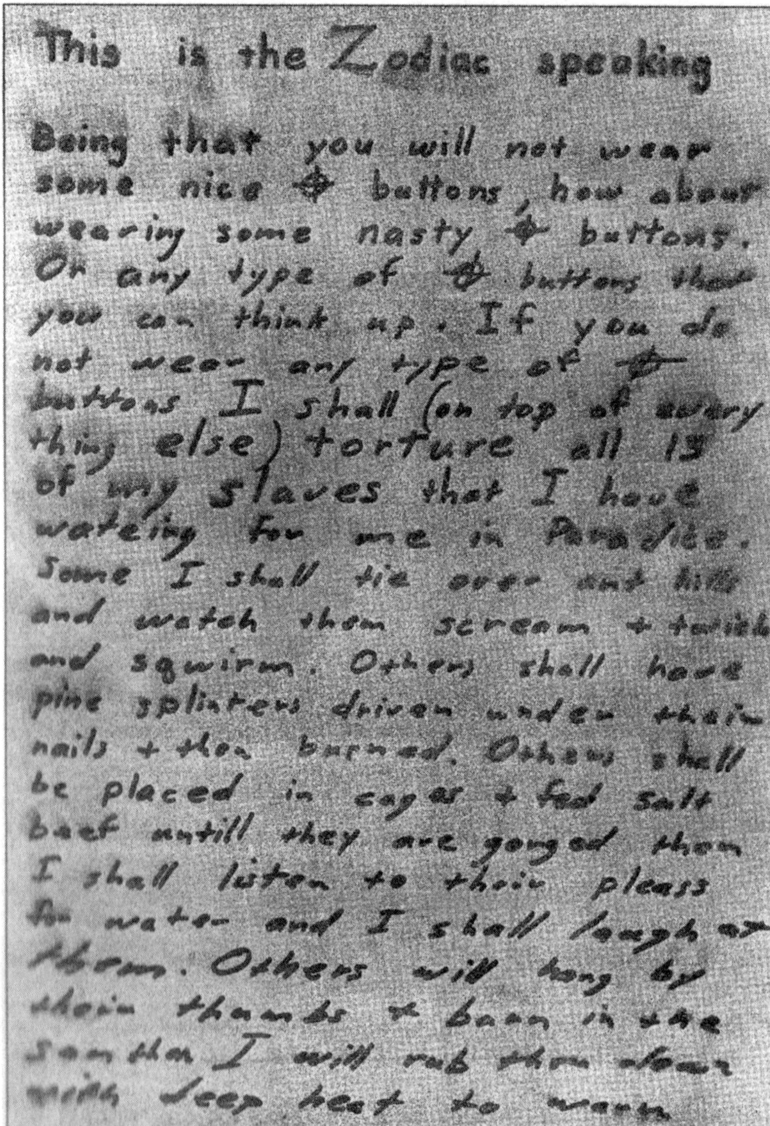

This is the Zodiac speaking

Being that you will not wear
some nice ⊕ buttons, how about
wearing some nasty ⊕ buttons.
Or any type of ⊕ buttons that
you can think up. If you do
not wear any type of ⊕
buttons I shall (on top of every
thing else) torture all 13
of my slaves that I have
wateing for me in Paradice.
Some I shall tie over ant hills
and watch them scream + twich
and sqwirm. Others shall have
pine splinters driven under their
nails + then burned. Others shall
be placed in cages + fed salt
beef untill they are gorged then
I shall listen to their pleass
for water and I shall laugh at
them. Others will hang by
their thumbs + burn in the
sun then I will rub them down
with deep heat to warm

图57

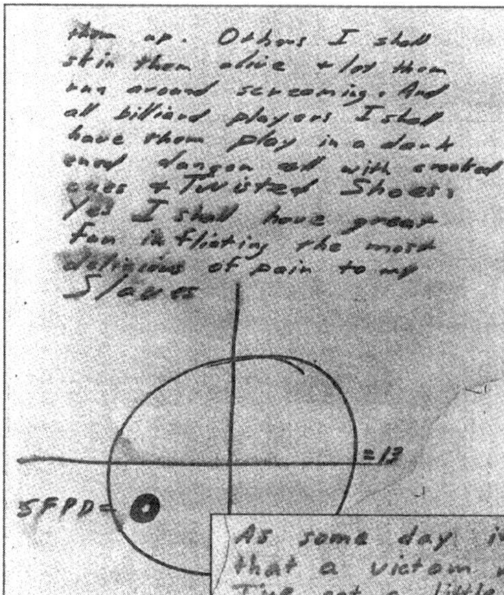

them up. Others I shall
skin them alive & let them
run around screaming. And
all billiard players I shall
have them play in a dark
ened dungon cell with crooked
cues & Twisted Shoes.
Yes I shall have great
fun inflicting the most
delicious of pain to my
Slaves



图 58

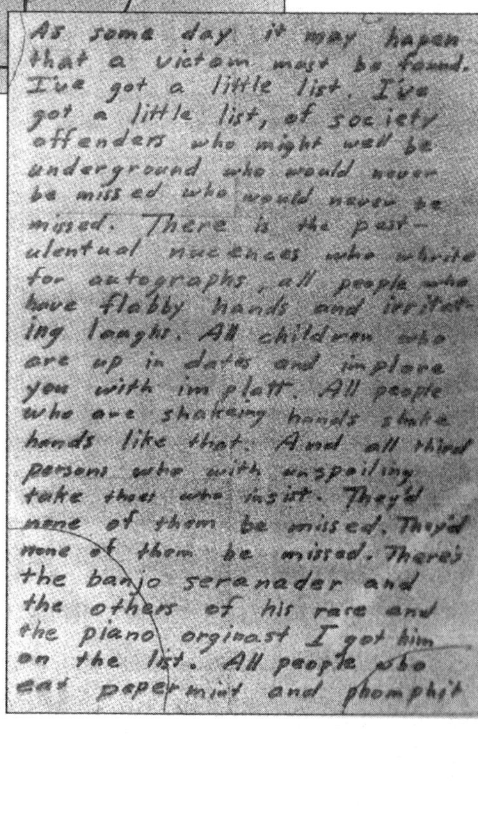

As some day it may hapen
that a victom must be found.
I've got a little list. I've
got a little list, of society
offenders who might well be
underground who would never
be missed who would never be
missed. There is the pest-
ulentual nucences who whrite
for autographs, all people who
have flabby hands and irritat-
ing laughs. All children who
are up in dates and implore
you with im platt. All people
who are shakeing hands shake
hands like that. And all third
persons who with unspoiling
take thoes who insist. They'd
none of them be missed. They'd
none of them be missed. There's
the banjo seranader and
the others of his race and
the piano orginast I got him
on the list. All people who
eat pepermint and phomphit

图 59

图 60

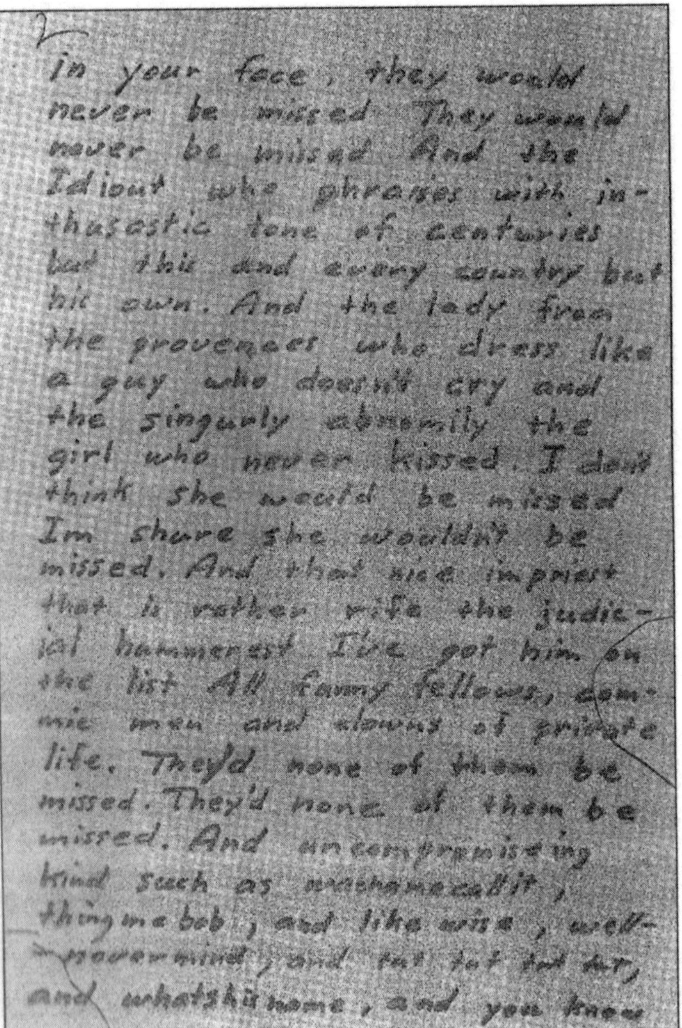

2
in your face, they would
never be missed They would
never be missed And the
Idiout who phrases with in-
thusastic tone of centuries
but this and every country but
his own. And the lady from
the provences who dress like
a guy who doesn't cry and
the singuarly abnormily the
girl who never kissed. I don't
think she would be missed
Im shure she wouldn't be
missed. And that nice impriest
that is rather rife the judic-
ial hammerest I've got him on
the list All funny fellows, com-
mic men and clowns of private
life. They'd none of them be
missed. They'd none of them be
missed. And uncompromiseing
kind such as wachamacallit,
thingmebob, and like wise, well-
nevermind, and tut tut tut tut,
and whatshisname, and you know

图 57、图 58、图 59、图 60：十二宫所有信件中最稀奇的一封——之前从未在警察局总部以外的地方看过杀手写的信。1970 年 7 月 26 日，当这封长达 5 页的信送抵《旧金山纪事报》报社时，我有幸阅读了它。

十二宫在信中叙述了吉尔伯特和苏利文的喜歌剧《天皇》里的句子。我们可以在杀手于 1969 年 11 月 9 日寄出的一封长信中找到更多的相关线索。

*（源自作者收藏图集）*

图 61 和图 62：十二宫于 1970 年 7 月 26 日寄出的信件及其信封。

*（源自作者收藏图集）*

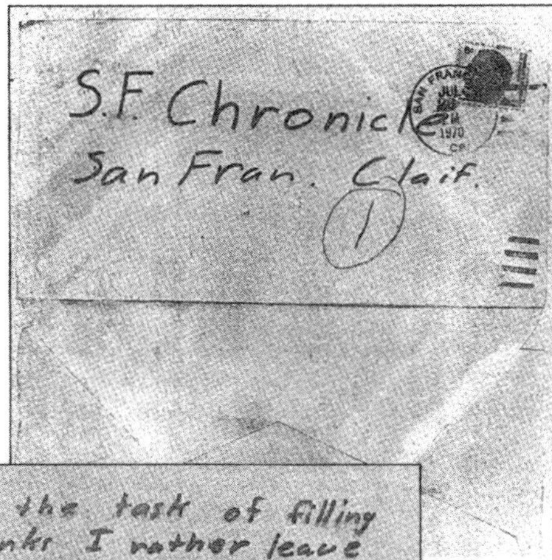


图 61

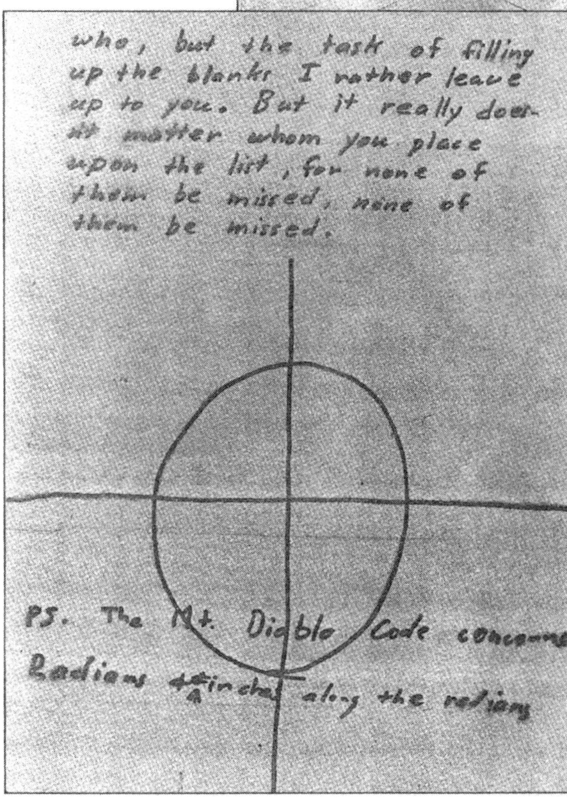

who, but the task of filling up the blanks I rather leave up to you. But it really doesn't matter whom you place upon the list, for none of them be missed, none of them be missed.

PS. The Mt. Diablo Code concerns Radians & # inches along the radians

图 62

图 63

图 63：在 1971 年 3 月 22 日寄给保罗·艾弗利的卡片上，十二宫使用画笔进行书写。艾弗利的英文名“Avery”被错拼成“Averly”，这是典型的十二宫风格。

*（源自作者收藏图集）*

图 64

图 64：十二宫于 1974 年 1 月 29 日寄出的信的信封，他在信里谈到了电影《驱魔人》。

*（源自作者收藏图集）*

## 一辈子的案件

从托奇嘴里说出的第一句话像灰烬一样苦涩："今天早上起床时，我首先意识到的一件事，就是十二宫案从开始到现在已经有30年了。"这些天正值旧金山庆祝舰队周。喷气式飞机在市中心的摩天大楼上空"嗡嗡"地盘旋。金门海峡外，一架海军飞机，在一个斜置的十字交叉圆圈（一个巨大的十二宫标志）的指引下，像羽毛一样轻盈地滑落在航空母舰的甲板上。来自旧金山、瓦列霍、纳巴郡和索拉诺郡数名备受挫折的侦探们聚到一起，可能是最后一次共同讨论十二宫案。肯尼斯·纳罗是第一批十二宫追捕人中的最后一个，1987年，他退休了。"我在海边有一处房子，平时可以去那捕捞鲑鱼和鲍鱼。"他说道，"除了打高尔夫球和钓鱼，我还需要找些活儿来打发时间，所以我在当地一所天主教高中担任交通主管。"那么十二宫这事呢？"我想，如果当时我们有现在的技术，就会更有可能抓到他。"

"原来那个十二宫杀手——那个怪物将永远不会消亡。"另一位警探说道。当托奇和艾弗利探讨此案时，艾弗利感叹道："戴夫，那已经成历史了，一切都是过去的事了。""这让我有点儿难过，"托奇告诉我，"因为对于我来说，这起案件是一辈子的事情。"

"上周我决定要退休了。"托奇告诉我，"我感觉身体有些不适——做事有点儿吃力了。我平均每天工作10个小时。现在我68岁了。从1987年开始，我还在伊曼纽尔教堂做一些安保工作。我一直以来忙于各种事务，身体开始出了毛病。我打算去做点儿私家侦探的工作。早在 1986 年我就取得了执照。你得配备武器，取得州级射击资质证明，并通过书面测试。由于我有相关工作背景，他们给我免除了射击测试。‘我想你应该还知道怎么射击。’他们说。警察局长给我签发了 CCW（携带隐藏武器）证书，因此，我可以合法携带枪支。”

在和托奇闲谈的时候，我突然想到我采访过许多警察从未询问过的目击证人，我也查阅过很久以前已被销毁的文件，我知道一些他们并不了解的事实。亚瑟·利·艾伦仍有可能被立案起诉。我向托奇透露了一些新获取的信息，想看看他会作何反应。

“你知道吗？”我问他，“你们在 1972 年搜查艾伦的家用拖车前，他刚给拖车换过嵌板。谁知道藏在那些隔板里的是什么东西？他在泊德加湾还有另外一辆房车，难怪你们什么也没发现。还有，十二宫其实明摆着已经告诉人们就是他杀害了旧金山的计程车司机。”

“何出此言？”托奇惊讶地问道。

“史坦恩毫无疑问为十二宫所杀，虽然他并不符合谋杀情侣的模式，但他符合学生这个条件。十二宫选择他可能还有别的原因。虽然史坦恩并不是死在和水有关的地方，但凶手最初的目的地是第三大街和湖街交叉口。在艾伦告诉史宾尼利他要去旧金山杀害一名计程车司机后，他选择了一个特定的计程车司机和一处特定的地点。保罗·史坦恩的中间名是‘李’，而他的生日和利·艾伦一样都是 12 月 18 日。晚上 9 点 45 分，黄色计程车公司的调度员勒罗伊·斯威特给史坦恩安排的最后一个行程的目的地——第九大街 500 号的 1 号公寓——一幢名叫艾伦阿姆斯的复合公寓大楼。这些是汤姆·沃伊特告诉我的。十二宫借此向我们暗示他的名字叫‘李’，生日是 12 月 18 日，姓‘艾伦’[1]。但十二宫是怎样得知史坦恩的生日和中间名，

[1] 十二宫案的其他受害者及其亲属的姓名似乎也符合这个名字游戏规则：北加州第一个受害者名叫大卫·亚瑟·法拉第；北加州第三位受害者的丈夫是迪恩·亚瑟·菲林，她的老板叫比尔·利；桑塔罗萨被谋杀的学生中，有三个分别是：洛丽·李·库尔莎、莫林·L. 斯特林和金姆·温迪·艾伦。

他又是如何将那辆计程车诱入圈套的呢？我百思不得其解。难道他认识史坦恩吗？此外，一个名叫‘亚瑟·艾伦’的学生在第二大街320号租了一间未配备家具的公寓，离凶杀地点只有四个半街区。”

史坦恩在晚上8点45开始出车，当晚只完成了一单——从64号码头到机场航站楼。他没有完成的行程单显示已到达普西迪高地的华盛顿街和枫叶街交叉口。“他并没有开到第九大街的目的地。”斯威特介绍说，“晚上9点58分，我把这单‘未受理’的行程派给了另外一辆计程车。接警后赶赴华盛顿街和彻立街交汇处案发现场的警官发现计程车的计价器仍然在计费，这表明史坦恩在路上接了一单客人。晚上10点46分，计费表显示6.28美元。”[1] 阿姆斯特朗和托奇由此反推出十二宫坐上计程车的地点——基立街和马森街交叉口。有目击者看到十二宫在逃离现场之前擦拭了左侧车门，托奇据此判断他是从这一侧进入市区的。

史坦恩喜欢骑摩托车，他通过卖保险攒够了去旧金山州立大学念书的学费。他有没有可能向十二宫推销过保险？或在摩托车俱乐部认识了十二宫？

十二宫从汽车后座射杀了史坦恩后，从右前门进了驾驶室。街道对面有三个青少年目击者曾看到史坦恩被坐在副驾驶位的十二宫推来撞去。史坦恩通常把他收到的车费和小费装在衣服口袋里，在当班结束之后再把钱分开。他的妻子克劳迪娅说，他出门工作时身上只带了三四美元。十二宫拿走了他的钱包（里面有他所有的登记表）和计程车的几把钥匙。十二宫是不是在寻找有可能暴露他和受害者之间关系的东西呢？

“如果当时史坦恩正驾驶计程车前往里士满区，”托奇推测道，“十二宫可能在路边招了手让他停下来，跟他说：‘我要去华盛顿街和枫叶街交叉口。’史坦恩可能回答说：‘这和我要去的地方几乎在同一个区域，我

---

[1] “据推断，史坦恩谋杀案发生在华盛顿街和枫叶街交叉口往前一个街区。”约翰·道格拉斯写道，“因为杀手要在地图上某个确切的位置动手。也正因为如此，十二宫才将袭击目标从情侣换成了计程车司机。还有谁能被他轻而易举地骗到地图坐标上一个精准的地点呢？”

可以一箭双雕。我放你下车后，能在 5 分钟内开到第九大街。我可以让另一位乘客从副驾驶位上车。我可以先载上你，然后再去搭另一个人。这样出一趟车能挣双份钱。’”托奇曾怀疑艾伦是左撇子，但是一直没有找到证据。

“在艾伦的最后一份遗嘱中，”我说道，“他请求一个家住克里尔湖地区的朋友马克接受他的左撇子专用剪刀和所有射箭工具。所以，正如你所怀疑的那样，他确实左右手都很灵活。目击者证实艾伦穿着独具特色的“翼行者”靴子，和十二宫穿的尺码相同。他符合所有对十二宫的身体特征描述——身高 6 英尺，体重 230 多磅，走路笨拙缓慢。艾伦亲口承认曾出现在贝利桑湖案和河滨市谋杀案犯罪现场。他深谙编写密码、绘制图表和制造炸弹的专业知识，擅长使用各式各样的枪支武器。他和十二宫同一天生日。他在菜单卡片上拼错的单词和十二宫毫无二致。而唐·切尼呢？他通过了测谎仪的测试。他在 1971 年透露说，艾伦曾表示他想猎杀人类，并打算给自己取名‘十二宫’，这些都是真话。”

“我对此倒是一点儿都不惊讶。”托奇说。

“还有，菲尔·塔克也表示艾伦跟他讲过同样的话。艾伦曾对很多人说过他就是十二宫——其中一个人是索诺马汽车零件商店的雇员，当然还有史宾尼利。警方在提到这位罪犯时称他为‘十二宫杀手’，而十二宫本人提到自己时惯用‘这个十二宫杀手’。同样，艾伦在面对电视台采访时始终说的是‘这个十二宫杀手’。在那位精神分析师的诊疗录音带里，据说艾伦曾哭泣着承认他就是‘这个十二宫杀手’。他声称他就是十二宫的代言人，并解释说十二宫那些古怪的密码符号源自阿塔斯卡迪罗精神病院。”

“这样的话怎能让人置若罔闻呢？”托奇说。“艾伦严重病态、心理失常、异常凶险——是一个让人望而生畏的人。非常遗憾的是，瓦列霍警方虽然知道他就是十二宫，却没有指控他。要是他们当初指控了他，这起该死的案件早就终结了。而那些幸存者也可以如释重负，放下心来。众多辛苦追踪的警察们亦会倍感欣慰。现在案件终止了。我一心追求的就是了结这起案子。我多么想拍着杀手的肩膀对他说：‘现在让我来向你宣读你的米兰达告示。’[1]然后把他的双手铐上。直到今天，我仍然坚信利·艾伦就是‘我要找的嫌疑人’。别人取笑我时，我会坚定地告诉他们：‘我相信案子总有一天会告破的。’我认为此案现在已经侦破了。如果你对自己在这件案子上所做的一切感到满意，那我也就随它去吧！”

我能找到目击证人证明艾伦确实在凶杀现场出现过吗？只有两起十二宫谋杀案存在这种可能性。我开始重新细致深入地审阅材料，包括我最近了解到的新信息。我从1969年9月27日那个天气晴好的周六下午发生在贝利桑湖的刺杀案着手，开启了深度追踪。

[1] 米兰达告示其中一条内容：你有权保持沉默，但是你对任何警察所说的一切都可能成为法庭对你不利的证据。

## 揭秘

“我和唐·切尼谈过。”十二宫迷汤姆·沃伊特告诉我。“和你回忆的一样，切尼在 1971 年向警方举报称利·艾伦就是十二宫。我提出见面的时候他正在华盛顿。他很乐意开车到波特兰，那儿离我只有约 1 个小时的车程，而他要开 4 个小时。我们在胡德河旅馆见了面，旅馆正好坐落在哥伦比亚河畔。当时那里空荡荡的，就只有我们两个人。哥伦比亚河的美景尽收眼底。他就这样面向河流坐着，轻松愉悦，和蔼可亲。他约有 6 英尺高。”

“利是同性恋吗？”沃伊特问切尼，“或者说他对女人有兴趣吗？他有没有真正喜欢过一个女孩儿？”

切尼想了想，然后答道：“在我和利交往的时候，他只提过一名女性，是位服务员。”

“那是在瓦列霍吗？”沃伊特问到。

“是的。”

“她在哪儿工作？”

“在一家煎饼店。我记不得她的名字和其他信息。而且利就只提到过她一次。我们去了一家国际煎饼屋，就在利家附近。那是在 1967 年的时候，有一次打猎回来，我们在那里吃了晚餐。当时我仍住在康科德。利指了指那位服务员，那是一个棕色头发的女孩儿。她年轻漂亮，利很喜欢她。”

“如果看到那个女孩儿的照片，你还能认出她来吗？”沃伊特问道，他顿时来了兴趣。

“不行，时间太久了。”切尼告诉他。

“我不知道利是否去过特里饭馆。”沃伊特大声笑着说，“利喜欢国际煎饼屋，我不知道他会不会也光顾特里饭馆。不过话说回来，既然附近就是国际煎饼屋，为什么还要跑去特里饭馆呢？”

切尼也跟我说过同样的话。“国际煎饼屋离利的房子很近，就在弗雷斯诺街尽头，和房子相隔两三个街区。”我和利正准备去某个地方逛逛，在田纳西大街向右转时，我们看到了店里那个女孩儿。利表示对她很感兴趣。“‘你觉得那个女服务员怎么样？’他问道，‘我想也许我和她之间能擦出一些火花。’但最终事与愿违。那个女孩儿长得很像达琳·菲林。达琳有可能就是利在煎饼店指的那个女孩儿，但我记不太清了，不能确定她们是否为同一人。毕竟那是在1967发生的事。”

切尼本可以说，那位女服务员就是达琳，她工作的餐厅是杂志街和80号州际公路上交汇处的特里华夫饼店。达琳从1968年4月24日起就在特里饭馆当服务员，直到1969年7月4日被杀害，这已是广为人知的事情。但我知道切尼说的是实话，因为有些情况他确实不知道。

在达琳向法院提出要和她的第一任丈夫吉姆·菲利浦离婚后，她在里诺市待了6个月，为了保持连续居住记录，她前后往返了4次[1]。1967年，她回到了瓦列霍，和朋友史蒂文·基一起在田纳西大街上的国际煎饼屋工作。达琳就是利指给切尼看的那个女人。切尼甚至说对了年份。迪恩·菲林曾是国际煎饼屋的厨师，后来达琳和他结了婚，之后她开始在特里饭馆工作。“为什么我最先遇见的都是些变态的人？”她在里诺市给迪恩写信时抱怨道。

“我和达琳第一次见面是在1965年，在旧金山的一家电话公司。”达琳的朋友，同在特里饭馆工作的波比·奥科斯纳姆说道，“当时有6个女孩儿一起进入电话公司。我们3个住在公寓里，另外3个住在隔壁的院子里……在那里我们建立了深厚的友谊。每次我请这帮姐妹来家里做客时，都会把达琳一块儿邀请过来。很多时候我们闲聊时，都在谈论其他女孩儿。除非

[1] 美国内华达州西部著名的“离婚城市”。在里诺市，有一种“无责任离婚”，离婚无须理由，只要住够规定的时间，交一定的费用就可以离婚。

达琳情绪低落或非常沮丧，她很少说起她的私人问题。她只有在心情特别糟糕的时候，才会向你倒苦水。”

“她在电话公司工作了大约 9 个月，然后她和第一任丈夫吉姆去了维京群岛。他们回来的时候找到梅尔和我，为的是寻个地方落脚。他们在我家住了两三个星期。我们把他们赶出公寓的原因之一是吉姆有一把小手枪，我们可不想让家里出现这样的东西。于是我们叫他们俩搬了出去，不然的话，他们还能和我们住得更久些。当时她还在四处找工作。”

“达琳的前夫住在瓦列霍时持有一把 0.22 英寸口径的手枪。”姆拉纳克斯警探告诉我，“因为赫曼湖路的双重谋杀案中使用的就 0.22 英寸口径的半自动手枪，所以我专门去找了他。我在桑塔克鲁兹（1970 年 2 月 2 日）跟他见了面，查验了那把枪。”

“吉姆痴迷于占星术。”奥科斯纳姆继续说道，“我很怕他，他也把达琳吓坏了。吉姆在墨西哥时，那个从墨西哥给达琳带回银色钱包和腰带的人当时也在那儿。我总感觉那些礼物是吉姆买来后，通过这个家伙送给她的。后来我搬回了瓦列霍。那时候她早和吉姆分手了，正在和迪恩交往。两人感情很好，生活甜蜜。她总是非常耐心地倾听你诉说，但偶尔也会透露她害怕‘那个家伙’。但她永远只是点到为止，不会深入话题。如果你问起她，她会缄口不言。但我知道达琳很怕某个人。她从不确切地说出她担惊受怕的原因。他抓住了她的把柄，但我不知道具体是什么。我有种感觉，她的恐惧和那次维京群岛旅行有关，但那只是一种直觉而已。在和达琳的几次谈话中，我隐约听出她和吉姆在维京群岛潜水寻找贝壳时遇到了麻烦。”据说他们在那里目睹了一起谋杀案。

1966 年，迪恩·菲林搬到了华莱士大街 560 号弗恩酒吧后面的一栋公寓。达琳和他结婚后，也搬到了那里。1969 年 1 月 24 日，他们迎来了女儿戴娜·林恩。就在戴娜出生前一个多月，大卫·亚瑟·法拉第和贝蒂·洛·詹森在偏远的赫曼湖路遭到枪杀。第二天，达琳对她的同事博比·拉莫斯说：“这太可怕了。我认识那两个在赫曼湖路被杀害的孩子，尤其熟悉那个女孩儿。我再也不会去那儿了。”达琳对她的保姆说了同样的事情：“真是太恐怖了。

我认识那个在赫曼湖路遇害的女孩儿。我再也不会去那儿了。”

“这一切都是在她的孩子出生后开始的。”奥科斯纳姆说道，“我是说，我们谈到过几次她内心的恐惧。达琳害怕某个人，这已经有很长一段时间了……她会时不时说起她遇到麻烦了。我想我们很多人都认识她惧怕的那个男人，但无法确定是哪一个。达琳是那种广交朋友，对任何人都友好相待的人。这也是她和吉姆之间的矛盾之一。她每周都会认识新的人，结交新朋友。上一周他们和她刚建立友谊，下一周我们的话题便转到了下一个新来者身上。她生活的全部乐趣就是与人交际。她真的很喜欢和不同的人交往，结识形形色色的人。”

“那个开一辆白色雪佛莱汽车，在特里饭馆骚扰她的家伙是谁呢？”我问道。“据达琳的一个保姆说，她曾抱怨过一个粗壮的男人一大早就来饭馆和她说话。”

“是的，有这回事。”奥科斯纳姆回答，接着她突然补充道，“你可知道，自从她被谋杀后，这么多年来警察从未找我询问情况。”

在 1969 年 2 月和 3 月，达琳的保姆凯伦看到一名坐在白色汽车里的男子正在他们位于一楼的公寓外窥视。晚上 10 点左右，这名男子点燃了一支香烟或短暂地开了一下车内灯，于是她瞥见了他的脸。“他身材魁梧，中年人，脸很圆。”凯伦描述道，“他的头发卷曲。当达琳回到家时，我将这件事告诉了她。达琳告诉我：‘我猜他又回来监视我了。我听说他从外州回来了。他不想让任何人知道我看见他做了什么。我亲眼看见他杀了人。’在对话中，达琳偶尔提到这个男子的名字，他的名很短，含 3 个或 4 个字母。他的姓稍微长一点儿。一个非常普通的名字。达琳似乎真的很惧怕这个人，并提到他在特里饭馆里一直监视她……”凯伦被搅得心烦意乱，于是她就在 5 月份辞职了。

一个陌生男子上达琳家给她留下了几个包裹——一条来自墨西哥的银色腰带，一个手袋，一件印花织物，以及一个类似一捆钱大小和形状的包裹。达琳的妹妹帕姆称：“自打我从他手里接过那个看起来像一捆钱的包裹后，达琳便开始用 10 美元和 20 美元的钞票付给我照看婴儿的工钱。而在那之前，她都是用她挣的小费，25美分的硬币付钱给我。”达琳的姐姐林达如此描述那个从提华纳[1]带给达琳礼物的人：“宽额头，头发剪得很短。”——就像利·艾伦的一样。利和他的朋友们大约和达琳夫妇在同一时间去了墨西哥，在海滩上尽情享用美味龙虾。也就在那段时间，一个被达琳有时称作“罗比”，有时称作“李”的男子，从他在霍根高中附近、离达琳的朋友迈克·马乔家两个街区远的住处，搬到了达琳家隔街正对面。

“大约在1969年6月初，”博比·拉莫斯说，“达琳告诉我，一个开着一辆白色汽车的男子总在窥视她。”于是我问她结交了哪些“新朋友”。“达琳的新朋友是迈克·马乔和一位开着水星美洲狮的男子，名叫罗比或李。虽然我从没跟他说过话，但我绝对知道他的长相。他曾开车送达琳回家，她带着刚在店里洗好的衣服。”然而，博比回忆起的是一个瘦高身材，比十二宫年轻得多的男人，黑色头发，戴一副角质框架的眼镜。

据特里饭馆另一位女服务员伊芙琳·奥尔森说，一个名叫“李”的人“抓住了达琳某些把柄”。达琳的姐姐林达·黛尔·波诺也向我介绍了达琳最亲密的朋友：“一个是苏·吉尔默（迪恩·菲林的堂妹），另一个叫博比，是特里饭馆的金发女郎，还有一个叫李的家伙，他曾经从墨西哥给她带过礼物。”达琳是在富兰克林初中旁边一家自助洗衣店遇到这名男子的。他告诉她，他就住在洗衣店楼上。我怀疑她的衣服就是在那段时间被偷走的——上班制服、婴儿尿布等各种东西。”利·艾伦有时也将名字拼写为“Lee（李）”，曾在富兰克林初中做兼职门警。

虽然迪恩没有觉察到达琳的言谈举止有什么变化，但她的朋友们却明显发现了这一点。“达琳变得比以前更紧张兮兮了。她后来很少笑了。”她们回忆道。她们以为达琳暴瘦的原因是吃了减肥药。“在姐姐去世前的四个月里，我观察到了她的变化。”帕姆说道，“她非常紧张，日渐消瘦。我认为不是药物导致的。她只是害怕这个一直跟踪她的家伙。”

“到去年年底的时候，我们之间变得不再像以前那样亲密。”迪恩工

[1] 墨西哥西北部城市。

作的恺撒餐馆的老板和他的房东卡米拉·利说道。“她结交了一个全新的朋友群，不过从来没有提起过他们的名字，她不再和我们聚餐了。有一次，我们一起烧烤，举行其他活动，素来讨大家喜欢的迪恩过来了，我们问他：“达琳怎么没来？”他回答说：“‘她大概 4 点的时候去洗衣店了。’而当时已接近 9 点。也就是说她去了洗衣店，5 个小时后，迪恩独自一人来参加派对，他对达琳在做什么真的一无所知。”

1969 年 5 月 9 日，达琳在弗吉尼亚大街 1300 号买了一套新房子，并报警说有一位以前的邻居在监视她。达琳组织了一个粉刷派对，邀请了她在特里饭馆认识的众多警察中的几个。“很多警察都认识她。”林奇警探告诉我，“他们过去常顺路到那里的咖啡馆坐一坐。她周末上 3 点的夜班，下班后会跑到旧金山去。她喜欢脱掉鞋子和长筒袜，在海浪中跑来跑去，而那时是凌晨 4 点。她和各种各样的男人约会。她是个水性杨花的女人。”

5 月 24 日周六是粉刷派对的日子。“有多少人参加了聚会？”我问林达。“大约有 15 个人。派对持续了很长时间。”“都有些什么人？”“马乔兄弟、史蒂文·基。他们当时在场。史蒂文在 1965 年从霍根高中毕业后直接参加了海军。我想，他和达琳的友谊可以追溯到大约 1963 年。他当时被派驻在鲁克驱逐舰上，在达琳不在身边的一整年里，他总是为她担心。他很害羞。我记得他曾经有一辆红色的小车，还有一辆绿色的奥尔兹皮卡。他很爱吃达琳的醋，绝不能忽略了这一点。在赫曼湖路谋杀案发生后，他就搬到了圣地亚哥，所以没有跟她约会。”而我更感兴趣的是，以前同在国际煎饼屋工作的他是否见过什么人在店里骚扰达琳。

“乔治在那儿。”林达接着说，“我知道霍华德也在那儿。”“霍华德·布兹·乔顿？”“是的。”“有女性在场吗？”“只有一两个。”“巴尔迪诺去了吗？”“你是说史蒂夫？去了。”他也是瓦列霍警察。另一名瓦列霍警察理查德·霍夫曼虽然出现在客人名单上，但他实际上没有出席。其余客人包括：杰伊·埃森（达琳的旧金山朋友）、里克·克拉伯特里、达琳的女性朋友悉尼、达琳的姐姐林达、达琳的妹妹帕姆、罗恩·艾伦和一个穿西装、打着领带的粗壮男子。

“达琳打电话给我，叫我来参加派对。”她姐姐林达说道，“达琳吓得要死。她没想到这个男人会出现。我下午 1 点到达那里。当我还在路上的时候他就到那儿了。他是唯一一个西装革履的人。其他人都穿着旧牛仔裤，正在粉刷她刚办完首付的房子……警察以为他是迪恩的老板比尔·利，于是便置之不理了。但达琳称他‘李’，而且这不是他的姓。虽然我从来没有和他说过话，但我绝对知道他长什么样……达琳害怕得不得了。在粉刷派对上的那个家伙就是十二宫杀手。我敢肯定十二宫就是我在派对上看到的那个人。从她的反应就能判断出来。这家伙没有任何理由出现在她家。”

“达琳惹上了麻烦，她惊惶不安，想全身而退。他的体重明显超标……这个家伙把她吓得战战兢兢。我是说，她终日惶恐，茶饭不思。我注意到她的体重严重下降。受心事困扰时，她是不善于装作若无其事的。她的脸上已经很久没有笑容了……她催促我离开，是因为她不想让那个人认识任何家人。”

“她的反应如此反常，于是我特别记住了那个人的长相。我看到他端端地坐在椅子上。当我离开的时候，还有 14 个人在那里，而更多的人正陆陆续续地赶来。我真希望当时我没有就此离开。我确信她陷入了某种困境，整日心惊胆寒，她不知道该如何摆脱它。我想她确实想从中解脱出来。十二宫说：‘好吧，我们干脆除掉她，否则她很有可能会去警察局报案。’他也是出现在特里饭馆的那个人。有一天，我和爸爸一起走进特里饭馆时，这个人正坐在那里，他一直目不转睛地盯着达琳。当我走进来时，他故意把报纸举得高高的，因为他注意到了我。后来，有人（一个高大瘦削的黑发男子）朝特里饭馆的天花板开枪，天花板被射穿了四个洞。”

林达离开粉刷派对后，达琳的妹妹帕姆来了。她也注意到了那个穿西装的男人。“他与周围的人显得太格格不入了。”帕姆告诉我，“他穿着考究。嗯，穿得整整齐齐，是一个年纪稍长的男人。我只近距离见过他一次。他自始至终就坐在那张椅子上。因为他的出现，每个人都有点儿害怕，有点儿紧张……这家伙问起她的工作，还打听她的财务状况……他就是在酒吧里坐在吧台旁的那个人，也是不停问我问题的那个人。他询问我关于达琳女儿的事情，以及她和丈夫迪恩的感情。‘她是怎么花销小费的？’他问我，‘她真需要好好想清楚。’‘我知道迪恩从来不愿意照看孩子。’”

“这位陌生男子有一个简短常见的昵称：李。是‘李’，L-e-e，不是利，‘Leigh’，这并不是他的姓。我猜想聚会上这个家伙就是十二宫。有一天，我正在照顾孩子，有一个人送了个包裹到华莱士大街达琳家的门阶上，他就是我在派对上看到的那个人。我看见他站在门口，然后从他手里接过了包裹。他告诉我无论如何都不能偷看里面的东西。我记得曾看见一个人在华莱士大街的门阶上留下一个包裹，其实就是同一个人。”

“在特里饭馆骚扰达琳的那个人的年龄——”

“我猜应该在35~38岁之间。”她估计他差不多有6英尺高。“我记得他的样子……我记得我在门口见过他，在粉刷派对上也见过他——他喜欢和我说话，因为我是个真诚坦率的人。达琳为此生我的气，她觉得我跟他说得太多了。‘嗯，他问了我一些事情，我都如实回答了。’达琳责怪说：‘帕姆，如果你再跟他说话，我以后就不再邀请你过来参加派对了。有些事情我不想让别人知道。’我说：‘看他说话的样子，我还以为你在和这个人拍拖。’”在达琳的粉刷派对客人名单上还出现了罗恩·艾伦的名字。切尼在1969年搬到南加州后，利·艾伦的弟弟和弟媳拜访过他。

“罗恩和凯伦来我家吃晚饭。”切尼告诉我。“这是在我购买新房子（位于伯克利大道1842号）之前的事。我们坐在厨房的桌子旁聊天儿，凯伦告诉我们，利穿着西装去参加粉刷派对。当时跟他同去的还有罗恩。利一身西装革履，打着领带。凯伦以此来说明利不适应社交环境。她拿这件事取笑他。她有点儿害怕她的大伯子，因为她认为他与社会格格不入。她受过社会工作方面的专业教育，所以曾遇到过类似的例子，而我认为罗恩没有。”

达琳的生活中出现了两个叫“李”的人。“罗比”或“李”（她显然用这两个名字称呼过他）住在华莱士大街，挨近达琳家。因此，他没有必要把车停在她家门前窥视她。那么盯梢者一定是另一个“李”。为此我询问了姆拉纳克斯。“说不定十二宫是达琳的一个新朋友，你有没有把她新交的朋友全部列出来？看到过罗比这个名字吗？”“我们约谈的基本上都是她的家人和同事。”他回答道，“和她交往的人太多了，但是否都是她的新朋友，我就不得而知了。”

1969年6月29日，达琳在集市上向她的朋友博比·拉莫斯透露，“李”是一个住在她家街道对面的男人。一位特里饭馆的女服务员还看到一名男子坐在一辆白色汽车上尾随达琳，它的竖条状散热隔栅和福特野马汽车一样漆成黑色。她匆匆记下了他的车牌号，我凭此查到了那辆车的信息。这款车是一辆1968年产的白色硬篷水星美洲狮（直到1969年前，只生产硬篷）。我大失所望。这辆车不可能是十二宫在贝利桑湖驾驶的那辆。杀手那辆车已磨损轮胎的痕迹显示这两辆车的轮胎大小不同，杀手驾驶的车车轮间的宽度为57英寸。而水星美洲狮前后轮之间的轴距约为111~123英寸。它的轴距宽度更接近于出现在赫曼湖路谋杀案现场的1959~1960年产白色四门硬篷雪佛莱羚羊。巧合的是，水星美洲狮的主人在1969年4月份用一辆1960年产雪佛莱羚羊折价添钱购置了这辆车。

华莱士大街553号只有一栋公寓楼。经过长时间的搜索，我终于找到并采访了这辆水星美洲狮汽车的登记车主罗比·李·蒙丘尔，他曾经住在华莱士大街的公寓里，在克雷斯吉商店和马雷岛海军基地工作。1971年，他搬到了加利福尼亚州的弗雷斯诺市。1977年4月，他卖掉了报废的水星美洲狮汽车。然而，他的头发是黑色，身材太瘦（165磅），太年轻（谋杀案发时25岁），所以不可能是十二宫杀手。我希望的是，如果他一直在监视达琳，他可能看到过那个同样一直在监视着她的、名叫“李”的年长男子。

“我们真的是非常亲密的……朋友。”罗比告诉我，“仅此而已！”她没有和任何人提过她那帮朋友的名字。每个朋友之间几乎互不相干。我没有窥探她……我只是喜欢她。她和不同的人玩的这些小游戏就像你在电视或电影里看到的一样，如同连续剧一般接二连三地上演。达琳娇小玲珑、古灵精怪、充满活力。有一天晚上，她竟然在华莱士大街上放风筝。我记得另一个晚上，她从克洛纳多酒馆给我打来电话，让我去接她。她觉得这个家伙不怀好意——一个老男人。我看到的那个人结实、粗壮。当时我没有太注意他。因为达琳告诉我，她想马上回家。”罗比就只记得这些了。

在这次偶然碰面一年后，一位名叫玛丽·安斯蒂的瓦列霍居民在13日周五那天从克洛纳多酒馆的停车场失踪了。安斯蒂先是被棍棒击中，然后溺水身亡，她没有遭到性侵犯，后来在水域附近被人发现——和桑塔罗萨几名受害者的遭遇相仿。

我相信罗比·李曾见过十二宫的真实面目。

出现在粉刷派对上的陌生男子，以及达琳的朋友们多次听说一个名叫“李”的神秘人物，这两点可以将利·艾伦和达琳联系起来。那么这是否足以说明他和达琳遇害之夜脱离不了干系呢？我特地征求了林奇的意见。其实他并非完全不知道一个名叫“李”的人可能是十二宫。他找出了各种涉及中间名为李的人的举报线索。其中一人持有3支枪，口径分别是0.22英寸、0.45英寸和9毫米。“这里有个人自称是十二宫，他是当地一个疯子。”林奇解释说，“他经常出入纳巴郡。实际上，我认识他。不过当他住在外州的前妻写信向我举报时，我还不认识他。他是个虐待狂，体重两百磅，身高六英尺，有皮革恋物癖。他曾威胁他的前妻：‘来世你将成为我的奴隶。’这句话类似十二宫‘来世奴隶’的说法。但你确实没有办法找这种人查证任何事情。他们根本不会跟你说话。”

“是谁向你透露说利·艾伦是十二宫呢？”在我们最后一次谈话时我问他，“是匿名举报的吗？”

“我想消息是从当地治安官办公室传来的……可能是莱斯·伦德·布拉德，他现在已经去世了。我想应该是他告诉我的。是的，所有信息都不是第一手资料。你没办法跟任何人直接交谈。”

“你在圣何塞跟达琳的姐姐林达谈过话吧！”

“我是跟她谈过很多次。”

“你找粉刷派对上这个叫“李”的人问过话吗？”

“没有。”

“他们从车里抠出一颗完整的子弹。”我说道，“一颗没有击碎的子弹。很可能这颗子弹在穿透达琳身体柔软的部位后钻进了车座套。这颗铜被甲的子弹还很新，6个月前才被找出来。你有发现与此相关的线索吗？”

“没有。”林奇回答道。“我承认我对枪支所知甚少。有个家伙曾在旧金山南部斯凯兰大道上开枪，使用的就是这种子弹。我把他叫到警局来，想弄清楚他哪里得到的子弹。结果什么也没问出来。我始终认为十二宫并没有跟踪达琳和迈克到蓝岩泉。我坚信他只是刚巧碰到了他们。他就是计划到那里去杀人，而刚好偶遇了他们俩。”我不认同这个观点，十二宫肯定多少跟踪了他们一段。最后我要说说那个闹出人命的美国独立纪念日。

“7 月 4 日那天热得出奇。”波比·奥科斯纳姆告诉我，“每个人都去水边纳凉。”半空中，烟火表演十分精彩。烟花绽放时断断续续的“嘭嘭嘭”声听起来如同开枪一样。空气中弥漫着火药味。那天一早，达琳在一个保龄球馆前敞开车篷，和一个开白色面包车的男人发生了争吵。后来目击者向警方描述称，该男子年龄 30 岁，身高 6 英尺，体重 180 到 185 磅，香槟色头发顺直地梳到脑后。

“那天晚上，达琳兴高采烈地走进恺撒餐馆。”卡米拉·利告诉我。恺撒餐馆位于弗维斯街 1576 号，靠近利·艾伦工作的埃尔默凯夫小学。“我只知道她准备去乘坐庆祝游行巡游船。她在晚上 7 点离开时说：‘我要举办个小型派对。’她希望我能参加。我满口答应着：‘好, 好, 好。’但她知道我只是说说而已。”

达琳和她妹妹克里斯蒂娜来到马雷岛, 登上了装饰精美、灯光璀璨的“法国吉诺拉综合号”巡游船。据说利·艾伦的船也在那条航道参加了瓦列霍传统的船只巡游活动。“她的一个朋友有船。”姆拉纳克斯告诉我，“达琳认识船上的两个人和两个负责巡飞表演的人。”晚上 10 点，在巡游结束后，达琳和克里斯蒂娜顺路又去了一趟恺撒餐馆。达琳计划在饭店关门后在家里举办一个小型派对。15 分钟后，她打电话给保姆，得知博比·拉莫斯有事找她。晚上 10 点 30 分，达琳和克里斯蒂娜来到特里饭馆，达琳进去和几个女服务员说了话。“达琳带我回家之前，只跟当时在特里饭馆工作的几个女孩儿说了话，没有跟别人说话。”克里斯蒂娜回忆道。

但走出饭馆后，达琳再次与人发生了冲突。她和一个“三四十岁”、开一辆蓝色外州车牌汽车的男人吵了起来。那天傍晚，副治安官本·维拉里尔曾看见一辆 1967 年产的福特轿车停在蓝岩泉。克里斯蒂娜（达琳家最稳重、坦率的成员）回忆说，她“感觉到空气中充满紧张感，两人言辞激烈，剑拔弩张”。达琳离开时“怏怏不乐”。她问：“出什么事了？”“别担心。”达琳回答道，“你明天看报纸就知道了。”就在一两天前，达琳也跟她说过同样的话。“没错，很快就要发生一件大事……我现在还不能告诉你，但这个星期就会真相大白。”克里斯蒂娜后来向一位警探提到的那辆外州车，那个陌生人，还有她姐姐那番奇怪的话——全都没有出现在瓦列霍警察局最终的报告里。后来吉姆·哈斯提德警探在纸张左侧的空白处将她对汽车的描述更改为：“1）通身白色。2）比达琳的考威尔汽车要大。3）比达琳的考威尔汽车（1963 年）年代久远。”

帕姆也证实了在特里饭馆外的争吵。“我只知道她回到车上的时候，”她告诉我说，“她说那个男人想约她出去。但是她不想去，因为她已经结婚了……那个男人年龄大概在 35~38 岁。”一次争吵发生在白天，而另一次则是在蓝岩泉枪击案发生前的一个半小时。调查员们混淆了上午和晚上的争吵。实际上这是两件发生在不同时间的不同事情，就像罗比和李完全是两个不同的人一样。晚上 10 点 45 分，达琳开车把克里斯蒂娜送回了位于瓦列霍的娘家。詹妮特·林恩和帕米拉两位临时保姆急着要离开。她们下午早早地就开始在家照看宝宝了。詹妮特·林恩只在 7 月 4 日那天在达琳家当过临时保姆。两人告诉达琳“一个听起来年纪较长的男人”反复打电话来找她。达琳脱掉了身上那件布满红白蓝星星图案的爱国特色连裤衫，眨眼间，她换上了蓝色鞋子和蓝白印花的宽松连衣裙，与十二宫后来描述的花纹一样。

“达琳认识那两名在赫曼湖路被杀害的青少年。”詹妮特后来向我证实道，“她说过：‘他从外州回来了。我曾亲眼看见他杀了人。’”后来在医院病床上，被注射了高剂量镇静剂的迈克·马乔告诉了警察接下来发生的事情。

警方官方文件写着：“晚上大约 11 点 30 分，达琳（从佐治亚街东头）驾车来到位于比奇伍德大道 864 号的马乔家（贝蒂·洛·詹森曾就读的霍根高中西边），把他接上了车。马乔说由于两人都饿了，就沿着斯普林斯路朝瓦列霍方向开去。”但是，快到达埃得先生汽车餐馆时，达琳表示她有话想和他说。”

这里有一个诡异的巧合——在遭遇枪击前，贝蒂和大卫也在埃得先生汽车餐馆旁停过车。这两个青少年晚上8点20分拜访了住在布伦特伍德大道的朋友莎伦，并在那里待到了晚上9点。晚上10点半，圣诞音乐会结束后，他们从那里前往埃得先生汽车餐馆，然后直奔赫曼湖路。后来，达琳钱包的内袋上被人潦草地写下了埃得先生汽车餐馆的电话号码和“砍”“刺”“证实”“目击”几个词语。难道1968年12月20日那天十二宫把贝蒂错当成达琳了？贝蒂·洛·詹森和17岁时的达琳·菲林出奇地相像（我有她们俩同一年龄时期的照片）。十二宫在四周漆黑、相隔甚远的偏僻区域偶然碰上两个可能是双胞胎的女人，这种概率是微乎其微的——除非他跟踪了她们。有好几次，贝蒂都提醒她的妹妹麦勒迪拉上百叶窗。有时候，她们的母亲发现通向屋子侧面的门大开着，花园里有脚印。

十二宫是不是错把这两个青少年当成了达琳和她的朋友史蒂文·基呢？史蒂文·基的父母住在卡顿伍德街，从贝蒂的朋友莎伦家再往前一条街即到。他是否跟踪他们到了达琳经常光顾的埃得先生汽车餐馆呢？又或者他杀死贝蒂，是为了给声称认识受害者的达琳发出警告？

报告继续记录着马乔描述的细节：“他们掉转车头，在他的建议下，沿着斯普林斯路往东开到了蓝岩泉，一个方便说话的地方。”

“他们一发动汽车，迈克·马乔就告诉达琳他们被跟踪了。”林达说道，“原话就是这么说的：‘我们被跟踪了。’”

“你是怎么听到的？”我问道。

“我是从林奇警探和姆拉纳克斯警探那里听说的。达琳无论往那条小巷开，这辆车都紧随其后。我不知道她为什么开到了蓝岩泉。”林达在迈克被十二宫射伤后去医院和他交谈过，我迫不及待地想要听她说说她所了解到的其他情况。

“他们知道自己被跟踪？”我问她。

“是的。”

“达琳认为是一个叫李的人？”

“对。”

“她确实这么说过？”

“没错。”

“警察是否知道十二宫的名字据说也是李？”

“我觉得他们不知道。但迈克知道十二宫是谁。他真的知道。”

帕姆同意这一说法。“十二宫认识达琳。”她告诉我，“因为他叫了她的名字……大家都昵称她‘迪’。而十二宫当时也是叫她‘迪’。”

“他杀她的时候叫了她名字？”

“嗯。”

“这是迈克告诉你的吧。”

“这是迈克在医院告诉我的。”他因为舌头受伤严重，头两天都没法儿向警察描述案情。

“据未经证实的消息称，迈克表示从离开他家时起，他们就被一辆类似的可疑汽车一路尾随。”

这是真的吗？苏·艾尔斯，迈克的朋友，同时也是一名法务秘书，在医院和他谈过话。“达琳和那个枪手，”迈克告诉苏，“在7月4日那天在特里饭馆发生了口角。他们开车离开了，而那个男人一直跟着他们到了蓝岩泉，两人继续争吵了一阵，随后发生了枪击。”据说，蓝岩泉管理员的女儿目击了停车场上的争吵，并在枪响前几秒告诉她父亲可能会出事。报告中，迈克继续描述着后面的故事：

据迈克回忆，在那待了5分钟之后，一辆车（据报道那是一辆挂着旧式加州车牌的1958~1959年产棕色福特猎鹰）从斯普林斯路慢慢开进了停车场，司机关掉车灯，绕到他们车子的左边（即车子的东边），相距大约6~8英尺。那辆车在那儿停了大概1分钟。

迈克说他当时问达琳是否知道来者何人，她回答道：“噢，别理他。别担心。”迈克表示他不知道这是否意味着她认识那个人。一分钟后，那辆车风驰电掣般开走了，在斯普林斯路上朝着瓦列霍方向飞奔而去，只有他们俩还待在那个高耸于高尔夫球场之上的漆黑的停车场。大约 5 分钟后，那个男人又回来了。他把车停在他们车子的右后方，车灯没有关。一名男子朝他们走了过来，手里拿着一个带手柄的手电筒。有人一直跟踪达琳和迈克到蓝岩泉吗？我就此询问了姆拉纳克斯。“我感觉不是，我认为十二宫制造的一系列谋杀案都不是预先谋划好的。”他解释道，“这些都是临时起意的随机事件。这是我的直观感受。”

“但是十二宫确实准确地描述了达琳的衣着，而当时一片漆黑。”

“当时他拿着一支沉甸甸的大号手电筒。”

“这倒也是。”

“手电筒上装有手柄，类似船上使用的类型。就是可以在水上漂浮的那种。”

“迈克表示，他们起初以为是警察过来了，于是他们开始在钱包里找身份证件，就在这时，该男子突然朝他们开枪。迈克说，根据声音判断，枪上应该装了消音器。”

这一细节从未被写入报告，只有十二宫本人才知道真相。1991 年，在警方搜查了艾伦家后，艾伦跟一个朋友说：“他们遗漏了一些东西——比如我藏在衣橱袜子里的消音器。”难道十二宫之前离开，不是去装子弹，而是为了装一个消音器？达琳、迈克和陌生男子此前引起了乔治·布莱恩特的注意。这位 22 岁的塞尔比冶炼厂员工是蓝岩泉管理员的儿子。“看管人的儿子看见这三个人在吵架。”姆拉纳克斯告诉我，“布莱恩特当时站在一座两层楼的房子里，向窗外眺望，他打算小憩一会儿。15 分钟后，他听到了枪声。”布莱恩特所在的位置距离停车场约 800 英尺，他正俯卧在地上休息，这时，他听见“一声枪响，隔了一小会儿后，又是一声枪响，暂停片刻后，紧接而来的是一连串的枪声”。最后，他听见“轮胎发出尖利的‘嘎吱’声，一辆车驶离了现场”。布莱恩特回忆的枪击数比实际的枪击数要少。事实上，十二宫一共开了 7 枪。

“在连续开枪后，这名男子转身走回了车旁，但迈克认为可能是自己不小心叫出了声，结果男子又折返回来，朝他和达琳分别补了两枪。”

迈克的颈部、左腿和右臂受了伤，十二宫第二次过来射击时，他痛得双腿抽搐。“迈克设法打开了车门。”林奇告诉我，“从车上掉了下来。他努力看清凶手的唯一一次，就是当陌生男子回到他车里，打开车门的一刹那，他清晰地看到了男子的侧脸。你知道的，就是那种从额部向后梳得直而高，发尾往回勾的发型。”迈克描述十二宫时称：“他的脸很大，30岁，卷曲的浅棕色短发，理成军人式平头。身材魁梧、壮实，没有多余的赘肉，体重约195~200磅，微微有点儿肚腩。”

接到警报后奔赴现场的理查德·霍夫曼警探接着讲述案发后发生的故事。“那天晚上报警电话打进来时，我作为青少年犯罪科的便衣警察，正开着一辆普通汽车巡逻。”他告诉我，“蓝岩泉一带一片漆黑，榆树随风摇曳，孔雀一边大摇大摆地走来走去，一边放声嚎叫着。我和罗伊·康威是最早到达蓝岩泉的警官（距离瓦列霍市中心4英里，和早前在赫曼湖路发生谋杀案的地方相距两英里）。迈克·马乔最开始坐在后座上，但我发现他时，他正躺在车外的地面上。他睁大眼睛，举起双臂，似乎在乞求我救救他。他一开口呼救，鲜血便汩汩地往外流。急救人员赶来后，赶紧给他们做心肺复苏。医生解开达琳的运动衫，开始按压她的胸部。每一次向下使力，她文胸上的小标签都会随着从弹孔喷出的空气而飘动。急救医生将探针伸入迈克的每一处伤口——迈克目不转睛地向上凝视着，意识完全清醒——能感受到探针的每一次移动。”

林奇和他的搭档艾德·鲁斯特随后赶了过来。“迈克躺在汽车后面。”林奇说道，“而达琳仍歪在驾驶座上。我记得她当时在尝试着说些什么，我把耳朵贴近她，力图听清她的话，但是我什么也听不到。”“烟花绽放的‘砰砰’声过后，一阵枪声随之而来。”鲁斯特补充道，“一名巡警比我们先到现场——大概在午夜时分。我们花了10~15分钟到达那里。达琳在夜里0点26分死亡。她一直在努力地说话，但我们一个字都听不清。实际上，我们专门安排了一个警官守在她身边，等待着万一她能说出话来。我想那位警官应该是迪克·霍夫曼。他是最先到达现场的巡警。迈克表示，他原以为是警察上前来查看。他把车停在他们汽车的斜后方。迈克称以前也有警察停过同一个地方，而达琳曾经遇到过以同样的方式（停车技巧）出现的警察，手里也拿着一支手电筒。正因为之前发生过类似的情况，所以当男子走近时，他还想着是警察过来了。在凶手离开后，迈克奋力推开那辆双门轿车右边的门，钻了出来。他说他曾翻爬座位试图逃跑。那个家伙朝他开了几枪。他只能躲在后座。”

“不久后，救护车来了。”林奇说道，“我和司机一起把达琳抬了出来。接着迪克·霍夫曼跟随救护车到了急救医院。”

“我们将迈克送到了皇后谷医院。”鲁斯特最后说道，“我和林奇看见在医院前面竖着一块小小的纪念碑，上面画着一个十二宫标志。”

遭遇枪击时，达琳正伸手去拿搁在车后部底板上的拼缝式皮质拉绳钱包。她似乎正准备向警察出示身份证件。钱包里和装照片的信封放在一起的是一本小笔记本，上面写着两个名字：沃恩和利，名字下面画了一条线。我查阅了达琳的三份个人通讯录，在 M 字母开头的名录中，我发现以下条目被划掉了：“沙斯塔山（MT. Shasta）SK 水烟枪股份有限公司（尼古丁替代疗法）（沃恩），区号：916/ 沙斯塔山 Ski 水烟枪，尼古丁替代疗法 1 次。”利的名字不在其列。警方认为这是达琳·菲林的雇主比尔·利的名字，所以未加以考虑。

谋杀发生的时间使达琳的保姆们感到忧心而困惑。“他们说她是几点被杀害的来着，夜里 0 点 05 分（达琳在午夜 24 点遭遇枪击）？”詹妮特·林恩纳闷儿道，“这个时间与实际严重不符。我们认为她根本不可能有足够的时间开到那个停车场。我们一直跟警察解释，她是在他们说的遇害时间才离开家的……因为当时我们在观看一档接近午夜才开始播放的节目，而那时候她还在家里。然而他们去告诉我们，她是在午夜过 5 分被谋杀的，她怎么可能在 5 分钟内到达蓝岩泉？我们不停地提醒警官（林奇）注意这一点。让我最反感的就是时间上的出入。当时马上就到午夜，你不可能这么快就跑到那儿去。我们多次向他们反映过时间问题。我还记得他们叫我们提供相关信息，但他们甚至没有把这点疑问写下来。”

“发生谋杀案那天，我去了贝利桑湖。”史蒂文·基告诉我，“本来那天晚上我要和她见一面，但回到家时，我听说她被杀害了。”为什么迈克急匆匆地出门，而房子里的灯全都亮着，电视机还在大声地播放节目，前门大大地敞开着？事发后，调查员们自己提出了其他疑问：

“为什么迈克当时穿着 3 条裤子和 3 件运动衫？据说枪击案前不久，在特里饭馆停车场发生了一起争执，接着同一名男子跟踪他们到了蓝岩泉，然后又吵了一架，并最终导致了枪杀，这究竟是怎么回事？还有一些问题：迈克真的不认识那个袭击他们的人吗？他是否目击了达琳和一位中年男人之间在犯罪现场及（或）当晚早些时候在特里饭馆前的争吵？‘死者汽车里的两个人在蓝岩泉停车场和另一个人吵了起来，几分钟后达琳被射杀。’在遇难前几个小时，死者和疑似嫌犯的人当着幸存者的面吵过架（知情人称：幸存者迈克·马乔是达琳一家的朋友）。”

那天晚上在蓝岩泉现场的霍夫曼警官事后承认，当时他十分担心凶手会随时回来，然后把他也杀了。不过在夜里 0 点 40 分，十二宫正在别的地方忙得不可开交。他在图奥勒米和斯普林斯交汇处的乔之联合车站打电话给瓦列霍警察局总机接线员南茜·斯洛沃，向她报告了一起他以为成功制造的双重谋杀案。“我用的是一支 9 毫米口径的鲁格尔手枪。去年我也杀过这样的年轻人。”电话亭在利·艾伦家以南约 2000 英尺处。

50 分钟后，夜里 1 点 30 分，杀手在百老汇街和内布拉斯加街交叉口的电话亭通过接线员打通了 4 个电话。这个电话亭距离艾伦家西北面 3000 英尺。其中一个电话打给了迪恩·菲林的父母：亚瑟和米尔德里德。他们只听到“深深的呼吸声……没有人说话，我们确定有人对着话筒”。迪恩·菲林家里接到了两个电话。保姆听到的只是“呼吸声或刮风的声音”。接着电话又打到了迪恩的哥哥戈登那儿（他在泰国）。十二宫肯定认识达琳，不然他怎么可能给她丈夫的家人打电话。那时候，广播或报纸上还没有报道关于枪击案的新闻，也未公开受害者的身份。

我在绘制艾伦居住的社区地图时，发现原来他离瓦列霍所有的受害者是如此之近，而且受害者们相互之间也挨得很近。幸存者迈克·马乔的房子和另一名受害者贝蒂·洛·詹森的家相距 4 个半街区。系列谋杀发生后，犯罪地理定位成了警方破案过程中一项很有价值的分析工具。犯罪地理侧写依据的是罪犯空间行为理论。罪犯会选择在住所周边作案，这就好比一个人购物时一般会去日常光顾的商店。他们习惯在熟悉的地区附近实施犯罪活动，还会事先踩点。谋杀犯倾向于在相同特征的区域捕杀猎物，并极力掩饰他的住处。因此，作案地点往往以罪犯的房屋为中心向四面八方辐射，就像蜘蛛织出一张四通八达的网一样。

十二宫杀手驾着车从蓝岩泉停车场呼啸而去时，他在途中应该遇到了一个岔路口。左边是狭窄的赫曼湖路，他得开到贝尼西亚才能找到藏身之处。右边是通向瓦列霍的哥伦布林荫大道（利的弟弟住在这条大道的中点位置），从这里走有可能在斯普林斯路段遇上正在追捕他的警车。为了避免陷入困境，我相信十二宫选了哥伦布林荫大道旁的小路，这条路十分隐蔽，我来个了急转弯才拐到这条路上。沿着这条笔直的路，我开到了瓦列霍市中心。驶过 24 个街区后，我来到了一座熟悉的房屋前——亚瑟 · 利 · 艾伦的家。

至于寻找十二宫的武器和头罩——早就错过时机了。十二宫每次袭击换用新的武器，其中一个原因就是，他会不断地扔掉用过的武器。毋庸置疑，每当警察在不同的郡进行一无所获的搜查后，他都会销毁藏匿的纪念品。但据贝克警探推断，他从犯罪现场拿走的东西可能仍然摆在显眼的地方，只有十二宫觉得这些物品具有特殊的象征意义。

《纳巴哨兵报》编辑哈里 ·V. 马丁很久以后猜测说：

“达琳知道一个可怕的秘密……并因此搭上了性命——她不是被随机谋杀的，而是蓄意谋杀……被一个她非常熟悉的人事先定为目标，最后被置于死地。这个人给她买过礼物，去过她上班的地方，甚至去过她家。”

身怀六甲的卡米拉 · 利的预产期是在达琳遇害 3 天后，她心里惶恐不安，于是在门上安装了猫眼。“我们不知道这个家伙会不会把她的丈夫和朋友们赶尽杀绝。”她告诉我，“我们不知道，凶手是不是她某个疯癫、怪异的朋友。警察从未找到他，这真是太可怕了。长久以来，我们全都过着心惊胆战的生活。我们不清楚这个人是否认识达琳——不过大家都认为是她的熟人，因为她认识的人太多了。我们猜想达琳发现了一个瘾君子不可告人的秘密或某件丑事。凶手知道她获悉了内情，于是在秘密被抖出来前先下毒手。我们还猜测，或许她料到自己会被谋杀，那些可能是信奉神秘学的人，你知道的，他们会牺牲生命或别的东西。

“后来我们推想也许她知道，也许她真的知道这一切。或许她还知道这个家伙要杀了迈克，所以她并没有惊慌失色。从报纸上迈克说的话可以看出，她一点儿也不紧张。”

“粉刷派对上出现了毒品的影子——有人在那儿进行毒品交易。”切尼说道。保姆们坚决反对这一说法。“房子里没有任何毒品迹象。”他们告诉我。“在所有警方报告中，没有提到任何有关毒品的内容。”姆拉纳克斯说道，“我猜想和她交往的一些人可能涉毒，但我手头上的报告里没有任何一点能够表明她自己吸毒。”

“调查员们每年都来找我谈话，”博比·拉莫斯说道，“想看看我是否又回想起了什么。他们会问我她是否贩卖毒品。她得的小费是不是比我多？那是当然了。我可能挣 20 美元小费，而她一般挣 35 美元。他们含沙射影地暗示她可能贩毒……我没有说她不抽大麻或其他毒品。但吸毒和贩毒的性质截然不同。”

“达琳可能偶尔吸食大麻。”波比·奥科斯纳姆告诉我，“但贩毒对她来说是一大禁忌。在她被谋杀后，报纸上旁敲侧击地暗示她涉嫌毒品交易，这让我们很多人气愤不已。人们似乎忘了达琳的优点。她不是荡妇。虽然她不是天使，但她也绝不是荡妇。”

林奇警探和他的搭档鲁斯特后来在圣何塞布兰登大道 400 号找到了林达的住所，并向她询问了情况。和达琳的诸多朋友一样，林达在蓝岩泉枪击案发生后变得难觅其踪。“他们和我谈了 7 个多小时。”林达告诉我，“林奇认为此案和毒品有关。他递给我一张名单，说：‘你觉得哪个名字熟悉，就圈出来。’当然，我把所有跟你提过的参加了粉刷派对的人都圈了出来。”

“那个叫李的人在名单上吗？”我问她。“在。上面还列了另一个写法相异的名字——‘利’。我圈出的都是达琳认识的人。当我在‘利’这个他们期待的名字上画圈时，他们‘啧啧’地感叹了一声，好像早已心中有数。我一圈好这个名字，他们便说道：‘可以了。’”林达圈出的是一个中年圆脸本地人，长得酷似利·艾伦。就是在这一刻，警察们出了差错。那时林奇还没有盘问过利·艾伦。

“接着我协助警察画出了一幅派对上可疑男子的合成外貌图。”林达告诉我，“那个中年男子眼神怪异，冷冷地盯着人看。我坐在警察旁边，画家则按照我的描述绘制出嫌疑人肖像。我一直请求他们给我看看照片，但他们总是婉言拒绝。当画像完成后，林奇问道：‘你觉得她准备好了吗？’我说：‘准备什么？’他们随即打开了一本非常薄的活页夹。上面包着一层玻璃纸，原来是另一幅合成画像。它和我描述的男子唯一不同的地方就只有下巴。这着实让我大吃一惊。”

这幅素描图是根据幸存者迈克·马乔在医院病床上的口述画出的。当十二宫开枪朝他射击时，他清楚地看见了他的侧脸，在枪击案发生两天后，他终于能够开口说话了。巴尔迪诺警官称“素描图上的疑犯很有可能和一个经常光顾特里饭馆的顾客是同一人”，这名常客是他从一群参加社会活动的人中观察辨别出来的。

“史蒂夫·巴尔迪诺挑出了一个在餐馆里见到的家伙。”林达告诉我，“巴尔迪诺对枪击案深感震惊。他认识达琳一家，以前经常去串门。有一次，我坐在警车里，他还让我摸警棍和枪。他的确是一个好警察，当得知达琳死亡的消息后，他有点儿反应过度。我想他可能会看错人。”巴尔迪诺在“戒酒无名会”戒酒互助活动上一直密切注视的那个人承认，他时常到特里饭馆来，但他不是粉刷派对上的那名可疑男子。林奇手里的画像是对的，但把名字弄错了。从那以后，十二宫肯定觉得自己无后顾之忧了。他越来越胆大妄为。

林达继续说道：“不过，你知道吗，我觉得十二宫化了装。而且他一定是瓦列霍人，因为他很清楚从哪条路逃跑。奇怪的是，所有相关的人都离开了瓦列霍（迈克和他的兄弟、史蒂文·基、罗比·李、林达自己、克里斯蒂娜和达琳的妹妹）。我不禁想，如果这个家伙来自旧金山，他们自然会留在瓦列霍，因为那里安全得多。但他们全都离开了这座小城，完全不知去向。”

林达版本的合成画像发挥了一定的作用。它足够精确，以致切尼后来认出上面画的是他的朋友亚瑟·利·艾伦。

“当然我始终相信十二宫就是利·艾伦。”切尼告诉我，“一直让我颇感惊讶的是，他们居然还没有抓住他。真让人难以置信。我一直等待着好消息，等着从报纸上读到十二宫被捕的新闻，但什么也没有发生。我认为，赫曼湖路和贝利桑湖的谋杀案只不过是用以掩饰真相的幌子，达琳·菲林案其实是蓄意谋杀。”

“当我最终读到你那本《十二宫》时，我想到了一种可能性。我故意等到现在才读这本书，就是不想让自己的记忆受到影响。我认为达琳是被蓄意杀害的。我怀疑她是真正的袭击目标，其他受害者都是他放的烟幕弹。有可能达琳目击了他的杀人行径，或者他就是简单地想让她闭嘴。也许达琳一直在敲诈他。”

乔治·巴沃特在十二宫讨论大会上表示，他认为艾伦是十二宫杀手。罗伊·康威警监在一次公开采访中称：“我一贯以来始终相信十二宫杀手是亚瑟·利·艾伦。”我问了托奇同样的问题。“我认为，毫无疑问，亚瑟·利·艾伦实际上就是十二宫。”我在 1977 年（当时嫌疑人多如牛毛）写过同样的观点，因为艾伦主动提供了有助于抓住他自己的线索。

我回想起那次召开的十二宫讨论大会，会上丽塔·威廉姆斯问道：“如果亚瑟·利·艾伦是十二宫杀手，为什么他没有留下任何信息，好让大家知道他是十二宫？如果他就是艾伦的话，你能否告诉我，你觉得他为什么不留痕迹呢？”我记得当警察把写在一张泛黄横线纸上的炸弹计划和炸弹制作配方递到艾伦面前时，他坚称：“我从未见过这张纸……从未见过这些记录。”然而，那些字就是他的笔迹。

“他是否留下了一些信息，好让大家知道他就是十二宫杀手呢？”康威若有所思地重复了一遍，“艾伦确实留下了这样的讯息，那就是他在地下室里藏了各种可疑的东西，但与此同时他又极力否认一切。依我看，这其实就是他留下的信息。十二宫在一封信里说过，他的地下室里存放着炸弹。

我们去搜查艾伦家时，确实在房子的地下室里找到了炸弹——管式炸弹。十二宫还谈到过一种制造管式炸弹的独特方法。而我们发现了一份手写证据，就是艾伦写的炸弹配方，尽管他对此矢口否认。我们最终找到的这份唯一匹配的笔迹，就是艾伦亲手写的十二宫制造炸弹的配方。所以在我看来，艾伦通过自己的方式给世人留下了揭露十二宫身份的线索。”

康威向联邦调查局表示，他和巴沃特将提交一份全面的案件综述至索诺马郡地方检察官办公室，征求他们的意见，看是否有可能起诉利·艾伦。“如果地方检察官拒绝针对艾伦提出指控，”他写道，“那么瓦列霍警察局将结束十二宫案的调查工作。”

“一旦找知情者一一面谈后，”联邦调查局在1992年的一份报告中写道，“康威表示，他和巴沃特将提交一份全面的案件综述至索诺马郡地方检察官办公室，征求他们的意见，看是否有可能起诉利·艾伦。如果地方检察官拒绝针对艾伦提出指控，那么瓦列霍警察局将结束十二宫案的调查工作。瓦列霍没有就此案请求进一步协助，因此建议现在结束这起案件。”在记录亚瑟·利·艾伦死亡一事时，联邦调查局在结案报告中写道：“旧金山处理的十二宫案现在已经终结……瓦列霍没有就此案请求进一步协助，因此建议现在结束这起案件……”

然而第一个举报艾伦的人，也就是在1969年多次报告林奇的那个人到底是谁呢？“那个人是以书信的形式向我举报的。”林奇不假思索地告诉我。要不是有人匿名提供线索，艾伦也不会在1971年之前成为嫌疑人。瓦列霍警察局怀疑是艾伦的弟弟或弟媳向警方透露称艾伦疑似十二宫杀手。他们后来确实告发了他。林奇跟我说，有一名女子不止一次，可能一共三次，向他揭发了艾伦。我告诉托奇：“她打电话给林奇，举报了他。所以我在想，最先向警方检举艾伦的人可能是他的弟媳。”

“你简直读透了我的想法。”托奇说道，“我也觉得这个人是凯伦。”

如果艾伦还没有死，十二宫的传奇故事将会是另一种结局。

1992年3月24日，周二，在利·艾伦去世之前不久，刚从德国回来的乔治·巴沃特组织了一次非常重要的会面。

“我指的是，我最后终于再次联系上了受害者迈克 · 马乔。”他告诉我，“我给他展示了 6 张排成一版的照片。里面包括哈维 · 海恩斯认定的嫌疑犯。我特意把亚瑟 · 利 · 艾伦的照片纳入其中。其他几个人分别是美国移民归化局、美国海军犯罪调查局和加州高速公路巡逻队的官员，纯粹是为了充数而已。那段时间我的妻子简恰好在洛杉矶，为一家她平时服务的企业客户工作。我需要在某个时间点和迈克 · 马乔见面，于是在她待在洛杉矶那个星期，我做了妥善安排，既不耽误面谈，又陪伴了妻子。我去陪她聊天儿，住在同一个酒店房间，为市政府省了一笔钱。蓝岩泉谋杀案已经过去了近 20 年，其实对于这次会见迈克 · 马乔以及给他看照片指认嫌犯，我并没有兴奋不已。我跟你说说当时的情况，你就知道我有多么不抱希望了——通常情况下，如果我决定在机场会面，我会去找那里的安保人员。他们会给我安排一间办公室，然后我就坐在里面和目击者谈话，并给他们展示几张联排照片。而这一次我有点儿满不在乎，想着不就待个 10 分钟而已嘛，所以我和他碰头后，就在机场里找了一个小角落坐了下来。

“虽然周围人来人往，但那里还算安静。我把 6 张照片摆了出来。我料定他看过后会告诉我：‘这些人我都不认识。’哦，于是，我把这组照片抽了出来，全是些 1967 年或 1968 年拍摄的驾照照片。不管怎样，它们都是在十二宫杀手出现初期拍摄的。有一张是亚瑟 · 利 · 艾伦、一张是拉里 · 凯恩，其他的是用来凑数填白的，全是圆胖脸型。这些旧式照片均为黑白照，那个年代，你只能在机动车管理局找到这种照片。它们被放大了，比常规驾照相片要大。一张普通驾照相片的尺寸约为 1 英寸 ×0.5 英寸。而这些照片大概是 2 英寸 ×3 英寸。虽然不是大幅照片，但已经足够大了。

“我提醒马乔说：‘我给你看这些照片，但你不必非得指出一个嫌疑人来。他可能不在这里面。’我对他说了些诸如此类的话，然后把照片递给他。”

“他盯着看了二三十秒钟。随后指着亚瑟 · 利 · 艾伦说道：‘就是这个人！就是他在蓝岩泉朝我开枪！’”

“我顿时惊得目瞪口呆，他竟然认出了亚瑟 · 利 · 艾伦。我根本没指望他会认出任何人来！”

# 后记

戴夫·托奇现在成了北极星安保公司的副总裁和董事会成员。已退休的迈克·西拉瓦洛警探曾是纽约十二宫案的主要调查员，现在在纽约市郊经营着一家私人调查公司。幸存者布莱恩·哈特奈尔婚后育有两子，现在是南加州一名遗嘱认证律师。

“桑塔罗萨系列谋杀案一直悬而未决。”索诺马郡治安官办公室的史蒂夫·布朗警探告诉我，“事实上，我们现在正竭尽全力破案。其中一名受害者始终不见踪迹，而其他 6 名已经被找到的受害者中，我只掌握了一个名叫金姆·温迪·艾伦的女孩儿遇害的相关证据。现阶段我一直在努力收集涉及其他受害人的证据。我们查遍了青少年案件办公室的存档证据。侦破这些陈年旧案难如登天，谁知道那些证据跑哪儿去了。但愿我能挖掘出更多信息！我特别想找到那条被用来勒杀了金姆·温迪的绳子，他们把绳子上交给了联邦调查局。联邦调查局采用各种方法检测了这根绳子，结果并没有发现任何特殊之处。它只不过是一条随处可买到的普通尼龙绳。”

在普西迪，即十二宫最后被看见的地方，也是受害者唐娜·拉斯曾经工作过的地方，10 层楼高的雷特曼总医院和它旁边 5 层楼高的附楼只剩下空空荡荡、庞然大物般的骨架。这两栋已空无一物的混凝土大楼将被拆除，取而代之的是一个数字影视制作基地——卢卡斯电影公司旗下的工业光魔公司。桑迪·潘查里拉卖掉了科学动力公司，并用这笔钱购买了雷电华制片公司电影资料馆，后来又把它转售给了泰德·特纳。“放弃这样一个资料馆是异常艰难的决定。”潘查里拉告诉我，“因为里面不但包括《公民凯恩》

和其他深受人们喜爱的电影，还有《最危险的猎物》。”电影狂热迷十二宫应该很乐意听到这句反话吧。

在2002年5月份，整个旧金山警察局上上下下被搅得心烦意乱，《旧金山纪事报》刊登的报道将其批评得体无完肤。记者大卫·帕里什和贾克森·凡·德比肯写了一份由三个部分组成的调查报告，标题为：“解决暴力犯罪，旧金山警察局倒数第一。体制漏洞百出，警探庸碌无为。”在全国最大城市的警察队伍中，旧金山警察局的成绩排在最后，从1996年至2000年，该局的暴力犯罪的平均破案率只有28%——在全国20个最大的城市中处于最低水平。这一系列报道曝光的焦点是未解决的谋杀案，据称调查员们没有去找关键目击证人了解情况，没有追查核心线索，还弄丢了至关重要的证据。

旧金山行政监管委员会立即采取行动，成立了一个调查小组，旧金山警察局受到了严厉批评。虽然被堆积成山的新案件压得喘不过气来，但现在负责十二宫案的警探们一反常态，开始设法查清前辈们在30多年前锁定的一位嫌疑犯。他们计划采用DNA鉴定法证明被判过刑的儿童猥亵犯亚瑟·利·艾伦是十二宫杀手。但十二宫写的信件（从1969年开始，到1981年5月14日旧金山警察局警探詹姆斯·戴西开车将它们送至萨克拉门托那天，这些信一直装在一个陈旧的硬纸板箱里）从未被冷藏起来以保存DNA。因此很难相信仍有DNA存活下来。数年后，这些信件终于回到了警察局。

2000年6月，刑事侦查监督员辛德·霍尔特博士受聘监管旧金山警察局的DNA实验室。她表示手下的3人团队几乎没有足够的资金来调查那些在广为使用DNA分型技术前发生的悬案。该地区在伯克利的顶级实验室拒绝检测他们找到的DNA。虽然伯克利的实验室已经设立9年了，但旧金山的案件从未在数据库里找到匹配的嫌疑人。霍尔特博士向《旧金山观察报》解释说，背后的原因很简单，这些案件的DNA数据根本没有送过去。因为位于伯克利的司法部前重刑犯数据库只接受经鉴定合格的实验室送检的DNA材料，而旧金山警察局不属此列。

霍尔特博士告诉媒体，她复制出了一份DNA样本（一封十二宫信件的邮票下面的唾液痕迹足够用于检测DNA片段）。2002年10月15日，《旧金山纪事报》刊文称：“DNA鉴定或能洗脱十二宫唯一嫌犯的罪嫌。”然而警探们表示：“目前尚不足以将结果提交至DNA数据库，或许我们能在几周或几个月内从其他证物上提取出更多可用的DNA。”他们似乎一心想要排除艾伦的嫌疑，虽然他认识并跟踪过多位受害者、出现在犯罪现场并被幸存的目击证人指认过。艾伦始终未被警方以十二宫疑犯的身份逮捕，唯一的原因就是，他的笔迹和十二宫的信件不匹配。德国嬉皮士、高个子的黑发年轻男子和已故的艺术教师均受到过调查，因为警方曾怀疑这些信有可能是他们写的。“我一直想知道是否有人协同十二宫作案。”我在接受《旧金山纪事报》采访时说道，“是不是有人一直在为艾伦打掩护？正因为如此，十二宫案才成为有史以来最神秘难解的谜案之一。”启人心智、完成使命、改变现状，这不正是书籍本身的意义所在吗？